Ida Jessen
Wie ein Mensch

Ida Jessen
Wie ein Mensch
Roman

Aus dem Dänischen
von Sigrid Engeler

Verlag C.H. Beck

Titel der Originalausgabe: «Den der lyver»
© Ida Jessen & Gyldendalske Boghandel, Nordisk Forlag A/S,
Copenhagen 2001

© Verlag C.H. Beck oHG, München 2003
Satz: Fotosatz Reinhard Amann, Aichstetten
Gesetzt aus der FFScala
Druck und Bindung: Friedrich Pustet, Regensburg
Gedruckt auf säurefreiem, alterungsbeständigem Papier
(hergestellt aus chlorfrei gebleichtem Zellstoff)
Printed in Germany
ISBN 3-406-50265-2

www.beck.de

Zur Erinnerung an Christian

Erster Teil

I

Vor ein paar Jahren kaufte Christian eine Arztpraxis in einer ländlichen Gemeinde in Himmerland, einem der Landstriche Dänemarks, wo Fischreiher mit langsamen weitausholenden Flügelschlägen aufsteigen, wenn man auf einer der schmalen kurvigen Straßen unterwegs ist, die zwischen Rispengras und Schwingel dahinrollen. Er zog nicht allein dort hinauf – seine Frau war bei ihm, Nina, sie war Organistin, eine schöne sinnliche Frau mit breiten Augenbrauen und dunkelbraunem Haar, das in einer kleinen Spitze in die Stirn wuchs. Nina fand ohne weiteres Arbeit in der Pfarrkirche, zu der auch eine Filialkirche gehörte, denn in solchen Gegenden ist man es gewohnt, Platz für zwei zu schaffen, wenn da einer ist, den man gerne haben will. Und Christian war wirklich erwünscht, auch er selbst wünschte es sich so sehr, daß man mit Fug und Recht behaupten kann, er habe die Angelegenheit entschieden, ohne Nina zu Rate zu ziehen. Er hatte immer eine Privatpraxis haben wollen. Während seines Studiums und der nachfolgenden ärztlichen Ausbildung hatte er Geld zur Seite gelegt. Nach den fetten Pfründen zu greifen konnte er sich trotzdem nicht erlauben, weshalb er sich für die Ausschreibung interessierte, als die Praxis in Hvium zum Verkauf angeboten wurde. Denn selbst wenn man die abgeschiedene Lage und die geringe Patientenzahl in Betracht zog, lag der Preis mindestens hunderttausend Kronen unter dem, den man hätte erwarten können, und er entschloß sich hinzufahren, um mit dem zweiten Arzt am Ort zu sprechen, einem älteren Mann, der sich am Telefon als Linus Køpp vorgestellt hatte, und herauszufinden, ob etwas dahinterstecke.

Das war eine spontane Idee gewesen. Nina war bei einem Seminar, und er sah keinen Grund zu warten, bis sie in der Woche darauf nach Hause kommen würde. Also nahm er den Wagen, fuhr durch Jütland gen Norden und kam gerade an, als die Nachmittagssprechstunde zu Ende war und die Sprechstundenhilfe die letzten Patienten auf eine einsame Straße unter dem dunklen Abendrot am Horizont entließ.

Køpp erhob sich, als Christian sein Sprechzimmer betrat. Er wirkte müde, ein großer Mann mit zu breiten Schultern, strengen grauen Locken und schweren Tränensäcken. Das Gespräch kam nur zäh in Gang. Christian fragte nach der Schmerzgrenze der Patienten. Er habe das Gefühl, sagte er, daß an einem Ort wie diesem für die Leute vielleicht einiges dazu gehöre, bis sie einen Arzt aufsuchten, aber Køpp sagte, ganz im Gegenteil, es verhalte sich genau umgekehrt: Zeitweilig habe er überlegt, ob es für die Leute geradezu Zerstreuung und Zeitvertreib bedeute, zum Arzt zu gehen, so viel passiere hier ja nicht. Darüber hinaus hatte er weder zu dem Ort noch zu den Patienten sehr viel zu sagen. Im Lauf der Jahre war er ganz offenkundig so mit dem Ganzen verwachsen, daß er keinen größeren Nutzen darin erkennen konnte, darüber zu berichten, als wenn er gebeten worden wäre, sich zu seinem linken Arm zu äußern, der ja im wesentlichen dem rechten glich. Er erzählte etwas von den Dienstzeiten, dem Bereitschaftsdienst und der Zusammenarbeit mit der häuslichen Krankenpflege und der Sozialverwaltung und bot Christian dann an, mit ihm anzustoßen.

«Ich habe nur Gammel Dansk.»

«Das ist in Ordnung.»

Er holte aus dem Schrank hinter sich eine Flasche und zwei Gläser, schenkte ein, korkte die Flasche wieder zu, reichte Christian ein Glas und erhob das seine.

«Habt ihr Kinder, du und deine Frau?» fragte er und nickte seinem Glas zu, das ihn daran erinnert hatte, Konversation zu treiben.

«Ja», sagte Christian und blinzelte verwirrt. «Eins.» In derselben Sekunde hätte er sich ohrfeigen können. Warum habe ich das gesagt? dachte er.

«Ah ja. Junge oder Mädchen?»

«Ein Junge», antwortete Christian leise und leerte sein Glas. Er fing an zu schwitzen. Es war, als hätte Nina geantwortet und nicht er. Er versuchte einen anderen Gesprächsstoff zu finden, aber sein Kopf war leer. Das macht doch nichts, dachte er. Das macht doch nichts. Plötzlich fiel ihm auf, daß drei Seiten des Schreibtischs mit Fossilien dekoriert waren. Sie lagen in gleichmäßigen Reihen dicht nebeneinander, große und kleine, versteinerte Seeigel, Donnerkeile, Muschelschalen wie in Stein betoniert, Granitstücke voller perlmuttschimmernder Schalen und Abdrücke von runden und gewundenen Schneckenhäusern in Flint. Es sah aus wie etwas, das ein Kind hätte angelegt haben können. So würde ein Kind seinen Tisch oder das Grab seines Kuscheltiers schmücken.

«Hier kann ein Kind gut aufwachsen», sagte Køpp und lächelte Christian matt zu. «Wie alt ist er denn?»

«Im Mai wäre er drei Jahre geworden», antwortete Christian.

«Na, das ist auch ein schönes Alter. Noch einen?» Køpp zog den Korken aus der Flasche, um einzuschenken. Christian hielt ihm sein Glas entgegen, und Køpp fing an zu gießen. Unvermittelt erstarrte er und setzte mit einem Ruck die Flasche ab.

«Entschuldigung.»

«Ich entschuldige mich.»

Es wurde still. Draußen auf der Straße fuhr ein Auto vorbei, und da erst fiel Christian auf, wie wenig er vom Verkehr gehört hatte. Die Straße durch den Ort war breit und verlief sehr nahe an den Häusern, als ob die Planer mit einem dichten Strom von Autos, jedoch kaum mit Fußgängern gerechnet hätten. Aber Christian hatte nur ein paar bemerkt, solange er bei Køpp drinnen gesessen hatte. Køpp leerte sein Glas und setzte es geräuschlos auf der Schreibunterlage ab.

«Die Leute hier nennen mich Doktor Blubb», sagte er nach einer Weile. «Das ist nicht liebevoll gemeint. Ich bin zu zerstreut für einen Arzt.»

Christian antwortete nicht.

«Ich glaube, die freuen sich, daß ein Neuer kommt. Im Augenblick bin ich alleine. Für einen ist es auch zuviel. Ich kann nachts nicht schlafen.»

«Was war mit dem zweiten?»

«Mit Sander? Er wollte sich zur Ruhe setzen.»

«Aber er kann doch noch gar nicht so alt sein. Ist er über fünfzig?»

«Mehr oder weniger.»

«Ist das nicht ein bißchen früh, um sich zurückzuziehen?»

«Er wird wohl seine Gründe haben.»

«Sind das Gründe, die für mich interessant sein könnten?»

«Nein», antwortete Køpp langgezogen, «das fällt bestimmt unter Privatangelegenheit.»

Als es für Christian an der Zeit war, sich zu verabschieden, begleitete ihn Køpp zu dem kleinen Parkplatz, der hinter dem Supermarkt um die Ecke lag.

«Du bist bisher der einzige Interessent gewesen», sagte er, als Christian einstieg. Mit gekreuzten Armen stand er frierend unter der Straßenlaterne. «Ich weiß nicht, was sagst du?»

«Ich muß schon noch genauer darüber nachdenken», sagte Christian und drehte den Zündschlüssel. Der Motor sprang an, aber als er rückwärts fahren wollte, ging das nicht. Er stieg aus, und Køpp, der unterwegs zu seinem eigenen Auto gewesen war, kam zurück.

«Oh verdammt», sagte er interessiert, beugte sich vor und legte einen Daumen auf den rückwärtigen Reifen. Er war so tief längs aufgeschnitten, daß das Innere herausquoll. Sie gingen um das Auto. Alle vier Reifen hatten die gleiche Behandlung erfahren.

«Das gleicht einem Lustmord», murmelte Christian bitter.

«Verdammt, das ist es auch.» Køpp war jetzt sehr aufgelebt. «Ich kann dir eins sagen – hier im Ort gibt es so ein paar Bürschchen. Neulich ist in die Garage des Nachbarn eingebrochen worden. Die sind mit einem ganzen Tier abgehauen. Die haben schlicht und einfach die Gefriertruhe ausgeräumt und sind mit dem ganzen Tier abgehauen. Ist das nicht trotz allem sonderbar, wie man das hinbekommen kann?»

«Was mache ich jetzt? Ich muß doch noch zurück!»

«Du wirst Sørensen anrufen müssen. Ein kleiner Mann, den wir hier draußen haben, der bringt das in Ordnung. Ich werde jetzt reingehen und für dich mit ihm sprechen.»

Køpp verschwand, und Christian blieb auf dem Parkplatz stehen. Längst hatte sich die Dunkelheit über den Ort gesenkt, aber im Westen hing über den Dächern noch ein etwas hellerer Streifen. Er blickte die Hauptstraße mit ihren niedrigen Häusern hinunter. Rechts vom Bahnübergang lag ein seltsam gelb gekalkter Miniaturgutshof mit weißen Wandpfeilern, dessen Fassade von Scheinwerfern angestrahlt wurde. Auf dem Parkplatz davor standen ein paar Autos. Dann begann es zu bimmeln, und die Warnlampen blinkten, als sich die Schranken schlossen. Einen Augenblick später raste ein IC-Zug durch, die Fenster seiner wenigen Wagen waren hell erleuchtet, und nach einer Minute öffneten sich die Schranken wieder. Køpp kam zurück. Christian fiel auf, daß er ein Bein nachzog.

«Es sieht so aus, als könne er das erst morgen für dich in Ordnung bringen», sagte er, als er zu Christian trat. «Da scheint es mir jetzt passend, daß du mit zu mir nach Hause kommst und heute nacht dort schläfst.»

Christian schaute ihn forschend an. Die Wortwahl kam ihm komisch vor. Was war daran passend? Er hatte keine

Lust zu bleiben und fragte nach einem Leihwagen. Aber Køpp sagte, es sei unmöglich, einen zu bekommen, und schließlich willigte Christian ein.

* * *

Køpp wohnte in einem großen Haus, das an einem Hang zum Fjord hin gelegen war, einer Villa aus gelben Klinkern auf mehreren versetzten Ebenen, einem Architektenentwurf aus den fünfziger Jahren. Es lag vier, fünf Kilometer außerhalb der Ortschaft, und in der Allee, die zum Haus hinaufführte, war es sehr dunkel. Christian fühlte sich, als würden sie durch einen Tunnel fahren. Das Auto rumpelte über die Grasnarbe in der Mitte, und die jungen Triebe der Tannen schlugen gegen die Scheiben. «Meine Frau sagt, ich soll sie zurückschneiden», sagte Køpp. «Es ist verdammt viel, worum man sich kümmern muß», und Christian antwortete höflich irgend etwas, während er die ganze Zeit überlegte, wie es möglich war, daß alles, was Køpp gesagt hatte, seit sie das Debakel auf dem Parkplatz entdeckt hatten, so unangebracht jovial gewirkt hatte.

Seine Frau begrüßte sie in der Diele. Sie stellte sich vor. Hege war Norwegerin, kam ursprünglich aus Hønefoss und sprach skandinavisch, wie sie es nannte. Sie erklärte Christian, wie sie bewußt dänische Redewendungen und den dänischen Satzbau verwendete, aber ihren norwegischen Tonfall würde sie wohl nie ablegen können. Während sie sprach, lauschte Christian auf die Musik in ihrer Stimme und war davon wie bezaubert, obwohl sie fünfzehn, zwanzig Jahre älter als er sein mußte. Sie bot ihm den Arm und nahm ihn mit ins Eßzimmer, wo ein großes Fenster auf den Fjord hinausging, der an dieser Stelle sehr breit war. «Du siehst es nicht», sagte sie, «nicht ehe wir das Licht ausschalten.» Sie streckte einen Arm vor, drückte auf den Schalter und führte Christian durchs Dunkel hin zu der Glasfront.

«Siehst du das?» fragte sie.

Ja, er sah es. Weiter hinten am Strand stand nämlich auf einem Wellenbrecher ein kleiner Leuchtturm, der sein Blinken übers Wasser schickte.

«Ist das nicht wunderbar?» flüsterte Hege neben ihm, und dann lachte sie plötzlich, ging zurück und schaltete die Deckenbeleuchtung ein.

Nach dem Essen, das aus mit Bacon umwickeltem Seeteufel bestand – Christian hätte bei dem Gericht lieber entweder auf den Bacon oder auf den Seeteufel verzichtet, war aber natürlich dankbar, daß es auch für ihn etwas zu essen gab –, nahm Hege sie mit ins Wohnzimmer, wo sie die Holzscheite im Kamin anzündete. Während sie kniete und mit langsamen vollendeten Bewegungen den Blasebalg bediente, entdeckte Christian an ihrem Hals vom Ohr bis zum Schlüsselbein eine Reihe blauer Flecken. Sie waren ihm bisher nicht aufgefallen, sie waren schon am Vergehen, aber wie sie so mit seitlich gewendetem Gesicht vor den Flammen saß, zeichneten sie sich, einer neben dem anderen, schwach gelblich, rötlich und grünlich ab. Da und da und da. Jedesmal, wenn er nachschaute, entdeckte er einen weiteren. Sie erzählte von ihren Pferden, vier Knapstrupern und einem Isländer. Am nächsten Morgen wollte sie ihn mit hinunternehmen und ihm die Pferde zeigen. Nur sie und Christian sprachen. Køpp hatte sich in einem tiefen Ohrensessel niedergelassen, den er halb zum Kamin hin gedreht hatte. Die Ellbogen ruhten auf den Lehnen, das Kinn hatte er auf die Fingerspitzen gestützt. Hin und wieder flog laut knackend ein Funken, aber er verzog keine Miene. Christian kam es vor, als ob er dort säße und mit offenen Augen schliefe. Um halb elf stand er auf und wünschte gute Nacht. «Der Nachtschlaf», sagte er, «von dem kann ich einfach nicht genug bekommen. Aber er ist bockig, haha. Gute Nacht. Bis morgen früh.»

«Gute Nacht», erwiderte Christian, und die Tür schloß sich hinter Køpp. Hege und Christian blieben noch eine

Weile sitzen. Die Atmosphäre zwischen ihnen war sehr angenehm. Christian lobte das schöne Haus, die Möbel und die Gemälde, und Hege sagte, ihr größter Schatz sei ein großer Barockschrank, der draußen auf dem Flur stände, aber daß sie ihn einfach nicht ausstehen könne. Danach fragte sie nach seiner Frau und ob sie Kinder hätten, und er erzählte, daß sie vor ein paar Jahren einen Sohn bekommen hätten, eine Totgeburt, und daß Nina keine Lust mehr habe, Kinder zu bekommen.

«Verstehe ich, verstehe ich», nickte Hege in die tiefe Ruhe, die sich zwischen ihnen ausgebreitet hatte, und Christian dachte: Jetzt könnte ich sie nach den blauen Flecken fragen, aber das ist nicht nötig.

Kurz nach Mitternacht erhoben sie sich, und Hege zeigte Christian ein Zimmer in der Kelleretage, dort war ein Bett für ihn gemacht, ein Handtuch und eine neue Zahnbürste lagen bereit, und als er sich hingelegt hatte und mit offenen Augen im Dunkeln ruhte, meinte er, das Wasser unten an der Böschung hören zu können.

2

Der nächste Tag war Samstag, und als er nach oben kam, war für ihn im Eßzimmer gedeckt. Unter einem Wärmer gab es Tee, in einem Korb lag getoastetes Brot, und an seinem Platz stand ein Eierbecher mit einem lauwarmen Ei, eingewickelt in ein gebügeltes Geschirrtuch. Zwar war es erst kurz nach sieben, aber er hatte offenbar lange geschlafen. Die beiden hatten gegessen, und ihre Teller waren abgeräumt. Nicht einen Krümel hatten sie auf dem Tischtuch hinterlassen. Christian aß das Ei, trank einige Tassen Tee und überlegte, wo Hege wohl sein mochte. Dann fielen ihm die Pferde ein.

Er zog den Mantel über und fand in der Einfahrt, nachdem er sich eine Weile umgeschaut hatte, einen Pfad, der durch ein niedriges Birkenwäldchen zum Fjord hinunterführte. Bald sah er eine große Wiese, die bis ans Wasser reichte. Dort lag der Pferch der Pferde. Die weiße Umzäunung glänzte im Morgenlicht, und die Pferdeleiber dampften. Hege und Køpp waren bei ihnen. Christian ging näher heran, doch sie bemerkten ihn nicht, und er hatte nicht den Wunsch, sich zu erkennen zu geben. Wie an einem nebligen Morgen trug die Luft das Prusten der Pferde und die Geräusche ihrer Hufe zu ihm hinauf. Hege und Køpp hatten sich jeder ein Pferd ausgewählt und waren jetzt dabei, ihnen die Sättel aufzulegen, Køpp humpelte beim Gehen. Sie führten ihre Pferde von der Koppel. Die Mähnen der Pferde wehten. Dann, wie auf Kommando, saßen sie auf und nahmen Kurs am Strand entlang. Selbst bei dem alternden Køpp wirkte dieses Zusammenwachsen mit einem anderen Wesen unendlich leicht.

* * *

Christian hatte weiter hinten am Strand einen Menschen entdeckt und ging neugierig in seine Richtung. Es war ein kleiner Mann, der einen blauen Schlosseranzug und eine schwarze Zipfelmütze trug und sich damit quälte, mit einem Eimer eine Jolle leer zu schöpfen. Christian half ihm, aber statt an Bord zu springen, blieb der Mann bis zu den Knöcheln im Wasser stehen und schwatzte. Er war sehr schwer zu verstehen, aber nicht, weil er Dialekt sprach, sondern weil er sämtliche Wörter schludrig aussprach. Näselnd und stockend berichtete er von seiner Arbeit. Christian meinte, er hätte gesagt, er sei Rentner, konnte aber nicht herausfinden, ob der Mann Taucher oder mit einem Schlepper in Nordnorwegen zum Fischen unterwegs gewesen war. Jedenfalls sprach er weiter über Probleme mit der Hydraulik, was er als ‹Ploblem me Adlaulik› aussprach. Weiter draußen lag ein kleiner blauer Kutter vor Anker, und Christian fragte ihn: «Ist das Ihrer?»

Das war er. Während sie sich unterhalten hatten, war die Sonne am Himmel höher gestiegen. Bald würde der Dunstschleier verschwunden sein, und das Licht würde über das Wasser tanzen. Der Himmel würde hoch sein und blau, die Steilküste und die Bäume würden sich scharf abzeichnen, wohin man sich auch wenden mochte. Es war Frühling. Der Mann nahm Christian mit hinaus, um das Schiff anzuschauen. Es gab ein kleines Steuerhaus, das in keinem guten Zustand war, und eine Kajüte mit zwei Kojen und einem Ofen aus Eisenblech. Der Mann hob den Deckel des Motorkastens und startete. Ein klebriger, schwer klopfender Ton erfüllte die Luft, und Christian lehnte sich in der Sonne an die Wand des Steuerhauses, schloß die Augen und lauschte. «Das ist ein SABB, 23 PS», hörte er den anderen ziemlich deutlich durch den Lärm rufen, und er nickte als Antwort, er habe gehört. Der Mann trocknete sich die aufgesprungenen Hände an einem Bausch Putzwolle ab. «Ich werde mich wohl davon trennen.» Mit einem Mal sprach er verständlicher, oder vielleicht lag das auch daran, daß Christian sich schon ausrechnen konnte, was er sagen würde. Hege und Køpp waren von ihrem Ausritt noch nicht zurück. Christian konnte auf der Koppel nur drei Knapstruper grasen sehen. Er bat darum, eine kleine Runde zu fahren. Sie setzten Kurs in Richtung offenes Meer, und auf ihrem Weg durch das in der Sonne funkelnde Wasser trafen sie auf nichts, keinen Fels, keine kleine Insel, nur auf Scharen von Bergenten, die aufflogen. Weit drinnen an Land hing die Steilküste über der Wasseroberfläche als eine Luftspiegelung vor der Erdkrümmung.

* * *

Als Christian zum Haus zurückkehrte, fand er Hege in der Küche. Sie schüttete Rosinen in eine große irdene Schüssel mit gehackter Leber. Es roch intensiv nach Innereien. Vor den großen Fenstern glitzerte die Sonne in einem kahlen Quittenbaum. Hege nahm einen Holzlöffel aus einem Krug, der auf einem Brett über der Spüle stand.

«Überall, wo du bist, ist es so schön», bemerkte Christian leichthin und lehnte sich vor und küßte sie auf die Wange, die so weich ausgesehen hatte, aber in Wirklichkeit, merkte er jetzt, mager war.

«Na, wie nett», sagte Hege und lächelte. «Geh hinein und unterhalt dich ein bißchen mit meinem armen Mann. Wenn Lunch – Mittagessen, meine ich – fertig ist, sage ich Bescheid.»

«Ich möchte lieber hierbleiben», sagte Christian und ließ sich auf einer Bank in der Ecke nieder. «War der Ausritt schön?»

«Herrlich. Frühmorgens ist es wunderbar am Wasser, weißt du.»

«Mm.» Er betrachtete ihren Rücken, während sie langsam und sorgfältig mit dem Löffel in der Schüssel rührte. Ihr Haar war noch dunkel, hatte aber viele graue Strähnen.

«Ich werde dir eine Schürze kaufen», sagte Christian. «Als Dank für die gute Verköstigung. Eine gestreifte. Silberne Streifen, glaube ich. Das wird dir stehen.»

Sie lachte und tauchte mit dem Zeigefinger in die Schüssel und probierte die Mischung.

«Ißt du das roh?»

«Ist das nicht gestattet?» Sie holte Salz aus dem Schrank und schüttete es lose über die Masse, rührte um und probierte noch einmal.

«Kannst du mir bitte etwas Koriander mahlen?» Sie stellte ihm einen Porzellanmörser und ein kleines Gefäß mit Koriander hin.

«Wieviel soll ich nehmen?»

«Nimm so leidlich.»

«Und wieviel ist das?»

«Nur fünf bis sechs Stück.» Kurz darauf nahm sie ihm den Mörser ab. «Vielen Dank.» Ihre Stimme war so voll und so angenehm, daß Christian Lust bekam, sie mit Komplimenten zu überhäufen.

«Was für eine schöne Küche», sagte er. «Benutzt ihr den Kohleherd noch zum Kochen?»

«Nein», antwortete Hege. «Den haben wir nur zum Vergnügen.»

«Du sprichst übrigens nicht die Spur skandinavisch.»

«Da hast du wohl recht.» Sie schaute ihn verblüfft an, «vermutlich tue ich das nicht.»

Sie sprachen nicht weiter darüber. Hege erzählte von der Einrichtung ihrer Küche – von der Ecke mit dem Herd, wo die Wand mit holländischen Kacheln ausgekleidet war, die sie Stück für Stück bei friesischen Antiquitätenhändlern selbst ausgesucht hatte, von denen sie meinte, sie hätten sie mächtig übervorteilt. Christian stand auf und studierte die Motive mit den kleinen Männern und Frauen in Volkstracht, manche koloriert, andere nicht. Sie goß indessen die Lebermasse in Formen, stellte sie in den Backofen und berichtete von ihrem gebeizten Küchenfußboden. «Bestens», sagte sie, klappte den Ofen zu und setzte sich Christian gegenüber auf einen Stuhl. Sie schwiegen eine Weile. Die Küchenuhr tickte, und Hege zog einen Küchenhocker heran und legte die Beine hoch.

«Einen Küchenjungen habe ich nicht so oft», sagte sie.

«Hast du etwas wegen meines Autos gehört?» fragte Christian, nicht auf ihre Bemerkung eingehend. «Glaubst du, daß er fertig ist, Sørensen oder wie er heißt?»

«Der Wagen steht mit vier neuen Reifen vor dem Haus.»

«Ausgezeichnet. Wie funktioniert das mit dem Bezahlen?»

«Darüber mußt du mit Linus sprechen.»

«Das tue ich gleich.»

Hege betrachtete ihn mit einem winzigen Funkeln in den Augen.

«Und du? Hattest du so weit einen guten Tag?»

Christian hatte sich halb erhoben, um hinauszugehen und nach seinem Auto zu schauen, aber jetzt ließ er sich wieder auf seinen Platz fallen.

«Ich habe einen Fischkutter gekauft», sagte er mit unveränderter Stimme.

«Von Mikkel? Dem Kleinen in dem blauen Overall?»

Christian nickte.

«Dann bist du garantiert übers Ohr gehauen worden.» Hege brach in Gelächter aus, schielte zu ihm hinüber und fing wieder an zu lachen.

3

Im Grunde genommen war Christian es gewohnt, seinen Willen zu bekommen. Nicht in unangenehmer Form, denn so war er nicht. Habe ich erzählt, daß er charmant war? Groß, blond, gut angezogen. Er war einer dieser Männer, denen Anzüge stehen. Er trug seine Sachen so selbstverständlich. Ihn zu sehen, wie er eine Straße hinunterging, war selbst aus der Entfernung eine Augenweide, ein Auftritt in Eleganz. Außerdem hatte er so klare Augen, wie ich sie noch bei keinem Mann gesehen habe, als ob hinter seiner Iris eine Lichtquelle sei, an einem Punkt, der ja an sich dunkel ist. Wie gerne wollte man von diesen Augen betrachtet werden. So ging es mir, und ich glaube, anderen ging es genauso. Zum Beispiel habe ich niemals erlebt, daß dieser Mann vergeblich nach einem Kellner rief oder frierend an einer Straßenecke stand und auf ein Taxi wartete. Wenn Christian ein Taxi brauchte, kam stets eins vorbei. Wenn man mit ihm einkaufen ging, war er anfangs strahlender Laune, und er zog Leute aus allen Ecken der Läden und Parkplätze an. Alle wollten sie gern mit ihm reden. Zu einem gewissen Zeitpunkt hatte er allerdings genug, und dann schlug das jäh um. Nicht, daß es so heftig geschah. Mit einem Mal wurde er einfach müde und zog sich zurück. Er konnte in ein lebhaftes Gespräch vertieft sein und plötzlich ohne jeden Anlaß oder Übergang mit leicht gequälter Miene einsilbige Antworten geben. Die Leute fanden dann in der Regel eine Entschuldigung, weil sie glaubten, sie hätten ihn gelangweilt, und das konnten sie nicht aushalten. In Wirklichkeit langweilten sie ihn gar nicht. Da war etwas ganz anderes im Spiel. Aber wie sollte man das verstehen können?

* * *

Nina und Christian kauften ein Haus ein paar Kilometer von Heges und Køpps entfernt. Es lag im Landesinnern in einem Eichenwäldchen und hatte einmal dem Forstmeister von Gut Naverslund als Wohnsitz gedient. Deshalb sah es nicht wie die typischen Häuser der Gegend aus, sondern trug den Stempel des Gutes. Das heißt gelbe Ziegel, rotes Fachwerk und reiche Holzschnitzerei an der Traufe, ein moderater Schweizerhausstil. Zum Haus gehörten noch ein kleines Nebengebäude, dessen Holzwände mit dem gleichen finnischen roten Holzlack behandelt worden waren wie das Holz am Hauptgebäude, sowie ein Hof mit einer großen Birke und einem kurzen breiten Garten hinter dem Haus. Unmittelbar hinter dem Grundstück begann der Wald, und Nina und Christian hatten kaum mehr als ein paar Tage dort gewohnt, als ihnen schon klar wurde, daß sie nicht damit rechnen durften, dieses Haus allein zu besitzen. Mäuse und Eichhörnchen spazierten ein und aus, auch im Sommerhalbjahr; auf dem Dachboden hatte sich eine Eule eingerichtet und strich, wenn die Dunkelheit einfiel, lautlos durch einen Lüftungskanal, und während einer kurzen Übergangszeit wurden sie terrorisiert von etwas, das sie für eine Marderfamilie hielten – bis sich herausstellte, daß es ein Nerz war, der von einer wenige Kilometer entfernten Farm entlaufen war. Jeden Tag befreiten sie die Fensterbänke mit dem Staubsauger von Spinnen. Es handelte sich nicht um ein oder zwei Spinnen – es waren Scharen. Frühmorgens standen Rehe unter der Birke und drehten ihre zarten Köpfe zum Wind, ihr Mülleimer wurde im Lauf der Nacht auf den Kopf gestellt, und einmal stahl ein Fuchs einen von Christians neuen Stiefeln, den er auf der Hintertreppe hatte stehenlassen. Als sie ihn später auf dem Gartenwall fanden, war die Lasche völlig zerkaut. Vor lauter Hunger hatte der Fuchs versucht, den Stiefel wie einen Knochen zu zernagen, aber vielleicht hatte er auch nur den Geruch des Leders genossen.

Das Haus war schön, groß und geräumig, mit einer riesigen Küche und einem ebenso großen Arbeitsraum, einem hinteren Flur und einer geräumigen Eingangsdiele, deren Fußboden mit gelben und roten Klinkern im Schachbrettmuster ausgelegt war. Es gab ein weitläufiges Wohnzimmer, in dem Ninas Klavier stand, und ein Arbeitszimmer für jeden. Oben waren das Badezimmer und die Schlafzimmer, fünf oder sechs insgesamt, und ganz oben lag ein Bodenraum, der sich über die gesamte Länge des Hauses erstreckte. Dort hinauf gelangte man durch eine Falltür; sie benutzten ihn für die Umzugskartons, die sie nie auspackten. Andere vor ihnen hatten das gleiche getan. Dort oben standen schwere dunkle Eichenmöbel, ein Mahagonibett ohne Boden, mehrere Waschtische und Kisten, die seit Jahren nicht geöffnet worden waren. Nina ging mit einer Taschenlampe herum und fand interessante Sachen, die sie mit nach unten brachte – unter anderem einen gußeisernen Puppenherd mit Töpfen, Pfannen, Hausrat und ein Puppengeschirr aus Porzellan mit Fächermuster, komplett, mit allem von der Suppenterrine bis zur Seifenschale. Mit kindlicher Stimme fragte sie, was aus den Kindern geworden sei, denen das einmal gehört hatte, und Christian antwortete, daß die jetzt tot sein müßten. Auch draußen im Gebüsch fand sie Sachen. Die meisten waren für den Müll, aber eines Tages kam sie mit einer großen schwarzen Schöpfkelle herein, die sie putzte und anschließend Christian zeigte. Sie war aus 800er Silber.

Ja, es war ein schönes Haus, allerdings hätten sie es vielleicht trotzdem nicht kaufen sollen. Christian war mit seiner Arbeit sehr beschäftigt und in der Freizeit mit dem Fischkutter, dessen Steuerhaus er, sobald er ihn übernommen hatte, abgerissen hatte, um gleich ein neues zu bauen. Als das fertig war, begann er mit der Kajüte, und da er sich bislang noch nie an Tischlerarbeiten versucht hatte, dauerte es lange. Es hätte sicher noch länger gedauert, wenn er nicht mit guten Ratschlägen überhäuft worden wäre, wie das bei ihm so war. Die Leute waren an allem, was er tat, sehr interessiert, und er konnte alle nur erdenkliche Hilfe haben. Als sie fünfundzwanzig Kubikmeter Brennholz geliefert bekamen und das Holz lange so in der Einfahrt liegenblieb, wie es vom Lastwagen abgeladen worden war, erschienen an einem Samstag zwei Männer vom Stadtrand, bauten daraus zwei runde Holzstapel und erzählten Christian anschließend, wie er nach einem Jahr das Brennholz im Holzschuppen unterbringen und von dort wegnehmen sollte. An einem Sommermorgen, als Nina unbekleidet auf der Terrasse hinter dem Haus saß, Kaffee trank und Zeitung las, hörte sie ein Geräusch. Als sie aufblickte, stand ein merkwürdiger Junge an der Hausecke und schaute unter einer grauen Schirmmütze zu ihr herüber. Nina legte die Zeitung auf ihren Schoß. Er war wie ein älterer Herr gekleidet, graue Hose, graue Schuhe, blaues Hemd und graue Jacke, und starrte sie aus farblosen Augen an.

«Was willst du?» rief Nina. «Komm her oder geh weg.»

«Ho», sagte der Junge gedämpft und bewegte sich ein

bißchen. Erst jetzt entdeckte Nina, daß er mongoloid war und daß er nicht irgendein Junge, sondern ein erwachsener Mann war, nur kaum größer als ein Elf- oder Zwölfjähriger. Vor lauter Schreck hatte sie sich getäuscht. Sie stand auf und zog sich die Sachen an, die über dem Stuhlrücken hingen. Der Mann beobachtete sie unterdessen aufmerksam.

«Komm nur her», sagte Nina ruhig, als sie fertig war. «Ich beiße nicht. Trinkst du Saft?»

«Hohohoho!» Das war genau der gleiche Rhythmus, wie wenn ein Hahn krähte. Nina vermutete, daß es: ‹ja klar mag ich den› bedeuten sollte. Oder etwas in der Art.

Während sie in der Sonne saßen und Saft tranken, klingelte drinnen in einem der Arbeitszimmer das Telefon, aber Nina nahm nicht ab. Keine Miene verzog sich in dem glatten Mondgesicht des Mannes. Mit der Zunge schob er zwischen den Zähnen eine Brücke vor, saß dann geraume Zeit und betrachtete sie leidenschaftslos, bis er schließlich ein gebügeltes, zusammengelegtes weißes Taschentuch hervorholte und begann, die Brücke zu polieren. Zwischendurch warf er hastige Blicke Richtung Garten. Die Wiese und die Beete waren von Maulwurfshügeln und Wühlmäusen nahezu ruiniert.

«Wie heißt du?» fragte Nina.

«Ou ou», antwortete er, ohne den Kopf zu wenden und sie anzuschauen. Er polierte immer noch.

«Heißt du Ole?»

«Ou.»

«Du bist geschickt mit den Händen.»

Er antwortete nicht. Das Telefon klingelte wieder. Er faltete das Taschentuch zusammen, so daß es wie vorher lag, und steckte es in die Tasche. Dann tauchte er die Brücke in den Saft und setzte sie mit einer kleinen Grimasse an ihren Platz.

«Ich gehe hinein und nehme das Telefon ab», sagte Nina und stand auf.

Ein alter Mann war am Apparat. Er stellte sich als Tomlinson vor und fragte, ob sie Besuch von Polle, seinem Sohn, gehabt habe.

«Er sitzt da draußen», antwortete Nina. Durch die offene Terrassentür konnte sie seinen unbeweglichen kurzgeschnittenen Hinterkopf sehen, der sich übergangslos in einem breiten Nacken fortsetzte.

«Ich hatte gedacht, daß wir alle beide kommen würden, aber ich bin so schlecht zu Fuß, da ist mir der Junge entwischt.» Die Stimme des Alten war trocken und verbraucht, wie eine Tür, die in den Angeln knirscht.

«Das ist schon in Ordnung», sagte Nina. «Ich freue mich, Polle kennenzulernen.»

«Wir haben gedacht», fuhr Tomlinson fort, «daß er vielleicht ein bißchen im Garten helfen könnte. Er kann Gras mähen, Ränder abstechen und die Gartenwege in Ordnung halten, und im Herbst kann er Laub rechen. Er tut das gerne.»

«Kann er auch Maulwurfsfallen aufstellen?»

«Jaja», Tomlinson rief das beinahe. «Niemand ist so geschickt wie Polle. Geben Sie ihm nur zu tun, was Sie wollen.»

Polle kam von da an dienstags und samstags am Vormittag. Die meiste Zeit beschäftigte er sich allein. Nina vergaß oft, daß er kommen würde, und wenn sie am Klavier saß, entdeckte sie ihn draußen im Garten, wie er die Fallen untersuchte. War ein Maulwurf in einer Falle, legte er ihn auf der Hintertreppe ab. Stets versteckte er die Fallen sorgfältig unter einem Eimer. Wenn er arbeitete, kam er nicht in den grauen Sachen, sondern in blauen Arbeitshosen und einer blauen Drillichjacke, die eng an seinem korpulenten, rechteckigen Körper saß. Auf und ab und auf und ab ging er mit Ninas und Christians Handrasenmäher. Das war ein schönes, beruhigendes Geräusch, dieses sanfte Brummen aus dem Garten. Für gewöhnlich lud Nina ihn zum Vormittagskaffee ein, wo er die Gelegenheit erhielt, seine Brücke zu studieren und den Kaffee durch ein Stück Würfelzucker zu trinken, das er mit den Vorderzähnen festhielt. Nina fiel auf, daß er gern Klavier spielen wollte, und sie versuchte, ihm ein paar Kinderlieder beizubringen. Aber er wollte lieber Kirchenlieder spielen. Sie lehrte ihn die zwei, die sie selbst am meisten mochte, nämlich «Sorgen und Freuden, die wandern gemeinsam» und «Der Engel des Lichts kommt mit Glanz». Dann saß er mit vorgeschobener Unterlippe und ausdruckslosem Gesicht vor den Tasten und hackte mit zwei Fingern drauflos.

«Ich habe eigentlich immer geglaubt, Mongoloide wären so fröhlich», sagte Nina zu Christian. Polle hingegen zeigte nur selten ein Zeichen von Freude oder Mißfallen. Das unergründliche Gesicht war sein Privileg. Und im Herbst, als die beiden sich ein paar Monate kannten, fing Nina an, ihm Sachen zu erzählen.

«Du bist doch so gut im Fangen von Maulwürfen. Kannst du nicht auch kommen und die Mäuse aus der Orgel in der Kirche von Hvium verjagen? Die richten einen fürchterlichen Schaden an.»

«Hohohöi.»

«In der Orgel ist eine kleine Glühbirne, die mögen sie. Die ist warm. Aber sie machen Geräusche.»

«Hohöi.» Die Brücke, die gedreht und gewendet wurde, glänzte im Licht der niedrig stehenden Herbstsonne. Sie saßen zusammen auf der Bank vorm Klavier.

«Sie ist ohnehin schon eine Schreikiste», fuhr Nina fort, sich zu beklagen. «Bei den hohen schmetternden Tönen klingt sie nicht gut. Es gibt keine Grundtöne, kein Fundament. Die Disposition ist so aufdringlich und durchdringend. Man kann auf ihr keine romantische Musik spielen. Und die Orgel in Peterslund hat Heuler.» Sie schwieg eine Weile, und in der Pause schubste Polle, des Anblicks müde, die Brücke an ihren Platz. Sie blieben auf der Bank sitzen.

«Peterslund ist so eine dunkle Kirche. Hast du die zwei Kindersärge aus Stein gesehen, die in der Kapelle stehen?»

«Hohö.»

«Ja, all die toten Menschen rings um sich stehen zu haben ist ein bißchen zuviel. Weißt du auch, daß man die Kirche nicht von innen abschließen kann, wenn man übt?»

«Höi.»

«Na ja, ich komme schon damit zurecht. Es ist albern, davon zu sprechen. Aber neulich ...» Ihre Stimme wurde leiser, und Polle rückte mit vorgeschobener Unterlippe ein bißchen hin und her.

«Neulich kam ich erst am späten Nachmittag und nahm mir im Vorraum die Taschenlampe des Küsters, weil ich nicht gern die großen Leuchter benutzen will, so daß alle die hellerleuchtete Kirche oben auf dem Hügel sehen, und bei der Orgel ist ja eine kleine Lampe, weißt du.» Geistesabwesend spreizte sie die Finger beider Hände jeweils über eine Oktave. Nina hatte kleine Hände, und sie hatte die Angewohnheit, bei jeder Gelegenheit Daumen und kleinen Finger so weit wie möglich abzuspreizen und sie so gespannt an Tischkanten, Wänden und so weiter abzustützen, als ob sie allen Ernstes meinte, auf diese Weise ihre Finger länger machen zu können. Die Töne klangen aus. Die zwei saßen mäuschenstill.

«Ich bin dabei, die ‹Neun Lesungen› vorzubereiten», fuhr Nina fort. «Ich habe einen Flötisten, den ich schon vom Studium her kenne, sehr geschickt. Das kannst du mir glauben, ich werde es ihnen allen zeigen.»

Polle prustete.

«Ich spielte mehr als eine Stunde, glaube ich, und inzwischen war es ganz dunkel geworden. Bei der Orgel ist unten ja auch ein kleines Fenster, nur kann man so gut wie nicht hinausschauen, weil es immer beschlagen ist. Und plötzlich war da ein Geräusch. Erst dachte ich, es wäre eine Maus, und trat gegen die Fußleiste. Das half auch eine Weile.» Jetzt flüsterte sie. Polle blickte mit seinen farblosen Augen vor sich hin. Wenn er blinzelte, kam von den Wimpern ein steifer Ton. «Als ich dann anfing zusammenzupacken, war das Geräusch wieder da, das kam nicht innen aus der Orgel, sondern von irgendwo hinter mir. Es war das Geräusch eines Menschen, der in einer der hintersten Stuhlreihen saß und aufstand und durch das Schiff ging bis hinaus in die Kapelle. So ein Geräusch von Damenschuhen, gleichzeitig weich und hart. Aber als ich rief, antwortete niemand. Ich ging hinunter, machte die großen Leuchter an und suchte die ganze Kirche ab. Und weißt du was, Polle? Da war gar keiner.»

4

Eines Nachts wachte Christian davon auf, daß er geschlagen wurde. Nina saß auf der Bettkante und ohrfeigte ihn, zwischen ihren zusammengepreßten Lippen steckte eine selbstgedrehte Zigarette. Ihre kleinen Hände klatschten gegen seine Wangen. Sie zeigte den gleichen konzentrierten Gesichtsausdruck, wie wenn sie eine Sahnetorte mit der Spritztüte dekorierte. Da und da und da. Sie traf ihn nicht besonders fest und auch nicht richtig, das lag allerdings an der Bettdecke. Er schlief immer so, daß er sie bis ans Kinn hochzog. «Hör auf!» rief er. «Warum tust du das?»

«Weil du ein fieser Kerl bist.» Sie war wütend, und da sie gleichzeitig die Lippen um die Zigarette pressen mußte, konnte sie fast nicht reden. «Du fieser, widerlicher Kerl», fauchte sie. Christian setzte sich auf und packte ihre Handgelenke. Die waren so zart, daß er das Gefühl hatte, sie schon festhalten zu können, indem er den Zeigefinger um sie krümmte. Trotzdem hörte sie nicht auf, nach ihm zu schlagen. Es war vollkommen lachhaft, und er hätte auch lachen oder schimpfen können, aber er war eiskalt.

«Nina», sagte er.
«Laß los.»
«Nein.»
«Dann spucke ich die Zigarette aus.»
«Was bist du erbärmlich.»

Sie spuckte die Zigarette aus, die in einer Falte der Bettdecke verschwand. Er ließ ihre Hände los, sie machte aber keine Anstalten, danach zu suchen.

«Christian», sagte sie langsam, «manchmal hasse ich dich.»

«Ja», sagte er müde. «Jetzt nimm die Zigarette weg.»

«Und weißt du, warum?»

«Ich kann es mir vorstellen.»

«Nein, und wenn ich es dir bis zum Sankt-Nimmerleins-Tag erzählen würde, du würdest es nie begreifen. Nie!»

«Verrückte Ziege. Nimm jetzt deine Zigarette weg.»

Sie schüttelte langsam den Kopf. «Schade, daß du genauso stur bist wie ich, Christian.» Er stieß sie vom Bett und tastete nach der Zigarette. Sie hatte ein Loch in den Bezug gebrannt und das Inlett angesengt, so daß es einen dunkelbraunen Fleck bekommen hatte. Es stank nach versengtem Leinen. Er warf die Kippe aus dem offenen Fenster.

«Du bist verrückt», sagte er, als er sich wieder zu ihr umdrehte. «Steh auf.»

Nina stand auf. Alles an ihr bebte vor Wut.

«Die Frage ist, wer von uns verrückter ist. Ich, weil ich dich schlage, oder du, weil du mich im Stich gelassen hast, damals, als ich dich am meisten gebraucht habe.»

«Kannst du denn niemals weiterkommen?» fragte Christian, plötzlich erschrocken.

«Nein!» schrie sie und bewegte den Kopf so heftig, daß ihr die Haare um das Gesicht flogen. «Aber sei du nur froh, daß du ein Mann bist und ein Arzt und daß du weißt, was richtig ist und was falsch.»

«Warum sagst du das alles jetzt?»

Sie antwortete nicht.

«Weil Hege und Køpp heute abend zum Essen hier waren und du nichts hattest, worüber du mit ihnen hättest reden können, aber ich? Ist es deshalb?»

«Doktor Blubb und Hege», sagte Nina, die Stimme klang wieder normaler. «Mit den beiden stimmt etwas nicht.»

Christian seufzte und setzte sich auf die Bettkante.

«Ich weiß nicht, was wir tun sollen», sagte er. «Wir werden diese Geschichte nie lösen.»

«Mir scheint, wir hätten sie gelöst», sagte Nina, so unversöhnlich zufrieden, daß ihn fror.

* * *

Als Nina vor vier Jahren schwanger wurde, waren sie und Christian in der ersten Zeit vor Freude schier außer sich. Sie studierten alle Schwangerschaftsbücher, die sie in der Bibliothek auftreiben konnten, und sie kauften Umstandskleidung für Nina. Wie sie sich vor den großen Spiegeln der Umkleidekabinen drehte, während Christian auf einem Hocker saß und zuschaute. Sie bekam Lust auf Apfelsinen und Milch, und Christian trug ein Netz nach dem anderen für sie nach Hause. Abends saßen sie zusammen auf dem Sofa, sie lehnte sich an ihn, seine Hand ruhte auf ihrem Bauch.

«Kannst du spüren, wie er tritt?» fragte Nina, die von dem Baby immer als von einem Jungen redete.

«Ja.»

Die Tage waren voll von Bewegung, die sich wie Stillstand anfühlte. Wie innerer Frieden.

Aber als Nina im sechsten oder siebten Monat war, begann sie sich zu verändern. Sie konnte nachts nicht schlafen und lag im Dunkeln wach und schlug sich mit Problemen herum, die sie nicht lösen konnte. Christian wachte auf, weil sie im Wohnzimmer auf und ab wanderte.

«Ich habe solche Angst, daß etwas schiefgeht», sagte sie, als er sie fragte, was sie mache. «Jetzt hat er sich schon viele Stunden lang nicht mehr bewegt.»

«Er schläft», sagte Christian. «Komm ins Bett.»

«Versuch, ob du etwas hören kannst», bat sie, als er sie endlich überredet hatte, sich wieder hinzulegen, und sie preßte seinen Kopf auf ihren nackten heißen Bauch und brachte ihn schließlich soweit, daß er erzählte, wie es dort drinnen pulsierte und brauste, klopfte und zog, so wie in den Röhren und der Belüftungsanlage in den Kellergängen unter dem kommunalen Krankenhaus, in dem er arbeitete. Manchmal konnte sie wieder einschlafen, wenn er so mit dem Kopf auf ihrem Bauch lag. Dann lauschte er ihrem unruhigen Atem und dem wachsenden Kind, und er fühlte sich, als habe er Nachtdienst in einer Abteilung mit vielen Zimmern, in der er niemals, egal, an wie viele Hilfsmittel die Menschen angeschlossen waren, wissen konnte, ob und wo etwas schiefgehen würde, ehe es nicht Morgen geworden war und er nach Hause fahren konnte.

Nina war stets eine recht nüchterne Frau gewesen, jetzt wurde sie mit einem Mal abergläubisch. Christian gelang es nicht, sie zu überreden, die Babyausstattung zu kaufen. Anfangs erfand sie flüchtige kleine Ausreden. Sie wolle mit einer Freundin in die Stadt, ihre Mutter habe sie gebeten, etwas zu erledigen, oder sie sei müde, nicht aufgelegt, habe Kopfschmerzen oder müsse für ein Nachmittagskonzert üben. Auf diese Weise verging einige Zeit, ehe ihm ernstlich klar wurde, daß sie mit ihm Versteck spielte. Und daß er auch mit ihr würde Versteck spielen können, wenn er wollte. Aber zu dem Zeitpunkt war er kurz vor dem Verzweifeln.

«Was ist los mit dir, Nina?» fragte er eines Abends, als sie so im Bett lagen, wie es ihnen inzwischen zur Gewohnheit geworden war, er mit seinem Kopf auf ihrem Bauch. Der war jetzt groß, sie konnte nur auf der Seite liegen, und es war mühsam für sie, sich nachts umzudrehen. Sie wickelte sich eine Haarsträhne um ihren Zeigefinger und starrte in die Luft. «Was meinst du?» fragte sie nach einer Weile.

«Warum willst du nichts mit dem Baby zu tun haben?»

«Weil ich glaube, daß wir leicht enttäuscht werden könnten.»

Das gab in Christian einen Ruck, er blieb trotzdem liegen. Alles, was er je über Geburtspsychosen gehört hatte, schoß ihm durch den Kopf. Mütter, die ihre Neugeborenen töteten und im Garten vergruben oder sie lebendig in Abfalleimer warfen. Frauen, die auf zahllose Arten den Verstand verloren, von Depressionen, die sie für zehn, zwölf, vierzehn Jahre ins Bett verbannten, bis hin zu wahnwitzigen Aversionen gegen ihre Familien. Frauen, die eine Sauberkeitshysterie entwickelten, Gummihandschuhe trugen und an den Vormittagen, wenn die Müllabfuhr kam, aus lauter Panik physisch krank wurden. Frauen, die anfingen zu hungern oder nicht zu diagnostizierende Krankheiten entwickelten, die sie arbeitsunfähig machten. All das konnte in jenem kurzen Moment geschehen, den sie brauchten, um eine Schwelle zu überschreiten.

«Was meinst du damit, wir könnten enttäuscht werden?»

«Es könnte womöglich eintreffen, wenn wir darüber reden.»

«So ein Blödsinn», sagte Christian ruhig und rückte ein Stück, damit er ihr Gesicht richtig sehen konnte. Sie schaute an die Decke.

«Ich wage nicht, mich zu freuen.»

«Warum denn nicht?» fragte er, wobei ein unheilvolles Feuer in ihm aufloderte.

«Ich glaube, wir bekommen kein Kind.»

«Natürlich bekommen wir eins. Du hast ein Kind in dir. Das ist das gleiche Kind, das herauskommt. Das muß nur erst noch größer werden. Da passiert nichts – nichts weiter, als daß es herauskommt. Das gleiche Kind, das du jetzt spürst.» Er redete und redete, bis das unheilvolle Feuer erlosch und sie beide einschliefen.

Am nächsten Tag suchte er eine seiner Kolleginnen in der medizinischen Abteilung auf. Sie hatten oft miteinander geredet, und sie hatte drei kleine Kinder.

«Oje, ich kenne das», sagte sie, als Christian ihr von Nina berichtet hatte, «diese Vorstellungen, die einen heimsuchen können, sind entsetzlich.»

«Sie will nichts davon hören, etwas für das Baby vorzubereiten und einzurichten.»

«Wart nur ab. Ist es nicht noch einen Monat hin? In zwei Wochen beginnen sich die Nestbauinstinkte zu regen. Du wirst schon sehen.»

«Glaubst du?»

«Ich verspreche es.»

Christian fuhr nach Hause, fest entschlossen, ruhig zu bleiben und sich nicht von Ninas Unruhe anstecken zu lassen. Aber zwei Wochen nach diesem Gespräch setzte der Geburtsvorgang ein, und als sie, nachdem sie stundenlang zu Hause auf und ab gegangen waren, die Minuten zwischen den Wehen gezählt hatten und diese immer stärker wurden, bis Nina fragte: «Ist das hier wirklich erst der Anfang?», als sie nach all diesen Stunden im Krankenhaus ankamen, wurde ihnen mitgeteilt, das Kind sei tot. Zu dem Zeitpunkt war Nina weit weg. Wehen schwemmten über sie hinweg, sie war auf dem weiten Meer.

«Sie muß das Kind selbst gebären», sagten die Hebamme und der Gynäkologe zu Christian, und eine der Hebammen versuchte es ihm zu erklären: «Sie muß die Trauer von sich selbst abspalten, sozusagen. Wenn wir das Kind mit Kaiserschnitt holen, wird es für sie unwirklich werden.»

«Und was würde das ausmachen?» fragte Christian, der dastand und gegen das Unbegreifliche ankämpfte und zu verstehen versuchte, was sie von ihm wollte. Die Hebamme erklärte es ihm ein zweites Mal. «Es ist nicht gesund, Trauer einzukapseln. Die muß raus. Das tut sehr weh, aber sie muß raus. Sonst kann Nina Schaden nehmen.»

«Ich kann das nicht überblicken», sagte Christian hilflos. Hinter ihm lag Nina mit geschlossenen Augen auf der Seite in einem Bett. Sie hatte kein Wort gesagt, seit sie ins Krankenhaus gekommen waren.

«Geh du jetzt zu Nina», sagte die Hebamme, «massier sie und hilf ihr beim Atmen, als ob es ein lebendiges Kind wäre, daß ihr zur Welt bringen sollt. Ihr müßt das hier gemeinsam durchstehen.» Und so stand er neben ihrem Bett und wußte nichts weiter als das, was die Hebamme zu ihm gesagt hatte. Er erzählte Nina, was er erfahren hatte, ohne daß sie darauf reagierte.

«Schaffst du das?» fragte er.

«Nein», flüsterte sie mit geschlossenen Augen, «ich will einen Kaiserschnitt.»

«Ach, Nina, den kannst du nicht bekommen.»

Sie stellte das, was er sagte, nicht in Frage. Neben dem Bett stand die Tasche, die sie gepackt hatte, mit Discman und CDs. All das war jetzt undenkbar. Er strich ihr das Haar aus der Stirn.

Die Stunden vergingen. Die Hebamme hatte die Fruchtblase angestochen, um den Wehen einen Schub zu versetzen, und dann kamen sie, mehr oder weniger pausenlos. Nur reichte das nicht. Denn jedesmal, wenn Nina untersucht wurde, hatte sie sich nur ganz wenig geöffnet. Sie konnte es nicht ertragen, berührt zu werden, weder von der Hebamme noch vom Arzt oder von Christian. Einige Male wollte sie Wasser haben, und er mußte raten, was sie sagte, ihre Stimme war völlig tonlos.

«Sie entgleitet uns ja vollständig», sagte er. «Ich kann überhaupt keinen Kontakt zu ihr bekommen.»

Sie bekam eine Infusion. Als die starken Wehen schließlich neun bis zehn Stunden angedauert hatten und Christian am Fenster stand, um etwas frische Luft zu schnappen, hörte er, wie sie hervorstieß: «Ich will einen Kaiserschnitt haben.»

«Du bist gleich durch», sagte die Hebamme und legte ihr sanft eine Hand auf die Stirn und den Arm.

Aber erst gegen zwei Uhr am Nachmittag glitt der Junge heraus. Er war eine Puppe, voll ausgetragen und wohlgeformt. Er hatte dichtes dunkles Haar, geballte Fäuste, Augen und Mund waren zusammengepreßt. Er wurde fertig gemacht und fotografiert und in ein Bett neben Nina gelegt, die zu erschöpft war, um ihn anzuschauen. Dieses tote Kind, das an Land geschwemmt worden war wie ein rätselhafter Ertrunkener von einem Schiff, das niemand gesehen hatte. Was war vorausgegangen? Christian betrachtete ihn benommen, denn er hatte Angst vor einer Art autorisierter Trauer. Man ist so damit beschäftigt, stets das Richtige zu tun, um den Bumerang zu vermeiden. Der uns am Hinterkopf trifft, obwohl wir nichts weiter getan haben, als nach unserem laienhaften menschlichen Instinkt zu handeln. Unterschlagung, Selbstbetrug, Lüge, Versagen. Wir bekommen alles zurück, glauben wir, zehnmal schlimmer. Manches Mal kann man sich allerdings fragen: Was kann schlimmer sein?

5

Eines Tages Ende Oktober, Nina und Christian wohnten inzwischen ein halbes Jahr in Hvium, suchte Christian während der Mittagspause in einer Krankenakte nach etwas. Die Patientin, ein junges Mädchen, war gerade bei ihm gewesen. Sie hatte Penicillin haben wollen gegen einen Husten, von dem sie meinte, er käme von einer Lungenentzündung, was aber nicht der Fall war. Es war die Zeit der Erkältungen, Unpäßlichkeiten und verschleimten Atemwege. Die Tage waren diffus. Draußen hielt ein Auto, und eine Frau, etwa Mitte dreißig, stieg aus, öffnete die Tür auf der Beifahrerseite und beugte sich zu jemandem, der dort saß. Kurz darauf waren zwischen den Beinen der Frau ein paar dicke Beine in roten Strümpfen zu sehen, und Christians Neugier war für einen Moment geweckt. Ihm war, als kenne er die Frau mit dem kurzen blonden Haar. Sie trug einen unmodernen roten Mantel mit hellbraunem Pelzbesatz an den Ärmeln und am Kragen. Während sie an dem Beifahrer zog und zerrte, um den Betreffenden aus dem Wagen zu bugsieren, öffnete sich die Tür zum Rücksitz und zwei etwa fünf, sechs Jahre alte Jungen kamen zum Vorschein. Sie knallten die Tür zu und verschwanden aus Christians Blickfeld. Die Frau rief hinter ihnen her. Gleichzeitig bekam sie ihren Beifahrer auf die Füße. Das war eine gewaltige alte Frau. Dick, zusammengesunken und gekleidet in einen Pelz, der – auch wenn er alt war und am Saum zipfelig – vor Leben knisterte. Die Frau drückte dieser gebieterischen Alten einen schwarzen Stock in die Hand und rief: «Nun beweg mal die Füße, Schwiegermutter!», worauf eine lange Wanderung zur Tür der Praxis begann. Christian sah ihnen zu. Der Wind fegte durch die nasse Straße, der Mantel der blonden Frau flatterte wild. Sie sah wunderschön aus; lange konnte er ihren Anblick aber nicht genießen, bis sie verschwand. Kurz darauf kamen die beiden Jungen auf dem Bürgersteig angerannt, und die Tür zum Windfang wurde zugeknallt, daß die Scheiben klirrten. Christian wandte sich wieder der Patientenkarte zu. Heute wurden die Karten per Computer geführt, aber die alten waren noch nicht alle digital erfaßt, und diese, die er vor sich hatte, war eine von den handgeschriebenen. Das Mädchen war mehrere Jahre nicht beim Arzt erschienen, davor war sie recht regelmäßig bei Sander gewesen. Christian blätterte sich durch diverse Kinderkrankheiten und Grippeerkrankungen und unerklärliche, starke Schmerzen in der Hüfte, weshalb sie, seit sie dreizehn Jahre alt war, bis zum Alter von 17 Jahren jährlich zum Röntgen überwiesen wurde. Die letzte Seite schloß mit einer halben Geschichte über Menstruationsbeschwerden und einem Rezept für Napr –, und hier, mitten im Wort, endete die Karte. Es fehlten eindeutig ein oder zwei Seiten.

Christian erlebte das nicht zum ersten Mal. Vor ein paar Monaten fehlte in der Patientenkarte einer Frau in den Vierzigern mittendrin eine Seite. Er hatte das zufällig entdeckt, als sie noch bei ihm saß, und es ihr gesagt; es schien sie nicht weiter zu beunruhigen. Sie arrangierte nur etwas an ihren Einkaufstaschen und meinte, Sander sei stets ein unordentlicher Mensch gewesen und daß da wohl nichts Lebensbedrohliches oder Wichtiges gestanden habe, schließlich lebe sie ja noch, und zwar gut. Davor hatte es bestimmt noch einen Fall mit fehlenden Seiten gegeben. Christian aß sein Käsebrot, trank die Milch aus, warf den Milchkarton in den Mülleimer und ging zum Empfang. Unterwegs sah er kurz ins Wartezimmer. Die gutaussehende Frau war nicht da, und die beiden Jungen spielten am Legotisch mit Traktoren. Auf dem einzigen guten Stuhl saß eine der alten Bekannten, Ilsebill, wie die Sprechstundenhilfe sie nannte, eine knochige kleine Frau mit rauchiger Stimme, goldenen Tropfen an den Ohren und mit wandernden Schmerzen. Sonst waren keine Patienten da. Christian zog den Kopf zurück und ging hinaus zur Sprechstundenhilfe, die in der Küche saß und Kaffee trank.

«Hallo, Carmen», sagte er.

«Was willst du, Sportsfreund?» fragte sie, ohne von ihrer Wochenzeitschrift aufzublicken, und zog an ihrer Zigarette.

«Kannst du die Stinkbombe nicht ausmachen?»

«Na, na, wie bist du denn heute drauf? Hast du daran gedacht, dich um einen Psychologen zu kümmern, damit du zur Therapie gehen kannst?»

«Das mache ich morgen.»

«Es wird auch Zeit.» Sie blätterte ein paar Seiten weiter. «Hier ist ein schöner Pullover, soll ich dir den stricken, Christian?» Sie hielt die Zeitschrift hoch und zeigte ihm irgendetwas Schreckliches.

«Das geht aber nicht», lächelte Christian. «Dann wird Nina nur mißtrauisch, was da zwischen dir und mir läuft.»

«Du sagst einfach, den hätte dir Doktor Blubb gestrickt. Was willst du überhaupt? Du hängst jetzt seit über einer halben Minute hier rum. Du lenkst mich ab.» Sie drückte ihre Zigarette aus, stand auf, stellte den Aschenbecher in die Spüle und ließ Wasser einlaufen. Ihre Bewegungen waren immer schnell und ruckartig, als ob sie damit Jugend und Schönheit kompensieren wollte, hatte Christian anfangs gedacht. Sie gehörte zu den Frauen, die ihn über das Wort «einst» nachdenken ließen. Einst war sie ein hübsches junges Mädchen gewesen. Nun war sie auf eine herbe Weise hübsch. Jeden Morgen malte sie sich ein Gesicht auf, das so aussehen sollte, wie sie auszusehen glaubte. Jede Menge Make-up und getönter Puder, Lidschatten, Kajal und Wimperntusche. Ihre Lider waren so dick geschminkt, daß es aussah, als hätte sie vier Augen – zwei, die aufgingen, wenn sich die anderen beiden schlossen. Christian verstand sie durchaus. So etwas taten Frauen, die auf eine identitätsstiftende Weise jung und hübsch gewesen waren und die jetzt, wo sie langsam alt wurden, nicht wußten, daß sie nicht länger so aussahen und deshalb auch nicht so sein konnten.

«In Sanders alten Patientenakten fehlen Seiten», sagte er.

«Ah ja», sagte Carmen gleichgültig, spülte ihre Tasse und trocknete sie ab.

«Weißt du, wo die geblieben sein könnten?»

«Nee.»

«Wie erschöpfend doch deine Antworten sind.»

«So bin ich von Natur aus, mein Schätzchen. Gründlich und korrekt.» Sie schickte ihm einen Luftkuß und trat auf den Flur.

«Kannst du mir nicht ein bißchen helfen», bat Christian. «Babe.» Aber sie war längst weg.

Später am Nachmittag, als sein letzter Patient gegangen war, blieb Christian an seinem Schreibtisch sitzen. Er fühlte sich abgespannt und mochte nicht nach Hause gehen, denn das Haus war leer und kalt. Nina war die ganze Woche bei einem Kurs gewesen und jeden Morgen mit dem Rad zur Haltestelle in Hvium gefahren, um dort den Zug nach Viborg zu nehmen. Es wurde abends immer spät, bis sie nach Hause kam, in der Regel kam sie erst, nachdem er zu Bett gegangen war, und er wußte kaum, worum es in dem Kurs ging oder wie sie ihn fand, denn sie hatten im Lauf der Woche nicht viele Worte gewechselt. Heute war Donnerstag und der letzte Tag, er rechnete jedoch noch lange nicht mit ihr, und auch wenn er sie nicht vermißte, fand er es doch trist, in ein Haus zu kommen, das ungeheizt war, und einen gähnend leeren Kühlschrank zu öffnen. Er beschloß, im Gasthaus zu essen, war aber noch nicht richtig hungrig und fing deshalb an, alte Patientenakten durchzublättern. Er nahm ein paar von den dünnsten und sah sie rasch und unsystematisch durch. Draußen gingen die Straßenlaternen an, ihr Licht spiegelte sich gelb auf dem nassen Asphalt. Wind und Regen fegten durch die leere Straße. Gegenüber, neben der futuristisch öden Tankstelle und der Garage lag eine altmodische Wäscherei mit drei großen kreisrunden Waschmaschinen, die fest im Terrazzofußboden verankert waren. Sie wurde von einer alten Frau betrieben. Er konnte sie unter einer Reihe Neonröhren an einem langen Tisch mitten im Raum stehen sehen. Sie bewegte sich fast gar nicht. Vielleicht legte sie Wäsche zusammen. Zu welcher Tageszeit auch immer sich Christian in seinem Sprechzimmer aufhielt, war die alte Frau in ihrer Wäscherei. Er stellte sich vor, daß sie nebenan in einem ehemaligen Laden im gleichen Haus lebte. Hinter den großen Schaufensterscheiben hingen Spitzengardinen, und die Fensterbank stand voller Topfpflanzen. Er wünschte ihr, daß ihr das Haus gehören möge und daß sie nur arbeitete, weil sie es nicht lassen konnte. Eines Tages würde er ihr seine Schmutzwäsche bringen und mit ihr reden.

Er zog die Schuhe aus, legte die Beine auf den Schreibtisch und fischte nach weiteren schmalen Akten. Draußen am Empfang wurde die Tür zugemacht, und bald darauf hörte er, wie Carmen abschloß und die Alarmanlage einschaltete. Einen Moment später sauste ihr kleiner knallroter Corsa an seinem Fenster vorbei, und automatisch schickte er ihr einen Luftkuß hinterher. Er hatte in einer weiteren Akte eine Lücke entdeckt. Dieses Mal war die Patientin Mitte zwanzig. Verhärtete Muskeln, Kopfschmerzen, Schlafstörungen – und dann eine fehlende Seite. In diesem Fall war obendrein versucht worden, das zu vertuschen. Sander hatte den Rest des Satzes in eine Ecke unten auf die Seite gequetscht, hatte freilich nicht mit dem gleichen Kuli geschrieben. Es war nicht dasselbe Blau. Normalerweise würde sich Christian nicht mit einem solchen Detail befassen, aber jetzt hatte er nun mal die Idee, daß etwas nicht in Ordnung war. Er schwang die Beine vom Tisch und ging nach draußen an das Aktenarchiv. Alle unvollständigen Krankenblätter waren von Frauen gewesen. Er nahm zwanzig bis dreißig Krankenakten von Patientinnen mit zu seinem Schreibtisch und blätterte sie durch, im Licht der Lampe wurde das Papier zu einer weißen Insel auf seinem Schreibtisch. Die Zeit verging. Ein weiteres Mal ging er hinaus und holte sich einen neuen Stoß, den er durchblätterte. Um sechs Uhr, als er knapp zwei Stunden über den Papieren gesessen hatte, stolperte er über einen Eintrag, der kurz und knapp lautete: «27.4.97. Gynäkologische Untersuchung: Prachtvoll.» Christian hob die Beine mit Schwung vom Tisch und stellte sich ans Fenster. Der Wind trieb den Regen in Böen unter den Straßenlaternen durch und wirbelte eine weiße Plastiktüte mit sich. Abwechselnd leer und aufgebläht taumelte sie vor dem Wind her. Christian stützte die Hände auf die Fensterbank, lehnte die Stirn gegen die Scheibe und verfolgte geistesabwesend den unruhigen Weg der Tüte die Straße hinunter, bis sie hinter der Garagenanlage verschwunden war. Es gab keinen Zweifel. Er hatte es schwarz auf weiß gelesen und brauchte keine weiteren Akten mehr durchzusehen. Jetzt hatte er eine Erklärung für die fehlenden Seiten und vielleicht auch für Sanders Wunsch, sich vorzeitig zurückzuziehen. Trotzdem wußte er nicht, was er denken oder glauben sollte. Warum hatte er nichts davon erfahren, ehe er die Praxis übernahm? Er mußte mit Køpp reden.

Christian legte die Krankenakten an ihren Platz und verließ die Praxis. Auf dem Flur war Licht, das verzerrte Licht dieser Deckenspots, das Palmen in fensterlosen Räumen grau und farblos wirken läßt.

Kaum war er auf die Straße getreten, wurde er von einer Bö getroffen, die ihm fast den Atem nahm. Gegenüber an der Tankstelle wirbelte das Geöffnet-Schild im Kreis herum. Christian schlug den Kragen hoch und ging an Køpps Fenstern vorbei. Durch die Ritzen der Jalousien leuchtete das Blau des Computerbildschirms. Køpp saß am Schreibtisch, zurückgelehnt, die Augen geschlossen. Vor ihm lagen Nachschlagewerke, Stöße von Papier und lose Zettel. Christian wußte, daß Køpp an einem großen und noch geheimgehaltenen Artikel für das «Ärztliche Wochenblatt» arbeitete, und überlegte, ob er hineingehen und sofort mit ihm reden sollte. Aber dann war der Moment vorüber, er war schon an der Hausecke vorbei und stand neben seinem Auto, und ein paar Minuten später hielt er vor dem gelbgekalkten Gebäude, von dem er an seinem ersten Abend in Hvium geglaubt hatte, es sei ein Minigutshof, das tatsächlich jedoch ein Gasthof war. Nina hatte ihm erzählt, das sei Kitsch, albernes Zeug von der Jahrhundertwende. Bis jetzt war er noch nie drin gewesen.

Er kam in einen Flur mit zwei Türen, die mit Rosen bemalt waren, und zog an der mit der Aufschrift «Gaststube». Die Tür öffnete sich, und er blickte in ein dunkles Lokal mit langen Tischen. Gleich am ersten schauten einige auf. Er schloß die Tür schleunigst wieder und zog an der anderen

Tür, die zum Restaurant führte. Sofort kam ein Kellner auf ihn zu, nahm seinen Mantel und führte ihn zu einem Tisch. Die Wände waren vom Fußboden bis zur Decke mit furnierten Paneelen verkleidet, und das war nicht gemütlich. Christian setzte sich und studierte die Speisekarte. Nach dem langen Tag und dem, was er über Sander entdeckt hatte, war er abgespannt. Warum bin ich nicht einfach zu Køpp gegangen und habe ihn damit konfrontiert? dachte er. Was hielt mich davon ab? Es stach merkwürdig in seinem Körper, und plötzlich fiel ihm ein, daß er morgens kurz vorm Aufwachen geträumt hatte, er würde im Schaufenster des Eckgeschäfts an der Niels Juelsgade in Århus nackt unter einer Dusche stehen. Er hatte den Vorhang zuziehen wollen, aber der wurde ihm im selben Moment auf das entschiedenste von zwei Frauen um die Vierzig aus der Hand genommen, die eingetreten waren, ohne daß er sie hatte kommen hören. Ihre Augen waren sehr dunkel, ebenso die Umgebung rings um die Augen. Sie baten um Wasser und berichteten, sie kämen aus dem Uralgebirge. Während er für sie Wasser holte, gelang es ihnen, sein bestes Silber zu stehlen, darunter ein schönes Fischbesteck, dessen Griffe geschuppte Heringe darstellten. Sie waren bereits auf der Straße, als er entdeckte, daß die oberste Schublade offenstand, und er lief ihnen nach und nahm es ihnen ohne Anstrengung ab. Im selben Moment zog ein Jahrtausendumzug lautstark vorüber, große Pritschenwagen mit vergoldeten Lamas, Elefanten und Trompete spielenden Mädchen. Ihre Gliedmaßen glänzten von Gold. Dann war der Umzug vorbei, die Frauen aus dem Ural waren ebenfalls weg, und ihm wurde klar, daß er das Fischbesteck nicht bekommen hatte. Aber das machte nichts.

Der Kellner kam zurück. Christian bestellte Beefsteak und ein Bier und schaute sich um. Im Restaurant war kaum jemand. An einem der mittleren Tisch saß eine kleinere Gesellschaft, vier Personen, und hinter ihm, in der Ecke, eine einzelne Frau, mit dem Rücken zum Lokal. Er nahm an, daß sie betrunken war. Als er hereinkam, hatte sie nahezu über dem Tisch gelegen, aber als er jetzt einen Blick über die Schulter warf, hatte sie sich aufgesetzt, und er entdeckte, daß es Nina war, die er erst gegen elf Uhr erwartet hatte. Er nahm sein Bier und ging zu ihr hinüber, sie sah ihn nicht, bis er ihren Namen nannte und sich ihr gegenüber setzte.

«Hallo», sagte sie und lächelte etwas blaß.

«Bist du schon lange hier?» fragte er.

«Nein, nicht besonders lange. Ich bin gerade mit dem Zug gekommen.»

«Wie kommt es, daß du schon so früh zu Hause bist?»

«Wir waren früher fertig als gedacht.»

«Ja, das kann ich mir fast ausrechnen», sagte Christian. Sie redeten sehr vorsichtig miteinander. Der Kellner kam mit dem Beefsteak, und Christian sagte:

«Was ist mit dir? Willst du nicht auch etwas haben?»

«Ich bin nicht hungrig.»

«Nanu.»

Er wußte, etwas stimmte nicht, aber so müde, wie er war, entschloß er sich, eines nach dem anderen anzugehen, und er fing an zu essen und fragte sie nach dem Kurs, bei dem sie gewesen war.

«Bist du nicht müde?» fragte er. «Nach den vielen langen Tagen?» Und ja, doch, sie war müde.

«Ich sah dich über dem Tisch hängen, als ich hereinkam.»

Sie antwortete nicht, saß nur da und drehte sich eine Zigarette. Die Zungenspitze glitt rasch über den Klebstoff am Zigarettenpapier, ihre kleinen Hände preßten geschickt die Zigarette zusammen und zupften an den Enden den losen Tabak weg.

«Warum hast du keine nassen Haare?» fragte er.

«Warum sollte ich?»

«Weil du gerade aus dem Zug gestiegen bist und es regnet.»

«Ich bin mit einer Plastiktüte über dem Kopf hierhergelaufen.»

Christian hätte am liebsten gefragt, ob das eine weiße Plastiktüte gewesen war, tat es aber nicht. Statt dessen bot er Nina etwas von seinem Beefsteak an, aber nein danke, sie war nicht hungrig. Sie fingerte an der nicht angezündeten Zigarette herum.

«Das schmeckt übrigens gut», sagte er.

«Na bestens», antwortete sie.

Während er aß, schwiegen sie. Er konnte Ninas verstohlene Blicke spüren und wußte, daß sie jetzt alle Vorwürfe durchging, aber am Schluß kam nicht einer davon.

«Warum hast du deine Zigarette nicht angezündet?»

«Weil du ißt.»

«Das stört mich nicht.»

«Hm.» Aber sie zündete sie nicht an. Er konnte ihren Ärger spüren, und urplötzlich schob sie heftig ihren Stuhl zurück und stand auf und verließ das Lokal. Die Tür schloß sich hinter ihr. Die kleine Gesellschaft mitten im Raum lachte auf, und etwas später, als Christian mit dem Essen fertig war, trat einer von ihnen an seinen Tisch und fragte freundlich, ob er nicht Lust hätte, mit ihnen zusammenzusitzen. Christian erkannte ihn wieder, es war der Geschäftsführer des Supermarkts, ein Riese von einem Mann, den sie Einar den Großen nannten. Einen Augenblick lang zögerte er. Er war so müde, daß es ihm zuviel werden würde, und einsam würde er sich in jeder Gesellschaft fühlen. Andererseits hätte er sich gern aus seiner Stimmung herausholen lassen.

«Tja», sagte er langsam.

«Wir sind nur ein paar, die hier zusammensitzen.» Der Mann lehnte sich zu ihm vor, und Christian konnte seinen Schnapsatem riechen. «Wir würden gern mit Ihnen anstoßen.»

Da ging die Tür auf und Nina kam wieder herein. Sie steuerte auf Christian zu, und er richtete sich auf.

«Das ist nett von Ihnen», sagte er. «Meine Frau und ich wollen gern nach Hause. Kann ich die Einladung ein andermal wahrnehmen?»

«Selbstverständlich», sagte der Geschäftsführer und stieß mit Nina zusammen, als er sich umdrehte, um zu seinem Tisch zurückzugehen.

«Entschuldigung, kleine Dame.»

«Keine Ursache», entgegnete Nina gemessen und setzte sich Christian gegenüber. Sie hatte Regentropfen im Haar, und ihre Augen waren gerötet. Sie öffnete ihre Hand, die Zigarette rollte heraus, und sie zündete sie an.

«Wo bist du gewesen?» fragte Christian.

«Auf der Toilette.»

«Du bist naß geworden.»

«Ich war außerdem kurz draußen.»

«Warum bist du so plötzlich gegangen?»

Nina nahm einen tiefen Zug. «Weil du schmatzt», antwortete sie und schaute ihn direkt an. «Das anzuhören konnte ich nicht länger ertragen.»

Jetzt wurde Christian wirklich ärgerlich und stand auf, um den Kellner zu suchen. Er fand ihn in der Küche, wo er gerade Weine bereitstellte; er zahlte, und auf dem Weg zurück ins Restaurant brachte er seinen und Ninas Mantel von der Garderobe mit.

«Ich gehe davon aus, daß du mit mir nach Hause fahren willst?» Er warf Ninas Mantel über eine Stuhllehne.

«Was wird dann aus meinem Fahrrad?»

«Dann fahr mit dem Rad.»

Er zog den Mantel über und ging auf den Parkplatz, wo ihm unter den Lampen der Regen wie gelber Rauch entgegentrieb. Er setzte sich ins Auto und wartete auf Nina. Er nahm an, daß sie bei diesem Wetter keine Lust hatte, mit dem Rad zu fahren. Aber sie kam nicht, und er schlief ein und wachte erst auf, als am Bahnübergang das Warnsignal bimmelte. Im nächsten Moment sauste ein Zug vorbei. Er fror. Die Uhr an der Instrumententafel zeigte Viertel nach neun. Er hatte lange dort gesessen. Gefühllos vor Kälte startete er das Auto und fuhr die fünf Kilometer durch Tunnel aus Regen, schwarzem Himmel und schwarzem Gras bis nach Hause.

6

Hege suchte ihn am nächsten Tag in seinem Sprechzimmer auf. Zwischen zwei Patienten klopfte sie bei ihm und steckte den Kopf durch die Tür. «Störe ich?»

«Nie», sagte Christian.

Sie war schwer mit Einkaufstüten beladen und berichtete, daß sie beim Schlachter, beim Bäcker und im Supermarkt gewesen sei, um für das Abendessen einzukaufen.

«So ist das nicht jeden Abend», sagte sie. «Aber ich bekam Lust auf ein schönes Essen, und da habe ich überlegt, ob Nina und du nicht Lust hättet, zu uns zu kommen?»

«Was gibt es?»

«Das wird nicht verraten.» Sie lächelte. «Aber Nina hat zugesagt.»

«Du hast also mit ihr gesprochen?»

«Ja, ich durfte gnädigerweise Carmens Telefon ausleihen.»

Sie hatte sich auf den Stuhl Christian gegenüber gesetzt und den Mantel etwas aufgeknöpft. Darunter trug sie einen Kilt und ein grünes Twinset, sie schlug die Beine übereinander und lehnte sich ruhig zurück. Christian gefiel die sorgfältige Art, mit der sie sich bewegte. Sie erzählte ihm von einem der Pferde, das an einem Huf eine Entzündung bekommen, und von einem Druck, den sie zum Rahmen geschickt hatte. Er überlegte, warum Nina wohl zugesagt hatte, mit ihnen zu essen. Vielleicht weil ihr so schnell keine Entschuldigung eingefallen war. Sie hatte ihm gegenüber nie einen Hehl daraus gemacht, daß sie sowohl Køpp als auch Hege sterbenslangweilig fand.

«Gibt es einen besonderen Anlaß für die Einladung?» fragte er.

«Nein.» Hege hob eine Augenbraue. «Ich habe einfach nur an euch gedacht.»

«Wurde im Supermarkt über uns geredet?»

Hege warf ihm einen Blick von der Seite zu und antwortete erst nicht. Christian sah sie an. Dann lachte sie plötzlich.

«Na aber ehrlich, Christian, nimm das nicht so schwer. Das ist doch nur Dorfklatsch.»

«Ich nehme das nicht schwer», sagte Christian ruhig. «Nina und ich sind, wie wir sind. Wir können uns weder ändern noch unsichtbar machen. Und wenn die Leute finden, wir benehmen uns irgendwie interessant, dann ist das ihre Sache, nicht unsere.»

«Ganz genau.» Sie stand auf, und er begleitete sie hinaus und nahm auf dem Weg zurück einen Patienten mit.

* * *

Im Lauf des Tages hätte er mehrfach Gelegenheit gehabt, mit Køpp über Sander zu reden. Zum Beispiel waren sie in der Mittagspause gleichzeitig in der Küche, während Carmen mit irgendeiner Arbeit am Empfang beschäftigt war, und später kam Køpp zu Christian, um mit ihm über einen Patienten zu sprechen. In beiden Fällen wäre Zeit gewesen, um die Geschichte anzugehen, nur brachte Christian es nicht über sich. Es kam ihm vor, als sei das Ganze ein Sammelsurium von Punkten, und er wollte, überlegte er, erst etwas mehr Klarheit in seine Gedanken bringen, ehe er mit Køpp darüber sprach. Vielleicht ergibt es sich heute abend, dachte er.

Als er nach Hause kam, saß Nina wie üblich am Klavier.

Es war dämmerig, aber sie hatte vergessen, das Licht anzumachen, und abgesehen vom Feuer hinter den Glastüren des Kachelofens war das Zimmer dunkel. Sie sah ihn kaum hereinkommen, und er hatte das Gefühl zu stören. Als wenn sie mit einem heimlichen Freund zusammensäße. So war es schon immer gewesen. Ganz egal, wie viele Stunden am Tag sie allein gewesen sein mochte, wenn er nach Hause kam, fühlte er sich selten willkommen. Er ging durchs Haus und machte Licht, er schaltete in der Küche das Radio an und drehte am Sender. Als ob er die Mäuse in die Flucht schlagen wollte. Gegen sechs Uhr machten sie sich auf den Weg zu Hege und Køpp, und als sie aus der Allee hinausfuhren, sahen sie Hege auf der Treppe stehen und auf sie warten; sie trug einen leuchtendroten Rock mit passender Jacke, das Licht strömte durch die offene Tür hinter ihr.

«Willkommen», sagte sie und zog sie mit sich ins Haus. «Ich hoffe, ihr seid hungrig.»

Sie hatte Kalbsfilet mit Anschovis und geriebenem Meerrettich zubereitet, und das Fleisch war wunderbar mürbe. Nina schnitt ihr Filet in winzige Stücke und aß fast nichts.

«Magst du kein Fleisch?» fragte Hege mit einem Mal, und Nina wurde verlegen. Doch, schon, sagte sie, sie habe nur nicht so großen Appetit. Sie wisse nicht, warum.

«Nimm die Anschovis einfach weg, wenn du sie nicht magst.»

«Ich mag sie sehr.» Sie tat Christian beinahe leid. Køpp fragte, ob sie an Paläontologie interessiert sei, und schlug vor, sie nach dem nächsten Herbststurm zu den Kreidefelsen von Nørby mitzunehmen, um nach Fossilien zu suchen. Er beschrieb, wie man mit einem kleinen Geologenhammer rings um die Versteinerung eine Reihe von Schlägen ausführt und sie schließlich mit Hilfe eines Schraubenziehers vorsichtig herauslöst. Er erzählte von Ammoniten und von dem warmen Kreidemeer, das vor hundert Millionen Jahren hier an das Festland plätscherte, und von den Eiszeiten, von denen er meinte, sie seien das reinste Kinderspiel gewesen. «Das ist wahnsinnig interessant», sagte er, «und wenn man das Dasein erst mal auf diese Weise betrachtet, ist das wahrhaftig ein Paradigmenwechsel.» Erst als er schwieg, trug Hege die Teller hinaus. Inzwischen war auch Ninas Teller leer geworden.

Christian hatte damit gerechnet, daß sie ihm auf dem Nachhauseweg diesen ganzen Abend an den Kopf werfen würde, aber zum Eklat kam es bereits beim Dessert, einem italienischen Schokoladenkuchen.

«Linus und ich freuen uns so, daß ihr hierhergekommen seid», sagte Hege. «Und wie gut, daß ihr euch hier wohl fühlt, wo doch die Stadt so weit weg ist.»

«Aber ich fühle mich hier überhaupt nicht wohl», sagte Nina und griff nach ihrer Dessertgabel. «Ich rechne damit, langsam, aber sicher zu verrotten.»

Hege lachte auf, und Køpp schaute sie interessiert an. «Das sind starke Worte, das muß ich wahrhaftig sagen.»

«Ja», erwiderte Nina hochfahrend. Christian war so verblüfft, daß er zunächst glaubte, er hätte sich verhört. So war Nina doch niemals gewesen. Er kannte sie als ausweichend, als eine, die selten ja oder nein zu etwas sagte. Sie hatte gern alles unter Kontrolle und hielt sich am liebsten sämtliche Möglichkeiten offen. Jetzt feuerte sie mit einem Mal drauflos, und er hatte keine Ahnung, ob sie meinte, was sie sagte, oder ob sie einfach nur provozieren wollte.

«Du solltest dem Ort eine Chance geben, finde ich», meinte Hege. «Klar bist du hier auf dem platten Land, aber auch hier gibt es viele Möglichkeiten.»

«Welche?» fragte Nina ungerührt und aß ein Stück vom Kuchen. «Ich sehe keine. Es gibt keine Konzerte, in die man gehen kann, kein Musikleben, überhaupt kein Milieu.»

«Es sind unter anderem solche wie du, die mit dafür sorgen sollten, eines zu schaffen.»

«Das würde vermutlich zu einem Schaffensprozeß von heute bis zum Sankt-Nimmerleins-Tag führen.»

Køpp lachte, aber Hege sagte:

«Die Leute loben im übrigen die neue Organistin in den höchsten Tönen. Du bist viel besser als der alte Hansen, sagen sie.»

«Dann könnten sie das zum Beispiel zeigen, indem sie beim Postludium sitzen bleiben. Nur begreifen sie nicht, daß ich ihnen ein Konzert gebe. Das ist ihnen gleichgültig. Sie reden drauflos und poltern den Mittelgang hinunter!»

«Dann mußt du dem Pfarrer sagen, daß er eine neue Sitte in der Kirche einführen soll. Daß die Leute sitzen bleiben sollen.»

«Ach», sagte Nina ärgerlich. «Orgeln sind es doch nicht wert, daß man ihnen zuhört.»

«Warst du diese Woche nicht bei einem Kurs gewesen?»

«Doch. Warum?»

«Eigentlich aus keinem besonderen Grund. Ich dachte nur, daß du bei solchen Gelegenheiten doch immerhin das Milieu hast, nach dem du dich sehnst.»

«Ja, das stimmt.» Nina nickte, und ihre goldenen Ohrringe blitzten. «Das macht es doppelt so schwer zurückzukommen.»

«Hast du hier Freunde gefunden?»

Nina warf Hege einen feindseligen Blick zu und kaute auf ihrem Kuchen.

«Es gibt bei uns eine kleine Abteilung der Soroptimisten. Wie dumm von mir, ich hätte gleich an dich denken sollen, schon lange.»

«Was sind Soroptimisten?»

«Ein Club mit Zweigen in der ganzen Welt. Wir treffen uns, essen, diskutieren verschiedene Themen, amüsieren uns.»

«Aha.»

«Das sind durchweg amüsante und intelligente Damen. Ich werde mal mit ihnen reden.»

«Ich glaube nicht, daß Clubs und Logen etwas für mich sind.»

«Das ist keine Loge», erwiderte Hege. Ihre Stimme war sanft und voll wie immer, Christian meinte indes zu spüren, daß es wohl nicht mehr lange dauern würde, bis ihre Geduld am Ende wäre, wenn es nicht schon soweit war. «Jedesmal, wenn wir uns treffen, haben wir ein Thema, über das wir diskutieren. Es gibt auch die Möglichkeit für Anregungen von außen. Wir hatten schon unglaublich interessante und spannende Abende.»

«Das ist nett von dir», sagte Nina müde.

«Aber noch ist es nicht sicher.» Hege schnitt langsam ein Stück Kuchen ab und legte es auf ihren Teller. Die Scheibe war vollkommen. «Ich muß zuerst mit den anderen reden.»

An diesem Punkt endete die Diskussion. Bald darauf erhoben sie sich und gingen hinüber ins Kaminzimmer, wo das Feuer schon brannte. Køpp ließ seine langen mageren Gliedmaßen in den Ohrensessel sinken, und Christian setzte sich auf das Sofa in der Nähe. Auf der Schwelle fragte Hege Nina, ob sie Lust hätte, vor dem Tee das Haus anzuschauen, und sie verschwanden wieder. Køpp und Christian waren allein. Køpp zog einen Schemel heran und legte aufseufzend die Füße hoch. Die Hände faltete er in seiner Lieblingshaltung unter dem Kinn. Gleich, dachte Christian, gleich werde ich auf Händen vor ihm stehen können, ohne daß er es bemerkt.

Hin und wieder fuhr der Wind in den Schornstein, bei besonders heftigen Böen stoben die Funken bis zur Messingplatte vor dem Kamin. Christian wechselte vom Sofa auf einen näher stehenden Sessel und streckte die Beine aus. Er dachte an sein Schiff, das am Kai des kleinen Hafens von Hvium lag. Der war so flach, daß etwas größere Schiffe als seines nicht anlegen konnten, und wenn Sturm aufkam und das Wasser in das kleine Hafenbecken drückte, konnte es schwierig werden. Er dachte an die Persenning, die er über die halbfertige Kajüte gebreitet hatte, und ging für sich die Knoten durch, die er gebunden hatte. Vom Feuer wurde sein Gesicht warm. Køpp im Sessel neben ihm hatte die Augen geschlossen. Christian glaubte, er schliefe, als er plötzlich sagte: «Durch den Winter zu kommen ist eine Herausforderung, wenn man auf dem Land wohnt.»

«Ja.»

«Unterschätz das nicht.»

Christian antwortete nicht.

«Es kommt einzig und allein darauf an, durchzuhalten und es sich so gut wie möglich gehen zu lassen. Ich kann mich nicht erinnern, habt ihr einen Kamin zu Hause?»

«Wir haben Kachelöfen.»

«Ja, davor kann man wahrhaftig gut abschalten und entspannen, haha. Spürst du es in den Fußballen?»

«Ja», antwortete Christian.

«Zum Sommer hin, da wird das Leben vollkommen anders. Dann hast du das Schiff, und die langen hellen Nächte kommen. Darauf könnt ihr euch freuen.»

Christian betrachtete seine Hände. So unqualifiziert belehrt zu werden war ihm peinlich. Er rutschte im Sessel hin und her, dann stand er auf und stellte sich mit dem Rücken zu Køpp neben den Kamin. Plötzlich fiel es ihm schwer, sich zusammenzunehmen. Ich bin konfus, wurde ihm schlagartig klar. Konfus nannte er für sich Patienten, die mit diffusen Beschwerden zu ihm kamen: Mal drückte es im Unterleib, mal tat ihnen die Seite weh, mal hatten sie eine solche Unruhe in der Brust. Oft hatte er das Gefühl, sie nähmen ihre Schmerzen als Entschuldigung, um zu ihm zu kommen. Sie hofften inständig, ihre Ratlosigkeit und Angst bei ihm ablegen zu können, damit sie nicht länger nachts wachliegen oder beim Aufwaschen innehalten, sich mit dem Unterarm die Haare aus dem Gesicht streichen und auf etwas lauschen mußten, das sich stets in neuen Verkleidungen darstellte, so daß sie es niemals einholen und verstehen konnten: Es ist doch nichts. Nicht mehr und nicht weniger.

Was würde ich tun, wenn Nina nicht länger hier wohnen bleiben wollte? dachte er. Würde ich sie zum Bleiben überreden oder sie ziehen lassen, oder würde ich mitgehen? Aber das bis zum Ende zu denken war ihm zu anstrengend. Er konnte jetzt oder überhaupt in den ersten Jahren seine Praxis nicht verkaufen, und er konnte sich nicht vorstellen, jemals in der Stadt Arzt sein zu wollen. In der Stadt konnte man mit Leuten wie ihm die Schweine füttern, während er an Orten wie diesem gebraucht wurde. Er.

Er kannte Leute, die priesen die Anonymität. Sie sprachen davon, wie wunderbar es sei, in Ruhe und Frieden die Straße entlangzugehen, ohne jemanden grüßen zu müssen. So war er nicht. Er wollte mit anderen zusammensein, wollte gelobt und getadelt werden. Er wolle Mensch sein, formulierte er für sich. Ich glaube, er meinte damit, daß er ohne alle Vorbehalte leben wollte.

* * *

Da Christian etliche Jahre älter war als ich, erinnere ich mich an ihn, wenn ich an unsere Kindheit zurückdenke, als an einen Jungen, der größer, stärker, klüger und viel selbstsicherer war als ich. Freilich gab es einiges, womit er sich herumschlug. Unser Zuhause war kein Paradies. Vater besaß einen Hof und betrieb daneben einen Zwinger, aber von beidem verstand er nicht sehr viel. Christians Aufgabe war es, den Hunden Futter und sauberes Wasser zu bringen. Mit seinen zehn Jahren war er kaum mehr als einen Meter fünfunddreißig groß. Das war vielleicht ein Anblick, wie er sich mit den zwei Eimern abschleppte – einen mit Wasser und einen mit Trockenfutter. Die Hunde sprangen währenddessen geifernd und fiepend durch die Maschendrahtkäfige, die unser Vater selbst gezimmert hatte, aus Latten, die er mitgehen ließ, wenn er abends den Bau- und Abrißgrundstücken der Gegend seine Besuche abstattete. Wenn Christian die Eimer absetzte, sah es aus, als ob der Körper mitten entzweibrechen würde. Er richtete sich auf, zog die Mütze in die Stirn, schimpfte dabei mit den Hunden, wie er es von Vater gelernt hatte, und mühte sich ab, einen Eimer in Brusthöhe zu stemmen, wo ein abgesägtes Abflußrohr durch den Maschendraht gesteckt war. Vorsichtig kippte er den vollen Eimer hinein und hörte die Futterkapseln durch das Rohr und in den länglichen Trog rauschen, während die Hunde vor Streß fiepten und sich gegenseitig mit ausgestreckten Zehen auf die Pfoten traten. Dann war das Wasser an der Reihe. Auch dafür brauchte er den Zwinger nicht zu öffnen. Vater hatte einen Ablauf mit Fernbedienung konstruiert. Wenn Christian auf ein Pedal außerhalb der Zwinger trat, öffnete sich beim Wasserausguß der Ablauf, und das alte Wasser floss auf die Erde, und indem er das Pedal losließ, wurde der Ablauf geschlossen. Der Wassereimer war beinahe zu schwer für ihn. Wenn er ihn hoch zum Rohr stemmte, mußte er vor Anstrengung die Augen schließen. Unserem Vater zu sagen, er solle das Rohr senken, kam ihm nicht in den Sinn, ebensowenig wie er später, als er größer wurde, ihn um etwas bat oder ihm widersprach, egal wie sehr er provoziert wurde. Dafür saß seine Verachtung viel zu tief. Die Verachtung dafür, wie unser Vater die Nägel ausspuckte, die Käfige zusammenhämmerte, wie er eifernd die verwilderten Biester in dreckigen kleinen Verschlägen zusammenpferchte und die Hundeseelen brach. Als Kind wartete er darauf, groß genug zu werden, um unangreifbar zu sein, und stets trug er einen Traum in sich. Der war diffus und ohne Worte. Eine Zeitlang wollte er Astrophysiker werden. Mit dem Geld, das er damit verdiente, für unseren Vater zu schuften, kaufte er sich ein nobles Sternenfernrohr, ein Vixen Great Polaris. Neunzehn Monate hatte er dafür gespart, und in klaren Nächten stellte er es auf dem Feld hinter den Hundezwingern auf. Das Fernrohr aufzubauen war mühsam, und in der Dunkelheit zu stehen und den Gürtel des Orion oder den Pferdekopfnebel zu studieren stellte ihn nie so zufrieden, wie er es sich vorgestellt hatte. Er wußte, daß er Vater damit reizte, und das war ein Erfolg, nur konnte es die Langeweile, die Kälte und den Abstand zu allem doch nicht wirklich aufwiegen. Die Sterne waren ganz einfach zu weit weg, als daß ihm auf Dauer der Versuch gelungen wäre, sich mit ihrer Hilfe durchzusetzen.

Sein Traum veränderte sich ständig, vielleicht lag es auch daran, daß er aus so vielen Elementen bestand, so vielen Bedürfnissen. Zum Beispiel hatte er einen Traum von Präzision und Schärfe. Abends saß er im Wohnzimmer und verfolgte die wissenschaftlichen Sendungen im Fernsehen. Zu denen hatten unsere Eltern einen Standardkommentar, den sie jeder von seiner Seite des Sofas aus über seinen Kopf hinweg unermüdlich zum besten gaben: «Das, das hätte ich ihnen schon lange sagen können.» So etwas ärgerte den zehnjährigen Christian grenzenlos, und er versuchte herauszufinden, warum. In erster Linie, weil sich Vater und Mutter nie veranlaßt sahen, die Namen oder Berufe der Experten, die sie schlechtmachten, zu kennen, als ob sie außerstande wären, zwischen Menschen, die sie nicht persönlich kannten, zu unterscheiden. Aber etwas war beinahe noch schlimmer: Begriffen sie denn nicht, daß diese ernsthaften Experten Wissenschaftler waren? Daß sie sich niemals äußerten, ehe sie sich einer Sache absolut sicher waren, daß sie, im Gegensatz zu gewissen anderen, ihre Behauptungen nicht so unklar und verschwommen hinausposaunten, wie sie in ihrem Gehirn auftauchten. Und drittens konnte sich Christian nicht vorstellen, daß die Experten etwas davon hätten, wenn sie den Theorien und Ratschlägen unserer Eltern zuhören würden. Im Geist sah er, wie sich Vater und Mutter an ihre weißen Ärmel krallten und Sachen riefen wie: «Krippentod tritt ein, weil die Kinder zu atmen vergessen!» «Rotalgen hat es seit Menschengedenken jeden Frühling an den Küsten gegeben.» «Diabetes bekommt man, wenn man zuviel Zucker ißt.»

In der Schule war er für kurze Zeit der Schrecken der Lehrer, ja der ganzen Klasse. Im Laufe eines Jahres gelang es ihm, seine gesammelte Verachtung in Form eines kleinen höhnischen Lächelns auf den Lippen über sie alle zu verteilen, indem er über ihre Fehler und Dummheiten wachte. Und Anlässe dafür gab es genug. Allen fehlte es an Präzision, nicht nur fachlich, sondern auch rein menschlich. Die Mädchen malten Herzen und Jungennamen auf ihre Federmäppchen, als gälte es das Leben, und die Jungen tobten hinter dem Raucherschuppen chaotisch herum. Das war nicht länger nur spielerisch, so wie früher, es war kein Fangen-Spielen mehr. Das vermißte er. Jetzt blieb er in den Pausen oben im Klassenzimmer und las in Gyldendals Wochenschriften, bis ihn eines Tages zwei der größten Jungen der Klasse in der Mittagspause nach unten holten und er auf dem Sportplatz hinter der Schwimmhalle nach Strich und Faden verdroschen wurde. Nachdem sich das schlimmste Gejohle gelegt hatte, stand er im Kreis der Klassenkameraden, den Kopf in den Nacken gelegt, damit ihm das Blut den Rachen hinunterlaufen konnte, und starrte in den Himmel. Eine Möwe drehte dort oben ihre Runden, die dünnen Fangarme einer Birke drehten sich, und er schluckte gurgelnd sein süßes Blut. Die Klassenkameraden beobachteten ihn schweigend, was ungewöhnlich war. Wenn jemand verhauen worden war, rannten für gewöhnlich alle weg, ehe die Lehrer kommen und sich einmischen konnten. Jetzt blieben sie jedoch stehen, wie um ihm den Ernst dessen, was geschehen war, einzuschärfen. Das hier war keine gewöhnliche Klassenkeile, sondern beinahe eine rituelle Bestrafung, dachte Christian und schielte aus dem Augenwinkel zu den anderen hinüber. In seinem umnebelten Zustand verschmolzen die Gesichter. Er war nicht in der Lage, den einzelnen Namen zuzuordnen, er hatte vergessen, mit wem er in eine

Klasse ging. Alle zeigten sie das gleiche verschlossene zielstrebige Gesicht. Schlagartig wurde ihm klar, daß sie etwas von dem wissen mußten, was er anstrebte. Daß sie ihm seine Grenze gezeigt hatten und daß er, wenn er gewillt war, sich von ihnen über diese Grenzmauer schleppen lassen konnte. Weit weg war ein schwaches Läuten zu hören. Das konnte alles mögliche bedeuten: den Anfang einer Pink-Floyd-Nummer oder das Geräusch einer Fabrik in einer ganz anderen, viel größeren Stadt. Aber da fingen die ersten an, sich in Richtung Schulhof zurückzuziehen, und ihm wurde klar, daß es einfach nur geschellt hatte. Binnen kurzem würden sie alle verschwunden sein. Nie im Leben werde ich wie ein erbärmlicher Köter mit blutiger Nase und allem hinterherschleichen, dachte Christian. Plötzlich war die Welt wieder an ihrem Platz. Der Himmel kam zur Ruhe, er entdeckte, daß die Birke ganz gewöhnliche Zweige hatte und das Blut nicht länger seinen Rachen füllte. Er schluckte noch einmal und sah die letzten Beine über den Fußballplatz verschwinden. In den engen Jeans rieben ihre Hintern aneinander, die Füße trommelten auf die Grasnarbe. Ein interessanter Anblick. Die haben mich ganz schön verhauen, dachte Christian. Aber das sind ja auch nur Menschen. Er legte sich der Länge nach ins Gras. Alle sind nur Menschen, dachte er. Die meisten sitzen auf dem Klo und kacken mindestens einmal am Tag. Das sind die Bedingungen. Dieser Gedanke zog den nächsten nach sich: Ich bin nicht der einzige, der Dresche bekommen hat. Das gehört dazu. Genauso, wie es dazugehört, dumm zu sein und bescheuert und klein und glücklich und und und ...

Es geht nur darum, dachte er, ob ich das begreifen kann. Jegliches Geschrei vom Schulhof war jetzt verstummt. In seiner Nase klopfte es, immer härter, von einem Augenblick zum nächsten. Er konnte geradezu spüren, wie das Blut durch seinen ganzen Körper strömte, um sich durch das zu kämpfen, was in seiner Nase zerstört war. Es tat so weh, daß er die Augen schloß und sich bemühte zu entspannen. Viktor Frankl fiel ihm ein, der die Folter im Konzentrationslager überstanden hatte, indem er an etwas Schönes dachte. Diese Geschichte hatte ihn immer fasziniert. Er wußte, Viktor Frankl war das, was man einen großen Menschen nennen konnte, einer, der anderen weit überlegen war. Der unangreifbar war, weil er es verstand, sich auf die Bedingungen einzustellen, und ihnen auf diese Weise entkam. Würde Viktor über die Mädchen in meiner Klasse die Nase rümpfen, weil sie sich jede Woche in einen anderen verlieben? dachte er. Nein, natürlich nicht. Unter ihm scharrte und nagte lauter kleines Getier. Sein Hinterkopf wurde immer schwerer. So wie Frankl versuchte er, an etwas Schönes zu denken. Bilder von ihm selbst als Erwachsenem, der zu Besuch nach Hause kam in das Dorf seiner Kindheit, glitten schläfrig an seinem inneren Auge vorbei. Auf der Straße würde er zufällig seinen ehemaligen Klassenkameraden begegnen. «Wir haben von dir gehört», würden sie sagen. «Das ist einer, der etwas erlebt.» Und er würde lächeln, nicken und fragen, wie es ihnen ginge. Der eine oder andere winkte ihm von Ferne zu und käme dann näher, aber er konnte nicht erkennen, wer das war. Und dann schlief er ein.

Seitdem arbeitete Christian daran, nach und nach wie ein Mensch zu denken. Anfangs kam es ihm so vor, als müsse er lange Umwege zurücklegen, um das gleiche zu erreichen, was den anderen scheinbar völlig mühelos gelang. Wie zum Beispiel beim Überqueren des Schulhofs die Hände in die Taschen zu stecken, in der Sonne die Augen zu schließen und sich wie eine Katze zu dehnen und zu räkeln, über die Witze der anderen zu lachen und selbst Witze zu erzählen. Zufällig das Handgelenk eines Mädchens zu sich hinzudrehen, statt nach der Uhrzeit zu fragen. Immer öfter in den Jugendclub zu gehen und Tischtennis zu spielen. So zu tun, als ob alles das etwas bedeutete. Zu wünschen, das täte es.

Am Ende half ihm sein eigener Körper. Als er vierzehn

war, fing er an, in die Höhe zu schießen. Vom Kleinsten der Klasse entwickelte er sich im Laufe von anderthalb Jahren zu einem der Größten. Innerhalb von neunzehn Monaten wuchs er knapp dreißig Zentimeter. Seine Gestalt veränderte sich – Schulterpartie, Brustkorb, Schenkel –, und dazu kam der Stimmbruch. Als er schließlich in die Oberstufe kam, hatten er und alle anderen vergessen, was für eine Null er einmal gewesen war. Nun tat er mühelos das, worum sein Körper ihn bat. Zweimal pro Woche lief er die Ruhelosigkeit weg, indem er durch den Wald, an der Waldläuferkneipe vorbei und am Strand entlang nach Hause trabte. Einmal schlug er unseren Vater nieder, in den Dreck beim Hundezwinger, und half ihm anschließend, wieder auf die Füße zu kommen, indem er ihm einen Arm reichte, an den sich Vater stumm festkrallte. Und viermal landete er bei einem Fest mit einem Mädchen im Physiksaal des Gymnasiums, beim ersten Mal gegen die Schiebetafeln gelehnt, die dabei mit trockenem Knirschen auf- und abglitten, was zur Folge hatte, daß er von nun an immer an Sex dachte, wenn er im Unterricht saß und der Lehrer mit einer raschen Handbewegung die äußere Tafel nach oben schob. Dann spürte er in seiner Hand wieder ihren Hintern. Genau aus diesem Grund kehrte er in den drei übrigen Fällen an den gleichen Ort zurück, ohne daß es ihm gelang, die Mädchen dazu zu bekommen, es an die Tafel gelehnt zu tun. Sie beklagten sich, die Kreideschiene würde in ihren Po einschneiden und ihre Sachen würden schmutzig.

Er freundete sich mit dem anspruchsvollsten Mädchen der Schule an. Sie hieß Henny, war Sprecherin der Schülervertreter und schielte heftig auf dem linken Auge. Ihre aufmüpfigen Ansichten waren gefürchtet. Wenn sie richtig wütend wurde, war sie unberechenbar. Sie brachte es fertig, sich in einer Diskussion die Tasche ihres Gegners zu schnappen und aus dem Fenster zu pfeffern und anschließend das, was sie getan hatte, politisch zu begründen. Sie redete alle in

Grund und Boden. Dann und wann wurde sie von einem unheimlichen Lebensüberdruß erfaßt, dann brachte sie es fertig, sich auf den weißen Mittelstreifen zu werfen und gegen einen Lastwagen anzubrüllen, der auf sie zugedonnert kam, bis Christian sie im letzten Moment vom Asphalt hochriß und am ganzen Körper zitternd auf den Bürgersteig schleppte. Er ohrfeigte sie, er schüttelte sie wie eine Stoffpuppe, so lange, bis ihr verstörter Blick ihn erfaßte und er sie nach Hause begleiten konnte. Ungezählt waren die nächtlichen Ausflüge, wo er mit Henny durch die Straßen zog, wenn ihr Mienenspiel und die Geschwindigkeit ihres Körpers ihm zeigten, daß sie zuviel bekommen hatte. Zuviel Schnaps, zuviel Hasch, zuviele Kerle, zuviel unangebrachte Leidenschaft. Sie war immer vor ihm; er folgte ihr über die Bauzäune, die Dächer der Schuppen und in die großen leeren Container hinter der Maschinenfabrik, wo die Strichjungen rauchend standen und warteten und unter dem eisigen Schein der Straßenlampen Rauch und warme Luft ausatmeten. So lange, bis Henny zur Ruhe kam, ihren Kopf an seine Schulter lehnte, seine Hand umdrehte und Figuren in seine Handfläche zeichnete. «Round and round the garden like a teddy bear...», flüsterte sie. Ihre aufgesprungenen Lippen kitzelten ihn am Hals. Es gab diese unfaßbare Wachheit in einer Samstagnacht um vier Uhr morgens unter einer weißen Explosion des Mondes am Himmel über dem Containerhafen. Das war intravenös. «One step, two steps and ticklely – ticklely – there.»

In dem Aufblitzen lag fast die Erfüllung seines Traums: So war es, Mensch zu sein.

* * *

Mit einem Mal humpelte Køpp hinter ihm hin und her. Schiebetüren wurden heftig auf- und zugeschoben.

«Was hältst du von einem Cognac?»

«Tja.»

«Ja, einen besseren findest du nicht, hahaha. Sonderimport direkt aus ... ja, wo war das noch? Es ist nur noch wenig übrig, also sicher das letzte Mal, daß ich dir das Angebot machen kann.»

«Dann greife ich lieber zu.»

Christian kehrte zu seinem Sessel zurück, und im nächsten Moment bekam er einen Cognacschwenker in die Hand gedrückt. Køpp setzte sich und balancierte das Glas auf der Armlehne. Er war wieder verstummt. Jeder nippte an seinem Cognac.

«Wie ist Sander?» fragte Christian nach einer Weile in die Stille.

«Sander?» antwortete Køpp angestrengt, ohne den Blick von den Flammen im Kamin zu wenden. Er nahm einen Schluck Cognac und zwang sich aufzuwachen. «Sander», wiederholte er dann mit veränderter Stimme, «ist wahrhaftig ein Schlimmer, hahaha.»

«Inwiefern?»

«Er ist verrückt nach Schußwaffen. Du solltest seine Sammlung sehen. Na, jetzt ist er ja nach Ringsted umgezogen. Aber zu ihm nach Hause zu kommen ist wirklich ungemütlich, bei all dem, was dort an den Wänden hängt. Natürlich kann er zu allen seinen Mordwaffen etwas erzählen. Ich weiß nicht, ob du damit etwas anfangen kannst.»

«Ich habe vor Urzeiten mal einen Jagdschein gemacht», erwiderte Christian.

«Ich verstehe von diesen Dingen überhaupt nichts.» Køpp hob seine großen Hände in einer abwehrenden Geste und ließ sie dann wieder auf die Armlehnen fallen. «Nein, Gott bewahre.»

«Ist er hier auf die Jagd gegangen?»

«Ja ja, er hatte das Jagdrecht in dem Teil des Vesterskov, der an den Stilledamme angrenzt.»

«Aha.»

«Einmal hat er mich auch eingeladen – für ein ganzes Wochenende.» Im Kamin fiel ein brennendes Scheit mit einem Seufzer in sich zusammen, Køpp nahm sein Glas, das er auf einem kleinen Tisch zwischen ihnen abgestellt hatte, und drehte es in den Händen. «Ich hätte niemals zusagen sollen. Das wäre tatsächlich beinahe danebengegangen.»

«Was wäre beinahe danebengegangen?»

«Ja, also dabei ging es nicht um die Jagd.» Køpp trank aus und stellte sein Glas zurück. Die Tränensäcke unter seinen Augen waren enorm. Er erinnerte an ein gefurchtes müdes Tier aus einer anderen Welt, an ein Amadillo, dachte Christian, das am Straßenrand zwischen Papiertüten und Apfelsinenschalen wühlt. Auf dem Flur waren Stimmen zu hören, dann ging eine Tür, und sie waren verschwunden. Køpp lachte vor sich hin. «Das war keine Kleinigkeit, die an dem Wochenende umgesetzt wurde», fuhr er fort. «Ich hatte keine Ahnung, daß er dermaßen trinken konnte. Er hatte eine Jagdhütte beim Stilledammen, und dort wohnten wir, fünf oder sechs Mann. Ja, mich hatten sie von Anfang an abgehängt. Das Tempo konnte ich wirklich nicht halten. Mitten in der Nacht wachte ich auf, als sie mit Taschenlampen draußen herumtrampelten und Sander plötzlich an meinem Bett stand und wollte, daß ich Bier hole. Also mußte ich raus und das Auto nehmen, so ein Theater wegen ein paar Dosen Bier.»

«Du hast mitten in der Nacht für sie Bier geholt?» fragte Christian ungläubig nach.

«Ja, da führte kein Weg dran vorbei.» Køpp lachte leise. «Und dann alle diese Waffen. Es war gut, daß es nicht noch schlimmer kam.»

«Was meinst du damit?»

«Na ja, sie haben ja die ganze Nacht getrunken und sind umhergetorkelt, während ich zu schlafen versuchte. Zum Glück hatte ich den Hängeboden ganz für mich allein. Um sechs Uhr morgens wachte ich von einem ziemlichen Radau draußen auf, und es wurde geschossen. Das war Sander, er hatte gewettet, er könne den Kuckuck der Kuckucksuhr beim Herauskommen treffen. Aber er war zu betrunken, wurde jetzt so richtig sauer und brüllte, ich solle aufstehen. Ich schwang die Beine aus dem Bett. Ich hatte doch keine Ahnung, was los war. Der Kerl wurde immer cholerischer, während ich auf der Bettkante saß und mich sammelte. ‹Verdammt noch mal, steh auf, du Siebenschläfer.› ‹Ja, ja›, rief ich, aber das besänftigte ihn gar nicht. ‹Raus jetzt!› Und du kannst mir glauben, daß ich auf die Beine kam, denn im selben Moment feuerte der Idiot Richtung Hängeboden, und der Schuß drang sowohl durch den Fußboden als auch durch meinen linken kleinen Zeh. Ja, du hast wohl schon gesehen, daß ich etwas ungleichmäßig auftrete?»

«Wie bitte?» fragte Christian. «Angeschossen hat er dich?»

«Nicht absichtlich», sagte Køpp. «Es war ein Mißgeschick. Sander ist nicht übel. Ich habe nie erlebt, daß ein Mann schneller nüchtern wurde. Er war dermaßen unglücklich, daß er mir richtig leid tat.»

In dem Augenblick öffnete sich die Tür, und Hege und Nina kamen herein. Hege trug ein Tablett.

«Da sitzt ihr hier und amüsiert euch», sagte sie freundlich. «Habt ihr vielleicht Lust auf Tee und Gebäck?»

«Ich erzähle Christian gerade, wie ich meinen kleinen Zeh verloren habe.»

«Ja, pfui Teufel», sagte Hege bloß und schenkte Tee ein. Nina stand derweil im Hintergrund und lachte lautlos.

* * *

«Warum könnt ihr euch nicht leiden, Hege und du?» fragte Christian. Es war ein paar Stunden später, und er war ins Bett gegangen. Nina war noch nicht soweit. Sie stand bei der Kommode vor dem Spiegel, nahm ihren Schmuck ab und entfernte die vielen unsichtbaren Klammern, die ihre Haare während des Abends an ihrem Platz gehalten hatten. Christian hatte die Hände im Nacken verschränkt und beobachtete, wie geschickt ihre Finger sie herauszogen, wie sich das Haar löste und Locke für Locke um Schultern und Nacken legte.

«Ich kann nur für mich antworten», meinte Nina. «Wenn ich an sie denke, bekomme ich eine Gänsehaut.» Sie sammelte die Klammern ein und legte sie in eine schwarze Lackdose, die sie in die Kommodenschublade räumte.

«Das sind starke Worte», sagte Christian, ohne daran zu denken, daß Nina das an diesem Abend nun bereits zum zweiten Mal zu hören bekam.

«Weißt du, was sie mir heute abend gesagt hat, als sie mich durch ihr perfektes Haus führte?» Nina griff nach der Haarbürste und neigte den Kopf auf die eine Seite, so daß ihr die Haare voll und schwer über die Schulter hingen.

«Nein», antwortete Christian und schaute Ninas Bürstenstrichen zu.

«Also zuerst kam sie auf das zurück, worüber wir beim Essen gesprochen hatten. Sie erzählte mir, wie schwer es ihr anfangs gefallen wäre, sich einzuleben, über viele Jahre hin. Ihr fehlten das Gebirge, der Schnee, das trockene Klima und so weiter.» Nina schwieg und bürstete.

«Und was dann?»

«Nichts. Das war ihre Pointe. Sie habe sich an alles gewöhnt. Jetzt könne sie sich nicht mehr vorstellen, woanders zu leben. Hier gäbe es ja alles, was sie bräuchte. Und für Doktor Blubb wäre es undenkbar, seine Praxis zu verkaufen. Dann fragte sie mich, was mir am Leben hier am schwersten fiele.» Nina warf mit Schwung die Haare auf den Rücken, richtete sich auf und legte die Bürste auf die Kommode.

«Ja?»

«Und da habe ich geantwortet, das Schwerste wäre, daß du es so gut hättest und dich alle gut leiden könnten und daß du immer wüßtest, was du willst. Und weißt du, was sie darauf geantwortet hat?» Ninas letzte Worte verschwanden in dem Kleid, das sie sich gerade über den Kopf zog. Sie ließ es über eine Stuhllehne fallen, so daß die leeren Ärmel aufeinander zufegten.

«Woher soll ich das wissen?» entgegnete Christian. Nina streifte ihre Strumpfhosen ab und warf sie in eine Kommodenschublade, mit zwei Fingern fahndete sie nach den Häkchen an ihrem BH, und gleichzeitig wand sie sich aus ihrem Slip. Sie hatte schon immer so einen langen und geschmeidigen Rücken gehabt. Ihre Blicke trafen sich für einen Moment im Spiegel.

«Sie sagte», Nina seufzte fast, «dann brauchst du dir um ihn wenigstens keine Sorgen zu machen.»

«Was hast du darauf geantwortet?» fragte Christian neugierig.

«Ich war platt.» Mit der Hüfte schob Nina eine Schublade zu, drehte sich um und schaute ihn an. Sie war nackt. «Und du liegst da in deinem blauen Pyjama.» Sie kam und zog ihm die Decke weg. «Wie ehrbar. Wie wohlanständig.»

Christian antwortete nicht und rührte sich nicht. Nina setzte sich rittlings auf ihn, er legte die Hände auf ihre Taille und ließ sie dort liegen, abwartend. Von nun an würde ein winziges Anspannen ihrer Schenkel oder eine zärtliche Geste seiner Hand entscheiden, ob sie sich lieben würden oder nicht.

«Kannst du dich daran erinnern, wie wir es am Anfang dreimal am Tag gemacht haben?» fragte Nina. Ja, das konnte er. «Und weißt du noch, wie es dann zweimal waren und dann einmal? Und dann...» Sie lachte und schaukelte leicht auf seinem Schenkel, und er hatte plötzlich Lust, sie runterzuschieben. Ja, das Lieben, damals und heute, da gab es ohne Zweifel Unterschiede. Wenn er damals in sie eindrang, hatte Nina ihm erzählt, hielt sie ihn ganz in ihrer Hand, die leicht auf seinem Hintern ruhte. Und daß es eiskalt in ihren

Zähnen ziehe. Daß sie ihn mit einem Blitzen der Augen in Stücke reißen und mit einem Donnern wieder zusammensetzen könne. «So war es», flüsterte sie, «wie grünes Feuer, wie Licht!» Vielleicht war es jetzt eine eher reife Liebe. Sie war gemächlich – er empfand das Schwitzen jetzt aufdringlicher –, sie hatte wie all die unzähligen anderen Dinge in seinem Leben ihren Platz gefunden. Hin und wieder kam ihm jäh der Gedanke, ob er je wieder auf diese luminiszierende Weise würde lieben können. Vielleicht mit einer anderen Frau. Nein, das glaubte er nicht. Er war viel zu sehr er selbst geworden, um ein anderer werden zu können. Und als er jetzt bemerkte, daß die Unentschlossenheit Nina zu überwältigen drohte und er reflexartig seine Hand zu ihrem Schoß gleiten ließ, fragte er sich, wie schon so oft, ob er sie überhaupt mochte, und dieser Gedanke war ihm so vertraut, daß er nicht im mindesten davon beunruhigt war. Er bedeutete nicht einmal eine Anfechtung. Christian meinte begriffen zu haben, daß sein Leben aus einer langen Reihe von Fragen bestand, die gleichzeitig mit ja oder nein oder weiß nicht beantwortet werden konnten.

7

«He! Warte einen Moment, ich will dir nur...» Christian wurde auf dem Flur vor seinem Sprechzimmer von Køpp eingeholt. Es war Montagmorgen, die Telefonsprechstunde sollte in einer halben Minute beginnen, und während sie ihr Gesicht und ihre schwarze Pagenkopf-Frisur in einem runden Spiegel betrachtete, zündete sich Carmen die zweite Zigarette dieses Tages an. «Ich will mich für mein Benehmen am Freitag entschuldigen», sagte Køpp.

«Entschuldigen?»

«Ja, das ist vielleicht nicht das richtige Wort. Aber ich

fürchte, ich habe dir einen falschen Eindruck von Sander vermittelt. Mit all dem, was ich von den Waffen erzählt habe und von meinem kleinen Zeh, möge er in Frieden ruhen, haha.»

«Das hat nichts zu bedeuten.»

«Doch, ich finde schon. Hege hat das auch gesagt, als ihr gegangen wart. Sander ist kein Idiot oder Trunkenbold. Er ist ein hochbegabter Mensch ...»

Da klingelte das Telefon draußen an der Theke und wenige Augenblicke später auch in Køpps und Christians Sprechzimmern. Auf der Wanduhr war der große Zeiger auf zwölf gerückt. Es war acht Uhr.

«Wirklich hochbegabt», wiederholte Køpp. «Du solltest seine Büchersammlung sehen. Sowohl Philosophie als auch Psychologie und Literatur. Einen beleseneren Mann gibt es nicht, und er geht nicht nur auf das Sichere, die Klassiker. Er ist an allem Neuen interessiert. Er hat dem Buchhändler in Hvium seinerzeit viele graue Haare beschert.»

Die Telefone hörten nicht auf zu klingeln. Christian wollte in sein Zimmer gehen, aber Køpp hielt ihn zurück.

«Das solltest du einfach wissen, finde ich. Und mit ihm zusammen vorm Kamin sitzen – der Mann kann vielleicht reden. Wirklich redegewandt. Du solltest ihn hören, wenn er über Literatur loslegt. Es gibt nicht viel, das vor seinen Augen Gnade findet. ‹Ja, ich bin eben kein Wissenschaftler, ich bin ein Liebender.› Haha. Er ist inspirierend, das kann ich dir versichern. Aber er kann auch zuhören ...»

«Na ja, das eine muß ja dem anderen nicht widersprechen», entgegnete Christian, leicht ungeduldig. Er konnte das klingelnde Telefon nicht abnehmen! Und jetzt rief Carmen von der Theke her, was sie sich dächten, ob sie den ganzen Tag dort herumstehen wollten, denn dann würde sie eigentlich gern nach Hause gehen. Da legte Køpp den Arm gegen die Wand, so daß Christian nicht vorbeikonnte, ohne direkt unhöflich zu werden, und redete immer weiter von

Sander und von einer Angeltour, die Sander, er und Hege zusammen nach Südnorwegen unternommen hatten, am Drammenselv hätte Sander versucht, ihnen das Fliegenfischen beizubringen. Was zum Teufel ist mit dem los? dachte Christian. Es fiel ihm allmählich schwer, bei dem, was Køpp sagte, noch durchzusteigen. Die klingelnden Telefone lenkten ihn zu sehr ab.

«Dem nächsten, der anruft, sage ich, ihr hättet keine Lust, den Hörer abzunehmen», rief Carmen von der Rezeption her. Christian war sicher, daß sie Wort halten würde, und unterbrach Køpps Redefluß.

«Wir sollten hier lieber aufhören», sagte er.

«Selbstverständlich, selbstverständlich.» Køpp nahm den Arm zurück. «Ich wollte dir auch nur sagen, daß Sander ein Mann ist, der das Herz am rechten Fleck hat. Ein interessanter Mensch. Ich hoffe, du wirst ihn eines Tages kennenlernen.»

«Das hoffe ich auch.» Christian rannte in sein Zimmer und stürzte ans Telefon. Ilsebill war am Apparat, sie wollte gern das Rezept für die Pillen gegen Gicht erneuert haben. «Wird gemacht», sagte Christian freundlich, und zwei Sekunden lang ging ihm die paradoxe Situation durch den Kopf, daß Køpp endlich zu reden angefangen hatte zu einem Zeitpunkt, zu dem Christian sich nicht darauf konzentrieren konnte, ihm zuzuhören, und daß Ilsebill, diese demütige kleine Person, sich mit so einer schrillen Stimme melden konnte. Und schon klingelte das Telefon wieder.

* * *

Am Ende des Tages fing es an zu schneien. Während er eine Spirale einsetzte, registrierte er aus dem Augenwinkel das gedämpfte Licht, das vom Himmel zu fallen schien.

«Jetzt schneit es», sagte er zu seiner angespannten Patientin, «und wir haben erst Anfang November. Wüßte gern, ob wir dieses Jahr einen strengen Winter bekommen.»

«Wie sieht der Schnee aus?» wollte sie wissen.

«Es sind große Flocken, an der Grenze zum Tauen. Die werden wohl nicht liegenbleiben.»

Aber da irrte er sich. Als er gegen siebzehn Uhr die Praxis verließ, sah er sich einem weißen Ort gegenüber. Der Rauch, der drüben bei der Wäscherei aus dem Schornstein stieg, löste sich in einen grauen Himmel auf. Die alte Frau dort drinnen kehrte mit einem breiten Besen. Für einen Moment blieb er unter der Straßenlaterne stehen und beobachtete ihre stumme Pantomime, dann legte er den Kopf in den Nacken und folgte den Flocken rückwärts nach oben, bis es ihm so vorkam, als wälzten sie sich von irgendwoher aus dem Cyberspace, wie aus dem Bildschirm, vor dem er noch vor wenigen Minuten gesessen hatte. Er dachte eine Sekunde lang, er stünde inmitten einer Begegnung mit dem All und habe den schuldlosen Part. Er stand doch einfach nur da. Køpp saß in genau derselben Haltung in seinem Sprechzimmer wie eben, als Christian auf dem Flur an seiner offenen Tür vorbeigegangen war. Der Tisch war mit den üblichen Papierstößen bedeckt. Jetzt schob er den Stuhl zurück, erhob sich langsam und schloß die Jalousien. Christian ging die wenigen Schritte um die Ecke zum Parkplatz und zu seinem Wagen.

***

Wenn er die engen kurvenreichen Straßen umgehen wollte, mußte er die Hauptstraße durch den Staatsforst unten am Wasser nehmen. Das war eine einsame Strecke, auf der er nur selten anderen Autos begegnete, die still durch den Wald glitten. Normalerweise fuhr er diese Straße nie, denn sie war etliche Kilometer länger, doch heute abend tat er es. Der Schneepflug hatte die Fahrbahn geräumt, aber es lag schon wieder reichlich Schnee, und Christian fuhr langsam, ohne einem einzigen Auto zu begegnen. Das mußte am Schnee liegen. Der hatte alle überrascht. Schnee so früh im November. Die Tür hatte geklemmt, als er einsteigen wollte, und er hatte eine dicke Lage Schnee von der Windschutzscheibe fegen müssen. Er fuhr die breite gerade Straße entlang. Sie war so gleichförmig, so ohne jede Ablenkung, daß er sich inmitten des grünlichen Lichts der Instrumententafel und des einschläfernden Geräuschs vom Gebläse wie eingeschlossen fühlte. Er starrte ins Schneegestöber, auf die weiße Straße und auf die Fichten, die sich zu beiden Seiten dunkel und undurchdringlich auftürmten. Als er schließlich an einem Auto vorbeikam, bemerkte er das im Grunde erst im Rückspiegel im Schein seiner eigenen roten Lichter, nachdem er es überholt hatte. Es hielt auf dem Seitenstreifen. Es war von unberührtem Schnee bedeckt.

Warum hält das hier? dachte er. Soweit er wußte, war das nächste Haus kilometerweit entfernt. Hier gab es nichts als Fichten. Er hielt sein Auto nicht an, um zurückzugehen und nachzuschauen. Aber seine Aufmerksamkeit war geweckt.

Warum sollte es eigentlich nicht dort halten? dachte er. Der Wald war doch keineswegs leblos, selbst wenn er so wirkte. Denn jeder einzelne Quadratmeter wimmelte von Leben, es raschelte, schnaubte, nagte und kratzte. Überall dort drinnen war Atmen und Laufen, genauso wie es in jedem einzelnen Auto, das hier durchfuhr, Atmen und Füße und Körper gab. Die Idee vom Organismus hatte ihn immer fasziniert, und zwar nicht nur aus naturwissenschaftlicher Sicht. Ihm gefiel schon allein, daß alles von Körpern herrührte. Daß der Körper dem Denken und den Gefühlen Leben verlieh und all den Sachen, mit denen er sich umgab. Ihm ging durch den Sinn, daß ein Auto nur dann tot ist, wenn sein Besitzer es für immer verlassen hat und nicht einmal Mäuse am Bezug knabbern wollen. Das war vielleicht zu weit hergeholt. Und egal, an wie vielen Krankenhausbetten mit todkranken Patienten er als Krankenhausarzt damals gestanden hatte, immer waren gleichzeitig andernorts lebendige Organismen am Werk gewesen. Die Krankenschwester, die den Arm ausstreckte und den Tropf richtete, die Unterhaltung der Krankenträger auf den Fluren, das leise Klirren des Geschirrs in der Küche. Das war ihm bewußt gewesen, wenn er dort stand, wie in einem Sonnenflimmern. Der weiße Arm, der ausgestreckt wurde. Immer würden andere dasein, bereit zu übernehmen.

Das Schneegestöber war stärker geworden, und die Flokken wurden immer größer und poröser. Sie schmolzen, sobald sie auf die Scheibe fielen. Die Temperatur mußte jetzt um den Gefrierpunkt liegen. Angestrengt starrte er in einen Tunnel aus Scheinwerferlicht. Die reflektierenden Straßenbegrenzungen, diese gelben Katzenaugen, glitten langsam vorbei. Er war gezwungen gewesen, das Tempo zu drosseln, jetzt schlich er nur noch. Auf diese Weise fuhr er einige Kilometer. Dann sah er wieder ein haltendes Auto, mitten auf der Fahrbahn, das Licht ausgeschaltet. Er trat voll in die Bremse und rutschte ein paar Meter. Dann stand er. Er wußte selbst kaum, wie es kam, daß er den Wagen entdeckt hatte. Es war, als ob er langsam eins würde mit den wirbelnden Flocken, den Bäumen und der schneeglatten Straße. Normalerweise wäre er unverzüglich hinausgesprungen und hätte irgend etwas unternommen, jetzt blieb er jedoch erst einmal sitzen. Die Scheiben des anderen Autos waren beschlagen, und nasser Schnee rutschte an der Heckscheibe herab. Er konnte nichts erkennen, obwohl die Scheinwerfer seines Wagens direkt auf das Fahrzeug gerichtet waren. Etwas stimmte nicht. Trotzdem beeilte er sich nicht, als er schließlich den Sicherheitsgurt löste, die Tür öffnete und ausstieg. Er hatte den Motor abgeschaltet, aber die Scheinwerfer angelassen, und die Tür knallte laut in der tiefen Stille des Waldes. Dort drinnen rutschte der Schnee von den Zweigen der Bäume und landete mit einem satten weichen Geräusch auf der Erde. Er ging zu dem fremden Auto hinüber und zog an der Fahrertür, sie war abgeschlossen. Er beugte sich vor, ging mit dem Gesicht ganz nah an die beschlagene Scheibe heran und konnte innen undeutlich die Konturen eines Menschen ausmachen. Die Person hatte die Hände am Lenkrad und rutschte unruhig auf ihrem Sitz hin und her. Von hinten strahlten seine Scheinwerfer grell gegen das grau beschlagene Glas, aber es sah aus, als ob das Licht um die Person einen Bogen machte. Er erfaßte lediglich eine steife Gestalt und das Aufblitzen von goldblondem Haar. Dann klopfte er an die Scheibe. Durch die Gestalt ging ein Ruck, aber sie versuchte nicht, ihm zu öffnen. Er zog den Handschuh aus und klopfte kräftig mit dem Knöchel an das Glas. Dieses Mal erfolgte gar keine Reaktion. Christian richtete sich auf und zog den Handschuh wieder an. Er wollte nicht rufen oder sich zu erkennen geben. Schneeflocken fielen ihm ins Gesicht, liefen ihm in den Kragen und den Nacken hinunter. Wie still der Schnee fiel, war ihm erst aufgefallen, nachdem er ausgestiegen war, nicht schräg und heftig, so wie es ihm beim Fahren vorgekommen war, sondern gerade und sanft vom Himmel herab wie in einer Weihnachtslandschaft, die er sich als Kind vorgestellt hatte. Er trat vor den Kühler des fremden Autos, und als er direkt davor stand, wurde der Motor gestartet. Für einen kurzen Moment war er von dem plötzlichen Licht geblendet, es wurde Gas gegeben, und das Auto macht einen kleinen Satz vorwärts. Aber da war er schon längst im Graben. Die Scheinwerfer schauten jeder in seine Richtung, der eine in den Wald, der andere direkt ins Schneegestöber, wo das Licht verschluckt wurde, und vom Kühler her kam ein trockenes kratzendes Geräusch. Im Auto wurde geschaltet. Aufheulend ruckte der Wagen zurück, auch dieses Mal kaum mehr als einen halben Meter. Da blieb er stehen. Die schielenden Scheinwerfer erloschen. Eine Sekunde blieb es still im Wald. Mit einem Satz war Christian aus dem Graben und bei der Fahrertür.

«Bist du wahnsinnig!» brüllte er. Der Atem quoll als dicke Wolke aus seinem Mund. «Was machst du denn!»

Mit beiden Fäusten schlug er gegen die Scheibe. Der Schrecken hatte ihn wütend gemacht.

«Wenn du fahren willst, dann fahr. Worauf wartest du? Hier mitten auf der Straßen anzuhalten. Idiot!»

Er trat einen Schritt zur Seite und stolperte dabei über etwas, das unter dem Auto herausragte. Einen schrecklichen Moment lang glaubte er, es wäre ein steifer Kinderarm, dann sah er Horn aufblitzen und begriff, daß es sich um einen Huf handelte: Unter dem Auto lag ein Damhirsch. Er richtete sich auf und atmete tief durch, erfüllt von einer neuen Art von Wut, ehe er sich bückte und anfing, das Tier herauszuziehen. Das schlug und holperte dabei die ganze Zeit gegen den Boden des Wagens. Dann lag es am Straßenrand. Es war ein junger Bock, kaum größer als ein Kalb, mit schlabberigem Bauch, schlechtem Fell und einer weißen Haut über den Augen, als sich der Schnee darauf legte.

«Jetzt kannst du losfahren!» brüllte er, aber innen rührte sich nichts.

«Weg mit dir.»

Immer noch keine Antwort.

«Du kannst hier nicht anhalten.»

In den Pausen zwischen seinem Rufen legte sich die Stille des Waldes um ihn. Eine dichte Decke. Mit nassem Schnee im Haar und dem toten Kalb zu Füßen wartete er ab. Das Tier würde er jedenfalls mit nach Hause nehmen. Er wollte es gerade zu seinem Auto tragen, als er unvermittelt aus dem fremden Auto eine Stimme hörte.

«Wer sind Sie?» fragte sie bebend. Sie klang wie die eines Kindes. Er ließ das Kalb los und ging die wenigen Schritte zurück, schlagartig ruhig.

«Der Arzt», sagte er gedämpft. Kein Brüllen mehr. «Schließ mal auf. Sonst kann ich dir doch nicht helfen, oder?»

Das war wie eine Eintrittskarte. Die Verriegelung wurde aufgedrückt, und Christian öffnete die Tür und sah ein blondes Mädchen, das mit beiden Händen das Lenkrad umklammerte. Das lange Haar hatte sie im Nacken zusammengebunden. Sie schaute ihn an.

«Bewegt es sich noch?» fragte sie.

«Nein», antwortete er. «Es ist mausetot.»

«Sind Sie sicher?»

«Ganz sicher. Steig aus und schau selbst nach.»

Sie zögerte.

«Ich beiße nicht», sagte er. Aber das Mädchen hatte den Kopf weggedreht und starrte nur vor sich hin.

«Hör zu», sagte er, etwas ärgerlich. «Du kannst nicht hier mitten auf der Straße stehenbleiben. Ich wäre beinahe in dich reingefahren. Da können noch andere kommen. Hier zu halten ist gefährlich.» Zu ihrem merkwürdigen Manöver gerade eben sagte er nichts.

«Als ich die Tür geöffnet habe, hat es so gemacht.» Sie bewegte langsam eine schmale Hand hin und her.

«Das sind die Nerven gewesen.» Während er sprach, beugte er sich ungeschickt über die Beine des Damhirsches. Er hatte nassen Schnee im Haar. Er schaute zu dem blassen Mädchen und zu dem Kondenswasser, das sich in Tropfen auf der Innenseite der Scheiben sammelte.

«Hast du lange hier gesessen?» fragte er.

«Nicht so lange.»

Er glaubte ihr nicht. Sie wirkte durch und durch kalt, einfach vollkommen durchgefroren. Durchgefroren und unehrlich. Er hatte Lust, sie aus dem Auto zu ziehen. Statt dessen bückte er sich und hob das Kalb auf.

«Bist du daran interessiert?» fragte er.

Sie schüttelte den Kopf.

«Dann nehme ich ihn, es sei denn, du hast etwas dagegen.»

«Was sollte ich dagegen haben?» fragte sie so spitz, daß klar war, sie hatte etwas dagegen. Sie würde bestimmt ein

Begräbnis vorziehen. Bei dem Gedanken mußte er lächeln, und unerwartet lächelte sie zurück.

«Und mich hast du gerade überfahren wollen», sagte er.

«Ja, was hätten Sie denn getan?» fragte sie. «Wenn da plötzlich direkt hinter einem ein Idiot anhält und da rumsteht und schreit und gegen die Scheibe klopft.»

«Da hätte ich das gleiche getan», antwortete er versöhnlich.

* * *

Die Frontpartie ihres Auto war total eingedrückt. Er fuhr ihr den Wagen zur Seite, dabei kam ein trockenes, kratzendes Geräusch aus dem Kühler, und benachrichtigte den Abschleppdienst. Sie brauchten ihn nicht abzuwarten. Gleich darauf waren sie in Christians Auto unterwegs. Die Schultern hochgezogen, lehnte sie sich gegen die Tür, die Hände hatte sie zwischen die Oberschenkel gesteckt. Sie fror noch immer so, daß sie zitterte. Er würde nie erfahren, wie lange sie wirklich während des Schneegestöbers im Auto gesessen oder was sie gedacht hatte. Er wußte auch nicht, ob sie so stumm war, weil sie noch unter Schock stand, oder ob sie einfach schüchtern war. Er bemühte sich, ein bißchen mit ihr zu reden, und weil er danach fragte, erzählte sie ihm, daß sie in die Oberstufe ging, sprachlicher Zweig, und daß sie gern hinging. Das Schneetreiben hatte nicht nachgelassen, im Gegenteil, es war dichter geworden. Die Scheibenwischer arbeiteten, trotzdem konnte Christian kaum die Hand vor Augen sehen. Die Straßenmarkierungen waren unter einer zentimeterdicken Schneeschicht verschwunden. Er orientierte sich an den Katzenaugen, die undeutlich am Straßenrand zu erkennen waren. An sich brauchte man für die Strecke durch den Wald neun bis zehn Minuten, aber er hatte inzwischen jegliches Zeitgefühl verloren. Wenn ihm jemand gesagt hätte, er wäre schon seit Stunden unterwegs, würde er es geglaubt haben.

«Was für ein Wetter», seufzte er.

«Ja», kam es gedämpft von dem Mädchen. Sie hatte sich aufgerichtet und schaute aufmerksam auf die Straße, als ob sie ihm helfen wollte, den Weg zu finden. Wenn er auf der Straße an ihr vorbeigegangen wäre, oder wenn sie zu ihm in die Sprechstunde gekommen wäre, hätte er ihr kaum einen Gedanken gewidmet. Aber jetzt war er plötzlich wie besessen von der Vorstellung, daß sie unbedingt etwas sagen sollte. Er wollte erleben, daß sie sich entspannte, so wie es ihm bei anderen gelang, wenn sie in seine Sprechstunde kamen und endlich begriffen, daß man sich dort, wo sie nun waren, ihrer annahm. Daß dort der kleine Stein, hart und nicht zerbröckelt, aller Wahrscheinlichkeit nach aus dem Schuh geschüttelt wurde.

«Wo kann ich dich absetzen?» fragte er.

«Ja», sie zögerte, «... das ist allerdings wohl ein kleiner Umweg – ich muß zur Nerzfarm.»

«Welcher Nerzfarm?»

«Es gibt nur eine, Brogård, oben auf dem Hügel.»

«Das ist kein Umweg. Ich fahre da sowieso fast vorbei.»

Sie antwortete nicht.

«Ist das nicht dort, wo die alten Telefonleitungsmasten noch neben der Schotterstraße stehen?»

«Ja, bis hoch zum Hof – dort oben muß ich hin.»

«Wohnst du dort?»

«Nein.» Das klang, als ob es sie schauderte, und Christian lächelte.

«Mir scheint, du sagst puh, nee?»

«Nein, ich arbeite dort bloß.»

Sie hatten den Wald inzwischen verlassen und bogen in eine Nebenstraße ab, wo sich Schneewehen über die Fahrbahn schoben. Das Schneetreiben kam nun von der Seite und schien jetzt, wo sie sich nicht länger im Windschatten befanden, aggressiver geworden zu sein.

«Wie wirst du heute abend nach Hause kommen?»

«Wenn es gar nicht anders geht, übernachte ich dort oben.»

«Ja, wenn es nicht aufhört zu schneien, kann es bestimmt schwierig werden, von dort wegzukommen. Bist du sicher, daß ich dich nicht doch lieber nach Hause fahren soll?»

«Vollkommen sicher. Die haben zur Zeit zuviel zu tun.»

«Womit?»

«Jetzt im November und Dezember, da werden die Tiere gepelzt.»

«Und das tust du?»

«Igitt, nein!» Jetzt schauderte es sie tatsächlich. «Ich stehe in der Spannerei.»

«Spannerei? Was in aller Welt ist das denn?»

«Ich ziehe die Felle auf Holzspanner und ...» Das Mädchen stürzte sich in eine längere Erklärung, von der er nicht viel mehr verstand, als daß sie im Begriff war aufzutauen. Sie saß nicht mehr so verkrampft. Sie atmete gegen das Glas und wischte den Flecken mit ihrem Ärmel weg. «Hier, das ist der Weg hoch nach Brogård», sagte sie plötzlich. Christian bremste. Die Scheinwerfer beleuchteten eine niedrige Weißdornhecke an der Grenze zu den Feldern und einen Transformatorturm. Es schneite in dichten Flocken.

«Das geht nicht», sagte er. «Da ist nicht geräumt.»

«Dann gehe ich den Rest einfach zu Fuß», entgegnete das Mädchen. Sie hatte die Hand am Türgriff. «Danke fürs Mitnehmen.»

«Ich begleite dich.»

«Das ist nicht nötig.»

«Doch, das ist es.»

«Nein. Würden Sie bitte damit aufhören?»

«Ich möchte dich nicht allein dort im Dunkeln gehen lassen.»

«Das bin ich doch gewohnt. Der Hof liegt gleich dort oben auf der Anhöhe. Es ist nicht so weit. Ich möchte lieber allein gehen.»

Sie stieg aus, beugte sich vor und bedankte sich noch einmal. Während sie den Kopf in das erleuchtete Wageninnere steckte, sah Christian sie zum ersten Mal richtig. Langes blondes Haar und ein lustiger Mund, dessen Mundwinkel sich nach oben bogen.

Das hieß allerdings nicht, daß er nicht froh gewesen wäre, sie loszuwerden. Plötzlich war er müde und hatte genug davon, es anderen recht zu machen, er sehnte sich nach zu Hause, nach Essen und Licht und danach, niemanden zu sehen. Sie warf die Autotür zu, und er wendete. Schon war sie wieder da und klopfte an die Scheibe. «Pauli räumt mit dem Traktor», rief sie, «da kann ich mit ihm fahren.»

«Prima», antwortete er gleichgültig, sah in dem Moment weiter oben das Licht von zwei dicht beieinandersitzenden Traktorscheinwerfern, das näher kam, und hörte das unverkennbare Geräusch des Schneepflugs, der über Steine, Schnee und Schotter kratzte.

* * *

Nina war nicht zu Hause, fiel ihm ein, als er in die lange Auffahrt zum Haus einbog. Sie wollte den ganzen Nachmittag in der Kirche das Programm für die «Neun Lesungen» durchgehen, gemeinsam mit dem Flötisten, von dem er nicht mal wußte, ob es sich um einen Mann oder eine Frau handelte. Er hatte auch keine Ahnung, was sie spielen würden. Solche Sachen erzählte ihm Nina nie. «Was hast du heute gemacht?» fragte er manches Mal. Selten nur bekam er eine klare Antwort. Immer standen Noten aufgeschlagen auf dem Klavier. Er wußte, sie übte jeden Vormittag. Aber er hatte ein Bild von ihr, wie sie vor dem Klavier saß und ganz in Gedanken einen Ton anschlug. Es war, als ob sie sich in einer völlig anderen Welt bewegte als er. Eine, in der allein die Luft zählte.

Nach fünfzig Metern steckte der Wagen in einer Schneewehe fest. Christian stieg aus, öffnete den Kofferraum und hievte sich das Kalb auf die Schulter. Es war nicht schwer, nur ließ es sich nicht gut damit gehen. Auf dem Weg über den Hof zum Nebengebäude fiel ihm auf, daß im Wohnzimmer und in Ninas Arbeitszimmer das Deckenlicht brannte. Sie mußte morgens, als sie ging, vergessen haben, es auszuschalten. Er nahm den Schlüssel zum Nebengebäude vom Nagel unter dem überhängenden Dach und schloß auf. Ein kräftiger Geruch nach altem Linoleum schlug ihm entgegen. Das Licht war ausgegangen, er suchte im Dunkeln die Treppe und stieg die knarrenden Stufen hinauf. In der alten Werkstatt unter dem Giebel, das wußte er, gab es einen Haken im Fachwerk unter dem Fenster. Zweifellos genau zu diesem Zweck angebracht. Immer noch mit dem Kalb auf der Schulter fand er den Lichtschalter direkt neben der Tür, schnitt von einer Rolle, die auf der Hobelbank lag, ein Stück Seil ab, machte eine Schlinge und schlang das andere Ende um die Hinterbeine des Tiers. Es gelang ihm, das Fenster zu öffnen, das Tier hinunterzulassen und die Schlinge am Haken zu befestigen. Er lehnte sich hinaus und sah, daß es so gut hing. Der dunkle Körper vor der Holzwand. Kein Hund oder Fuchs würde ihn dort erreichen.

* * *

Er ging nach unten und holte seine Tasche. Das Auto konnte stehenbleiben, er hatte jetzt keine Lust, Schnee zu schippen. Er ging die Treppe hinauf und steckte den Schlüssel ins Schloß. Die Tür war gar nicht abgeschlossen. Das verwirrte ihn. War Nina doch nicht in der Kirche? Hatte er sich mit den Daten vertan? Nein, heute morgen noch hatte sie gesagt: «Wir müssen heute abend üben, ich komme spät nach Hause.» Vielleicht war sie wegen des Wetters zu Hause geblieben.

«Hallo, Nina», rief er und schaltete das Deckenlicht an. Das war sehr hell. Blinzelnd schaute er an sich herunter und entdeckte, daß sein linker Jackenärmel blutverschmiert war. Er zog die Jacke aus, öffnete die Tür zum Keller und warf sie nach unten. Von dort unten zog es besonders kalt, er kümmerte sich aber nicht weiter darum, machte nur die Tür hinter sich wieder zu. Dann entdeckte er, daß die Türen sowohl zum Wohnzimmer als auch zur Küche weit offen standen. Nina hatte auf sein Rufen nicht geantwortet, aber jetzt war er überzeugt, daß sie zu Hause sein mußte. Bestimmt schlief sie. Er schnürte seine Stiefel auf und stellte sie in den Flurschrank unter der Treppe, während er überlegte, ob sich wohl etwas Eßbares im Kühlschrank befand. Vielleicht hatte Nina daran gedacht. Allerdings, so umsichtig war sie selten. Auch im Wohnzimmer standen alle Türen offen. Er blieb auf der Schwelle stehen und blickte durch den Raum. Es war kalt. Keiner hatte heute Feuer angezündet. Auf dem Tisch lagen noch die Zeitungen von gestern, eine Kippe von Ninas kleinen stinkenden Selbstgedrehten und eine Brechstange. «Und das ist mein Zuhause», dachte er, wußte aber auch sofort, daß er es haßte. Nicht nur, weil selten aufgeräumt war und auf den Fensterbänken Ninas gesammelter Krimskrams herumlag. Schuhlöffel, Nagellack, Notenhefte, Nußschalen, Sachen, die sie zerstreut zur Seite legte und die dort dann ihren Platz gefunden hatten. Er erinnerte sich an sein erstes Essen bei Nina. Sie hatte ihn zu gekochtem Dorsch mit Senfsoße eingeladen, und zum Tischdecken schob sie mit einer Hand die Gegenstände ans andere Ende, bevor sie dann die Teller hinstellte. Einer dieser Gegenstände war ihr Pessar gewesen oder richtiger: das Etui dafür. Das Pessar selbst bekam er erst viel später zu sehen, er erinnerte sich aber stets an das blaßrote Gehäuse, das auf Bruckners fünfter Symphonie wie hingeworfen lag und ihn während der gesamten Mahlzeit ablenkte.

Nina konnte auch nicht mit Blumen umgehen. Sie selbst kaufte nie welche, und wenn er ihr zwischendurch mal eine Pflanze mitbrachte, bedankte sie sich und stellte sie ab, um sie von da an nie mehr zu beachten. Sie gab ihr einfach kein Wasser. Sie warf sie auch nicht weg. Sie stand auf der Fensterbank, wurde grau und vertrocknete, bis er sie schließlich zum Mülleimer trug, wobei sie die ganze Zeit rieselte.

Es war wohl so, daß sie alle beide ziemlich unordentliche Menschen waren. Aber so wenig wie er und so viel wie sie sich zu Hause aufhielt, fand er, hätte es anders sein müssen. Das war keine Frage von männlich oder weiblich, sondern von etwas Praktischem: Sie war zu Hause, er nicht. Wie oft hatte er es ihr zu erklären versucht. «Ich kann nicht begreifen, wie du den ganzen Tag an dem Korb mit nasser Wäsche vorbeigehen kannst, ohne etwas damit anzustellen.» Nein, er begriff es wirklich nicht. «Wenn ich du wäre und zu Hause, würde ich versuchen, mich in dieser Welt zu Hause zu fühlen. Sozusagen lernen, mich hier zu verhalten. Es muß doch unangenehm sein, sich den ganzen Tag über in solch einer Unordnung zu bewegen.»

«Du vergißt, daß ich mich um meine Arbeit zu kümmern habe», antwortete Nina. «Und außerdem mußt du dir um mich keine Sorge machen. Ich sehe das gar nicht.»

Nein, sie sah es nicht, ebenso wie sie ihn oft nicht sah, wenn er nach einem langen Tag endlich nach Hause kam. Er konnte sich mehrere Stunden verspäten, und trotzdem blickte sie auf, vollkommen verblüfft. «Bist du schon da?»

Aber damit konnte er leben. Letztendlich bedeutete ihm das alles nichts, und er hatte nicht den Wunsch, Nina zu ändern. Im Gegenteil, wenn er eine Frau gehabt hätte, die stets zuerst an ihn denken würde, dann hätte er sich gemein oder erdrückt gefühlt oder beides gleichzeitig.

Nein, wenn er jetzt auf der Schwelle stand und sein Zuhause haßte, dann deshalb, weil er jeden einzelnen Tag hierherkam und das auch auf unabsehbar lange Zeit weiter tun würde. Als Hege ihn an dem ersten gemeinsamen Morgen durch ihr Haus führte, hatte sie gesagt: «Hier wollen wir leben und schließlich einmal sterben.» Bei einer solchen

Aussage standen ihm die Haare zu Berge. Er wollte gern in Hvium sein, ohne jeden Zweifel, nur ließ ihn die Vorhersagbarkeit seines Zuhauses gleichermaßen resignieren wie rastlos werden. Und sein Zuhause – woraus bestand es? Aus ihnen beiden, ihm und Nina gemeinsam. Nicht aus ihm für sich und Nina für sich. Ihre Verbundenheit war so intensiv, daß es nicht um die Personen ging, die sie hätten sein mögen, wenn sie allein gewesen wären oder mit anderen zusammen. Die Seite, die er nach außen kehrte, wenn er mit Nina zusammen und bei sich zu Hause war, war nicht wahrer als die Seiten, die – zeitweilig ganz anders als jene – in anderen Zusammenhängen in Erscheinung treten konnten. Aber immer, wenn er seine Haustür öffnete und sein Haus betrat, trat er in sie ein. Und er war so daran gewöhnt, daß er gar nicht wußte, wie sie war. Nina konnte ihm vorwerfen: «Du bist sterbenslangweilig», und er hatte keine Ahnung, ob das stimmte. Bei anderer Gelegenheit erzählte sie ihm, wie begabt, tatkräftig, zielstrebig und sexy er wäre, und auch das schien nicht wirklich wahr zu sein. Er konnte spüren, wie seine Konturen verschwammen, wenn er sich zu Hause aufhielt, wie er hier nur eine Hälfte war, und zwar von etwas, dem nicht sein tiefstes, sein aufrichtigstes Interesse galt, kurz gesagt, wie er, Christian, ambivalent wurde, wenn er über seine Türschwelle trat.

Aber dann schlug er sich die trübsinnigen Gedanken aus dem Kopf: Hier muß einfach nur eingeheizt werden, dachte er. Er schaltete das Radio an und ging mit dem Korb hinaus, um Brennholz zu holen. Als er die Scheite zurechtgelegt und mit einem Streichholz angezündet hatte, ging er nach oben, um nach Nina zu schauen. Sie war nicht da. Im Schlafzimmer war das Bett gemacht, allerdings standen die Schränke offen, einige der Kommodenschubladen waren aufgezogen, und sein bestes Jackett lag auf dem Fußboden. Ärgerlich hob er es auf und hängte es an seinen Platz, dann ging er hinunter in die Küche, wo die Türen zum Arbeitsraum und dem eiskalten hinteren Flur offenstanden. Er schloß sie, hob die Schöpfkelle, die Nina nach ihrem Einzug draußen gefunden hatte, vom Fußboden auf und legte sie an ihren Platz. Im Wohnzimmer wurde es schon warm. Er konnte das scharfe Knallen der kleinen Explosionen im Ofen hören und ging hin, um die Klappe ein Stück zuzuschieben. Aus dem Radio strömte Kiri Te Kanawas Stimme. Die konnte er wiedererkennen. Er fühlte sich schon wieder besser, jetzt, wo er langsam das Haus von der Stille zurückeroberte. Vom Wald. Sein Blick fiel auf die Brechstange auf dem Couchtisch, er nahm sie und wollte gerade damit in die Werkstatt hinübergehen, als ihm einfiel, daß sie keine Brechstange besaßen. Daß sie auch keine geliehen hatten. Daß er nie etwas besessen hatte, das diesem hier auch nur annähernd ähnelte, der Schaft in orangefarbenes Plastik eingeschweißt, die Ränder ausgefranst. Und in derselben Sekunde, als das Blut in unzählige Eiskristalle zersplitterte und er sich an alle offenen Türen erinnerte, an das Armanijackett und die silberne Kelle auf dem Fußboden, da begriff er auch, daß nichts so war, wie es sein sollte, und er rannte beinahe die wenigen Schritte auf den Flur und zu Ninas Zimmer hinüber, wo er die Tür aufriß und sich ihm ein entsetzlicher Anblick bot.

Im gesamten Raum war das Unterste zuoberst gekehrt. Das Bücherregal war verwüstet, die Couchdecke weggerissen, die Schreibtischschubladen ausgeleert und so heftig auf den Fußboden geknallt, daß sie in der Falz aufgeplatzt waren und tiefe Kerben in den breiten Holzbohlen hinterlassen hatten. Das Schlimmste war für ihn, daß überall beschriebenes Papier lag, es kam ihm vor, als wären es Tausende von Seiten, überall auf den demolierten Schubladen, dem Diwan und der großen Schreibtischplatte, in jeder Ecke. Er blieb auf der Schwelle stehen und blickte auf das Chaos, den Papierozean. Ein einzelner Bogen lag direkt vor seinen Füßen. Er mußte sich nicht bücken, um zu sehen, was dort stand:

«Das ewige Klappern der Türen
unser Leben wird daran erkannt werden
während wir immer jung sind, immer
unterwegs nach Viborg
das ist unser Rhythmus, weil der Zug
uns einsaugt und ausspuckt
ja, da sind die kurzen Blicke, die wir erhaschen
aufs Wasser und den Wald und
das Licht in deinem Blick, wenn du sagst:
hier haben wir endlich etwas, das größer ist als wir selbst.»

Christian fing an zu zittern. Er stand ganz, ganz still und zitterte lange Zeit, bis die Knie unter ihm wegknickten und er sich auf den Fußboden setzte. Er drehte einen weiteren Bogen um. Da stand:

«Auch an deinen Körper denke ich
wenn du sagst, man darf niemals beieinander
jeden heimlichen Raum füllen.
Zum Beispiel ist da deine Hand auf dem Tisch hier
deine Hand und dein Mund und deine Augen
aber da ist auch deine Schulter, die ich nie gesehen habe.
Oft habe ich geschwärmt, ja bei Tage geträumt,
aber jetzt kann ich das Café sprengen,
die gelben Tische umstürzen, erschöpft enden
mit dem Kopf in deinem Schoß, nachdem du zuerst
all die alten Damen
fürsorglich auf den Bahnsteig begleitet hast.»

Das war Ninas charakteristische Handschrift, groß und nachlässig, wenn sie sich auch offenkundig mit der Niederschrift Mühe gegeben hatte. Sie hatte jeden Buchstaben einzeln geschrieben, nichts war durchgestrichen. Die Seiten wirkten fast rührend in ihrer unbeholfenen Sorgfalt. Das hier ist eine Reinschrift, wurde ihm klar, es muß Entwürfe gegeben haben, vielleicht viele. Also muß sie gemeint haben, was dort geschrieben stand. Die Botschaft wirkte nur so kryptisch. Aber vielleicht gab es auch keine. Vielleicht war das hier nur ein Gedicht. Doch das Zittern ließ nicht nach. Er saß auf dem Fußboden, streckte einen zitternden Arm aus und ergriff eine beliebige Seite:

«*Gut, ich werde dir etwas erzählen*
ich bin ein Teufel, ein
Frauenmund
Stets dieses freche Entspannen und Anspannen
Dieses Hin und Her
Dieses Saugen und Spucken
Diese bittere unbändige Gier
Dann hau ab, sage ich doch
Willst du dich in meinen Hals ergießen,
von meinem Mund vielleicht gefressen werden?»

Oh du lieber Gott, dachte er, lieber Gott, oh lieber Gott, warum lese ich diesen Scheißdreck, anstatt aufzustehen, hinüberzugehen und die Polizei zu rufen? Was ist mit dem Dieb? dachte er zornig. Was, wenn er immer noch im Haus ist? Wie auf Kommando hörte er auf zu zittern und lauschte ins Haus hinaus, in dem es nie richtig still war. Immer schlug entweder gerade ein Tannenzapfen aufs Dach, oder eine Maus nagte hinter der Vertäfelung, es rauschte in den Wasserrohren oder tickte unerklärlich. Viele der Geräusche kannte er, aber da er erst so kurze Zeit hier wohnte, war er nicht mit allen vertraut; vielleicht war es aber auch so, daß ständig neue dazukamen. Es kam ihm vor, als hätte er etwas auf dem Boden gehört, genau über seinem Kopf, und er zog die Brechstange näher heran. Eine Bohle knarrte. War das ein Schritt? dachte er, in einem merkwürdigen Zustand, gleichzeitig wach und doch schlafend. In seinem Körper prickelte es. Er lauschte angespannt. Im Haus konnte es nicht still genug werden. Er befahl allen Mäusen, ihre Unternehmungen zu unterbrechen, verbot allen Zapfen abzufallen und allen Installationen nachzugeben und konzentrierte sich auf die Decke, von wo er Schritte gehört hatte. Es kam jedoch nichts mehr. Er wartete fünf Minuten, zehn Minuten, allmählich löste sich sein Griff um die Brechstange, und er konnte sich nicht beherrschen, er mußte noch einen der vielen Bögen lesen. Er nahm den, der am nächsten lag. Dort standen nur drei Zeilen, eilig hingekritzelt:

«... ja, ich will heulen über all die verdammten Stunden
die nie, nie vergehen wollen
Geht! heule ich. Weg mit euch, weg mit euch allen!»

Aber das war zu knapp. Christian wollte mehr als nur Fragmente sehen. Er kroch ein Stück vorwärts, immer noch mit der Brechstange in der Hand, und fischte eine neue Seite heraus. Darauf stand ein neues Gedicht, in Reinschrift, ganz ohne Durchgestrichenes:

«Vom Zug zerhackt, von Münztelefonen
in bimmelnden Wartesälen mit
Fußspuren auf dem Boden
Es ist November
der in die Gebäude einrückt, in denen wir uns treffen
Aber wir mögen keine Gebäude
und Häuser noch weniger
Wir sitzen im Eisenbahncafé am Tisch und ...»

Weiter kam Christian nicht. Da war etwas. Er konnte keine Schritte hören, hatte aber einen gerieften Ton mitbekommen, als wenn über den Velour der Sitze im Zug gestrichen würde. Beim Aufstehen schrammte die Brechstange über den Fußboden, und ihm war klar, daß man ihn gehört haben mußte. Jetzt konnten zwei Dinge passieren: Der dort draußen konnte flüchten, oder er konnte zu Christian kommen. Christian hob die Brechstange auf. Er stand direkt vor der Tür. Es gelang ihm nicht, sich eine Strategie zu überlegen, er wußte nur, daß er mit aller Kraft zuschlagen wollte. Dann ging die Tür langsam auf, und als er gerade vorwärtsstürzen und zuschlagen wollte, hörte er Nina mit schockierter Stimme aufschreien:

«Was hast du getan, Christian. Bist du an meinen Sachen gewesen?»

Dennoch war sie es, die zuerst zu sich kam. Plötzlich umarmte sie ihn und entschuldigte sich für das, was sie geschrieen hatte. Sie lachte beinahe. Urplötzlich war sie sehr praktisch. Sie rief die Polizei an, und während sie warteten, gingen sie gemeinsam durchs ganze Haus; auf diese Weise entdeckten sie, daß der Dieb hereingekommen war, indem er eine Scheibe im Trockenkeller auf der dem Garten zugewandten Seite eingeschlagen hatte. Aber sie konnten nicht feststellen, daß etwas gestohlen worden war.

* * *

«Ich hatte keine Ahnung, daß du Gedichte schreibst», sagte Christian viele Stunden später, als die Polizisten dagewesen waren, einen Fußabdruck des Diebs im Schnee vor dem Kellerfenster fotografiert hatten – ein Stiefel in Größe vierzig –, nach Fingerabdrücken gepinselt und die Brechstange mitgenommen hatten. Sie meinten, Christian hätte ihn überrascht, als er nach Hause kam, und er wäre geflohen, ehe er dazu gekommen wäre, etwas mitzunehmen, und in der Verwirrung hätte er die Brechstange vergessen. Nina und Christian erschien das einleuchtend. Sie waren zu Bett gegangen. Der Abend war sehr hektisch gewesen, und jetzt war es nach Mitternacht. Aber beide waren hellwach.

«Wenn ich mir vorstelle, daß er auch hier oben gewesen

ist», sagte Nina. Sie hatte ihn nicht gehört. «Die Schubladen der Kommode standen auch offen, sagst du? Dann hat er in meiner Unterwäsche gewühlt. Morgen werde ich alles waschen. Alles!»

Christian antwortete nicht. Kurz darauf wiederholte er, was er gerade gesagt hatte: «Ich wußte nicht, daß du Gedichte schreibst.»

«Das tue ich ja auch nicht.» Ninas Stimme klang aufrichtig verblüfft, und er zwang sich, sie anzusehen.

«Tust du nicht?»

«Nein. Warum sagst du das?»

«Das ewige Knallen der Türen», sagte er sauer.

«Du klingst vielleicht muffig. Ich habe keine Ahnung, wovon du redest.»

«Na, das ist ja komisch. Der Fußboden war doch mit Gedichten bedeckt.»

«Der Fußboden war bedeckt mit Seiten aus meiner Abschlußarbeit und mit losen Notenblättern.»

«Und mit Gedichten.»

Jetzt hockte sie sich aufs Bett und schaute ihn neugierig an. «Christian», sagte sie, «was ist los mit dir?»

«Gut», sagte er, «ich werde dir etwas anvertrauen / ich bin der Teufel / ein Frauenmund...» Sie hätte jetzt wütend werden können, das hätte ihn nicht gewundert, statt dessen fing sie an zu lachen.

«Jetzt halt mal die Klappe», sagte sie. Solche Ausdrücke aus ihrem Mund zu hören war ungewöhnlich. «Redest du von diesem alten Gekritzel? Das waren ein paar Gedichte, die ich geschrieben hatte, ehe ich dich kennenlernte. Einmal, als ich total wild war auf einen...»

«Auf wen?» fragte er in die Luft über sich.

«Der hieß Andreas.»

«Von dem hast du mir nie erzählt.»

«Das war so kurz. So nichts. Ich bekam ihn nie. Vor lauter Verzweiflung schrieb ich Gedichte über ihn. Das machte es etwas weniger schlimm.» Sie rollte zu ihm hinüber und legte seinen Arm unter ihrem Nacken zurecht. Sie kroch ganz nahe zu ihm und steckte eine Hand in seine Achselhöhle. Christian bewegte sich nicht.

«Was ist los mit dir?» fragte Nina kurz drauf.

«Warum hast du in einem der Gedichte geschrieben, daß ihr den Zug nach Viborg nehmt? Ehe du mich kennengelernt hast, hast du doch in Kopenhagen gewohnt.»

«Habe ich geschrieben, daß wir den Zug nach Viborg nahmen?» Wieder war ihre Stimme verblüfft.

«Ja, das hast du.»

«Bist du sicher?»

«Ja.»

«Ich habe keine Ahnung.» Sie grübelte einen Moment. «Vielleicht fand ich einfach, daß es vom Lautlichen her paßt. Ich kann mich nicht an das Gedicht erinnern. Das ist so lange her. Bist du eifersüchtig?»

«Nein.»

«Gut, dann hör auch auf, Komödie zu spielen.»

Er antwortete nicht. Nina legte sich auf ihn und drückte ihn mit ihrem ganzen Gewicht auf die Matratze. «Das mußt du auch nicht sein», sagte sie ernst. Er wollte sie festhalten, aber sie war schon wieder weg und drüben in ihrer Hälfte des Bettes. Sie zog die Decke hoch.

«Die sahen so neu aus, die Gedichte.»

Nina gähnte. «Dafür kann ich doch nichts», sagte sie. «Ich finde es wichtiger, daß in unserem Haus ein Fremder gewesen ist, der aus irgendeinem Grund mein Zimmer auf den Kopf gestellt hat. Warum gerade meins? Und wonach hat er gesucht?»

Darauf wußte Christian keine Antwort, und so schwiegen sie. Kurze Zeit später streckte Nina eine Hand aus und machte das Licht aus, und es wurde ganz dunkel im Schlafzimmer, denn der Himmel war hinter Schnee verborgen.

8

In den beiden ersten Tagen nach dem Einbruch dachte Christian morgens und abends, wann immer er an dem Kalb unter dem Giebelfenster vorbeiging, daß er dringend den Revierförster anrufen müßte. Aber er tat es nicht. Nicht weil er es vergaß – wenn ihm ernsthaft daran gelegen gewesen wäre, hätte er das wohl hinbekommen. Er fühlte sich einfach müde und nicht in der Verfassung. Nur widerwillig dachte er daran, wie er die Situation mit dem Mädchen im Staatsforst erklären sollte – das, was er getan hatte, war ja illegal –, und schob das Gespräch weiter vor sich her. Kurz gesagt, er hatte einfach keine Lust. Und nachdem er am dritten Tag von der Arbeit gekommen war, hatte er plötzlich an anderes zu denken, denn da erzählte ihm Nina, daß sie ausziehen werde, und er begriff fast unmittelbar, daß ihr Entschluß unwiderruflich feststand und nur ihr Anstand sie daran gehindert hatte, ihn zu einem Zettel auf dem Küchentisch nach Hause kommen zu lassen. Denn es gebe nichts zu bereden, sagte sie mit Tränen in den Augen und wandte sich ab, als er sie an sich ziehen wollte. Sie entzog sich seiner Umarmung, erst einen Schritt rückwärts, dann zwei Schritte, und innerhalb dieser wenigen Sekunden wurde ihm klar, daß sie es wirklich ernst meinte. Es war Schluß. Er würde sie nie mehr berühren.

Es verschlug ihm die Sprache. Er sagte nichts. Ohne ein Wort ging er in das abgelegenste Zimmer des Hauses, sein eigenes Arbeitszimmer, und setzte sich an den Schreibtisch. Da gibt es nichts zu verstehen, dachte er. Er konnte Nina im Haus herumgehen hören, ihre Schritte treppauf, treppab, Schranktüren wurden geöffnet und geschlossen, eigentümliches Geknister von unten aus dem Arbeitsraum. Er konnte zwar nicht alle diese Geräusche genau einordnen, ging aber davon aus, daß sie Vorarbeiten zur Trennung waren. Sie packte, das war einleuchtend. Und doch kam es ihm absurd vor. Unwirklich. Nicht zu glauben, daß sie aus einem Dasein aufbrechen würde und dazu Dinge mitnehmen wollte, als ob sie in die Ferien fahren würde. Auf ihr bisheriges Leben mit ihm konnte sie verzichten, nicht aber auf ihre Nagelfeile. Von dort, wo er saß, konnte er den Hof überblicken. Der Schnee hatte alles verändert. Die schwarzen Dächer der Nebengebäude waren jetzt weiß, die Regentonne und die Holzstöße hatten eine Haube bekommen, und die Birke sah aus, als hätte sie sich in einen Silberfuchspelz gehüllt. Unter der Hoflampe glitzerte es. Der Frost hatte angefangen, in die mennigroten Holzwände zu kriechen, und sie gebleicht. Das alles wirkte so stabil. In den nächsten Tagen würde es keinen Wetterumschwung geben. Draußen würde es nach Schnee und Kälte riechen. Von oben aus dem Zimmer knallte es ein paarmal heftig, dann eilige Schritte auf dem Flur, und plötzlich wurde er von einer unendlichen Unruhe ergriffen. Er hatte keine Ahnung, wie lange er auf dem Stuhl gesessen und Zeit vergeudet hatte.

Als er ins Wohnzimmer trat, wäre er beinahe über Ninas schwarzen Koffer gefallen, der mitten im Raum stand, und einen Moment später erschien sie in der Türöffnung.

«Es kommt einfach so plötzlich», sagte er, dann blieb er stecken. Er hätte ihr gern wortreich erzählt, wie chaotisch das alles für ihn war, aber Nina hatte sich über den Koffer gebeugt und versuchte, ihre Schuhe hineinzuquetschen, ohne ihn ganz zu öffnen.

«Ja», sagte sie, ohne von dem, was sie gerade tat, aufzublicken, «ja, das ist mir klar – aber ich habe lange darüber nachgedacht.»

«Warum hast du mir nichts davon gesagt?»

«Ich war mir nicht sicher. Ich wollte dich nicht beunruhigen.»

«Aber jetzt bist du sicher?»
«Ja.»
«Weil du einen anderen getroffen hast?»
Nina schaute ihn flüchtig an. Ihre Augen waren nahezu kalt.
«Nein, Christian», sagte sie. «Nicht deshalb.»
«Wo wirst du hingehen?»
«Zunächst werde ich bei Freunden in Viborg wohnen.»
«Wer ist das?»
«Hör auf, Christian, du kennst sie nicht.»
Das war nicht unfreundlich gesagt, trotzdem sehnte er sich urplötzlich danach, sie aus dem Haus zu bekommen. Hinaus mit ihr auf die Treppe! Aber er rührte sich nicht, und in der nächsten Sekunde, als er sah, wie sie sich in einem unentschlossenen Moment mit beiden Händen gleichzeitig das Haar hinter die Ohren strich, eine Geste, die ihm so vertraut war, wallten ganz andere Gefühle in ihm auf.
«Willst du bald los?» fragte er.
«Es dauert nicht mehr lange.»
«Was wird aus deiner Arbeit?»
«In der ersten Zeit werde ich weitermachen, bis sie einen Ersatz gefunden haben.»
Er trat ein paar Schritte vor, und da sie sich nicht rührte, legte er leicht die Arme um sie. Hunderttausendmal haben wir so gestanden, dachte er. Er merkte, daß Nina ihn eigentlich nicht berühren wollte und sich einzig danach sehnte, daß er weggehen würde, damit sie fertig packen konnte. Das bin gar nicht ich, der hier steht, dachte er verwirrt. Unter Aufbietung seiner gesamten Willenskraft schob er sie von sich und verließ das Wohnzimmer. Unten im Keller fand er in einem der kleinen Räume, die so niedrige Decken hatten, daß er sich nicht aufrichten konnte, ohne sich den Kopf anzustoßen, seine Skistiefel, setzte sich auf die Treppe und zog sie an. Auf dem Weg nach draußen streifte er einen Pullover über, nahm ein Paar Fäustlinge mit und ging hinüber in den

Geräteschuppen, wo die Skier zwischen den Sparren lagen. Im Dunkeln fuhr er mit der Hand über die Rückseite und spürte noch altes Wachs. Das abzukratzen hatte er keine Geduld. Er trug sie nach draußen und schnallte sie an. Die Kälte bohrte sich durch den Pullover in seine Brust. Es war kälter, als er geglaubt hatte, aber er mochte es so. Er mochte es, wenn sein Körper anfing, in einer roten Flamme Wärme auszuatmen. Als ob er eine Fackel im Wald wäre. Er bog an der Futterkrippe ab, hörte, wie Mäuse und Ratten durch den Drahtzaun flüchteten, und lief weiter durch den Wald, bis er zu den Feldern unterhalb von Brogård kam. Er war ein gutes Stück von zu Hause entfernt, und es ging ihm viel besser. Jetzt hätte ich zu Hause sitzen und darauf warten können, daß sie fertig gepackt hat, dachte er, alles gesagt und getan. Dann würde ich ein anderer gewesen sein. Und der Gedanke tat ihm in gewisser Weise gut, denn ihm schien, er sei der Demütigung, verlassen zu werden, entkommen. Er fuhr weiter über die Felder. Jetzt, nachdem er aus dem Wald gekommen war, wirkte der Schnee sehr weiß. Der Mond schien. An der steilsten Stelle grätschte er. Die oberste Schneeschicht war wie Puder. Wenn er wendete oder im Pflug fuhr, stob sie wie in Fahnen auf, und er war dankbar für seine Telemarkski. Zu laufen, ohne einzusinken, wäre mit gewöhnlichen Langlaufskiern unmöglich gewesen. Zu seiner Rechten standen die alten Telefonleitungsmasten mit ihren Isolatoren aus Porzellan, schwarz im Mondschein, hinter ihm lag der Wald, und links von ihm waren sanft abfallende Felder, bis ins Unendliche. Er war nie oben in Brogård gewesen. Es hieß, das sei einer der ältesten Höfe der Gegend, der einzige, der nach der Aussiedlung der Höfe vom Dorf Brogård noch übriggeblieben war. In einem großen Bogen näherte er sich der Gebäudegruppe. Der Hof lag ganz oben auf dem Hügel, und die Häuser warfen lange graue Schatten über den Höhenzug. Dort oben schlug ein Hund an, und sofort antwortete weiter entfernt, auf der entgegengesetzten Seite des

Waldes, ein anderer. Christian blieb stehen, zog die Handschuhe aus und steckte sie in die Hosentasche. Ihm war sehr warm. Er lehnte sich auf den Skistöcken nach vorn und verharrte so. Hin und wieder warf er einen Blick hoch zum Hof. Hinten bei der Scheune lagen vier lange niedrige Hallen, und der Platz davor war von einem Scheinwerfer erhellt. Ein Lastwagen hielt auf dem Platz, und Menschen gingen mit großen Kisten hin und her. Nur ein Stück des Wohnhauses schaute hinter dem Stall hervor. Es hatte ein enorm hohes Dach. In den Fenstern unter dem Giebel brannte Licht. Der Hund bellte immer weiter, und ihm wurde klar, daß er die Ursache dafür war. Der Hund stand an der Ecke der Scheune, und Christian überlegte, ob er wohl angebunden war. Dabei versuchte er weiterhin, die Zeit in die Länge zu ziehen. Er wußte nicht, wohin er sich nun wenden sollte. Er hatte keine Lust, an Brogård vorbei und auf der anderen Seite des Hügels weiterzulaufen, die im Schatten liegen würde. Besonders lange hatte er nicht so gestanden, aber die Kälte holte ihn rasch ein. Er wurde müde und fühlte sich bald wieder in das gleiche Warten eingesperrt, wie er es zu Hause an seinem Schreibtisch erlebt hatte. Er wartete ja nur darauf, daß Nina mit Packen fertig werden und abfahren würde. Aber was dann? Dann würde er sie nicht mehr sehen. Auf einmal ging ihm auf, daß er hier stand und Zeit vergeudete und daß er es nicht würde ertragen können, nach Hause zu kommen, und sie wäre weg. Augenblicklich wendete er die Skier und spürte sofort, wie ausgekühlt er war. Auf dem Weg über die Felder verfolgte ihn das Bellen des Hundes und die Antwort des anderen irgendwo hinter dem Waldrand. Er lief auf dem kürzesten Weg nach Hause, am Bach entlang, wo die elektrischen Zäune schlaff und unnütz unter dem Schnee hingen, und betete die ganze Zeit, sie möge noch da sein, damit er sie ein letztes Mal sehen und ein letztes Wort sagen könnte. Er erreichte den Hof in dem Moment, als Nina in Mantel und Seehundstiefeln auf die Treppe hinaustrat, und er blieb stehen, von dem Anblick wie gelähmt. Nicht eine Sekunde lang hatte er sich ernsthaft vorgestellt, daß die letzten Worte, die sie wechseln würden, von Wattestäbchen und Fön handeln könnten. Er hatte allerdings gedacht, sie würde warten, bis er nach Hause käme, damit sie sich verabschieden könnten. Jetzt sah er sie die Tür abschließen und den Schlüssel unter die lose Fensterbank des Flurfensters legen. Sie hielt nur ihre Notenmappe in der Hand, als ob sie lediglich zum Üben in die Kirche wollte. Verwirrt blieb er stehen. Habe ich das alles mißverstanden? dachte er. All das Packen, all das Herumgerenne? Hatte das alles nur stattgefunden, um ihn zu erschrecken?

Nina ging über den Hof, machte aber plötzlich kehrt und holte den Schlüssel unter dem Fensterbrett hervor. Dann verschwand sie in der alten Garage, aus der im nächsten Augenblick das Aufheulen des Motors und der grelle Schein der roten Rücklichter gegen die verputzten Wände schlugen. Sie fuhr rasch zurück, drehte die Runde um die Birke und kam an ihm, der ganz unten in der Einfahrt an der Seite stand, vorbei. Sie sah ihn nicht. Das Licht der Scheinwerfer holperte auf dem Weg auf und ab. Wenn er wollte, konnte er hier stehen und ihnen lange nachschauen. Aber das wollte er nicht. Schwerfällig und müde stellte er die Skier an der Wand des Nebengebäudes ab, und erst als er auf der Treppe stand, fiel ihm ein, daß er keine Schlüssel mitgenommen hatte. Sicherheitshalber zog er an der Tür. Abgeschlossen. Er rüttelte daran. Die Tür war solide, eine Flügeltür, die er selbst an einem windigen Frühlingstag eingesetzt hatte, als die Fichten hinter dem Nebengebäude schwankten und der Meernebel über dem Hof hing. Allerdings rüttelte er auch nicht deshalb daran, weil er glaubte, auf die Weise hineinzukommen. Er tat es, weil er etwas tun mußte, und dabei fiel ihm das Fenster im Heizungskeller ein, durch das der Dieb vor drei Tagen eingebrochen war, an dem Nachmittag, an dem alles sein wahres Gesicht zu zeigen begann.

Aus der Werkstatt holte er Hammer und Schraubenzieher und ging zur Rückseite des Hauses, durch den Küchengarten, der selbst verschneit erbärmlich aussah. Er war voller brauner Strünke, die trocken knackten, als er darüberstapfte. Beim Heizungskeller kniete er sich hin und steckte den Schraubenzieher hinter die Verkleidung der Holzfaserplatten, die vor dem Fensterloch angebracht waren. Drei Schläge mit dem Hammer, und sie fiel ab. Er robbte durch die enge Öffnung und kam bei der Heizung an. Dort hing trockene steife Unterwäsche auf der Leine, und er stellte fest, Ninas war abgenommen. Er zog an der Tür zum Kellerflur, sie war abgeschlossen. Er fluchte. Er selbst hatte darauf bestanden, daß sie abgeschlossen bleiben müsse, bis der Glaser dagewesen war.

«Nina!» rief er. Er wußte ganz genau, daß sie nicht antworten würden, aber das Rufen war zu verlockend. Keiner war da, der ihn hören konnte. Er hatte Lust, ihren Namen zu rufen. «Nina!» Das Licht der Deckenlampe, einer Sechzig-Watt-Birne in einer Glaskugel, deren Boden mit Insektenleichen bedeckt war, blendete ihn. Er fühlte sich zu groß, um hier unten zu sein, es arbeitete in seiner Brust.

«Nina!» brüllte er und stellte sich vor, wie es sein würde, wenn nach einer Weile die Kellertür aufgerissen werden würde und danach ihre eiligen Schritte auf der Treppe zu hören wären. Ihr Lachen: «Christian, du Armer, sitzt du schon lange hier?»

Er versetzte der Lampe einen Schlag, und augenblicklich ging die Birne aus. Kurz darauf kehrte das Licht zurück, aber nur, um sogleich wieder zu erlöschen. Er packte die Birne mit beiden Händen, damit sie wieder still hinge, aber sie blinkte trotzdem weiter. Im Keller wurde es hell und dunkel und wieder hell.

An einer der Wände waren Holzregale angebracht, die so alt waren wie das Haus. Zwischen Konservendosen und Gläsern mit eingelegten Gurken, die der vorherige Eigentümer hatte stehenlassen, fand er einen gebogenen Nagel, von dem er meinte, er könnte ihn als Dietrich benutzen, um das Schloß aufzubekommen. Aber das war leichter gesagt als getan. Um systematisch zu denken, fehlte ihm die Ruhe, außerdem wurde er durch das Licht abgelenkt, das an- und ausging. Immer wenn er glaubte, jetzt bliebe es an, erlosch es wieder.

«Nina!» brüllte er durch das Schlüsselloch und begann, an der Tür zu rütteln, bis er mit dem Griff in der Hand dastand und hörte, wie die andere Hälfte auf den Fußboden im Gang fiel. «Nina!» Er vernahm ein schwaches Geräusch vom Fenster her, drehte sich schnell um und sah ein Mondgesicht, das zu ihm hinunterschaute. Tomlinsons schwachsinniger Sohn. Dann ging das Licht wieder aus.

«Bist du das, Polle?» fragte Christian und war mit einem Schlag ruhig. Immer noch mit der Türklinke in der Hand tastete er sich unter den steifen Schwingen der Unterwäsche zum Fenster hin. «Hast du mich rufen gehört?»

«Ho», sagte eine gedämpfte Stimme.

Das Licht kehrte zurück. Durch das offene Fenster zog die frostklare Luft. Draußen kniete Polle im Schnee und schaute herein.

«Tag, Polle», sagte Christian. Polle stieß einen nasalen Laut aus. In seinem gleichzeitig neugierigen und doch weltentrückten Gesicht war keinerlei Bewegung auszumachen.

«Ich habe mich ausgeschlossen», erklärte Christian und hielt den Nagel und die Türklinke hoch. Für einen Moment hatte er gefürchtet, der Nachbar hätte sein Rufen gehört. Aber vor Polle brauchte er keine Angst zu haben. Er konnte bei niemandem klatschen. Der einzige, der verstand, was er sagte, war sein alter Vater, und es war anzunehmen, daß ihm das gelang, weil er von vornherein wußte, was Polle sagen wollte. So sah man die beiden auf dem Bürgersteig, nach dem Einkaufen unterwegs nach Hause, beide in Grau gekleidet und mit einer grauen Schirmmütze auf dem Kopf, der

Alte, der mit einem Gehwagen vorwärtsstakste, dessen Korb sich unter den Einkäufen bog, und drei Schritt voraus Polle, das würdevolle, indolent leuchtende Gesicht der Welt zugewandt. «Hohohö», stieß er hervor, ohne sich umzudrehen, und der Vater antwortete ihm:

«Ja, Polle, jetzt wird uns ein Käsebrot gut tun.»
«Hö.»
«Und du bekommst Schmalz drunter, genau.»
«Hö.»
«Wie immer, genau.»

Es wurde kurz still. Sowohl Christian als auch Polle waren in Gedanken versunken. Christian überlegte, wie er den Schlosser zu fassen bekommen könnte, ohne daß alle es erfuhren. Er konnte sich selbst lügen hören, drüben beim Nachbarn, wenn er bat, das Telefon benutzen zu dürfen. Die Frage war: Wie das richtig hinbekommen? Aus dem angrenzenden Wäldchen klang das Rufen einer Eule wie gedämpftes Seufzen durch den Garten. Polle wandte Christian sein merkwürdig leuchtendes Gesicht zu und blinzelte mit seinen kurzen Wimpern. Christian schaute ihn nachdenklich an.

«Deine Knie werden naß, wenn du so auf dem Schnee liegst», sagte er. Polle blieb still. Etwas später erhob er sich halb und steckte das eine Bein durchs Kellerfenster. Verblüffend rasch stand er unten im Keller. Er reichte Christian nur bis zur Schulter, und er hatte einen Bauch, obwohl er ständig auf Diät war und jeden Tag von seinem Vater losgeschickt wurde, um vier bis fünf Kilometer durch den Wald zu gehen.

«Hohoho», sagte er und legte die Betonung auf die mittlere Silbe, wie um etwas zu erklären. Vorsichtig zog er Christian die Türklinke und den Nagel aus der Hand. Draußen im Gehölz rief die Eule noch einmal, dann wurde es still. Polle hantierte mit einem geistesabwesend uninteressierten Gesichtsausdruck und leichten Bewegungen. Dann schob er die Klinke an ihren Platz, drückte sie herunter, und die Tür sprang auf.

* * *

Als Christian ins Wohnzimmer trat, entdeckte er, daß sich der Raum im Laufe der paar Stunden, die er weggewesen war, verändert hatte. Nicht, weil etwas fehlte, aber es war aufgeräumt worden. Die Zeitungen und die Rechnungen waren hinausgetragen worden. Der Fußboden war sauber und die Fensterbänke leer. Er versuchte sich daran zu erinnern, was dort früher am Abend und in den vergangenen Tagen gelegen hatte, aber es fiel ihm schon nicht mehr ein.

Nina hatte also zuletzt noch aufgeräumt. Das war irgendwie eine Geste, schien ihm. Als ob sie zur gleichen Zeit in seine Welt eingetreten war – und sie verlassen hatte. Sie hatte ihren Krimskrams eingesammelt, worum er sie unendlich oft gebeten hatte, und die Götter mochten wissen, was sie damit angestellt hatte. Im matten Schein der Eßtischlampe trat die Leere der Fensterbänke noch deutlicher hervor, obwohl das sicher bei jeder Beleuchtung so wäre, dachte er. In den Fenstern sah er sich gespiegelt, wie er, die Hände in den Taschen vergraben, dastand. Er ging zum Klavier. Der Notenständer war selbstverständlich leer. Mit dem Daumen drückte er eine Taste. Der Ton erstarb, sobald er losließ. Er fühlte sich in dem riesengroßen Haus immer weniger wohl. Überall waren Türen, die auf ihn warteten. Er konnte sie alle öffnen, aber plötzlich wagte er das nicht. «Gut, ich werde dir etwas erzählen ...» Es schauderte ihn. Er wußte nicht, wie lange er unbeweglich neben dem Klavier gestanden hatte. Er benötigte Stille, um sich in einen Raum hineinzufinden, der absolut leer war. Im Haus ringsum knackte und raschelte es, und Christian stand wie erstarrt. Wie kann es sein, dachte er, daß ich weiß, sie kommt nicht zurück? Nina. Ihr Name war sanft. Wie oft hatte er sich in ihrem Pelz vergraben. Die letzten paar Jahre, als sie ihm nicht mehr so luxuriös erschien, beinahe ohne es selbst zu bemerken. Auf einmal erinnerte er sich an die Summe unbeachteter Zärtlichkeiten. Plötzlich war er tief versunken in dem Gefühl – sie ganz nahe an ihm, jede Erhebung und jede Mulde seines Körpers hatte bei ihr eine entgegengesetzte Entsprechung. Die Vertiefung unter seiner Brust paßte zu ihrer Hand, die Grube an ihrem Hals zu seinem Kinn, ihr Schoß zu seinem – es war das Gefühl eines langgestreckten Luxus, ein verschwenderischer Luxus in seinen Armen, eine lebendige Frau. Er stand neben dem Klavier und träumte. Irgendwann hob er den Kopf und entdeckte, daß er sich neben einem Erdloch befand. Das mußte vom Einschlag eines Meteors herrühren, dachte er und freute sich, daß er nicht in Gedanken versunken geradewegs in den Abgrund spaziert war. Es war eine Art Schacht. Er wagte nicht, sich vorzubeugen und nachzusehen, wie tief er war, aber nach dem großen Schwarm Vögel, die dort unten umherschwirrten, zu urteilen, konnte er es beinahe erraten. Er konnte sie nicht sehen, aber ihre Schreie schlugen gegen die Wände des Schachts. Er fühlte sich versucht hinunterzuschauen, doch dann fiel ihm ein, daß die Erde unter ihm vielleicht erodiert war und daß er, wenn er eine falsche Bewegung machte, Gefahr lief hinunterzustürzen. Das würde ein langer Fall werden. Es durchzuckte seinen Körper, aber ehe er dazu kam, etwas zu unternehmen, ertönte eine Stimme hinter ihm. «Ou ou innö?» sagte sie.

Christian drehte sich so schnell um, daß er eine Hand aufs Klavier legen mußte, um nicht aus dem Gleichgewicht zu geraten. Er war unkonzentriert und schwitzte, als hätte er einen Kater. Sein Herz hämmerte höchst beunruhigend. Er konnte nicht direkt spüren, daß es schlug, aber es fühlte sich an, als wäre es zu groß. Mitten im Wohnzimmer stand Polle mit vorgeschobener Unterlippe, die beiden kleinen Hände auf dem Rücken verschränkt, und betrachtete ihn leidenschaftslos.

«Was willst du?» fragte Christian verwirrt.

«Ou ou innö.»
«Was sagst du da?»
«Innö.»
Christian starrte ihn angestrengt an.
«Ou ou innö.» Auf Polles gebügelten Hosen waren große nasse Flecken vom Schnee. Obwohl sie eine Haushaltshilfe hatten, war Polles Vater für diese Tätigkeiten zuständig. Er wollte seinem Jungen angenehme Gewohnheiten mit auf den Weg geben, damit Polle ordentlich bliebe, auch wenn er selbst nicht mehr dafür sorgen könnte. Der Tag verging damit, Routineabläufe einzuhalten. Die Morgentoilette vor dem Badezimmerspiegel, den Frühstückstisch schön decken, die Zeitung bereitlegen, während man zwei Scheiben des Brots von gestern toastet. Das Taschentuch bügeln – Polle, der von Natur aus träge war, losschicken, um Nachbarn zur Hand zu gehen ...
«Ou ou innö.»
«Ich verstehe dich nicht.»
«Ou ou innö.»
Ich habe ihn unten im Keller vergessen, wurde Christian schlagartig bewußt. Ich bin einfach die Treppe hinaufgelaufen.

Konfus und machtlos sah er zu, wie Polle die Brücke in seine hohle Hand plumpsen ließ, wie er sie eine Weile drehte und wendete. Er wirkte nicht eilig, nur neutral, und allmählich wurde Christian klar, daß er darauf wartete, zum Kaffee eingeladen zu werden. Gut, er würde Kaffee bekommen, und anschließend würde er gehen. Christian ging in die Küche, stellte den elektrischen Wasserkocher an und holte den Nescafé. Er wußte, daß Nina immer Gebäck und Würfelzucker für Polle hatte, aber das sollte er dieses Mal nicht bekommen. Während er darauf wartete, daß das Wasser kochte, blieb er beim Küchentisch stehen, er schwitzte wie ein Pferd. Drinnen im Wohnzimmer war es vollkommen still. Christian brachte es nicht über sich hineinzugehen. Oh, wie sollte er nur Polle dazu bringen zu verschwinden! Dann kochte das Wasser. Christian goß es in einen Becher, wobei er merkte, daß er den Kaffee vergessen hatte. Er schüttete welchen hinein, sah zu, wie sich die Kaffeeklümpchen in lange, zu Boden sinkende Streifen auflösten. Er steckte einen Teelöffel hinein und überwand sich, ins Wohnzimmer zu gehen. Dort schlugen ihm Töne entgegen. Polle hatte sich ans Klavier gesetzt und spielte mit vorgeschobener Unterlippe und ohne auf die Tasten zu schauen, mit zwei Fingern «Der Engel des Lichts kommt mit Glanz».

«Ich habe Kaffee für dich», sagte Christian, aber Polle hörte ihn nicht. Er hatte die Schirmmütze abgenommen und auf den Couchtisch gelegt, die Jacke hatte er aufgeknöpft. Als er mit dem Lied fertig war, begann er noch einmal von vorn. Das Mondgesicht leuchtete. Einmal hatte Nina von ihm gesagt, er sei geboren, um auf Händen und Füßen getragen zu werden, und daß er das selbst wüßte. Ein gewaltiger Zorn schoß in Christian hoch. Er stellte den Becher aufs Klavier und schloß den Deckel über Polles Händen.

«Jetzt ist es genug», sagte er. Polle zog hastig die Hände zurück und legte sie in den Schoß.

«Willst du deinen Kaffee haben?»

Polle saß mäuschenstill und antwortete nicht.

«Hier!» sagte Christian brutal und gab ihm den Becher. Aber Polle nahm ihn nicht, und Christian mußte ihn wieder abstellen. Polle saß bewegungslos wie eine Statue und starrte mit ausdruckslosem Blick vor sich hin. Der Schweiß strömte an Christian herab. Er packte Polle unter den Armen und zog ihn von der Klavierbank hoch.

«Jetzt mußt du gehen, Polle.» Er klatschte ihm die Mütze auf den Kopf und zog ihn durch das Wohnzimmer und die Küche hinaus auf den Flur. «Ab nach Hause mit dir.» Er öffnete die Haustür und schickte Polle mit einem kleinen Knuff zwischen die Schulterblätter hinaus auf die Treppe.

Zweiter Teil

9

Dann schlug das Wetter um. Christian wachte in der Nacht von einem stürmischen Brausen und dem Trommeln des Regens gegen das Schieferdach auf. Er schwang die Beine über die Bettkante, schlurfte hinaus zur Toilette und freute sich dabei an dem schleifenden Geräusch, das seine Füße verursachten. In den zwei Tagen, die vergangen waren, seit Nina weggefahren war, hatte er entdeckt, daß es ihn tröstete, seinen Kummer zu übertreiben. Ihn sozusagen zu dramatisieren. Seine Mahlzeiten nahm er deshalb bei offener Tür vorm Kühlschrank ein. Er aß, was da war. Am ersten Abend gab es Bohnen aus der Dose, nicht aufgewärmt, dazu Preßwurstscheiben, am nächsten Bananen und geschälte Tomaten, verrührt mit Haferflocken. Er aß vorgebeugt und warf anschließend die Gabel in die Spüle, ohne sie abzuwaschen. Den ganzen Abend hielt er sich in der Küche auf, er ging weder ins Wohnzimmer noch in sein Arbeitszimmer. Normalerweise sah er nie fern, aber jetzt hatte er den Fernseher auf den Tisch beim Fenster gestellt, saß stundenlang mit der Fernbedienung in der Hand auf einem Küchenstuhl und wechselte mit unbewegtem Gesicht durch die Programme. Wenn das Telefon klingelte, wartete er darauf, daß der Anrufbeantworter ansprang. Die ersten Male hatte er den Hörer abgenommen, weil er glaubte, daß es vielleicht Nina sein könnte. Das eine Mal war es irgend etwas Belangloses gewesen, und beim zweiten Mal war der Hörer einfach aufgelegt worden. Jetzt hatte er keine Lust mehr, noch mit ihr zu reden. Er wollte für sie nicht erreichbar sein. Am Abend des zweiten Tages, während er in der Küche vorm Fernseher saß, war jemand an der Tür gewesen. Erst wurde geklingelt, dann mit dem Türklopfer angeklopft, aber Christian wandte nicht einmal den Blick von der Sendung, die er sich ansah. Nicht, weil er vor Kummer so untröstlich gewesen wäre. Tatsächlich hätte er ohne weiteres aufstehen und aufmachen können, genausogut, wie er sich Essen hätte machen oder in die anderen Zimmer des Hauses hätte gehen können, denn er wußte die ganze Zeit, daß er etwas zurückhielt, daß es nicht so schlimm war, wie er tat. Er experimentierte nur und könnte jederzeit aufhören.

Na, dachte er, als er neben dem Küchenfenster zusammensank und einfach nur zu dem mit Platten ausgelegten Hinterhof hinausstarrte, mit der Kellertreppe, dem Mülleimer und dem Lattenzaun, so schlimm ist es ja auch wieder nicht. Für andere mag es so schlimm sein, aber doch nicht für mich. Manches Mal fühlte er sich dann beinahe tapfer, und ein anderes Mal wieder war ihm, als ob er mogelte, ja als ob er Theater spielte, um über seine Kaltblütigkeit hinwegzutäuschen. In Wirklichkeit, dachte er, wenn man die Dinge nüchtern betrachtet, ist es nur erleichternd, daß Nina sich aufgerafft hat zu gehen. Es war seit langer Zeit vorbei. Wir haben nur aus falsch verstandener Loyalität aneinander festgehalten. Er erinnerte sich, daß ihm einmal eine Frau gesagt hatte, nicht, ob man sich liebte, sei das Entscheidende in einer Paarbeziehung, sondern ob man Lust und Energie genug hätte, um an der Beziehung zu arbeiten. Damals fand er das ungeheuerlich. Aber jetzt, wo ihm die Bemerkung dieser im übrigen vergessenen Frau wieder einfiel, wurde ihm schlagartig klar, daß ihrer beider Zusammenleben im Laufe der letzten Jahre zu einer Arbeit geworden war, vor der er sich drückte. Daß sein Verhalten eigentlich Ausweichmanöver gewesen waren oder Versuche, die Ruhe und den Überblick zu bewahren und den Tag so gut hinzubekommen, daß man sich mit heiler Haut in den nächsten hinüberretten konnte. Und jetzt war er müde. Er machte eine wohlverdiente Pause. Es war Samstag, und er hatte keinen Dienst. Er blieb im Bett liegen und lauschte auf den Regen, bis er im

Laufe des Vormittags nachließ. Zwischendurch döste er, und irgendwann träumte er, daß er durch den Garten ging, der zum Hof unserer Eltern gehört hatte. Als wir Kinder waren, hatte auf der schräg abfallenden Rasenfläche ein riesengroßer umgestürzter Kastanienbaum gelegen, eines der zahllosen Projekte unseres Vaters. Der Baum war bei einem Sturm umgefallen und lag dort viele Jahre lang, bis er so vermodert und porös war, daß man große Stücke einfach wegtreten konnte. In seinem Traum ging Christian in den Garten hinunter und stellte fest, daß der Baum gekappt und aufgerichtet worden war, indem die großen Scheiben aufeinandergelegt worden waren und mit glänzenden Messingnägeln zusammengehalten wurden. Er ging tiefer in den Garten hinein und kam bald zu einer ganzen Säulenreihe zusammengenieteter kalifornischer Riesenbäume. Er legte den Kopf in den Nacken und sah, daß der Himmel über den Kronen und den enormen Stämmen verschwunden war und ein großer Vogelschwarm auf ihn zuflog. Er öffnete die Augen, und sofort war der Traum so gut wie weg. Während er geschlafen hatte, war die Sonne durchgekommen. Es war nach Mittag. Draußen im Garten war zwar die Wiese wieder zu sehen, allerdings lag überall noch verkrusteter Schnee. Mit der Sonne waren die Vögel aufgewacht, sie saßen überall in dem schwarzen Geäst der Büsche. Christian öffnete ein Fenster und steckte den Kopf hinaus. Frühlingshafte Luft schlug ihm entgegen. Er ging hinunter, öffnete den Kühlschrank und fand ein Glas mit eingelegtem Knoblauch. Eine Knolle nach der anderen fischte er heraus und schluckte sie. Anschließend aß er eine halbe Dose Rotkohl und ein paar Scheiben von der Preßwurst, die etwas sauer schmeckte, dann ging er hinauf, um sich anzuziehen. Der Traum hatte ihn an das Kalb unter dem Fenster vom Nebengebäude erinnert. Unentschlossen ging er hinüber. Der Hof war voller Schneematsch, und Christian stellte sich, mit dem Rücken gegen die Bretterwand gelehnt, in die Sonne und schloß die

Augen. Während er so dastand, fiel ihm etwas auf den Kopf. Es war so leicht, daß er es nicht merkte, deshalb blieb er stehen, ohne zu wissen, was da passierte. Wieder war er in Gedanken versunken und sah Hege sich mit viel Anmut ausziehen, jedes einzelne Kleidungsstück mit einer leichten entschlossenen Bewegung schütteln, in der Luft zusammenfalten und auf ein Bett legen. Um ihren Körper zog sich eine Spur von hübschen runden blauen Flecken. Sie begannen an der Spitze ihres Zeigefingers, liefen den rechten Arm entlang, schlangen sich um ihre Brust und die Taille und verschwanden schließlich zwischen ihren Beinen. Stumm bat er sie, sich umzudrehen, damit er ihren Rücken sehen könnte, und als sie es tat, entdeckte er, daß er weiß und ihr Hintern fest war wie der einer jungen Frau, und es schauderte ihn bei dem Anblick.

Es kribbelte ihn leicht am Haaransatz, er nahm die Hand hoch und bekam eine dickliche weiße Made zwischen die Finger, kaum einen Zentimeter lang, die er auf die Erde warf. Jetzt begann es ihn ernsthaft zu jucken, er pulte zwei, drei Maden hervor und schüttelte den Kopf, so daß noch mehr hinunterfielen. Ungläubig sah er, wie sich die Enden zusammenbogen, wenn sie auf der Erde aufprallten, dann hob er den Kopf und schaute direkt auf den Rumpf, der unter dem Fenster hing. Unmittelbar war nichts zu sehen, aber ihm war klar, daß die Maden von dort herkommen mußten. Er ging hinauf in die Werkstatt, hob die Schlinge vom Haken und ließ das Ganze hinunterfallen. Als das Kalb auf die Erde traf, war ein dumpfes Aufklatschen von Fleisch zu hören. Er zog es hinter sich her zum Gebüsch bei der Einfahrt, holte einen Spaten und fing an, in der schweren, nassen Erde zu graben. Erst steckte er ein Rechteck ab und hob die oberste Erdschicht voller Gras und Unkrautwurzeln ab. Danach ging es leichter. Es tat ihm gut, systematisch zu arbeiten, fast so, als wenn er dabei wäre, die Antwort auf all die verhexten Fragen einzukreisen, die Nina zurückgelassen hatte, und als er nach zwanzig Minuten harter Arbeit den Kadaver ins Loch bugsiert und zugedeckt hatte, ging es ihm zum ersten Mal seit mehreren Tagen so gut, daß er spürte, das Warten hatte ein Ende, und jetzt konnte er wieder in Gang kommen.

10

«Bist du das?» fragte Carmen am Montagmorgen mißmutig, als Christian am Empfang vorbeiging. Sie schaute nicht auf, sie kannte seinen Schritt. Knurrig war sie fast jeden Morgen bei diesem täglichen Kampf, das richtige Gesicht aufzusetzen, und es reizte ihn, sie aufzuziehen. Er lehnte sich über die Theke.

«Wie kommt es bloß, daß du dich nie bis an die Ohren und im Nacken anmalst?» fragte er. Er hatte wirklich oft überlegt, wie er ihre Aufmerksamkeit auf die scharfe Trennlinie lenken könnte, die zwischen ihrer eigenen blassen Winterhaut unter dem Kinn und am Hals und dem kupferfarbenen Verputz verlief, den sie im Gesicht trug. Hin und wieder hatte er sie in einer Pause mit ihrem runden Spiegel in der Küche sitzen und Grimassen schneiden sehen, während sie sich puderte. «Dreh den Kopf etwas weiter», hätte er ihr gern vorgeschlagen, «dann wirst du etwas sehen, das dich vielleicht überrascht.» Es schien nicht richtig, daß sie sich so viel Mühe mit dem Schminken machte und das Resultat trotzdem kläglich blieb, weil sie nie daran dachte, daß andere mehr von ihr sehen konnten als sie selbst.

Aber jetzt fauchte sie ihn nur an. «Davon verstehst du überhaupt nichts», sagte sie.

«Doch, tue ich wohl», protestierte er.

«Du bist ein Mann, du hast keine Ahnung, wovon du redest.»

«Ich bin es, der dich jeden Tag ansehen muß.»

Ihre Augenlider flatterten, sie bewegten sich wie die Flügel eines blauen Vogels, und sie sah ihn von der Seite an.

«Wie wär's, wenn du damit anfangen würdest, dich selbst anzuschauen?» sagte sie. «Wie ausgeschissenes Apfelkompott siehst du aus. Ist Nina dir endlich weggelaufen?»

Christian gab einen Laut von sich, den Carmen als weiteren Beitrag ihres lockeren Austauschs von Sticheleien betrachtete.

«Das wundert mich nicht», sagte sie gleichgültig und trug rasch ein Wort in das Kreuzworträtsel ein, das vor ihr lag. «Bei deinem hohen Konsum von Alkohol und Frauen...»

Christian beugte sich über die Theke und schnappte ihr den Kugelschreiber aus der Hand.

«Nun ist es gut», sagte er. «Man tritt nicht nach einem, der am Boden liegt.» Etwas in seiner Stimme brachte sie dazu, ihn zum erstenmal im Laufe des Gespräch richtig anzuschauen. Ihr Blick war plötzlich freundlich und forschend. Es entstand eine kleine Pause.

«Ja, aber, Christian, Lieber», sagte sie schließlich, so sanft, wie er immer gewußt hatte, daß sie es würde sagen können an dem Tag, an dem er sie darum bitten würde.

* * *

Sie lud ihn nach Hause zum Abendessen ein, und er sagte zu. Im Laufe des Tages hatte sie wieder zu ihrem üblichen kurz angebundenen Ton zurückgefunden, und als sie, nachdem sie geschlossen hatten, zum Supermarkt gingen, um einzukaufen, kommandierte sie ihn herum, damit er die Sachen holte, was er mit Freuden tat. Das war ja eine von Christians Qualitäten: Er mochte Frauen und das, was sie mit ihm machten.

Nach dem Einkauf folgte er ihr mit seinem eigenen Wagen, den er an dem Morgen, nachdem Nina gegangen war, auf dem Parkplatz des Supermarkts vorgefunden hatte. Während sie zum Stadtrand fuhren, fiel ihm auf, daß er so gut wie nichts von Carmen wußte. Zum Beispiel, ob sie verheiratet war. Sie sprach nie über ihr Privatleben, und nie zuvor war ihm in den Sinn gekommen, daß sie eines hatte. Er hatte an sie nur als an Carmen, die Sprechstundenhilfe, gedacht, wie an einen Menschen, der parallel zu den Öffnungszeiten der Praxis ein- und ausgeschaltet wurde. Sie fuhr schnell, und er blieb dicht hinter ihr. Dann holperte sie auf einen Bordstein und hielt vor einem kleinen roten Reihenhaus, dem letzten vor den Feldern. In Hvium gab es keine Wohnblöcke, die Reihenhäuser waren das fremdartigste Element in der Stadt. Christian hatte Bemerkungen gehört, wie «Oh, das ist eine von denen aus den Reihenhäusern da draußen», und jetzt war er neugierig. Er hob die Einkaufstüten für Carmen aus dem Kofferraum, während sie auf dem Plattenweg vorausging und aufschloß.

«Paß auf, daß du nicht in das Loch fällst», sagte sie, ohne sich umzudrehen. Ein Teil des Parkplatzes war aufgebuddelt, Rohre waren freigelegt. «Den einen Tag ist es kalt, wenn man nach Hause kommt, und dann wieder ist es warm.» Carmen sprach zum Türrahmen, während sie mit dem Schlüssel herumnestelte. «Es wäre nett, wenn die sich entschließen könnten, wie es werden soll, und es dann in Ordnung brächten.» Sie stemmte den Fuß gegen die Tür, drückte auf die Türklinke und verschwand in den Flur.

«Worauf wartest du?» fragte sie von innen. «Bist du zur Salzsäule erstarrt?» Der Flur war winzig. Eine Treppe nach oben nahm den meisten Platz ein, außerdem stand dort ein kleines Dielenmöbel in falschem Rokoko mit vergoldetem Spiegel. Carmen hängte ihren Mantel auf und forderte Christian schroff auf, das gleiche zu tun, dann hielt sie den Kopf vor den Spiegel und preßte die Lippen aufeinander. Die Wohnzimmertür ging auf, und ein blasser zehnjähriger

Junge stand auf der Schwelle. «Wer ist das?» fragte er mit dünner Stimme und deutete auf Christian.

«Der, das ist der neue Dussel aus der Praxis.» Im Vorbeigehen zauste Carmen dem Jungen durchs Haar, er drehte sich auf der Schwelle um wie ein Schatten und ging dicht hinter ihr ins Wohnzimmer. «Er wird heute hier zu Abend essen. Er heißt Christian, genau wie du.»

«Ja, aber warum soll er hier essen?»

Jetzt entspann sich ein kurzes, geflüstertes Gespräch. Christian wartete, bis es versiegte, und ging dann ins Wohnzimmer. Carmen war in der Küche verschwunden. Der Junge stand hinten am Fenster und zupfte mit langen dünnen Fingern Blätter an einer Topfpflanze ab.

«Hast du Hausaufgaben auf?» rief Carmen.

«Ich weiß nicht.»

«Dann schau nach.»

Christian ging zu ihr hinaus und setzte sich an einen hohen runden lackierten Tisch in der Ecke. Er hörte den Jungen nach oben gehen. Als er wieder nach unten kam, warf er die Tasche mit einem Knall hin.

«Was soll ich machen?»

«Nichts. Magst du Chinakohl?»

«Den bekomme ich ohne weiteres runter.»

«Das können die meisten Menschen. Na gut. Heute abend kommst du noch mal drum herum.»

«So war das nicht gemeint.»

«Hast du nun Hausaufgaben auf?» rief Carmen, ohne auf seine Antwort zu achten.

«Nee.»

«Das glaube ich nicht.» Carmen drehte den Wasserhahn zu und legte das Messer an die Tischkante. «Kannst du das hier nicht übernehmen?» sagte sie zu Christian und verschwand im Wohnzimmer. «Ich bin sofort wieder da.»

Aber das war sie nicht. Christian schnitt Zwiebeln, machte Fleischsoße und rührte die Spaghetti um, während sie kochten. Der Wasserdampf stieg aus dem offenen Topf auf, er schaltete die Dunstabzugshaube ein und öffnete das Fenster weit. Es war, als ob das Sausen von draußen kam, von der schweren dunklen Landschaft mit den lehmigen Äckern hinter Carmens Hecke. Durch den Lärm der Dunstabzugshaube konnte er Carmens und Christians Stimmen drinnen im Wohnzimmer hören.

«Er hat es nicht leicht in der Schule», sagte Carmen, als sie gegessen hatten. Christian war nach oben in sein Zimmer verschwunden, von wo kurz darauf das Geräusch eines Fernsehspiels nach unten drang. «Dieser Junge ist seit seinem ersten Schultag in Sonderklassen gegangen. All die Tests, zu denen er geschleppt worden ist, und die Psychologen und Gott weiß was.»

«Hilft das?» fragte Christian, woraufhin Carmen nur schnaubte. «Pah», sagte sie abschätzig. «Manchmal sitzen wir zwei Stunden hier zu Hause und ackern zum Beispiel mit den Viererreihen, und wenn ich dann am Ende frage: ‹Na, Christian, wieviel ist denn nun vier mal sieben›, dann schaut er mit leeren Augen vor sich hin und antwortet: ‹Dreiundfünfzig.› Dann weiß ich nicht, ob ich lachen oder weinen soll.»

«Nein.»

«Mit dem Buchstabieren und dem Lesen ist es genauso verrückt. Ich glaube, er ist blockiert. Man kann nur hoffen, daß er praktisch veranlagt ist. Na ja...» Sie zündete sich eine Zigarette an und inhalierte tief. Sie geriet unter Streß. Christian konnte sich kaum vorstellen, daß ihr Sohn eine Veranlagung für irgend etwas hatte. Er sah das blasse gequälte Gesicht vor sich und die kraftlosen Finger des Jungen, die äußerst rot und glänzend waren und mit denen er während der Mahlzeit im Essen gestochert hatte, bis seine Mutter ihn angefahren hatte, und er fragte sich, ob er selbst wohl als Kind von seiner Umgebung als Extremfall betrachtet worden war. Er erinnerte sich, mit welcher Anstrengung er sich selbst am Schopf gepackt und aufgerichtet hatte und daß danach nichts mehr besonders schwer gewesen war. Nahm man die Dinge leicht, waren sie offenbar leicht. Der springende Punkt war, sich diese Position von Leichtigkeit zu erobern.

«Du siehst nachdenklich aus», sagte Carmen und drückte ihre Zigarette aus, «aber du hast ja wohl auch einiges zum Nachdenken. Kommst du zurecht?»

«Ja, das tue ich», sagte Christian.

«Willst du einen Likör zum Kaffee?»

«Nein, ich glaube, ich fahre nach Hause.»

«Du mußt noch nicht nach Hause fahren.»

«Ich glaube, ich fahre trotzdem.»

«Naja, das mußt du wissen.»

Sie erhob sich ungeschickt und begleitete ihn auf den Flur.

«Kannst du denn auf dich aufpassen?» sagte sie, während er den Mantel überzog. «Nur nicht nachts wachliegen, das ist so idiotisch.»

«Ich werde mein Bestes tun.»

Die Flügel des blauen Vogels schlossen sich für eine Sekunde. Sie standen sich einen Augenblick gegenüber. Dann beugte er sich vor und legte einen Arm um sie.

«Danke für die Einladung zum Essen», er flüsterte beinahe an ihrer Wange. Sie duftete nach Puder und etwas anderem, das nüchterner war und das er nicht einordnen konnte.

«Ach, das war doch nichts», wehrte sie ab, «du hast das doch alles selbst gemacht.» Dann gab sie mit einem Mal nach, hob die Hand und legte sie um seinen Nacken. Das wirkte wie ein großer Vertrauensbeweis. Einen Moment lang wurde Christian mitgerissen. Er fühlte, daß jetzt alle Türen offenstanden. Er würde jedem Einfall nachgeben können. Er dachte an die Treppe hinter ihnen, die mußte zu ihrem Schlafzimmer hinaufführen. Es brannte in ihm. Nicht weil er Lust auf sie hatte, sondern weil er spüren konnte, daß sie Lust auf ihn hatte und daß sie zu ihm hindrängte. Wenn er wollte, konnte er heute abend etwas verändern. Aber dann schob er die Versuchung von sich. Es würde eine absurde Vorstellung werden, sowohl jetzt als auch morgen, wenn sie sich wieder am Empfang begegnen würden. Er richtete sich auf, hielt sie mit ausgestrecktem Arm von sich und musterte sie.

«Carmen», sagte er, «danke für heute abend.» Sie kniff die Augen zusammen und musterte ihn ebenfalls.

«Nicht der Rede wert», antwortete sie und gab ihm einen Klaps hintendrauf, der dazu gedacht war, ihn aus der Tür zu schicken.

II

Der erste Patient morgens war Store-Einar, der über Rückenschmerzen klagte. «Hier», sagte er und legte eine Hand ins Kreuz. «Ich könnte aus der Haut fahren.»

«Ziehen Sie die Jacke aus», sagte Christian, «und versuchen Sie, sich vorzubeugen. Können Sie das?»

Store-Einar zog die Jacke aus. Christian hatte ihn nie in etwas anderem gesehen. Sie war schokoladenbraun und saß an seinem großen Körper wie angegossen. Køpp hatte berichtet, daß Store-Einar beim letzten Wiegen auf 112 kg gekommen war, aber er wirkte nicht dick. Er war im Gegenteil ein gepflegter, gut proportionierter Mann, glatzköpfig, mit ausgeprägtem Kinn und einer großen Hakennase. Es hieß, er sei der beste Tänzer der Stadt. Im Moment hatte er allerdings wenig Schwung. Er litt unter so starken Schmerzen, daß sich tiefe Falten in sein Gesicht gegraben hatten, und das freundliche Glitzern in den Augen, mit dem er die Leute im Geschäft immer willkommen hieß, war verschwunden.

Er legte eine Hand auf die Kante des Schreibtischs, stützte sich damit ab und beugte sich mühsam nach vorn.

«Tut es dort weh?»

«Mm», ächzte er.

«Und da?»

«Mm.»

«Wie ist das gekommen?»

«Es war einfach da.»

«Tut es da weh?»

«Nein.»

«Haben Sie sich an etwas Schwerem verhoben?»

«Soweit ich weiß, nicht.»

«Sie schleppen im Laden doch hin und wieder Kisten?»

«Ja, das mache ich. Das gehört halt mit zum Job.»

Christian lächelte vor sich hin und fuhr ein letztes Mal mit der Hand über Store-Einars angespannten weißen Rükken.

«Setzen Sie sich nur wieder hin», sagte er, und fing an, etwas Schmerzstillendes aufzuschreiben, während Store-Einar das Hemd wieder in die Hose stopfte. «Im übrigen meine ich, Sie sollten nach Hause gehen, sich hinlegen und Ruhe halten.»

«Sie haben leicht reden. Und was, wenn es nicht weggeht?»

«Dann kommen Sie selbstverständlich wieder.»

Store-Einar blieb vorgebeugt sitzen. «Ich sollte eigentlich heute nachmittag mit meinen beiden Nichten zum Bowlen gehen.»

«Das geht nun nicht», sagte Christian und setzte seine Unterschrift unten auf das Rezept.

«Nein, ich weiß. Es tut mir nur so leid für die Mädchen, die sprechen jetzt schon seit Tagen davon. Mein Bruder ist doch im letzten Frühjahr gestorben. Ich weiß nicht, ob Sie das wußten?» Store-Einar stand mühsam auf und zog langsam den Ärmel über den rechten Arm. «Ganz plötzlich», fuhr er fort und suchte nach dem zweiten Ärmel. «Er war bei der Arbeit, stand mitten im Raum, und plötzlich fiel er um. Mausetot. Er war nur ein paar Tage etwas vergrippt gewesen. ‹Ich glaube, ich brüte etwas aus›, hatte er gesagt. Das war alles.»

«Nein, davon habe ich nichts gehört», sagte Christian, nahm den zweiten Ärmel und half Einar in die Jacke. «Hat man herausgefunden, was es war?»

«Danke. Ja, das war wohl so eine Art Blutsturz, oder wie man das nun nennt.»

«Ah ja», sagte Christian.

Es gab Abschnitte in den medizinischen Lehrbüchern, an die er sich besser erinnerte als an andere. An die über Aneurysmen der Aorta erinnerte er sich besonders gut, auch aus persönlichen Gründen, denn eine solche Ausbuchtung des Gefäßes war es gewesen, die unseren Vater zur Strecke gebracht hatte, als er an einem Frühlingstag angefangen hatte, einen alten Ferguson-Traktormotor auseinanderzunehmen, der seit über zwanzig Jahren nicht mehr funktioniert hatte. Als Mutter kam, um ihn zum Kaffee zu rufen, lag er der Länge nach neben lauter Einzelteilen in unterschiedlichen Reinigungsbädern, und wie oft sie auch rief, wie sehr sie auch an ihm zerrte, er war und blieb doch tot.

«Ich glaube, ich werde Sie noch etwas gründlicher untersuchen», sagte er jetzt. «Legen Sie sich bitte dort auf die Liege... Nein, nicht auf den Bauch. Legen Sie sich auf den Rücken.»

«Soll ich die Jacke wieder ausziehen?»

«Das ist an und für sich nicht nötig. Aber wenn Sie das Hemd aufknöpfen würden.»

«Ich hatte eigentlich geglaubt, ich wäre fertig.»

«Ja, das hatte ich auch gedacht. Ich drücke Ihnen ein bißchen auf den Bauch.»

Christian tastete in der weichen Tiefe, dort, wo Leber und Milz lagen. Store-Einar hielt die Luft an und zog den Bauch ein.

«Wo wohnen Ihre Nichten?»
«Hier in Hvium.»
«Es ist sicher gut, daß sie Sie in der Nähe haben, oder?»
«Sicher, nur arbeite ich ja so viel. Und sie werden nun auch richtig groß. Die ältere hat schon den Führerschein.»
«Und trotzdem gehen sie noch gern mit ihrem alten Onkel zum Bowlen?»
«Ha», keuchte Store-Einar.
«Hat das weh getan?»
Store-Einar nickte.
Christian fühlte ein weiteres Mal nach. Tief unten im Bauch, ganz hinten an der Wirbelsäule, hatte er etwas Großes, Festes gefunden, so groß wie eine Kinderfaust. In dem Knoten pulsierte es, und Christian hatte keinen Zweifel, daß er genau das gefunden hatte, was Store-Einars Bruder und seinen eigenen Vater das Leben gekostet hatte. Er bezwang seine Lust, zu jubeln und Siegesrufe auszustoßen, und bat statt dessen Einar, sich aufzusetzen, sein Hemd zuzuknöpfen und auf dem Stuhl Platz zu nehmen. Dann erklärte er ihm eingehend, was jetzt geschehen würde.

* * *

Die Leute in Hvium hatten Christian von Anfang an gemocht. Im Gegensatz zu Køpp, der immer geistesabwesend war und einem Mann, eine Hand auf dessen Schulter und offensichtlich in Gedanken verloren, mit dem Ophthalmoskop ins Auge schauen konnte, bis der andere sich frei machte und mit verlegener Miene seine Sachen richtete. Bei den Untersuchungen von Kindern und bei Routinechecks forderte er die Mütter und die Patienten einfach auf zu berichten und nickte unterdessen: «Hm, hm, hm», ohne ein Wort von dem zu hören, was gesagt wurde. Er konnte das nur ganz schlecht verbergen, und wenn auch nur sehr wenige sichtlich beleidigt waren oder ihn direkt grob anfuhren, war es doch verständlich, daß die Patienten Christian vorzogen. Er hörte den Leuten zu bei dem, was sie sagten. Und im Gegensatz zu Køpp, der immer betonte, man solle den weiteren Verlauf der Dinge abwarten, und unklare Anweisungen gab, ließ Christian nur selten einen Patienten gehen, ohne irgend etwas getan zu haben. Er schickte die Menschen zum Physiotherapeuten oder zum Facharzt und hatte einen handfesten und unzweideutigen Rat für sie bereit: sich hinlegen, viel trinken. Wenn die Menschen seine Praxis verließen, hatten sie das Gefühl, ihre Situation habe sich zum Besseren gewandelt. Christian setzte sich dafür ein, Probleme aktiv durch Handeln zu lösen. Und wenn ich darüber nachdenke, fällt mir ein, daß er schon immer so war, schon als Junge. Als ich zum Beispiel elf Jahre alt war, da fing das an, daß es mir schlechtging. Anfangs im kleinen, da hatte ich mir in den Kopf gesetzt, ich müßte grüne Volkswagen zählen. Das war in den Sommerferien, als ich mit einer Tante und einer Cousine an der jütländischen Westküste entlangfuhr, und während meine Tante sich für die Aussicht begeisterte und meine Cousine mit der Barbiepuppe auf dem Schoß im Wagen saß und maulte, stürzte ich mich auf die Volkswagen. Für diese eine Woche war das witzig. Ich weiß noch heute, daß ich insgesamt vierundsechzig sah. Das war allerdings auch das einzige, was ich gesehen hatte, und als ich nach Hause kam, konnte ich nicht mehr aufhören. Ich begann, auch die blauen, die gelben, die roten und die schwarzen zu zählen, und mußte schließlich ein Notizbuch bei mir tragen, um die Zahlen und die Sorten auseinanderzuhalten. Zu Hause amüsierten sie sich über meinen großen Eifer, aber nach einigen Monate fand ich es nicht mehr so witzig. Mein Dasein war mittlerweile voller Rituale. Allein um abends ins Bett zu kommen, brauchte ich über eine Stunde, denn alle Zahnbürsten, Shampooflaschen, Kämme und Bürsten mußten auf eine bestimmte Weise stehen oder liegen, die Schlüssel mußten alle waagerecht stecken, und ich mußte jede einzelne Nippesfigur auf meiner Fensterbank in einer bestimmten Reihenfolge berühren, und das waren viele. Schließlich kletterte ich in das untere Bett und legte mich schlafen. Aber ich kam nicht zur Ruhe. Ich mußte aufstehen, die Schlüssel richten, das Kopfkissen und die Bettdecke aufschütteln, das Laken glattziehen und die Schlüssel richten, während Christian im oberen Bett lag und in aller Ruhe las. Er ließ sich nicht nervös machen. Irgendwann sagte er gute Nacht, löschte das Licht, und kurz darauf erfüllten seine tiefen Atemzüge unser Zimmer. Ich dagegen konnte natürlich nicht schlafen. Volkswagen und Shampooflaschen rasten mir durch den Kopf, bis mir von all den Versuchen, sie zu zählen, schwindlig wurde. Plötzlich sauste ich in hohem Tempo über einen Bürgersteig, wo ich die unregelmäßigen Spalten unbedingt vermeiden mußte. Was für eine geistige Anstrengung dieser Stepptanz war. Morgens war ich erschöpft, und dann ging der Kampf von vorne los. Mir war nicht bewußt, daß ich Probleme hatte und vielleicht hätte Hilfe bekommen können – wenn ich mich jemandem anvertraut hätte. Aber eines Nachts, als ich mich so im Bett wälzte, daß unser Etagenbett gewackelt haben muß, machte Christian bei sich Licht an.

«Was hast du?» fragte er.

«Ich kann nicht schlafen.»

«Dann solltest du ein Glas Wasser trinken.» Seine prompte Antwort tröstete mich. Erwartungsvoll hörte ich die Stiege knarren und sah seine dünnen Beine zum Vorschein kommen. Kurz drauf reichte er mir ein Glas Wasser, das ich austrank.

«Ich fülle es noch mal», sagte er. «Du solltest immer ein Glas Wasser neben deinem Bett stehen haben.» Ich sah ihn zurückkommen, einen Hocker neben das Bett ziehen und das Glas dort abstellen. Beruhigt von dem Gedanken, das es nur das war, was gefehlt hatte, schlief ich ein. Einige Zeit später weihte ich ihn in die Geschichte mit den Volkswagen und den abendlichen Ritualen ein. Auch da wußte er gleich

Rat. Er konstruierte für mich ein Schema, in dem ich jede Sache, die ich erledigt hatte, ankreuzen sollte. Wenn ich den Nippes berührt hatte, sollte ich ein Kreuz machen, und ebenso, wenn die Kämme und Bürsten richtig lagen. Auf die Weise, erklärte er mir, würde ich nicht aufstehen und kontrollieren müssen, ob ich es denn richtig gemacht hätte. Ich brauchte nur einen Blick auf das Schema zu werfen, das neben meinem Bett liegen sollte. Als nach einer Woche Ankreuzen das Schema voll war, brachte er mir ein neues, und beim Durchsehen entdeckte ich, daß er vergessen hatte, die Volkswagen aufzuschreiben. Ich machte ihn darauf aufmerksam, aber er sagte, mit dieser Aufgabe wäre ich fertig. Jetzt sollte ich mich nur auf die anderen konzentrieren. Ich tat, was er mir sagte. Etwa einmal in der Woche, wenn das alte Schema ausgefüllt war, gab er mir ein neues, und jedesmal gab es eine Aufgabe, die ich gelöst hatte und an die ich nicht mehr denken mußte. Mein letzter Auftrag bestand darin, dafür zu sorgen, daß die Zahnbürsten alle nach rechts schauten, und sogar ich war imstande zu erkennen, wie sinnlos und wie lachhaft dieses Vorhaben war. Damit endete tatsächlich meine Phase mit Zwangsgedanken. Als ich Christian viele Jahre später, nachdem er Arzt geworden und nach Hvium gekommen war, an diese Episode erinnerte, fragte er mich, ob das wirklich geholfen hätte.

«Ja», sagte ich.

«Das ist sonderbar», sagte er. «Denn ich habe nur gespielt.»

«Wie meinst du das?»

«Das war nur ein Spiel. Mir war gar nicht klar, daß es dir so schlechtging, wie du es mir jetzt beschreibst.»

Wir saßen auf der Terrassentreppe, eingewickelt in Dekken. Es war ein Nachmittag im November, nicht lange nachdem Nina ihn verlassen hatte. Ich war allein hergekommen, um ihn zu besuchen. Erik und die Mädchen mitzunehmen hätte niemals funktioniert. Ich wollte unbedingt mit meinem Bruder sprechen und herausfinden, wie es ihm tatsächlich ging. Christian hatte Mittagessen für uns gemacht, und jetzt saßen wir draußen und blickten über die buckelige Wiese, die mit frischen Maulwurfshügeln übersät war. Seitdem Nina nicht mehr da war, um ihn zum Nachmittagskaffee einzuladen und ihm zuzusehen, wie er seine Brücke bewunderte, hatte Polle die Arbeit eingestellt.

«Du kannst mir nicht weismachen, daß du nicht versucht hast, mir zu helfen», sagte ich und schüttelte eine schläfrige Assel vom Schuh. «Denn ich weiß genau, daß du das getan hast.»

«Ich hatte einfach Glück», sagte er. «Wenn das nicht gewirkt hätte, wäre ich mit meinem Latein am Ende gewesen. Dann hätte ich sicher auch die Geduld mit dir verloren und dir gesagt, du solltest dich halt zusammenreißen.» Eine Weile schwiegen wir. Die Sonne schien, jedoch ohne Wärme.

«Es ist sonderbar, wie so etwas wirken kann», sagte Christian dann. «Man sagt: Tu dies! Und dann tun die Menschen das, und es wirkt.»

«Wie meinst du das?»

«Daß man Autorität bekommt, indem man sich einfach welche anmaßt.»

«Das klingt etwas simpel», sagte ich. Im nächsten Moment fügte ich hinzu: «Aber ich verstehe gut, was du meinst. Eltern sein ist so ähnlich. Wie man seine Kinder tröstet. Man pustet, und dann tut es nicht mehr weh.»

Christian hörte nicht, was ich sagte. Er war in seine eigenen Gedanken versunken, und ich störte ihn nicht. Ein Eichhörnchen kam über die Wiese, blieb stehen und starrte uns aus seinen schwarzen Perlenäuglein an. Ich saß mucksmäuschenstill. Leider machte Christian eine Bewegung, und das Eichhörnchen sauste davon.

«Manches Mal überkommt mich ein Gefühl, als wäre ich ganz dicht davor», sagte er plötzlich.

«Wie meinst du das?» fragte ich.

«Ich kann mich beinahe wie einer dieser Wunderärzte fühlen, die mit ihren bloßen Händen Körper öffnen, ohne daß anschließend eine Wunde zu sehen ist. Und ohne daß sich entscheiden ließe, ob das, was dahintersteckt, nun Humbug ist oder eine besondere Fähigkeit.»

«Haha», sagte ich. «Sehr amüsant.»

«Ich meine das ernst.» Er lächelte mich an, und für den Bruchteil einer Sekunde versank ich in seinen freundlichen, leuchtenden Augen. Ich richtete mich auf und schlang die Hände um die Knie.

«Ich glaube einfach, das ist so, wenn man Arzt in einem kleinen Ort ist», sagte ich. «Du mußt selbst versuchen, ein Gegengewicht zu all der Aufmerksamkeit zu schaffen, die du bekommst. Und dich daran erinnern, daß du auch Fehler machen kannst.»

«Selbstverständlich», sagte Christian.

«Ist alles in Ordnung, Christian?» fragte ich etwas später.

«Ja», antwortete er.

12

Kurze Zeit nachdem Store-Einar eingewiesen worden war, um operiert zu werden und eine Prothese zu bekommen, hatte Christian ein weiteres Mal Glück mit einem Patienten, einem dicken jungen Mann, der über Atemnot klagte. Christian maß seinen Peak-Flow, verschrieb ihm zwei verschiedene Asthmamedikamente und bat ihn, in vierzehn Tagen wieder herzukommen. Dann wollte er hören, wie es ihm ergangen war. Nach zwei Wochen kam der Mann wieder, und Christian fragte, ob die Medikamente geholfen hätten.

«Das kann ich nicht sagen», sagte der junge Mann mit einem albernen Grinsen, das Christian ärgerte.

«Was soll das heißen?» fragte er. «Haben Sie die Medikamente, die ich Ihnen verschrieben habe, nicht genommen?
«Nee.»
«Und warum nicht, wenn ich fragen darf?»
«Geld ist knapp.»
Christian glaubte ihm nicht. So teuer waren die Medikamente nicht. Er warf ihm einen scharfen Blick zu, und der Kerl lehnte sich im Stuhl mit dem gleichen breiten Grinsen zurück, mit dem er schon durch die Tür gekommen war, als ob es ein Sport für ihn war oder ein Sieg, sich dem Arzt zu widersetzen.

«Sie brauchen nicht den Smarten zu spielen», sagte Christian. «Sie schaden nur sich selbst.»

Der Mann verschränkte die Arme. Das Leder seiner Jacke knirschte bei jeder Bewegung. Eigentlich war er Christian egal. Er konnte ihn nach Hause schicken oder ihm die Leviten lesen und ihn erschrecken, damit er die Medizin nahm. Aber plötzlich dachte er: «Ich kann noch mehr als das.» Er schickte ihn zum Röntgen. Und als ein paar Tage später aus dem Krankenhaus in Viborg die Antwort kam, zeigte sich, daß das Herz des jungen Mannes überdimensional groß war. So groß wie ein Handball. Es war nur eine Frage der Zeit, wann es seine Funktion einstellen würde.

Das Wetter war so mild und nichtssagend, daß ein Tag unbemerkt in den nächsten überging. Nieselregen und Dämmerung. Das störte Christian nicht. In der Regel blieb er nach Ende der Sprechstunde in seinem Zimmer in der Praxis sitzen und surfte im Internet. Eines Abends stieß er auf eine amerikanische Statistik, die darüber informierte, daß elf Prozent der praktizierenden Ärzte sexuelle Beziehungen zu ihren Patienten hatten oder welche gehabt hatten. So etwas interessierte ihn. Gegen sieben, acht Uhr, wenn er hungrig wurde und die Konzentration nachließ, packte er zusammen, machte das Licht aus und zog die Jalousien hoch. Nur selten gingen einmal Menschen draußen auf dem

Bürgersteig vorbei, aber die alte Frau in der Wäscherei gegenüber war immer zugange. Sie bügelte, legte Wäsche zusammen oder fegte. Christian blieb gedankenverloren stehen, während er ihre rechteckige Gestalt beobachtete, die sich stets im gleichen bedächtigen Tempo bewegte. Auf die Weise verging die Zeit. Mit einem Mal fiel ihm auf, daß er müde war, daß er vielleicht schon lange müde war. Dann fuhr er nach Hause, wo er sich etwas zu essen machte und einfach die Zeit verstreichen ließ. Er wußte selbst kaum, was er tat. Er konnte plötzlich aufwachen und entdecken, daß er vor dem Spiegel in der Diele stand und sich selbst auflauerte. Dann ging er ins Wohnzimmer, blieb unentschlossen vor dem Radio stehen, ohne sich dazu bequemen zu können, es anzustellen, und schlenderte weiter, von einem Zimmer zum anderen. Oft onanierte er zwei-, dreimal hintereinander, in einem schalen Tagtraum von einer Liebe ohne Gesicht hin- und hergeworfen, und schlief auf dem Sofa ein, bis ihn irgend etwas aufweckte, das Telefon oder ein Geräusch im Haus. Er bekam mehrmals Anrufe, bei denen der Hörer aufgelegt wurde, sobald er sich meldete. Das mochten zufällige falsche Verbindungen sein. Die Erfahrung hatte ihn gelehrt, daß es Menschen auf dem Land schwerfällt, guten Tag zu sagen, entschuldigung oder danke, weil es ihnen eigentlich nicht in den Sinn kommt, daß sie selbst irgendeine Bedeutung haben könnten. Aber eines Abends gegen zehn Uhr wurde ihm klar, daß dies hier vielleicht doch nicht so zufällig war. Er lag dösend auf dem Fußboden, als das Telefon klingelte, und als er seinen Namen nannte, schlug ihm Stille entgegen. Der Hörer wurde nicht aufgelegt.

«Hallo?» sagte Christian. «Ist da jemand?»

Keine Antwort.

«Nina? Bist du das?»

Einen Moment später hörte er ein Klicken. Die Verbindung war unterbrochen.

Anfangs war er von dem jähen Wechsel zwischen Konzentration und Schlaffheit verwirrt, denn so ausgeprägt hatte er das nie zuvor beobachtet. Es dauerte allerdings nicht lange, bis ihm klar wurde, daß er nicht in der Apathie steckenblieb, es sei denn, er selbst wollte das – er konnte ohne weiteres nach Belieben wechseln. Einschalten und ausschalten, an und aus. Vielleicht war das eine Fähigkeit, die Køpp fehlte. Der konnte offensichtlich nicht selbst entscheiden, wann das eine und wann das andere dran war. Er konnte sich nicht über seine Launen und seine Lustlosigkeit hinwegsetzen. Wohingegen Christian sofort von schwarz zu weiß übergehen konnte, wenn er mußte. So unaufmerksam er war, wenn er nach Hause kam, so hellwach war er, sobald andere Menschen anwesend waren. Er wurde vom Vertrauen seiner Patienten getragen, selbst wenn er auf der Straße ging oder den Supermarkt betrat, wo Store-Einars Frau an der Kasse saß und gar nicht wußte, was sie ihm alles Gutes tun konnte. Sie gab ihm Wein mit und lud ihn ein, wann immer er Lust hätte, zum Essen zu kommen, denn mittlerweile wußte natürlich die ganze Stadt, daß Nina ihn verlassen hatte, und sie fragte, ob sie etwas für ihn tun könne.

«Ich könnte gut eine Putzfrau brauchen», sagte Christian. «Eine, die einfach drei bis vier Stunden in der Woche kommt und das Gröbste ausmistet. Vielleicht wissen Sie ja jemanden?»

«Lassen Sie mich überlegen», sagte sie und begann seine Waren in eine Plastiktüte zu packen. Sie war eine energische kleine Frau, die beim Tanzen vollkommen in Store-Einars Armen verschwand. Zu dem Supermarktkittel trug sie stets die gleichen beigefarbenen Pumps mit Goldkappe am Absatz. Christian mochte sie gern. Sie wirkte so vergnügt und fürsorglich, und er nannte sie schon lange beim Vornamen, Inger.

«Doch», sagte sie, «ich weiß wen. Einars Nichte, die größere von beiden, Marianne. Das macht sie garantiert gern. Sie hat so viel von Ihnen gesprochen.»

«Hat sie das?» fragte Christian und ging in Gedanken blitzschnell eine Reihe junger Mädchen durch, die bei ihm in der Sprechstunde gewesen waren. Er konnte sie nicht unterscheiden. Junge Mädchen sagten ihm nichts. Sie waren jetzt größer als zu der Zeit, als er selbst siebzehn, achtzehn Jahre alt gewesen war, und es war, als ob die Extralänge in den Beinen steckte. Sie hatten lange Haare und lange Beine, und es gab nicht viele, die wirklich noch mit ihm sprachen, wenn sie erst mit ihren Anliegen herausgerückt waren, hauptsächlich Menstruationsbeschwerden oder Verhütung. Viele von ihnen baten um die Pille, und wenn er von den Nebenwirkungen erzählte und ihnen zum Kondom riet, konnte er an ihrem Blick erkennen, wie irgendwo etwas abgeschaltet wurde. «Leider», sagte er, «kann ich kein Wundermittel herbeizaubern.» Aber sie hörten bestimmt nicht mehr zu. Sie hatten sich schon entschieden, bevor sie zu ihm gekommen waren.

«Soll ich sie fragen?» fragte Inger.

«Ja, gerne», antwortete er.

* * *

Eines Abends im Dezember wurde er nach Brogård gerufen, wo es einer alten Frau anscheinend sehr schlecht ging. «Sie sagt, sie stirbt», sagte die Schwiegertochter, mit der Christian am Telefon sprach, «deshalb habe ich gedacht, wir sollten Sie besser holen.»

«Ich komme sofort.»

Unterwegs war es stockfinster. Inzwischen kannte er längst jede einzelne Kurve, nur am Anfang, als er und Nina gerade nach Hvium gekommen waren, hatte er Schwierigkeiten gehabt, sich zu orientieren, denn wenn man erst einmal aus dem Wald heraus war, gab es weder weiße Markierungen noch Katzenaugen, geschweige denn Bäume, und er war geradezu gekrochen, um nicht im Graben zu landen. Mittlerweile fuhr er flott drauflos und kam bald zu dem Schotterweg, der hinauf nach Brogård führte. Es hatte tagelang geregnet, und der Weg war ausgefahren und die Traktorspuren voller Matsch. Auf halbem Weg den Hügel hinauf blieb Christian stecken. Er legte den Rückwärtsgang ein und versuchte loszukommen, aber jedesmal, wenn er Gas gab, wühlten sich die Räder nur noch tiefer in den Morast. Schließlich gab er auf, stellte den Motor ab, stieg aus und knallte die Tür zu. Ein leichter Nebel hing über den dunklen Feldern. Er konnte die Feuchtigkeit im Gesicht spüren, besonders kalt war es jedoch nicht. Am Morgen hatte das Thermometer sechs Grad angezeigt, und er glaubte nicht, daß es kälter geworden war. Er machte sich zu Fuß auf den Weg zum Hof oben auf dem Hügel. Ein schwacher Lichtschein drang durch die Bäume, die den Garten umgaben, ansonsten war es ringsum dunkel. Von seinem Skiausflug vor einem Monat wußte er, daß linker Hand Wald war, aber er konnte ihn nicht sehen. Er versuchte, sich auf dem Mittelstreifen zwischen den Fahrspuren zu halten, im Dunkeln vertat er sich jedoch dauernd und trat in den Matsch. Plötzlich kam ihm ein Licht entgegen. Der Lichtkegel sprang und tanzte, als ob ein Kind ihn schwenkte.

«Hallo!» rief Christian.

»Hallo!» antwortete weit entfernt eine Männerstimme. Sie gingen aufeinander zu und trafen sich schließlich vor einem Telefonmast, in dem es tickte und summte.

«Sind Sie steckengeblieben?» fragte der Mann mit dem Licht. Er hatte eine helle Stimme, und Christian konnte einen strähnigen dünnen Bart erkennen, eine offene Daunenjacke und einen hellen Joggingeanzug, dessen Hosen in die Stiefel gestopft waren. «Soll ich Sie freischleppen?»

«Ja, gern.»

«Ich begleite Sie erst nach oben.» Zusammen gingen sie

hinauf zum Hof. Der Mann achtete sorgfältig darauf, den Mittelstreifen anzuleuchten, so daß Christian sehen konnte, wo er hintrat, und erzählte, daß er versuchen wollte, eine Ladung Kies auszufahren. «Ragna fiel erst später ein», sagte er entschuldigend, «daß sie Ihnen hätte sagen sollen, wie schwer es ist, mit dem Auto durchzukommen. Sie hatte leider nicht gleich daran gedacht.»

Bei der Scheune bogen sie dann um die Ecke und kamen auf den Hofplatz, wo eine Lampe über der Vordertreppe brannte. Licht strömte aus den Fenstern des Wohnhauses. Sie kamen an einem Traktor vorbei, einem Gülletank, mehreren Autos und einer weißen Plane, die über einen Berg Sand gebreitet war. Das Garagentor stand offen, und drinnen brannte Licht. Ein Mann in orangefarbenem Schlosseranzug stand an einem Tisch, mit dem Rücken zu ihnen. Seine Schultern zuckten, dann drehte er sich halb um und warf ein hellrotes Tier in eine blaue Tonne. Neben ihm stand ein kleiner Wagen, eine geschlossene Kiste aus Sperrholzplatten mit zwei dicken Gummirädern darunter. Als sie an ihm vorbeigingen, schlug ihnen ein widerlicher Geruch entgegen. Christian erwartete, daß der Mann neben ihm den im Wagenschuppen grüßen oder einfach etwas sagen würde, um sich zu erkennen zu geben, aber das tat er nicht. Statt dessen sagte er zu Christian, halb verlegen: «Ja, das riecht etwas eigen.»

«Was ist das?» fragte Christian.

«Das passiert, wenn man beim Abpelzen eine Duftdrüse trifft.»

«Dieser Gestank ist kaum zu ertragen.»

«Ist er auch nicht. Man lernt die Drüsen zu umgehen. Er hier hat gestern erst angefangen. Und heute ist er erst am Abend hier erschienen. Das kann ja nicht funktionieren.»

«Warum nicht?»

«Er hält uns alle auf. Wir hätten doch die Pelze fertigmachen müssen.»

Er ging vor Christian die Haupttreppe hinauf, stieß die Tür auf und steckte den Kopf hinein.

«Ragna», rief er. «Der Arzt ist da.» Er zog den Kopf wieder zurück und ließ Christian hineingehen, während er selbst draußen stehenblieb. Drinnen ging die Wohnzimmertür auf, und ein kleiner Junge kam heraus, warf einen Blick auf Christian, verschwand wieder und knallte die Tür hinter sich zu.

«Mutter», brüllte er, «Muu-tter.» Christian wollte ihm folgen, aber in dem Moment wurde die Tür so jäh aufgestoßen, daß er sie an den Kopf bekam. Eine Frau mit kurzgeschnittenem blonden Haar stand auf der Schwelle.

«Entschuldigung», sagte sie auf eine Weise, der er anhören konnte, daß sich ihre Anteilnahme in Grenzen hielt, «hat es weh getan?»

Christian betrachtete sie etwas verwirrt. Er wußte, wer sie war. Er hatte sie vor einiger Zeit beobachtet, als sie der alten Frau aus dem Auto half. Jetzt stand sie da und lachte fast, während sie sich entschuldigte, und das wirkte sonderbar auf ihn, wie ein etwas zu eifriger Empfang.

«Wo ist Ihre Schwiegermutter?» fragte er.

«Kommen Sie mit.» Sie winkte ihn durch ein ziemlich kahles Wohnzimmer ohne Gardinen vor den Fenstern, durch eine große Küche, wo ein anderer kleiner Junge auf dem Fußboden saß und malte, in einen Arbeitsraum mit einem langen Tisch voller Zwiebeln und Wäsche, wo sie eine Tür aufstieß. «Dort», sagte sie.

Mitten im Zimmer saß auf einem geschnitzten dreibeinigen Holzstuhl mit runder Rückenlehne die dicke alte Frau und hatte die Augen geschlossen. Ihr Kopf war kreideweiß, und die Haut ihres Gesichts, die auf beiden Seiten des Kinns wie bei einer Bulldogge herunterhing, war mit einem Schweißfilm überzogen. «Ah-hh – ah-hh – ah-hh», stöhnte sie mit offenem Mund. Sie schien sie nicht hereinkommen gehört zu haben.

«Seit wann geht es ihr so?»

«Seit einer halben Stunde. Vielleicht etwas länger. Das war der Grund, warum ich angerufen habe.» Christian trat an den Stuhl heran.

«Tag», sagte er laut und beugte sich vor. Sie antwortete nicht. Er nahm ihre Hand, drückte sie und sagte noch einmal «Tag», ohne daß sie reagierte. Ihre Hand zu berühren war unangenehm, wie ein Geruch. Er richtete sich auf.

«Wir sollten sie ins Bett schaffen.»

Die blonde Frau nahm den Bettüberwurf ab und schlug die Bettdecke zur Seite, aber nach etlichen Versuchen, bei denen sie von beiden Seiten an ihr gezogen und geschoben hatten, mußten sie aufgeben. Sie ließ sich keinen Fingerbreit bewegen.

«Sie sitzt am liebsten auf dem Stuhl», sagte die Frau. «Manchmal schläft sie nachts auch dort.»

Christian antwortete nicht. Sobald er ins Zimmer gekommen war, hatte er sich unruhig und zittrig gefühlt, und da er nicht wußte, warum, und auch keine Zeit hatte, darüber nachzudenken, war ihm unwohl. Was, wenn das nicht aufhörte, sondern im Gegenteil heftiger wurde? Wenn er mit den Fingern schnipste, würde es weggehen. Er öffnete seine Tasche und holte das Stethoskop heraus.

«Warum will sie am liebsten im Sitzen schlafen?»

«Sie findet es mühsam, ins Bett hinein- und wieder herauszukommen.»

«Ich meine, bereitet ihr das Atmen Mühe, wenn sie liegt?»

«Sie schnarcht sehr laut, wenn Sie das meinen.»

«Nein, das meinte ich eigentlich nicht», sagte Christian, und die Frau ging zum Fenster hinüber und fing an zu summen, während sie mit den Händen in einer Glasschale voller Knöpfe wühlte, die auf der Fensterbank stand. Sie trug eine rote Bluse und ein paar verwaschene Jeans, die zeigten, daß sie, trotz ihres Alters, einen ungewöhnlich wohlgeformten Po hatte.

«Vielleicht sollten Sie mir doch helfen, das Kleid Ihrer Schwiegermutter aufzuknöpfen», sagte er.

«Schwiegermutter würde die feste Hand eines Mannes durchaus schätzen», murmelte sie, und Christian tat so, als ob er sie nicht hörte. In Anbetracht des Zustands der Frau war es unerhört, so etwas zu sagen. Er trat ein Stück zur Seite, damit Ragna genügend Platz hatte. Mit raschen Fingern knöpfte sie das Kleid der alten Frau bis zur Taille auf und schob die beiden Teile zur Seite, so daß ein wulstiger Körper, der von verwaschener Unterwäsche bedeckt war, zum Vorschein kam. Große Brustwarzen zeichneten sich unter dem Stoff deutlich ab. Die alte Frau zwinkerte mit den Augen und stöhnte gequält. Das dünne Haar war naßgeschwitzt und ihr Gesicht leichenblaß.

«So, Schwiegermutter», sagte Ragna laut, «jetzt kann der Doktor dich abhören.»

«Sei still», keuchte die Alte so leise, daß nur Christian es hörte, als er sich mit dem Stethoskop über sie beugte. In den Lungen war kein Wasser, und das Herz schlug, wie es sollte. Er versuchte, ihr in den Rachen zu schauen, und bekam sie unter Mühen dazu, den Mund zu öffnen, damit er die rotblaue Zunge darin herunterpressen konnte. Die alte Frau gab Würgegeräusche von sich. Ihr Kleid war noch offen, es war, als ob alles in ihr sich ihm hilflos entgegenwälzte. Er wollte den Zungenspatel wegwerfen, als er einen bräunlichen Belag am Ende entdeckte.

«Ihr wird schwarz vor Augen», sagte Ragna plötzlich. Sie stand hinter dem Stuhl und lehnte sich über ihre Schwiegermutter nach vorn. «Das habe ich vergessen zu sagen.»

«Haben Sie sonst noch was zu sagen vergessen?»

Sie warf ihm einen wütenden Blick zu. «Ihr ist auch übel.»

«Was hat sie gegessen?»

«Um zwölf Uhr zu Mittag Auflauf. Und belegte Brote zum Abendessen.»

«Hm.»

«Ja, allen anderen geht es ausgezeichnet.»

Christian schaute die Alte an, die stoßweise atmete, und dachte, er müsse sie wohl einweisen, um sie gründlich auf ein mögliches Blutgerinnsel im Herzen oder im Gehirn untersuchen zu lassen. Ihre Hände fielen an den Seiten herunter, und der Trauring schlug gegen die Holzschnitzereien am Stuhlbein. Sonderbar, einen solchen Stuhl auf einem Hof wie diesem zu finden. Mitten in seinen Überlegungen ließ er sich davon ablenken. Die Schnitzereien begannen an den Messingstulpen der Beine und stellten sicher Lilien dar, aber die leicht gebogenen Stengel oben an den Stuhlbeinen ließen ihn eher an Adern denken. Es war ein starker Stuhl, voller muskulöser Spannung, der Rückwärtsschwung der hinteren Beine vermittelte ihm das Gefühl, sie wären sprungbereit. Ihm fielen Stühle ein, die Nina ihm einmal im Industriekunstmuseum gezeigt hatte, Jugendstil hatte sie das genannt. Jetzt erschien der Junge aus der Küche in der Tür. Stumm ließ er den Blick zwischen Christian und seiner Großmutter auf dem Stuhl hin- und herwandern.

«Ich kann die Windbeutel für meinen Geburtstag nicht finden», sagte er schließlich. «Sie stehen nicht mehr im Schrank.»

«Vor morgen brauchst du sie auch gar nicht zu finden», sagte Ragna.

«Ich wollte sie nur anschauen.»

«Möglich, daß Vater sie woanders hingestellt hat.»

«Ich glaube, jemand hat sie gegessen.»

«Drei volle Platten. Wer sollte das tun?»

«Die da.» Der Junge zeigte auf die Alte. «Die ißt doch alles, was sie bekommen kann.»

«Magnus, halt den Mund.»

«Ja, aber es stimmt doch.»

Die Augenlider der alten Frau zitterten, dann beruhigten sie sich wieder, beinahe wie tot. Christian betrachtete die gewölbte Haut. Wie andere dicke Menschen hatte sie so gut wie keine Falten. Ihre Haut war glatt und glänzend und erinnerte an einen Hefeteig, der aufgegangen war. Ragna beugte sich über den Stuhl.

«Schwiegermutter, hast du Magnus' Windbeutel gegessen?» rief sie ihr mit lauter Stimme ins Gesicht. Die Alte verzog keine Miene. Ihre Wangen hatten etwas Farbe bekommen, und sie atmete auf einmal weniger mühsam. Christian kam es vor, als sei sie eingeschlafen. Ragna kniete sich hin und schaute unter das Bett. Dann schob sie eine Hand nach vorn und zog mehrere leere Windbeutelpackungen hervor. In der letzten waren noch anderthalb übrig.

«Die da hat sie aufgegessen», sagte der Junge.

«Morgen früh kaufen wir neue für dich», sagte Ragna. Sie hielt die Packungen in der Hand, und Christian konnte ihren Gesichtsausdruck nicht richtig erkennen, so schnell wechselten die Stimmungen in ihrem Gesicht, von Demütigung über Ekel zu Wut und Lachen. Wieder überfiel ihn dieses Gefühl von nicht zu definierender Unruhe, daß die Dinge um ihn herum heftig in Bewegung waren, und nachdem er für sich entschieden hatte, daß kein Grund vorlag, sie einzuweisen, war er sehr schnell verschwunden.

13

Aber in Gedanken kehrte er immer wieder nach Brogård zurück. Die Episode hatte etwas Unvollständiges, das ihn beschäftigte, so als ob er, statt wegzugehen, genausogut hätte an den Kühlschrank gehen, sich ein paar Scheiben Brot schmieren und sich dann mit der Wochenzeitung am Küchentisch niederlassen können, während der Junge noch immer auf dem Fußboden malte, Ragna sich ans Fenster stellte und durchs Zimmer blickte, die Schwiegermutter in ihrem Zimmer stöhnte und Pauli, der Mann, hereinkam, nach der Arbeit ein Bad nahm und anschließend seine nassen Handtücher auf die Heizung im Arbeitsraum legte.

Ein Vers geisterte durch seinen Kopf, an den er schon seit vielen Jahren nicht mehr gedacht hatte.

«Was einer eingebrockt sich hat,
Davon muß er sich essen satt.»

Als er am Freitag von der Arbeit nach Hause kam, fiel ihm, schon als er seine Jacke auszog und aufhängte, ein neuer säuerlicher Geruch im Haus auf. Seit dem Einbruch hatte er nie mehr nach Hause kommen können, ohne auf der Hut zu sein, und er hatte sich angewöhnt, ehe er sich etwas anderem zuwandte, eine Runde durch alle Räume zu machen. Die Hand immer noch auf der Jacke, stand er ganz still. Die Unruhe schoß in ihm hoch und legte sich dann wieder. Er drehte sich um, entdeckte feuchte Streifen auf dem Fußboden, und erst jetzt fiel ihm ein, daß ein Mädchen hier gewesen war und saubergemacht hatte und daß er selbst am Tag zuvor in den Supermarkt gegangen war, um Inger seine Zweitschlüssel zu bringen, damit sie sie an Store-Einars Nichte weitergeben konnte.

Er drehte seine übliche Runde durchs Haus. Jetzt, wo Nina nicht mehr hier wohnte, war es nie unordentlich. Nicht, weil er aufgeräumt hätte. Aber in den wenigen Stunden, die er jeden Tag zu Hause war, kam er gar nicht dazu, seine Sachen zu benutzen. Er war einfach nur da. Deshalb war keine besondere Veränderung zu sehen, lediglich im Badezimmer jede Menge Spritzer von getrockneter Scheuermilch auf dem Fußboden unter dem Waschbecken und dieser unangenehme säuerliche Geruch, als ob sie mit dem gleichen schmutzigen Wasser überall gewischt hätte. Das verdarb ihm die Laune. Er holte den Wischlappen, der im Arbeitsraum tropfend über einem Eimer hing, und beseitigte die Flecken.

Dann klingelte das Telefon. Er ließ den Lappen fallen und nahm den Hörer auf.

«Hallo?»

Am anderen Ende war es still.

«Hallo?» wiederholte er und hörte, wie ein Atemzug abbrach. Als er gerade auflegen wollte, klang ihm Heges Stimme im Ohr, warm wie immer.

«Christian, bist du das?»

«Ja», antwortete er.

«Ich konnte dich nicht hören.»

«Ich dich auch nicht.»

Er begann auf den Ballen vor- und zurückzuwippen, während sie miteinander redeten, und seine Laune besserte sich wieder.

«Hättest du Lust, heute abend auf einen kurzen Besuch zu kommen? Nichts Besonderes. Nur ein Gläschen Eierlikör und etwas Gebäck?»

«Wann hattest du gedacht?»

«Wie wäre es gegen acht?»

«Gern.»

Sie beendeten das Gespräch, und er blieb beim Telefon stehen. Sofort war der Mißmut wieder da. Mißmut, weil er alles hätte besser machen können, als er es tat. Er überlegte, daß er sich eigentlich für diese Anfälle von schlechter Laune interessieren müßte, die ihn so plötzlich überfielen, wie ein Mensch unerwartet irgendwo eintreten kann. Peng, Tür auf, der Unwillkommene tritt ein und setzt sich auf die Stuhlkante, wie um seinen Gastgeber im unklaren zu lassen, ob er nun zu gehen oder zu bleiben gedenkt. Auf diese Weise bleibt er Stunde um Stunde da. Er ist gierig, weil er bewirtet werden will, und er hat einen klebrigen, stechenden Blick und lange Hände, deren Haut glatt und glänzend über dem Handrücken spannt. Wenn man sein Unbehagen überwindet und ihm in die Augen schaut, entdeckt man, daß sein Blick vor Müdigkeit rotgesprenkelt ist. Er kann kein Gesprӓch führen, nimmt aber die Aufmerksamkeit mit Bemerkungen zu Wind und Wetter in Anspruch, der Stuhl knarrt unter ihm, wenn er sich nach einem weiteren Plätzchen vorbeugt, das Geräusch beim Eingießen, wenn er sich selbst Kaffee nachschenkt, geht einem durch Mark und Bein. Hau ab, hau ab, du träges, nichtssagendes Biest, damit ich die Tür zuknallen und einen Tanz aufführen kann, wie du noch keinen gesehen hast. Ich will hinunter zum Strand gehen, und wenn sich bei meiner Ankunft der Wind gelegt und die oberste Sandschicht auf den Dünen verschoben hat, werden die Münzen, die die Menschen im Lauf von vielen Jahren verloren haben, freigelegt. Und die Sonne, die hinter einer Wolke gesteckt hat, wird hervorkommen und sie alle zum Schimmern bringen, man muß sich nur bücken, drei Schritte gehen, sich wieder bücken. Fünfkronen, Zehnkronen, Zwanzigkronen, 25 Öre, ich nehme sie alle mit und lege sie bei mir zu Hause aus. Also geh jetzt, oder ich kippe dir eine Tonne Kuchen über den Kopf, oder nein, bei genauerem Überlegen, ich bleibe hier sitzen, ganz still, ganz unbeweglich, denn du sollst mich nicht wahrnehmen, dann kannst du deine Bemerkungen gegen niemanden richten, haha, gegen niemanden.

Das Telefon klingelte wieder, und Christian nahm sofort ab, so erleichtert, daß er seinen Namen fast sang.

Es war noch einmal Hege.

«Du, ich habe ganz vergessen, daß Linus heute abend wegmuß.»

«Willst du es lieber verschieben?»

«Ich nicht, nein, aber vielleicht willst du lieber ein andermal kommen?»

«Nein, laß es bei heute abend bleiben.»

«Gut.»

Christian beschloß, eine Runde zu laufen. Das konnte er jetzt gleich tun. Er zog sich im Schlafzimmer um und verließ das Haus. Bald war er unterwegs durch den Wald. Er lief auf einem Pfad, den er erst vor wenigen Wochen gefunden hatte, bestimmt ein ehemaliger Traktorweg, der immer weiter zugewuchert war. Inzwischen war er so schmal geworden, daß Gebüsch und junge Bäume Christian von beiden Seiten streiften. Vom Regen der letzten Tage war der Weg rutschig, und der Matsch spritzte ihm an den Beinen hoch. Ohne das Tempo zu verringern, duckte er sich und durchquerte ein Fichtengehölz, dann war er draußen auf offenem Feld. Dort zu laufen war schwer. Er hielt sich so lange dicht am Rand, bis er zu einem Schotterweg kam, auf den er abbog. Hier hatte es einmal eine Privatbahn gegeben. Noch immer lagen ein Trittbrett und einzelne Schwellen herum. Während er lief, kam es ihm so vor, als ob sich ein Licht zwischen den Fichten bewegte, aber das konnte nicht stimmen. Er befand sich an einem einsamen Ort. Dennoch gefiel ihm das nicht, und er bog auf einen kleineren Weg ab, auf dem er noch nie vorher gewesen war und der mitten in Brogårds Rübenmiete hinter der Scheune endete. Christian blieb stehen und verschnaufte einen Moment. Sofort fing der Hund auf dem Hof an zu bellen, und eine entfernte Stimme rief: «Sei still!» Christian ging um die Ecke der Scheune und kam auf der Rückseite des Hauses heraus. Im Dunkeln fand er die Gartenpforte. Sie war angelehnt. Er öffnete sie ein bißchen weiter und ging in den Garten, auf die erleuchteten Fenster zu. Das Badezimmerfenster stand weit offen, und im Schein des Lichts quoll Dampf nach draußen. Eine Frauenstimme summte ununterbrochen einen Melodiefetzen, immer wieder den gleichen. Christian war jetzt ganz nahe, konnte jedoch niemanden sehen. Der Wasserhahn wurde erst auf-, dann zugedreht.

«Ja», rief sie plötzlich und unterbrach ihr Singen. «Was ist? Kann ich nicht mal zwischendurch ein bißchen Ruhe haben?» Dann seufzte sie demonstrativ laut – ein Schlüssel wurde umgedreht, und die Tür ging auf und zu. Es wurde gemurmelt, und einen Augenblick später plätscherte es im Toilettenbecken. Christian wollte sich zurückziehen, da kam mit einem Mal Ragna, ein Handtuch wie einen Turban um ihr Haar geschlungen, in T-Shirt und Unterhosen ans Fenster. Sie streckte den Arm aus und zog ein altmodisches Rollo herunter. Christian blieb trotzdem stehen.

Eine Weile war es still, dann wurde gezogen und der Toilettendeckel zugeknallt.

«Was ist?» Ragnas Stimme klang laut und deutlich. «Warum stehst du da rum? Willst du dich nicht langsam mal umziehen?»

«Doch, doch.»

«Hast du nachgeschaut, ob du saubere Sachen hast?»

«Ich dachte, du hättest das getan!»

«Seit wann mache ich denn so was?»

«Wo ich doch jetzt den ganzen Tag mit den Nerzen zu tun habe.»

«So gesehen habe ich das ja auch.»

«Na ja, aber trotzdem.»

Ragna lachte. «Ich kann dich nicht an- und ausziehen. Meinst du nicht, daß ich ohnehin schon genug zu tun habe?»

«Du klingst, als . . .»

«Als was?»

Pauli murmelte irgend etwas, und es war einen Augenblick still. Die Schatten glitten an dem Rollo auf und ab. Dann kam Ragnas Stimme: «Hör jetzt auf damit.»

«Ja ja.»

«Wie lief es heute mit Tom?»

«Er kann noch nicht mithalten.»

«Sollten wir nicht lieber versuchen, Edvart wiederzubekommen?»

«Ich habe gefragt.»

«Das hast du mir gar nicht erzählt. Was hat er gesagt?»

«Er hat bei Mads zu tun, du weißt, seine Waschküche.»

«Nein, das weiß ich nicht.»

«Mads Søndergård.»

«Aber mit Tom, das funktioniert doch nicht.»

«Dann muß ich doch . . .»

«Ach, Pauli, verdammt, ich hatte geglaubt, darüber hätten wir geredet.»

«Ja aber was soll ich denn deiner Meinung nach tun?»

«Ich will, daß du dir deine Arbeit etwas besser einteilst.»

«Das ist doch wohl meine Sache.»

«Glaubst du vielleicht, es würde für uns andere leichter, wenn du so hektisch bist? Und jetzt hast du auch noch mit der Giebelwand angefangen.»

«Ich weiß nicht, was dagegen spricht.»

«Du bekommst die Arbeit ja doch nicht fertig. Ich finde das nicht so witzig.»

«Wäre es dir vielleicht lieber, wenn das Ganze über uns zusammenbricht?»

«Nein, natürlich nicht. Aber ich hätte gern einen tatkräftigen Mann.»

«Hoho!»

Es blieb lange still, und Christian glaubte schon, einer von beiden hätte das Badezimmer verlassen, als die Stimmen wieder da waren.

«Wie sehe ich aus?» Das war Ragna.

«Du siehst gut aus.»

«Das glaube ich nicht.»

«Wenn ich sage, daß du gut aussiehst, siehst du gut aus.»

«Gefällt dir dieser Lippenstift?»

«Ist der nicht ein bißchen bräunlich?»

«Das soll so sein.»

«Na, aber dann ist es doch okay.»

«Mm. Freust du dich?»

«Das könnte schon echt guttun, mal wieder ins Kino zu kommen.»

«Du darfst aber nicht einschlafen, ja?»

«Nein nein.»

«Ich will nämlich auf dem Heimweg jemanden haben, mit dem ich über den Film reden kann.» Ragnas Stimme hatte sich verändert. So kurz angebunden und hart sie vorher gewesen war, jetzt hatte ihr Ton etwas Schwatzhaftes. Etwas beinahe kleinmädchenhaft Bittendes, dachte Christian.

«Der klingt jedenfalls gut, findest du nicht?»

«Doch, das sagst du doch.»

«Du hast auch Lust, ihn anzusehen, oder?»

«Doch, doch.»

«Oder würdest du vielleicht genausogern zu Hause bleiben?»

Sei vorsichtig, dachte Christian, jetzt lockt sie dich aufs Glatteis.

«Na ja, man darf doch wohl ein bißchen müde werden.»

«Dann willst du das lieber?»

Das Helle in ihrer Stimme war schon weg. Von der Vorhersagbarkeit dessen, was seiner Vorstellung nach jetzt geschehen würde, wurde ihm übel. Christian, was tust du eigentlich? dachte er. Stehst du wirklich hier herum und belauschst das mittelmäßige Leben der Menschen?

Er wollte nach Hause, und das so schnell wie möglich. Er ging über den Rasen in die Richtung, in der er die Pforte vermutete. Jetzt hatte er allerdings das Licht im Rücken, da war es schwer, sich zu orientieren, und plötzlich fiel er über ein Dreirad und stieß sich das Schienbein. Sofort schlug der Hund an. Das Geräusch war sehr nah, und Christian kam im Nu auf die Beine. Aber er hatte kaum mehr als ein paar Schritte gemacht, da schoß der Hund im Dunkeln auf ihn zu und warf ihn um. Dieses Mal fiel er der Länge nach hin, der Hund stellte seine großen Pfoten auf seinen Rücken und fing wieder an zu bellen, wobei gleichzeitig tief aus seiner Kehle ein böses Knurren kam. Das Rollo im Badezimmer ging hoch.

«Sei still, Tøjnes.»

Der Hund war aber nicht still. Das Gesicht in den nassen Rasen gepreßt, lag Christian da und rührte sich nicht.

* * *

Dann kam Pauli heraus. «Tøjnes, Tøjnes, was machst du Hund denn?»

Christian fühlte sich, als ob er bloßgestellt würde. Eine Welle von Scham durchflutete ihn. Hier liegt er, der respektierte und geschätzte Arzt, im Garten einer seiner Patientinnen, und wird gleich auf frischer Tat beim Lauschen ertappt. Was wird seine Tüchtigkeit dagegen wert sein? Er wußte, daß es vom Schlachter unten in der Stadt hieß, er wäre ein Exhibitionist. Man hatte Nina geraten, immer alles zuzuziehen, wenn sie allein war. Die Leute wußten von Fußspuren draußen vor ihren Fenstern zu berichten, vom hastigen Aufblitzen verzerrter Ekstasen und dem Anblick einer durch den Hinterhof flüchtenden Gestalt. Aber deshalb waren sie nicht ängstlich oder fühlten sich unwohl. Ganz im Gegenteil, sie grinsten darüber. Sie hörten deshalb nicht auf, beim Schlachter einzukaufen. Am Abend konnten sie gesehen haben, wie er durch ihre Hecke davonschlich, am nächsten Tag standen sie im Laden, kauften Hackfleisch und Mettwurst und redeten mit ihm über den üblichen Kleinstadttratsch, während sie insgeheim in seinem Gesicht nach neuen Bewegungen oder kleinen Ritzen forschten. Christian könnte es genauso ergehen. Die Leute würden auch weiterhin zu ihm kommen, keiner würde den Vorfall ihm gegenüber auch nur mit einem Wort erwähnen, und an der Oberfläche würde scheinbar alles so wie immer sein. Aber wo würde es durchsickern? In Gesprächen, die am Ausklingen waren, würde es Pausen und Lücken geben. Auf dem Heimweg nach der Arbeit. Gegen Ende abendlicher Gesellschaften. So etwas sickerte durch, und wenn auch sein Vergehen kein Vergehen war und er kein Lauscher war, die Meinung der Leute von ihm würde auf immer verändert sein. Er würde in die Doktor-Blubb-Abteilung hineinrutschen.

«Tøjnes, Hund, was ist los?»

Die Pforte flog auf, daß es durch den Garten hallte.

«Was ist denn? Wen hast du geschnappt?»

«Mich», sagte Christian halb erstickt.

«Wen?» fragte Pauli argwöhnisch.

«Christian Gim ... Ich möchte gern aufstehen. Wenn Sie Ihren Hund zu sich rufen ...»

«Ja, aber du liebe Güte.» Sekunden später hatte er den Hund von ihm weggezogen, und Christian erhob sich. Nachdem er so lange nur in Joggingsachen still gelegen hatte, war er durchgeweicht und eiskalt.

«Sie müssen schon entschuldigen.»

«Sie haben wirklich einen großen Hund.»

«Ich hörte ihn anschlagen. Aber weil er schon die letzten zwanzig Minuten unruhig gewesen war, dachte ich, ein Fuchs würde herumstreunen.»

«Ja, keine Ahnung. Er schoß geradewegs auf mich zu.» Christian zögerte kurz. War es nötig, mehr zu sagen? Doch, er mußte erklären, warum das im Garten passiert war.

«Es hörte sich so an, als wäre hier irgendwo ein Säugling», sagte er und hätte in seiner Verlegenheit beinahe übertrieben. «Ich bin hineingegangen und habe nachgeschaut.»

«Diese Mistkatzen», sagte Pauli. «Dann fangen sie also jetzt schon um diese Jahreszeit mit ihren Konzerten an. Können Sie sich auf den Beinen halten?»

«Ja, das geht.»

Während sie miteinander redeten, waren sie bis auf den Schotterweg gekommen. Die nassen Sachen klebten bei jedem Schritt, dadurch war das Gehen unangenehm.

«Wollen Sie einen Moment mit hineinkommen und trockene Sachen ausleihen?»

«Ja, danke», sagte Christian, obwohl er lieber gleich nach Hause gewollt hätte, nur wollte er sichergehen, daß man seiner idiotischen Lüge glaubte.

Ragna empfing sie in der Küche, und wie erwartet, war in ihren Augen keinerlei Mitgefühl, als sie ihn so von Regen und Matsch durchweicht sah. Im Gegenteil, sie brach in Gelächter aus, als ob sie alte Bekannte wären und sie ein Recht hätte, ihn auszulachen.

«Da gibt es nichts zu lachen, Ragna», sagte Pauli, der wohl merkte, daß Christian anfing, sich zu ärgern.

Abrupt hörte Ragna auf und warf Christian einen Blick zu. Seit er sie am Badezimmerfenster gesehen hatte, hatte sie Samthosen übergezogen und eine graue Bluse mit roten Streifen über der Brust. Sie hatte sich geschminkt, und das veränderte ihre Augen, machte sie strahlend und klar. Sie war sehr hübsch.

Plötzlich dachte er: Entspann dich! Du kennst sie besser, als sie dich kennen. Für sie bist du immer noch der Arzt. Deshalb schwenkte er um, fragte, wo die Jungens wären und wie es Paulis Mutter ginge, und als Pauli mit einem verwaschenen hellroten Jogginganzug für ihn zurückkam und Ragna ihm sofort Vorwürfe machte, was für alte Klamotten er da anbringen würde, sagte er, das ginge bestens. Er zog sich im Badezimmer um. Der Hosengummi saß in der Taille stramm, und die Beine waren zu lang. Pauli war ein langer dünner Kerl. Das Oberteil war auch nicht bequem, über Schultern und Rücken war es zu eng, und er war auf Ragnas Gelächter eingestellt, als er die Küche wieder betrat. Aber das blieb aus. Sie saß am Tisch und schnipste mit dem Daumennagel gegen ein Streichholzpäckchen. Dann flog es auf den Fußboden, und mit einer tiefen Falte zwischen den Brauen hob sie es auf. Christian war nicht so dumm, in ihrer Mimik die Frustration nicht zu bemerken, die bei manchen Frauen Tagträumereien und Liebhabern den Weg ebnet.

14

Der folgende Tag war ein Samstag, und Christian fuhr schon früh nach Viborg, um Weihnachtsgeschenke einzukaufen. Es handelte sich dabei nicht um sonderlich viele. Eins für mich und je eine Kleinigkeit für die beiden Mädchen, die sich noch nie etwas aus Christians Geschenken gemacht hatten. Schon von klein auf hatten sie über alles, womit er ankam, die Augen verdreht. Wenn er ihnen eine Schaufel schenkte, hätten sie lieber ein Schminkset gehabt, und umgekehrt. Einmal hatte jede einen Nußknacker bekommen, darüber waren sie noch immer nicht hinweg. Diese Geschenke gehörten zu einem sensiblen Bereich, und wenn ich begreifen wollte, warum, müßte ich mich auf eine Weise in die Gedanken meiner Töchter versetzen, die mir nicht liegt, und deshalb lasse ich es.

Es war ein schneidend kalter und klarer Tag. Windig war es nicht, aber die kalte Luft drang förmlich in Ohren, Nase, und in jeden unbedeckten Millimeter Haut bei Schals und Ärmellöchern ein. Auch so früh am Tag waren bereits halb Viborg und Umgebung auf den Beinen, und die Fußgängerzone war schwarz von Menschen. Das vermittelte eine angenehme Anonymität. Zu Hause in Hvium wurde Christian sogar in seinem Auto erkannt, und er hatte verschiedentlich erlebt, daß Menschen neben ihm anhielten, um mit ihm ein paar Worte zu wechseln, sogar auf der Landstraße, doch hier konnte er sich in Ruhe bewegen. Als erstes kaufte er sich ein Paar schwarze Schuhe, ungewöhnlich teuer, und ein Sakko. Dann hatte er genug vom Einkaufen. Gedankenverloren blieb er vor den Schaufensterscheiben stehen und starrte auf ein sich drehendes Kaffeerad oder eine Schaufensterpuppe ohne Arme und mit schwarzen Lippen, ohne zu wissen, was ihm durch den Kopf ging, während Wogen von Schritten von hinten gegen seine Fersen schwappten, um sich im nächsten Augenblick zurückzuziehen und dann wieder nach vorn zu schwappen. In einem Fenster sah er ein Gesicht, das noch der kleinsten seiner Bewegungen folgte, und ohne daß es ihn interessiert hätte, ging ihm nach einer Weile auf, daß es ja sein eigenes war. Statt weiterzutreiben, blieb er stehen und betrachtete den großen schlanken Mann im Mantel mit dem vollen blonden Haar und dem etwas dunkleren Bart genauer. So ein Mann hätte er immer gern sein wollen, und er war überrascht, daß er tatsächlich so war. Daß er diese Statur hatte. Daraufhin fiel ihm ein, daß er ja zufrieden sein könnte. Nicht, weil er unzufrieden gewesen wäre, aber sein eigener Anblick im Schaufenster erinnerte ihn daran, daß es einen Unterschied zwischen Zufriedenheit und Unzufriedenheit gab und daß es ihn, Christian, genau jetzt gab. Leibhaftig. Daß es die Welt gab. Er brauchte sich nicht aufzurichten oder aufzublasen. Er fühlte sich so, wie er aussah, bis in die Fingerspitzen. Die Erinnerung an den letzten Abend stand ihm plötzlich sehr klar vor Augen. Die schöne Ragna und ihr weichlicher Mann. Und anschließend die Stunden bei Hege. Als er von seiner Laufrunde nach Hause gekommen war, hatte er ausführlich geduscht, bis ihn das Telefon unterbrach. Es war Hege.

«Hast du mich ganz vergessen?»

«Nein, nein», versicherte er. «Wie spät ist es?»

«Viertel vor neun.»

«Ich war draußen und bin gejoggt. Ich habe mich etwas verspätet. Aber jetzt komme ich.»

«Wenn du willst, können wir gern einen anderen Abend nehmen.»

«Nein, warum denn? Ich muß mich nur erst noch anziehen.

Nach einer kleinen, fast unmerklichen Pause sagte Hege: «Aber beeil dich!»

Im Kamin brannte ein Feuer, als er kam, und wie versprochen gab es Kuchen, Eierlikör und Kaffee. Die bereitgestellten Gläser funkelten. In Heges Wohnzimmer herrschte Ruhe. Er konnte sich nicht vorstellen, daß sie ruhelos wartend auf und ab ging oder daß sie hart arbeitete, um dann doch keinen Erfolg zu haben. Er fragte sie, ob sie jemals eine Anstellung gehabt habe.

«O ja», sagte sie und ließ sich in einem der großen Sessel vor dem Kamin nieder. «Ich habe sogar ziemlich viele Jahre gearbeitet, als Chemieingenieurin in der Meiereibranche.»

«Das ist ja ein richtiges Männerfach», sagte Christian überrascht. «Ich hatte keine Ahnung, daß du so eine Ausbildung hast.»

«Nein, denn ich rede nicht darüber.»

«Warum hast du aufgehört?»

«Es hat mir keinen Spaß gemacht.»

«Inwiefern?»

«Ich mag nicht, wenn andere über mich bestimmen. Ich mache gern meine Sachen und störe auch die anderen nicht.»

«Aber dich hat man gestört?»

«Das kann man wohl sagen.» Sie lächelte. «Es gab so viele Intrigen. Ich mag so etwas nicht. Weißt du, ironische Männer und neurotische Frauen passen nicht gut zusammen. Am Ende wurde mir gekündigt.»

«Wie schade.»

«Ach, ich habe keine Lust, noch daran zu denken. Und eigentlich habe ich vollauf zu tun ohne Job.»

«Ja.» Christians Stimme wurde matt. Plötzlich ödete ihn Heges Sanftheit an, und er sehnte sich nach Bewegung, nach einem Riß, beinahe egal, was für einem, in den er sich mit wenig Gewalt einkeilen konnte. Er stürzte den Rest Eierlikör hinunter und zog sich in sich selbst zurück. Hege ließ ihn in Ruhe so sitzen. Sie holte eine Stickerei, und nachdem sie sich einen Fingerhut auf den Mittelfinger gesteckt hatte, fing sie an zu sticken. Christian warf kurz einen Blick auf das, was sie tat, und bat sie dann, die Arbeit hochzuhalten, damit er sie sehen konnte. Die Stickerei war fast fertig, sie stellte einen riesigen türkisfarbenen Skarabäus inmitten eines Feuerwerks von Feuerkugeln und gewundenen Fäden dar.

«So etwas habe ich noch nie gesehen», sagte er. «Woher hast du das Muster?»

«Von mir.»

«Du bist ja eine Farbenkünstlerin, heißen die nicht so?»

Sie lachte. Die Nadel bohrte sich durch den hellbraunen Stoff, auf und ab. Dann sagte sie etwas, das ihn überraschte:

«Christian, ich merke doch, daß du mich magst. Aber ich durchschaue nicht, warum.»

«Was meinst du?» fragte er, etwas unruhig, als ob sie ihm vorwerfen würde zu lügen. Allein bei dem Gedanken, daß das passieren könnte, lief es ihm kalt den Rücken hinunter. Er selbst würde sich nie erdreisten, zwischen Lüge und Wahrheit zu unterscheiden, und schon gar nicht im Namen anderer.

«Oh, ich dachte bloß.»

Christian ergriff sein Glas, das Hege inzwischen nachgefüllt hatte, und drehte den Stiel zwischen den Fingern.

«Naja, ich mag dich, weil wir ebenbürtig sind», sagte er. «Ich glaube, ich verstehe dich. Keiner von uns läßt sich so leicht aus dem Sattel heben. Wir bemühen uns, die Dinge in größeren Zusammenhängen zu betrachten. Job, Ehefrau, ha ha. Wir halten uns trotzdem aufrecht.»

«Vielleicht.»

Es war einen Moment lang still. Hege drapierte ihre Stickarbeit über der Armlehne, ging hinüber und legte ein neues Scheit in die Glut. Sie kniete sich dafür seitwärts hin.

«Woran denkst du?» fragte Christian, als sie sich wieder hingesetzt und zu sticken begonnen hatte.

«Daran, daß mich Meinungen nie wirklich interessiert

haben. Vielleicht habe ich deshalb an keinen Arbeitsplatz gepaßt. Ich habe immer geglaubt, daß wir letztendlich doch alle dasselbe wollen. Alle wollen doch letztendlich ihr Leben weiterleben, und zwar so gut wie möglich. Und dann habe ich geglaubt, alles andere sei unwesentlich. Deshalb bin ich enorm geduldig gewesen. Ich konnte viel aushalten, mir vieles anhören, weil ich hinter all der Unbeholfenheit an den guten Willen gedacht habe. Das war bestimmt in Ordnung so. Nur jetzt sitze ich auf einmal da und zweifle.»

«Woran?»

«Ob wir ebenbürtig sind, wie du es ausdrückst.»

Sie streckte einen Arm hoch über den Kopf, und der weiße Ärmel rutschte herunter, so daß die Haut zu sehen war. «Ach, Christian, kümmere dich nicht um das, was ich sage.» Er antwortete nicht. Er konnte nicht aufhören, sich zu fragen, ob sie sich seinetwegen streckte. Die Haut an ihrem Oberarm war wie die von gelagerten Äpfeln, aber ihm gefiel, was er sah, Hege war unbestreitbar eine anziehende Frau.

«Was macht Køpp heute abend?» fragte er.

«Er wollte Sander in Viborg in irgendeinem Restaurant treffen.»

Christian zuckte innerlich zusammen. Nach außen ließ er sich jedoch nichts anmerken, als er ruhig fragte: «Du kennst ihn doch auch, oder?»

«Klar. Ziemlich gut.»

«Aber du wolltest nicht mit?»

«Nein, heute abend geht es um Männersachen. Ich bin gern hin und wieder für mich.»

«Ja ja», murmelte Christian, während er weiter nachdachte, immer weiter. Es war lange her, seit Sanders Name in seiner Gegenwart erwähnt worden war, aber er hatte ihn nicht vergessen. Erst letzte Woche hatte er eine Postkarte von ihm zwischen Carmens Sachen im Schrank entdeckt. Sie war aus Berlin und zeigte das renovierte Opernhaus. «Hallo, meine Schöne», konnte er gerade noch lesen, «ein kleiner Gruß von deinem alten Freund, der ist in Berlin und wirft...» Weiter kam er nicht, weil ihm Carmen wie ein eisiger Wind von hinten die Karte wegriß.

«Du bist ganz schön unverschämt», sagte sie und schnalzte mißbilligend mit der Zunge. «Was würdest du dazu sagen, wenn ich an deine Privatpost ginge?»

«Ich würde sagen: ‹Alles deins, Carmen›.»

«Ja, das kann ich mir bei dir vorstellen.» Aber sie war nicht wirklich wütend, sie fächelte sich mit der Karte unter dem Kinn Luft zu, murmelte etwas vor sich hin und tippte dann weiter.

Christian hatte im übrigen, seit er Sanders bemerkenswerte Krankenakten entdeckt hatte, in regelmäßigen Abständen an ihn gedacht, und manchmal, wenn eine Patientin bei ihm in der Sprechstunde war, streifte ihn der Gedanke, ob sie wohl eine von denen gewesen war, auf die Sander ein Auge gehabt hatte. Die ganze Zeit schon hatte er auf eine Gelegenheit gewartet, über ihn zu sprechen. Jetzt war sie gekommen.

«Wie alt ist Sander eigentlich?» fragte er, obwohl er das durchaus wußte, denn das war die einzige neutrale Frage, die ihm einfiel.

«Ich weiß es nicht genau.» Hege beugte sich vor und hob ihren Nähbeutel vom Fußboden auf. «Um die fünfzig, glaube ich. Warum?»

«Ich habe über ihn nachgedacht. Wie er wohl ist.»

«Spukt dir die wahnwitzige Geschichte, die Linus dir erzählt hat, durch den Kopf?»

«Vielleicht.»

«Linus ärgert sich darüber – daß er dir das erzählt hat, meine ich.»

«Ja, das hat er mir gesagt.»

«Die beiden sind die besten Freunde, mußt du wissen.»

«Mm.»

Ein Moment lang war es still. Dann sagte Hege, die im

Nähbeutel herumgesucht hatte: «Ich kann die verdammte Schere nicht finden. Weißt du, ich bin ziemlich unordentlich.»

Das bist du nicht, dachte Christian. Laut sagte er: «Komm, gib ihn mir, ich finde die Schere für dich.»

Sie reichte ihm den Beutel, und er fing an, die Sachen herauszunehmen und auf seinen Schoß zu legen: Zentimetermaß, Muster, Bleistifte, ein Heftchen mit Nadeln, ein weiterer Fingerhut und jede Menge Garn. Er hatte schon immer gern Sachen angefaßt, die einer Frau gehörten, die er nur oberflächlich kannte, als ob er bei jedem Stück, das er berührte, einen unausgesprochenen Traum um ihre Person herumwob. Eine gebogene Haarspange aus Schildpatt-Imitat auf dem Toilettenregal bei einer von Ninas Freundinnen, ein leerer Liegestuhl auf dem Rasen, ein aufgeschlagenes Buch mit geknicktem Buchrücken – heimlich fuhr er mit der Hand darüber und träumte von Stimmen, von Köpfen, die sich umdrehten, von Augenblicken, in denen die Besitzerinnen dieser Sachen die Essenz ihres eigenen Wesens waren – wenn sie in Gedanken versunken waren, wenn sie kamen, wenn sie schrien oder sich stritten.

«Du wirkst unschlüssig?» hörte er Hege sagen, und er glättete einen Strang grünen Garns und steckte die Hand noch einmal in den Nähbeutel, wo die Fingerspitzen auf abgerundetes Metall stießen.

«Hier hast du sie», sagte er und reichte ihr die Schere. Dann war er still und sah ihr zu, wie sie die Fadenenden, die sie in einem farbigen kleinen Berg auf der Armlehne sammelte, befestigte und abschnitt.

«Warum ist er eigentlich gegangen?» fragte er schließlich.

«Was?»

«Ja, ich habe den Eindruck gewonnen, als sei das beinahe Hals über Kopf geschehen. Fast so, als ob etwas dahintersteckte.»

«Hat Linus das gesagt?»

«Linus hat so gut wie nichts gesagt.»

«Nein, er ist noch nie geschickt darin gewesen, eine ordentliche Antwort zu geben.» Sie versuchte immer wieder, einen Faden einzufädeln, aber er war zu ausgefranst und zu kurz, so daß sie schließlich die ganze Stickarbeit aufnahm und das Fadenende in den Mund steckte. Er konnte kurz ihre Zungenspitze sehen, und es lief ihm kalt den Rücken hinunter bei dem Einfall, den er zwei Monate zuvor, als Nina noch bei ihm wohnte, nicht gehabt hätte.

«Weißt du, er war pleite», sagte sie, als sie den Faden durch das Nadelöhr bekommen hatte. Sie fuhr mit ihrer Arbeit fort, ohne ihn anzuschauen. «Oder fast pleite. Ich weiß das nicht ganz genau, aber auf jeden Fall mußte er zusätzlich zur Sprechstunde und den ganzen Notdiensten im betrieblichen Gesundheitsdienst arbeiten, und das gab ihm den Rest.»

«Wie kommt er jetzt zurecht?»

«Er hat alles, was er besessen hat, verkauft. Haus, Auto, Ferienhaus, Segelboot. Jetzt lebt er von einem Minimum und ist zufrieden, sagt er.»

Christian dachte an die Postkarte von der Berliner Staatsoper, die er gesehen hatte, und wünschte, er hätte lesen können, was das war, das Sander ‹um-wirft› oder ‹ein-wirft›. Das Bild eines genügsamen Mannes, das Hege vor ihm entrollte, stimmte nicht. Ihm war, als ob er in ein Federbett boxte.

Aber es gab Sachen, die er wissen wollte. Ja, mehr als das. Er sehnte sich danach zu hören, wie Sanders Eskapaden hinausgeschrien wurden. Wie viele Frauen, wie alt, wie jung, wie oft, wie viele Sauftouren, wie viele Beleidigungen, wie viel Wut. Sander mußte seine Patienten beschmutzt haben. Christian konnte ihn vor sich sehen, unzufrieden, herablassend, wie er sich im Stuhl zurücklehnte und die Menschen anschaute, wenn sie zu ihm in die Sprechstunde kamen. Wie er sie dazu bekam, zu schrumpfen und an ihrem Anliegen zu zweifeln. Um dann plötzlich umzuschlagen und sie mit Geschichten und wohlwollenden Taktlosigkeiten vollzustopfen. Oder hatte er sich statt dessen väterlich und verständnisvoll gebärdet? Wie ein Mann, dem man sich gern anvertraute? Christian wollte es wissen. In seiner Vorstellung verstand es Sander, die Menschen zurückzuweisen und nach Belieben wieder zu sich heranzuziehen. Etwas mußte er gehabt haben, was die Leute an ihm festhalten ließ, da Christian im Ort nie Klatsch oder Verleumdungen gehört hatte, und das war für ihn beinahe die schlimmste, die unbegreiflichste und provokanteste Sünde in Sanders Register, die am schwersten zu verzeihende. Denn an sich war Sander leicht zu verstehen, fand er: ein Mann, der sich über alle Scham und Lebensart hinweggesetzt hatte und das Leben nahm, wie es sich ihm darbot, den entblößten Schoß der Frauen vor ihm, der pure Rausch, wie ein Elektroschock für den ganzen Organismus, wenn man genug trank – so daß man am nächsten Tag aus seinem Bett kriechen konnte, ausgelaugt und erinnerungsleer, wie ein unter Schmerzen geborener Säugling. Blindwütiger, ungerechter Zorn, der nie fragt, sich um nichts schert, ein Leben lang, der sich auftürmt bis zur nächsten gewaltsamen Entleerung, wenn der ganze Dreck ausgeblasen wird und sich einem als demütiger kleiner Haufen vor die Füße legt. O ja, glaubte Christian, genauso war es.

«Bestimmt mochte er die Frauen, oder?» fragte er. Hege warf ihm einen Blick zu.

«Weißt du etwas, das ich nicht weiß?»

«Was sollte ich wissen?»

«Nichts, das klingt nur so.» Sie schaute auf ihre Stickerei und glättete sie über den Knien. Sie hatte eine damenhafte Art, die Beine nebeneinander zu stellen, die Christian gefiel. Ihre Knie wurden dadurch so rund. «Weißt du, nicht alles ist Sex», fügte sie hinzu. Ratlos schaute er sie an und stand auf. Ihm war, als wenn er den Kopf in ein schweres Federbett steckte. Die Luft stand still. Es kam ihm vor, als ob er fast keine Luft bekäme.

«Ich mache ein Fenster auf», sagte er.

«Tu das», antwortete Hege, ohne den Blick von ihren Beinen zu heben. Christian stieß ein Fenster auf und lehnte sich einen Moment hinaus. Es zog. Im ersten Moment tat ihm der Geruch des winterlichen Meeres gut, dann deprimierte er ihn. Er würde Hege bitten, alles Licht im Zimmer auszumachen und zu ihm zu kommen. Vielleicht würde sie in ihrer dünnen Bluse anfangen zu frieren. Er konnte nicht weiter denken als: neben ihr im Dunkeln stehen, ein bißchen näher, noch ein bißchen näher, weder jung noch alt, er könnte den Arm um sie legen, sie könnte sich an ihn lehnen, dann würde er wohl merken, daß sie alt war und er jung, und das würde ihm den Antrieb geben weiterzumachen. Oder es sein zu lassen.

Er drehte sich um und sah sie im Sessel sitzen. Das kräftige Haar hatte sie zu einem weichen Knoten geschlungen, ihr Nacken war zart. Eine tiefe waagerechte Falte verlief unten am Hals, dort, wo sie ihr Leben lang die Goldketten getragen hatte. Jetzt trug sie keine. Er fragte sich, wie es möglich war, dort zu sitzen und zu sticken, als ob die Tage nicht vergingen, als ob es Enttäuschungen, Freuden und Trauer nicht gäbe. Er fühlte sich wie ein vollständig anderer Mensch als derjenige, der vor einer Stunde das Haus betreten hatte. Er dachte an unseren Vater, den Ignoranten, der in der Erde lag, als ob er nie gelebt hätte und weder wert sei, geliebt zu werden, noch sich an ihn zu erinnern, weil er keinen einzigen Traum gehabt hatte, keine einzige Empfindsamkeit, keine bewußte Erniedrigung auf seinem Gesicht vorzuweisen hatte. Er dachte: Was würde passieren, wenn man alles fallenließe? Was würde dann zum Vorschein kommen? Aber er war wirr im Kopf und unklar, er wußte nicht, was er mit «alles» meinte und was sich in «zum Vorschein kommen» verstecken konnte, und seine Gedanken blieben wieder bei seinem ersten Einfall hängen: Er schaute Hege an, die sich vorgebeugt hatte, so daß sich ihr Rücken vollkommen von der Stuhllehne entfernt hatte und das lose Geflecht der Rippen beinahe unmerklich unter dem Stoff auf- und abglitt. Als sie jung war, mußte sie phantastisch gewesen sein, und es ärgerte ihn, daß sie selbst das bestimmt nicht gewußt hatte und Køpp wahrscheinlich ebenfalls nicht. Sie war eine von denen, die mit den Jahren immer unschuldiger wurden, und das provozierte ihn. Er bekam Lust, sie zu reizen. Dreh dich doch um, Hege, und schraub dich auf mich wie eine menschliche Figur. Ich will sehen, wie du aufblühst und strahlst, über das, was du vermagst, wenn du nackt bis auf die Haut bist. Ich will dein Alter von dir nehmen und dir eine Hemmungslosigkeit geben, die keine Zeit kennt. Du sollst wimmern und schreien, du sollst auf dem Fußboden hinter mir herkriechen, du sollst mich anbetteln, mich in deinen Hals zu entleeren. Ich will dich überwältigen, und du sollst dich zurückziehen und schauen und meinen Körper anschauen, der immer noch jung ist.

«Christian», sagte Hege gedämpft. Sie wandte ihm noch immer den Rücken zu. Es rauschte in Christian. Mit langen Schritten ging er durch das Zimmer und blieb vor ihrer Armlehne stehen. «Ja?» sagte er zitternd.

Sie schaute verblüfft zu ihm auf. «Was willst du?» fragte sie.

An dieser Stelle wurde der Abend abgebrochen.

* * *

Aber die Weihnachtsgeschenke hatte er immer noch nicht eingekauft. Er drehte sich vom Schaufenster weg, und im selben Moment fiel sein Blick auf Ragna, die im Gedränge weiter oben auf der Straße mit vier, fünf Einkaufstüten ging.

15

Er trat ein paar Schritte auf die Straße hinaus, blieb stehen und wartete auf sie. Die Leute drängten vorbei, aber er konnte die ganze Zeit über ihrem hellen Gesicht folgen, das im Meer der Menschen auf- und abtauchte. Sie trug den roten Mantel mit Pelzbesatz, und er fand, daß ihr die Kälte und die vielen Menschen standen. Sie wirkte gesund und froh. Selbst wenn sie ihm bisher noch nie aufgefallen wäre, heute würde sie es tun. Sie blieb stehen, um ein Schaufenster zu betrachten, und warf zwischendurch rasche Blicke in seine Richtung. Er wurde nicht recht schlau daraus, ob sie ihn gesehen hatte und nun nur so tat, als ob nicht, aber ein kleines Licht wurde in ihm entzündet, und er wünschte, sie würde sich richtig viel Zeit lassen. Sie war allein. Weder Kinder noch Mann im Schlepptau. Noch Schwiegermutter. Ob sie nicht jeden Augenblick aus einem Geschäft oder einem Café kommen würden, konnte er nicht ahnen, allerdings vermittelte sie ihm den Eindruck einer Frau, die ihren freien Tag nimmt. Allein schon, wie sie sich in die Auslagen vertiefte. Die Taschen zwischen ihre Beine gestellt, die Hände in den schrägen Taschen des Mantels, den Kragen unters Kinn hochgeklappt, stand sie aufrecht und mit gespreizten Beinen. Jetzt schaute sie direkt zu ihm hin, und sogar auf die fünfzehn, zwanzig Meter Entfernung war zu erkennen, daß sie die Augen zusammenkniff und die Nase rümpfte. Er lachte innerlich und blieb stehen. Dann nahm sie die Taschen auf, stand aber noch einen Moment unentschlossen da. Wenn sie sich umdreht und den gleichen Weg zurückgeht, folge ich ihr, beschloß Christian. Aber sie kam auf ihn zu, und er trat direkt vor sie hin. Sie blieb stehen und setzte die Tragetaschen ab.

«Sie scheinen was zu schleppen zu haben.»
«Im Haus ist Geburtstag.»
«Wessen?»
«Meiner.»
Er sah sie an. «Glückwunsch», sagte er.
«Danke.»
«Ich stand hier und sah Sie die Straße heraufkommen und dachte, ich will warten und mal hören, wie es so geht. Sie sahen wie ein richtiges Geburtstagskind aus.»
«Wie sieht das aus?»
«Froh», sagte Christian leichthin, und Ragna lächelte.
«Wie geht es?» fragte er.
«Womit?»
«Mit Ihrer Schwiegermutter. Hat sie sich von der Orgie erholt?»
«Sie erholt sich nie ganz.»
«Was soll das heißen?»
«In der alten Närrin steckt nicht mehr viel Leben drin.»
«Sie hatte immerhin die Windbeutel erwischt.»
«Ja, weiß Gott, wie sie das geschafft hat. Martin hat unter Umständen die Finger im Spiel gehabt.»
«Und wer ist Martin?»
«Das ist der große Kerl, der an der Walktrommel arbeitet.»
«Dem bin ich noch nicht begegnet.»
«Werden Sie ja vielleicht noch.»
Er starrte sie an, und sie starrte zurück. Dann beugte sie sich vor und nahm die Taschen auf.
«Sie wollen doch nicht etwa schon gehen?» fragte Christian.
«Ich soll doch wohl nicht hier stehenbleiben?» lachte sie.
«Na ja, ich würde Sie gern zu irgend etwas einladen, wo Sie doch Geburtstag haben.»
«Ist das wahr?» Sie richtete sich wieder auf und ließ die Taschen los. Sie standen mitten auf der Straße. Die Menschen strömten an ihnen vorbei, es war ein permanentes Scharren von Schuhen.

«Sind Sie mit Ihren Einkäufen fertig?» fragte er.
«Eine Dose Pfirsiche fehlt mir noch.»
«Die nehmen wir unterwegs mit. Wo haben Sie geparkt?»
«Beim Sankt-Matthias-Markt.»
«Wenn wir Ihre Sachen dort hinbringen, sollten wir dann nicht – ja, selbstverständlich nur, wenn Sie nichts anderes vorhaben.»
Aber das hatte sie natürlich nicht.

* * *

Sie bestellte heiße Schokolade mit extra viel Sahne. Sie friere, sagte sie, und er sah ihr zu, wie sie die Handschuhe auszog und die gefühllosen Finger der einen Hand mit der anderen massierte. Von der winterlichen Kälte waren sie rauh, und über den Rücken der einen Hand verlief ein langer Riß.
«Sie haben ja richtige Arbeitshände», lächelte er. «Sie sind es bestimmt gewohnt zuzupacken.»
«Ja, das können Sie glauben», sagte sie, «besonders jetzt um Weihnachten, wenn wir pelzen.»
Ihm fiel etwas ein. «Ich habe mal ein Mädchen aufgelesen, das für euch arbeitet.»
«Manne.»
«Bestimmt.»
«Ja, wir haben nur sie. War sie grob?»
«Nein, das will ich nicht behaupten. Sie war wohl eher traurig.»
«Erzählen Sie mir lieber nichts davon», sagte Ragna, hob die Tasse an den Mund und nippte am Kakao, der so heiß war, daß sie die Lippen verzog. «Manne ist sehr diskret.»
«Ich würde Ihnen auch lieber nichts davon erzählen.»
«Doch, Sie würden.» Sie schaute ihn belustigt an, und er lächelte zurück, lächelte ihr direkt in die Augen. Sie hatten ein Café in der Vestergade gefunden, wo in dem Moment, als sie eintraten, ein Tisch frei wurde. Ansonsten war es fast un-

möglich, irgendwo in der Stadt einen Platz zu finden. Alles war voll belegt durch Weihnachtsfeiern oder müde Menschen nach dem Einkaufen. Zwischen den Tischen häuften sich die Tragetaschen und Papiertüten. Kinder weinten, es wurde geredet. Ein großer langhaariger Hund lief zwischen den Tischen herum, die Leine schleifte hinter ihm her, und er stieß gegen die Tischbeine, so daß der Inhalt der Tassen überschwappte. Ein Mann mit Handprothese stellte seinen Fuß auf die Leine und stand auf. «Wem gehört der Hund?» rief er mit lauter Stimme durchs Lokal. Es wirkte wie ein pathetischer Protest. Niemand meldete sich, und nachdem er sich eine Weile umgeschaut hatte, setzte sich der Mann wieder, den Fuß immer noch auf der Leine, und aß weiter seinen Hering. Hin und wieder beugte er sich halb zu dem Hund hinunter, der sich hingelegt hatte, und streichelte ihn mit seiner Prothese.

«Hier riecht es nach Menschen», sagte Ragna.

«Na, das ist ja wohl kein Wunder.»

«Nein», sagte sie gleichgültig und schaute aus dem Fenster. Das Licht schien durch ihre Augen. Durch eine gefüllte Kuppel aus Glas.

«Was werden Sie heute tun, an Ihrem Geburtstag?» fragte Christian.

«Ach, eigentlich nichts Richtiges. Wir haben mit den Nerzen viel zu tun, dann ist da das Haus und die Wäsche und die Kinder, denen habe ich einen Weihnachtsbaum oben in ihrem Zimmer versprochen. Und ich werde keine Ruhe haben, ehe ich deswegen mit ihnen im Wald gewesen bin.»

«Das ist nicht gerade wenig», sagte Christian. Er hatte das Gefühl, daß er sie wieder einholen müßte. «Bekommen Sie keinen Besuch?»

«Möglich, daß die Nachbarn heute abend kommen. Aber das glaube ich eigentlich nicht ... Und dann gibt es noch die, die für uns arbeiten. Die schauen herein, bevor sie gehen, und bekommen ein Glas.»

«Ich wußte gar nicht, daß Sie Nachbarn haben.»

«Die Menschen auf dem Land haben immer Nachbarn, auch wenn sie einen Kilometer entfernt wohnen.»

«Ja, das stimmt.» Er schwieg eine Weile und überlegte, wer seine Nachbarn waren. Aber er konnte sich nicht daran erinnern. Ragna hatte eine Hand um ihre Tasse gelegt. Sie war feuerrot geworden und schien geschwollen zu sein.

«Warum haben Sie mich eingeladen?» fragte sie plötzlich.

«Was meinen Sie?»

Sie lächelte vollkommen offen, und er dachte, es ist, als wäre sie aus einer Tür getreten und hätte ‹Willkommen› gesagt. Ihr Mund war rot und weich.

«Sie sitzen hier und fragen mich nach Sachen, die Sie bestimmt nicht interessieren, das kann ich mir jedenfalls nicht vorstellen. Warum tun Sie das?»

«Weil ich Sie gern etwas besser kennenlernen möchte.»

«Dann fragen Sie etwas Interessanteres.»

«Das ist doch interessant», protestierte er. «Jedenfalls für mich.»

«Warum wollen Sie mich gern kennenlernen?»

«Das weiß ich nicht. Vielleicht weil ich glaube, daß Sie mich gern kennenlernen wollen.»

Sie antwortete nicht.

«Darf man das nicht sagen? Interesse erzeugt Interesse, und wo das seinen Anfang nimmt, läßt sich nicht sagen.»

«So würden Sie nie mit einem Mann reden.»

«Nein, das glaube ich auch nicht.»

Eine Gruppe von fünf oder sechs Personen trat durch die Tür. Es gab keine freien Tische, und sie stellten sich abwartend neben Ragna und Christian. Ragna blickte verstohlen zu ihnen hin und rückte dann ihren Stuhl etwas ab.

«Wir beeilen uns nicht, oder?» sagte sie leise und einschmeichelnd, und Christian schüttelte den Kopf. Er hatte nicht die geringste Lust aufzubrechen, um Weihnachtsgeschenke einkaufen zu gehen, anschließend nach Hause zu fahren, müde zu werden und den Tag langsam dahinschwinden zu sehen. Nimm es, wie es kommt, schoß ihm durch den Kopf. Er lehnte sich zu Ragna hinüber, die, im Sonnenschein leuchtend, den Kopf zwischen beiden Händen hielt und ihn aufmerksam anschaute.

«Sie prüfen mich», sagte er.

«Macht das was?»

«Nein», sagte er. «Fahren Sie nur fort.»

Sie lachte.

«Ich fühle mich wohl dabei», erklärte er.

«Fühlen Sie sich sonst nicht wohl?»

«Geht das nicht allen manchmal so?»

Sie veränderte ihre Haltung nicht. «Jeden Morgen, wenn ich aufstehe, würde ich am liebsten sofort wieder ins Bett gehen.» Ihr glühender Mund sprach zwischen den Händen. «Mein Leben ist so mühsam. Täglich in dem gleichen Scherbenhaufen loslegen, und erst spät am Nachmittag kann ich zu mir sagen: ‹So, nun hast du es geschafft. Du kriegst es doch gut hin.›»

Christian sagte nichts, er lächelte sie nur an, und sie lächelte zurück. Einen Moment lang hatte er das Gefühl, in ihren Augen zu versinken. Sie brauchte ihm nichts zu erzählen. Er war nicht neugierig. Der Mann, der vorhin gerufen hatte, stand auf, ging zur Theke und bezahlte. Die stehende Gruppe ließ sich an seinem Tisch nieder.

«Da, er nimmt den Hund mit», sagte Ragna. Sie hatte sich auf dem Stuhl umgedreht, um das zu beobachten. «Glauben Sie, das ist sein eigener?» Die Tür fiel hinter Mann und Hund zu. Draußen vor dem Fenster blieb er stehen und tätschelte den Hund, er nahm ihm die Leine ab und steckte sie in die Tasche. Dann verschwanden sie um die Ecke. Ragna schien die Geschichte zu amüsieren. Als der Kellner kam, bestellte sie zwei Tassen Espresso und wandte sich dann mit einer raschen Bewegung Christian zu:

«So, jetzt habe ich Ihnen von meinem Elend berichtet. Jetzt sind Sie dran.»

«Womit?»

«Von sich zu erzählen.»

«Von meinem Elend, meinen Sie?»

«Das habe ich nicht gesagt.»

«Ich finde, wir sollten lieber etwas rausgehen», sagte Christian langsam. «Ich sollte Weihnachtsgeschenke einkaufen, bevor die Geschäfte schließen. Und ich weiß nicht, was ich kaufen soll.» Er machte eine kleine Pause. «Hätten Sie vielleicht Lust, mir zu helfen?»

Sie klapperte mit dem Teelöffel gegen die Untertasse und warf ihm einen kurzen forschenden Blick zu, während sie überlegte.

«Unter einer Bedingung.» Sie hob den Zeigefinger. «Sie dürfen eins nicht versuchen.»

«Was?»

«Daß ich mich linkisch fühle.»

* * *

Ragna brauchte nicht lange, um sich zu entscheiden. Sie stürmte in die Geschäfte, sah sich um und steuerte weiter, bis sie sich aus unergründlichem Anlaß für etwas entschied. Christian folgte ihrem roten Mantel und bezahlte, wenn sie ihn darum bat. Es ging ihm gut. Er hatte keine Lust, sie wieder laufenzulassen, und er war sich ziemlich sicher, daß auch sie ihn nicht gehenlassen wollte. Das machte es leicht. Als sie mit den Einkäufen fertig waren und Christian sagte, er wolle ihr ein Geburtstagsgeschenk machen und sie könne selbst entscheiden, was es sein sollte, antwortete sie, ohne lange zu überlegen, wenn das so sei, dann hätte sie gern einen BH. Sie betraten ein altmodisches Wäschegeschäft, wo vier Damen hinter einer langen Theke standen und verkauften. Christian ließ sich auf einem Hocker nieder und sah sich die Kunden an, die Blusen, Kleider und Kostüme von den Ständern nahmen und vor sich hielten, sie dann entweder zurück an ihren Platz hängten oder in den Umkleideräumen verschwanden. Es ging in erster Linie um Weihnachts- und Silvestergarderobe. Die Stoffe glitzerten. Die Frauen waren blaß, hatten rote Flecken auf den Wangen, und alle waren sie mittelalt oder älter. Oben am Tresen stand Ragna, und während sie darauf wartete, bedient zu werden, hatte er Zeit, in aller Ruhe ihren Rücken und ihr Profil mit der scharfen Nase zu betrachten. Er hörte sie nach Bügelbüstenhaltern fragen, die gut stützten, danach gingen sie und die Verkäuferin zu dem Ständer in der Ecke mit der Unterwäsche, wo Ragna ihren Mantel öffnete, damit die Verkäuferin ihre Maße nehmen konnte. Und dann legten sie los. Die Verkäuferin nahm einen BH nach dem anderen, und Ragna nickte oder schüttelte den Kopf und hatte am Schluß mehr als genug beisammen. Die vielen Bügel klickten, als sie auf Christian zukam.

«Gehen Sie mit?» fragte sie so beiläufig, daß es ihm die Sprache verschlug, und ohne ein Wort stand er auf und folgte ihr.

Der Umkleideraum, in den sie kamen, war einer von der altmodischen Sorte, ein richtiges Zimmer mit viel Platz, einem Stuhl und einer Tür, die man schließen konnte. Die Wände waren blendend weiß gestrichen, und auf einem Tisch beim Spiegel stand eine Schachtel mit Stecknadeln. Während Ragna den Mantel auszog und an einen Haken hängte, setzte sich Christian auf den Stuhl. Sie kreuzte die Arme, zog die Bluse über den Kopf, und ein weißes Herrenunterhemd kam zum Vorschein. Er konnte gerade noch helles Haar in ihren Achselhöhlen erkennen, ehe sie die Bluse mit einer gleichgültigen Geste auf den Fußboden warf, wie um ihm zu zeigen, daß sie sich nicht vor ihm auszog. Was sie tat. Er wußte, daß er sie haben konnte, wünschte aber, die Zeit auszudehnen, um sein Begehren zu steigern, sowohl nach ihr wie nach sich selbst. Deshalb bereute er jetzt, mitgegangen zu sein. Es wäre für sie beide besser gewesen, wenn er draußen im Geschäft in dem schalen, süßlichen Puderduft sitzengeblieben wäre, die alternden Frauen mit ihren rechteckigen Gesichtern angeschaut und die Türglocke immerzu klingeln gehört hätte, während er sich vorstellte, was Ragna im Umkleideraum machte: Ihr glühender Körper wurde enthüllt. Wie gerne würde er in Gedanken seinen Mund und sein Gesicht in ihrem Dekolleté begraben und vorsichtig erst die eine Brust und dann die zweite befreit haben, um sie dann zu schmecken. Aber jetzt wandte sie, diese unternehmungslustige Person, ihm den Rücken zu und zog die Unterwäsche aus der Hose, und er reckte sich auf dem Stuhl und sah zur Decke hinauf, wo sich jede Menge dicker und dünner Rohre über- und untereinander entlangwanden. Er hörte, wie ihre Sachen auf die Erde fielen, und versank in seinem Unbehagen, bis ihn ihre Stimme zurückrief.

«Was meinst du?» fragte sie, und er sah sie an. Sie trug einen neuen BH und studierte ihr Spiegelbild. An einem der Träger hing auf dem Rücken ein Preisschild. Der BH war so weiß, daß ihre Winterhaut, die von Leberflecken übersät war, im Vergleich dazu dunkel wirkte. Jetzt bist du mit hier hereingegangen, dachte er. Er war es gewohnt, Entscheidungen vor dem Hintergrund eines Zweifels zu treffen, den er für sich behielt, bis er, wie es Gefühle tun, in den Hintergrund rückte und vergessen wurde und lediglich das Tun in Erinnerung blieb.

«Ich finde, du siehst gut aus», antwortete er wahrheitsgemäß. Sie lachte ein bißchen und drehte sich zu ihm um, und er stand auf. Sie blieb stehen, ja zog sich fast ein bißchen zurück. Oh, sie war wunderbar. Er ging die drei Schritte und legte den Arm um ihre Taille, schnupperte an ihrem Hals und der Brust und küßte ihre Hand, die nach Metall roch.

«Was hast du in unserem Garten gemacht?» flüsterte sie.

«Das weiß ich nicht», antwortete er, denn jetzt war er bei

jener Offenheit angelangt, die ihm als der Kern allen Begehrens erschien und die er doch nie länger als den einen Moment auszuhalten vermochte, der für einen einzelnen Aspekt einer großen, niederdrückenden Wahrheit reichte, gleichzeitig beruhigend und stoppelig wie ein abgeerntetes Feld.

«Pauli bedauert dich schon fast, weil du nicht zwischen einer läufigen Katze und einem Baby unterscheiden kannst.»

«Laß ihn nur», murmelte Christian und zog sie dichter zu sich. «So kann ich hier stehen und ihn bedauern.»

Sie stemmte sich gegen seine Brust und schob ihn etwas zurück.

«Bild dir nur nichts ein», sagte sie. «Du bist nicht der erste, den ich geküßt habe.»

«Du hast mich noch gar nicht geküßt.»

«Vielleicht tue ich es auch nicht.»

«Nein», sagte er. Sie standen ganz still. Von draußen aus dem Geschäft hörten sie die Kasse in regelmäßigen Abständen klingeln und ein gleichmäßiges monotones Gemurmel. Die Türglocke klingelte. Kunden kamen und gingen. Das alles geschah direkt auf der anderen Seite der Tür und war doch sehr weit weg. Christian hatte noch immer die Arme um sie gelegt, ihre hingegen hingen an den Seiten herunter. Sie duftete schwach nach Land, und in Gedanken ging er durch einen Fliegenvorhang, der raschelnd an ihm herunterfiel, rot, gelb, grün und blau glänzend. Schmeißfliegenfarben. Er ging von der immer schattigen schimmeligen Küchentreppe gegenüber dem Schweinepfad durch einen Wasserfall, spürte die Zärtlichkeit von dünnen Kinderfingern und gelangte dann in den dunklen Arbeitsraum, wo die Luft stand und schwer und würzig nach Blut roch, wo der Kühlschrank losbrummte, Insekten wie verrückt summten und sich auf der Fensterbank krümmten und wo die Stille trotz allem so gewaltig war, daß er in Gedanken versank.

Dann wurde an die Tür geklopft, und die Verkäuferin steckte den Kopf herein.

«Wie ...», fing sie an, aber als sie Christian und Ragna so dicht beieinander stehen sah, fügte sie hinzu: «Ich schaue gleich noch einmal herein.» Die Tür schloß sich hinter ihr.

«Ich gehe nach draußen und warte», sagte Christian.

«Tu das», antwortete Ragna.

16

Die Sonne hing tief und scharf umrissen zwischen den kahlen Zweigen, als er eine Stunde später auf den Hof fuhr und sah, daß ein Umzugswagen vor der Haupttreppe hielt. Die Tür stand weit offen, und zwei Männer, der eine jung und mit rotem Kopf, der andere sehnig und etwas älter, kamen mit Ninas Klavier heraus. Sie wateten bis zu den Knöcheln durch Laub, und von einem plötzlichen Windstoß aufgewirbelt, wehte eine Wolke von Blättern um sie herum. Ihre Arme waren bloß, trotz der Kälte, und sie schwitzten. Christian hatte von Nina, seit sie weg war, überhaupt nichts gehört. Jeden Sonntag hätte er sie treffen können, wenn er in der Kirche erschienen wäre, und der Gedanke hatte ihn auf unbestimmte Weise verstört und an ihm genagt. Denn er hatte keine Lust, sie zu treffen. Er hatte überlegt, ob es etwas gab, das er ihr sagen müßte, ehe ein neuer Organist kam, aber da sie nun auseinandergegangen waren, verblaßte alles. Und als er jetzt sah, daß sie gekommen war, um ihre Sachen zu holen, durchzuckte ihn ein Gefühl von Erleichterung. Offenbar hatte sie einen Platz zum Leben gefunden. Sie konnten miteinander abschließen. Gut. Gut. Gut. Er fuhr das Auto in die Garage und stieg aus. Auf dem Weg zum Haus warf er einen flüchtigen Blick in den Umzugswagen. Außer dem Klavier sah er ihre beiden Sessel, das Bücherregal, den Schreibtisch aus ihrem Arbeitszimmer und viele Kartons. Die beiden Männer sahen ihn und grüßten kurz, ehe sie ihm den Rücken zuwandten. Nina hatten ihnen sicher nichts erzählt, aber die beiden konnten wohl zwei und zwei zusammenzählen, und jetzt kam es ihm so vor, als ergriffen sie ihre Partei. Er überlegte, ob er eine Bemerkung machen sollte, war inzwischen jedoch schon die Treppe hinaufgegangen und stand im Flur, in den welke Blätter geweht worden waren. Unter dem Spiegel in der Ecke lag ein richtiger kleiner Haufen. Die Tür mußte lange offengestanden haben. Er schloß sie hinter sich und ging durch Küche und Wohnzimmer. Er wollte sehen, was fehlte, bevor er Nina suchte. Sie hatten nicht über die Aufteilung des Vermögens gesprochen, und eigentlich war es ihm auch egal. Sie konnte nehmen, was sie haben wollte, hatte er oft gedacht, und es berührte ihn nicht, die leeren Stellen im Wohnzimmer zu sehen. Der Fernsehapparat und die Stereoanlage standen noch da sowie die Couch, der Couchtisch und ein Sessel. In der Küche öffnete er ein paar Schränke und sah Schüsseln, Töpfe und Teller an ihrem gewohnten Platz. Er machte ziemlichen Lärm, aber Nina erschien nicht. Er ging nach oben und schaute ins Schlafzimmer, wo ihre Bettdecke und ihr Kopfkissen nicht mehr auf dem Doppelbett lagen, und schließlich war nur noch ihr eigenes Zimmer übrig. Dort fand er Nina. Sie saß mit dem Rücken zu ihm auf dem Fußboden, trug ein paar knallrote Hosen, die er noch nie gesehen hatte, und warf Sachen in einen Umzugskarton. Ihr Haar, das er nur lang und glatt kannte, war zu einer kurzen Pagenfrisur geschnitten, es fiel schön. Er lehnte sich gegen den Türrahmen, und sie wandte den Kopf und sah ihn an.

«Ich bin fast fertig», sagte sie. «Es fehlt nur noch der Rest hier auf dem Fußboden.» Ihr Gesicht war schmal geworden, und ihr Mund stand unschön zwischen den hohlen Wangen vor. Plötzlich fühlte Christian, daß er Glück gehabt hatte. War beinahe sich selbst dankbar, weil es ihm besser ergangen war.

«Ich werde dir helfen», bot er an.

«Das brauchst du nicht», antwortete Nina und ließ Briefe, alten Tabak und gerahmte Fotografien in den Karton fallen. Es war ungewohnt, sie so schnell arbeiten zu sehen. Normalerweise waren ihre Bewegungen träge. Streß gab es für sie nicht, was ihn von Zeit zu Zeit gereizt hatte, weil er selbst so unter Druck stand. Wie unwahrscheinlich viel Zeit sie zum Beispiel fürs Frühstücken brauchte. Oder um eine Apfelsine zu schälen oder im Sommerurlaub vom Strand zum Haus zu kommen. Er hatte auf der Terrasse gesessen und sie herankommen sehen, ein weißes Handtuch locker in einer Hand, blieb sie erst bei der Rosenhecke stehen, dann an der Brücke, dann an der Treppe. Oder einfach mitten auf dem Weg. Sie konnte sich nicht beeilen oder anstrengen. Sie bewegte sich in dem Tempo, das die Schwere oder Leichtigkeit ihres Körpers hergab, nicht mehr und nicht weniger. Wenn sie dick werden würde, würde sie sich bestimmt überhaupt nicht mehr bewegen. Aber jetzt arbeitete sie schnell. Er kommentierte das.

«Du hast es eilig», sagte er.

«Sie sind abfahrbereit», antwortete sie.

«Hast du etwas zum Wohnen gefunden?»

«Ja, ein Reihenhaus in Viborg.»

«Hast du eins gekauft?»

Sie antwortete nicht.

«Hast du das gekauft?»

«Dafür habe ich kein Geld.»

Er schaute aus dem Fenster. Die Sonne hing zwischen roten Wolkenfetzen hinter dem Grundstück. Es war Dezember. Die Tage waren kurz und die Zweige schwarz. Weißdorn, Mirabellen und Kornellkirschen waren widerspenstig ineinander verhakt.

«Wir sollten mal über die finanziellen Sachen sprechen», sagte er, auch wenn er den Gedanken, länger als unbedingt nötig mit ihr zu reden, kaum auszuhalten vermochte.

«Da gibt es nichts zu besprechen», antwortete Nina.

«Wie meinst du das?»

«Wir haben gerade das Haus hier gekauft. Wenn du genug Geld hast, um drinzubleiben, dann tu das. Ich habe sowieso nicht sehr viel bezahlt.»

«Wie steht es mit Ausbezahlen? Bei dem, wozu du die Hälfte beigesteuert hast.»

«Das ist mir egal.»

Sie redeten, und die Welt stand kopf. Sie wollte nichts haben, weder Geld noch Haushaltsgegenstände oder Möbel, die sie gemeinsam angeschafft hatten.

«Das kommt mir entgegen», sagte Christian. «Nur denk dran, ein Rücktrittsrecht wird es kaum geben. Vielleicht willst du in einem halben Jahr den Fernseher haben, aber dann will ich ihn nicht mehr hergeben.»

«Ich glaube nicht, daß ich das will.»

«Woher willst du das wissen?»

«Deshalb.»

Diese irritierende Geheimniskrämerei. Er hatte nie ein Recht auf sie gehabt, heute weniger denn je. Er bestand darauf, mit ihr durchs Haus zu gehen, damit sie sicher sein konnten, daß nichts vergessen war. Er wollte ihr die Stereoanlage geben und alle Schallplatten und CDs, aber sie lehnte ab. Das verwirrte ihn.

«Du kannst nicht auf Musik verzichten», sagte er laut. «So gut kenne ich dich doch.»

«Nein, danke», sagte sie.

«Ich will nicht, daß du wiederkommst wegen etwas. Wenn du aus der Tür bist, war es das letzte Mal.»

«Das weiß ich.»

In der Küche zog er alle Schubladen auf, während sie, vollkommen unzugänglich, danebenstand und den roten Himmel betrachtete.

«Willst du die nicht mitnehmen?» Er legte die Schöpfkelle auf den Tisch, aber sie warf nur kurz einen Blick darauf und schüttelte den Kopf. «Behalt du sie ruhig», sagte sie.

«Ja, aber ich will sie doch gar nicht.» Verärgert knallte er die Schublade zu. In dem Moment war an der Tür ein Geräusch zu hören. Der jüngere Umzugsmann stand auf der Schwelle, mit knallrotem Gesicht.

«Wir sind soweit», sagte er.

«Ich komme», antwortete Nina.

«Nein, warte», sagte Christian. «Es gibt etwas, worüber ich gern mit dir reden möchte. Laß uns zusammen essen, dann fahre ich dich heute abend nach Viborg.»

«Können wir deshalb nicht telefonieren?»

«Nein.»

Der Umzugsmann räusperte sich. Er war groß und kräftig und hatte fast weißes Haar, beinahe wie ein kleines Kind. Er sah aus wie jemand, der sich mit anderen prügeln könnte, samstagnachts, wenn die Diskotheken schließen, im Moment allerdings starrte er nur verlegen auf die Schwelle.

«Fahrt nur», sagte Christian. «Wenn da nichts mehr ist. War es das?»

Der Umzugsmann schaute Nina fragend an. Sie wirkte zwar ruhig, aber Christian, der sie in mancher Hinsicht durch und durch kannte, war klar, daß sie außer sich war vor Wankelmut und Zweifel, was richtig sei. ‹Ich will doch gern alles richtig machen›, so stellte er sich vor, dachte sie, während guter Wille und ein unbändiger Drang, sich zurückzuziehen, solange sie noch den Überblick besaß, in Widerstreit und Aufruhr an ihr zerrten. Schließlich nickte sie.

«Hier sind die Schlüssel», sagte sie und reichte ihm den Bund, der von einer roten Kordel zusammengehalten wurde.

«Wo sollen wir das Klavier hinstellen?»

«Im Wohnzimmer zwischen den beiden Fenstern ist dafür Platz gemacht worden. Und den Rest können Sie einfach absetzen, wo Sie wollen, darum kümmere ich mich dann selbst.»

Ihre Worte klangen in Christians Ohren noch nach, als sie schon gegangen waren. Nina stand am Fenster und drehte sich eine Zigarette. Als sie fertig war, zündete sie sie an, ohne um Erlaubnis zu fragen, und stieß das Fenster auf. Im Gebüsch draußen raschelte es. Die Vögel, die bald zur Ruhe kommen würden, sangen jetzt laut. Die Sonne war verschwunden, der Himmel hatte sich violett gefärbt.

«Ich kann nicht zum Abendessen bleiben», sagte Nina, die ihm noch immer den Rücken zuwandte. «Worüber wolltest du mit mir reden?»

«Warum bist du so auf der Hut?»

«Ich bin nicht auf der Hut. Das ist nur so eine blöde Situation.»

«Sie ist nicht blöder, als wir es zulassen.»

Sie antwortete nicht. Der Rauch zog durch den Fensterspalt, und er sah, wie sie sich Tabakkrümel von der Lippe zupfte.

«Du eignest dich nicht dazu, die Kühle zu spielen», sagte er. «Dazu bist du viel zu beunruhigt.»

«War es das, was du mir sagen wolltest?»

«Nein, ich sage das nur, damit du lockerläßt und du selbst bist.»

«Davon werde ich nicht locker. Und was weißt im übrigen du, wann ich ich selbst bin?» Ihre Stimme war scharf. In dem Moment wurde die Flurtür geöffnet, und kurz darauf steckte der Typ mit den hellen Haaren den Kopf durch die Tür.

«Waren da nicht noch die letzten Kartons? Die sollen wir doch auch mitnehmen.»

«Die stehen im Büro», sagte Christian, ging quer durch den Raum und machte ihm die Tür vor der Nase zu. Wenig später startete draußen auf dem Hof der Lastwagen, und Nina schnipste die halbgerauchte Zigarette aus dem Fenster.

«Ich fahre trotzdem mit», sagte sie und lief auf die Tür zu, und da rastete Christian aus. Er rannte hinterher, holte sie in der Diele ein und drückte sie gegen die Wand, während der Umzugswagen vom Hof holperte.

«Laß mich los!»

«Nein.»
«Laß jetzt los.»
«Ich will mit dir reden.»
«Laß los.»

Aber sie leistete keinen Widerstand. Sie stand wie eine Fremde zwischen seinen Armen. Er erkannte ihren Körper nicht wieder. Als das Geräusch des Wagens verklungen war, lockerte er seinen Griff, und im selben Moment rannte sie zur Tür. Er holte sie ein.

«Wo willst du hin?»
«Ich will nicht hier sein.»

«Dann geh!» Er gab ihr einen Stoß, so daß sie widerstandslos vorwärtstaumelte, und er war so wütend, daß er es nur gerecht fand, daß sie hinfiel. «Immer weichst du aus», sagte er empört. «Immer versteckst du dich hinter deiner Schlaffheit. Den Menschen in die Augen zu sehen, das wagst du nicht. Was ist los mit dir, Nina?»

Sie kam auf die Knie.

«Schlag ruhig», sagte sie. «Mir ist es egal.»

«Ja, das glaube ich gern. Es gibt ja nichts, das dir etwas bedeutet, oder?»

Sie antwortete nicht.

«Nichts außer du selbst, oder? Aber weißt du was, ich will dir mal was sagen. Ich glaube, du bist leer. Du hast nichts. Du willst in dein Versteck kriechen – bitte sehr, kriech hinein, verrotte doch da drinnen.»

«Was bist du böse.»

«Nein, ich bin ehrlich. Wenn du keinen hast, der dich jeden Tag ins Licht zerrt, wirst du in deiner eigenen Selbstzufriedenheit versumpfen, weil du so klein bist, Nina, egal, was du dir einbildest, so klein. Ein Baby bist du, nichts weiter.»

«Es wird dir nicht gelingen, daß ich zusammenbreche», sagte sie ruhig. Sie war totenblaß und hatte sich in die Ecke bei der Tür zum Keller zurückgezogen.

«Nein, schließlich hast du keine Gefühle, oder?» Jetzt war

er kurz davor, sich vor Wut zu übergeben. Wenn er brechen würde, würde er das über ihr tun, dann würde er ihr Haferflocken, Tomatensoße und saure Preßwurst in einem Sturzbach aus seinem Inneren servieren. «Dann kann man auch nicht zusammenbrechen, oder? Du willst deine eigenen Schleichwege gehen, wie? Nicht zur Rechenschaft gezogen werden. Sogar jetzt, wo du dich endlich soweit zusammengenommen hast und gehst, machst du unsichtbaren Terror. Ich weiß doch ganz genau, daß du es bist, die mich zu allen möglichen und unmöglichen Zeiten anruft. Glaubst du, ich wüßte das nicht?»

«Du bist unheimlich», flüsterte sie und zog sich noch weiter in die Ecke zurück. Es wurde dunkel, und sie war nicht mehr so deutlich zu erkennen.

«Glaubst du, ich wüßte das nicht? Wie?»

Keine Antwort.

«Was willst du? Warum rufst du an?» Jetzt hatte er sich über sie gebeugt und sie am Arm gepackt. Mit ängstlichem Blick kam sie taumelnd auf die Füße.

«Das tut weh», sagte sie.

«Du wirst mir die Wahrheit sagen.» Sie versuchte sich freizumachen, und er schüttelte sie, und sofort gab sie nach.

«Ich lasse dich nicht los, bevor du mir nicht die Wahrheit gesagt hast.»

«Ich rufe dich nicht an», sagte sie schlaff.

«Das glaube ich dir nicht.»

«Dann laß es sein.»

Er preßte sie gegen die Wand. «Warum hast du zu dem Umzugsmann gesagt, für das Klavier wäre Platz gemacht worden? Was? Ist das Haus möbliert, in das du einziehst?»

«Laß mich.»

Aber er preßte sie mit seinem ganzen Körper gegen die Wand. «Antworte!»

«Christian, wenn du noch weitergehst, wirst du dir nie mehr in die Augen sehen können.»

Um sie zu provozieren, legte er eine Hand auf ihre Brust, und sie erstarrte.

«Du bist so krank; selbst wenn ich dir an den Kopf spucke, machst du noch weiter», sagte sie heftig. Sie konnte kaum Luft holen. «Aber denk an dich, an morgen. Denk dran, wenn du dich jetzt selbst zerstörst. Wenn du mich vergewaltigst...»

Ihre Überspanntheit brachte ihn zum Lachen. Sie atmete hastig, und jetzt kippte der Ton zu einem hohen schreienden Heulen. In ihrem Hals gurgelte und pfiff es.

«Hör auf.» Er schüttelte sie. «Hör auf.»

Sie brachte kein Wort heraus. Es klang, als würde sie erwürgt werden. Als Arzt hätte er sie veranlaßt, sich hinzulegen, er hätte ruhig mit ihr gesprochen und ihr zum Ein- und Ausatmen eine Plastiktüte gegeben. Aber er konnte sich nicht einmal daran erinnern, daß er Arzt war. Ihm war einzig und allein klar, daß er in einer wahnsinnigen Spirale steckte, aus der er herauswollte.

Nina hatte die Augen geschlossen und keuchte. Sogar im Halbdunkel konnte er erkennen, daß sie kreideweiß war. Ihre an sich roten Lippen waren farblos.

«Nina.»

Sie hörte ihn nicht. Der kreischende Ton nahm zu, und etwas rann ihr aus Mund und Nase.

«Du wirst nicht ohnmächtig», sagte er verbissen. «Reiß dich zusammen. Du wirst nicht auf diese Weise über mich siegen.»

Aber er konnte sie nicht fassen. Plötzlich wurde sie zu schwer, und er konnte sie nicht mehr halten. Sie sank auf dem Fußboden mit einem Laut zusammen, als wenn Ballast gekappt wird, und sofort hörte das Geräusch auf. Er wußte nicht, ob sie spielte.

«Nina», sagte er leise, sie reagierte aber nicht. Sie war vornübergefallen, und er packte ihre Schulter, um sie auf den Rücken drehen zu können. Er erblickte ihr Gesicht, das mit Schleim verschmiert war. Da erschrak er.

«Nina.»
Sie öffnete die Augen und schaute ihn verwirrt an. Er zog sich zurück und setzte sich mit dem Rücken an die gegenüberliegende Wand. Kurz drauf setzte sich Nina ebenfalls auf. Keiner von ihnen sagte ein Wort, und während sie so saßen, wurde es richtig dunkel.

17

Ein paar Stunden später war er zum Laufen im Wald unterwegs. Es war ein Tag vor Vollmond, und der frostklare stille Abend war so hell, daß Bäume und Äste messerscharfe Schatten warfen, schärfer noch als bei Tageslicht, schien ihm. Alle Konturen waren so deutlich, als müßten sie farbig aufleuchten. Der Rauhreif auf der Erde glitzerte grün. Aber wenn er genauer hinsah, war er trotzdem grau. Er war ungefähr eine halbe Stunde gelaufen, und sein Puls hatte sich inzwischen auf dem ruhigen Niveau eingependelt, auf dem er immer so weiterlaufen könnte. Da fiel ihm ein schwebendes Licht zwischen den Stämmen auf. Es ähnelte dem vom vorherigen Abend, dessentwegen er einen anderen Kurs eingeschlagen hatte. Das war gestern gewesen. Jetzt blieb er einen Moment stehen und entschloß sich dann, ihm einfach zu folgen. Er bog vom Weg ab und lief dem Licht nach, das sich irgendwo vor ihm bewegte, manchmal oben in der Luft, manchmal dicht am Boden. Es wirkte wie eine bläuliche Flamme, nicht viel größer als die einer Kerze, und da er ein gutes Stück davon entfernt war, mußte er sich anstrengen, um sie nicht aus den Augen zu verlieren. Hin und wieder verschwand sie hinter Stämmen und Gebüsch, aber er fand sie immer wieder, denn der Wald war dort nicht dicht, und er kam ungehindert überallhin. Zweige und Laub knackten und raschelten unter seinen Füßen, Funken von

Rauhreif sprangen ihm von der Erde entgegen. Außerdem heulte plötzlich ein Fuchs, bestimmt erschrocken wegen des Lichts, und bei dem Ton stellten sich Christian die Nackenhaare auf. Trotzdem lief er weiter. Sie bewegten sich in Richtung der Felder von Brogård. Er sprang über einen schmalen Graben, dessen Wasser bewegungslos wie Quecksilber unter dem Mond stand, und während er in der Luft hing, mit gegrätschten Beinen, die Arme ausgestreckt und in den Ohren das erschrockene Bellen des Fuchses, schoben sich Angst und Stärke übereinander zu einer Lebensgier, die von Kopf bis Fuß durch seinen Körper schoß und ihm dieses lodernde Empfinden seiner selbst vermittelte, das bei Glück und Unglück in ihm aufbrauste. Ihm schien, als hätte er es noch nie so stark gespürt wie diesmal. Er lief durch den Wald, und es war, als ob er alles, was er hörte und sah, auffräße und verschlänge; das Rascheln der Mäuse am Waldboden, die Blätter, die sich in einem Lufthauch hoben, fliegende Spinnennetze, das entfernte Rufen einer Eule, die schwarzen Stämme und den plötzlichen Laut eines Rehs. Als er den Waldrand erreichte, blieb er verblüfft stehen. Über den Feldern hing eine Reihe von Lichtpunkten, mindestens fünf oder sechs. Einige standen auf der Stelle, andere bewegten sich durch die Luft und verschwanden, um nach einer Weile an ganz anderer Stelle wieder aufzutauchen. Er wußte selbst nicht, wie lange er dagestanden und den auf- und absteigenden, immerzu rasch gleitenden, bleichen Flammen zugesehen hatte, aber es kam ihm vor wie ein gutes Omen.

* * *

Als er den Schlüssel ins Schloß steckte, hörte er das Telefon und stürzte hinein, erreichte es aber nicht mehr rechtzeitig. Sofort wurde er von Ruhelosigkeit ergriffen, denn in dem Moment, als er mit dem Hörer in der Hand im Wohnzimmer stand, in dem nur eine Lampe auf der Fensterbank brannte, und sich umschaute, wurde ihm klar, daß er selbst und das, was er gerade erlebt hatte, verblassen würden, wenn er den Abend allein verbringen müßte. Er entschloß sich deshalb, nach Brogård zu fahren und die geliehenen Sachen abzuliefern. Es war erst halb acht. Er ging ins Bad und zog sich an, rollte Paulis Jogginganzug zusammen und steckte ihn in eine Plastiktüte. Dann schloß er ab und fuhr los.

Auf dem Hof parkten mehrere Autos, und aus allen Fenstern des Wohnhauses strömte Licht. Erst jetzt dachte Christian daran, daß Ragna Geburtstag hatte. Er öffnete die Autotür und lauschte auf den Hund, konnte ihn jedoch nicht hören. Bestimmt lag er übersatt von Geburtstagsresten im Arbeitsraum. Er stieg aus und schloß leise die Tür. Beim Überqueren des Hofs kam er an dem offenen Garagentor vorbei, drinnen brannte Licht. Christian schaute hinein. Die Arbeit war für heute beendet; niemand war da. Es war ein großer Raum mit hoher Decke, und unter dem Fenster befand sich ein Arbeitstisch mit verschiedenen Geräten: Luftdruckpistolen und ein spitzer Gegenstand, der aussah wie ein Amboß, war an der Tischkante befestigt. Christian schaute in eine blaue Tonne, die voller abgepelzter Nerze war. Sie hatten lange schlanke Körper, deren Muskulatur freigelegt war, und kleine spitze Köpfe mit feinen Zähnen und Augen, die aussahen, als ob man sie zur Zierde hineingedrückt hatte. Ein übler Geruch von Furcht und Tod schlug ihm entgegen, und er wandte sich gerade ab, als er Schritte auf dem Hof hörte. Im Tor stand Pauli.

«Tag», sagte Christian. »Ja, ich konnte mir nicht verkneifen hineinzuschauen. Ich bin nur gekommen, um den Jogginganzug zurückzubringen. Und danke fürs Leihen.»

«Jederzeit gern», sagte Pauli unbeholfen. Er trug eine alte Thermojacke und neue dunkelblaue Jeans, die von einem Gürtel straff um seine magere Taille gezogen wurden, wodurch seine Hüften birnenförmig aussahen. Er machte einen krummen Rücken.

«Ragna hat Geburtstag», erklärte er und kratzte sich mit einem langen Daumennagel hinter dem Halsbündchen.

«Ja, mir ist gleich so etwas Geburtstagsmäßiges aufgefallen, als ich auf den Hof kam.»

«Haha», hüstelte Pauli verlegen und fuhr dann fort: «Wollen Sie nicht reinkommen? Ich muß nur zuerst mit einem Wagen nach oben.»

«Dann komme ich mit Ihnen», sagte Christian.

Sie gingen hoch zu den Nerzhallen, Pauli zog den Spanplattenwagen. Die kleinen dicken Räder erzeugten auf den Pflastersteinen und später auf dem zugefrorenen Matsch des Feldwegs ein weiches rumpelndes Geräusch. Hinter ihnen lag die Scheune mit ihrem hohen Dach, und vor ihnen erstreckten sich die weiten, abschüssigen Felder. Christian erschauerte bei der Klarheit dieses Abends und dachte an die Lichter, die er gesehen hatte. Laut sagte er:

«Wie steht es mit dem Umsatz?»

«Na, wir sollten nicht klagen. Ein paar Jahre, als der russische Markt wegbrach, lief es ja nicht so gut. So wie es jetzt aussieht, werden die Chinesen in die Lücke stoßen.» Wiederum kratzte er sich mit dem Daumennagel am Hals.

«Die Chinesen?» fragte Christian.

«Ja. Die nehmen das, was die anderen nicht haben wollen. Bei ihnen ist derzeit ein schmaler Pelzstreifen an Jacken und Mänteln modern. Aber das kann Ihnen Ragna viel besser erklären. So was weiß sie.» Bei den letzten Worten stieß er die Schiebetür zur ersten Nerzhalle auf und rollte den Wagen hinein.

«Dann ist die für morgen klar.»

«Wozu benutzt ihr die?»

«In der vergasen wir die Tiere.» Er machte Licht an und bat Christian mit einer einfachen Handbewegung einzutreten. Sie kamen in eine lange Halle mit vier Reihen Käfigen und drei breiten Gängen dazwischen. Eine satte Stille schlug ihnen entgegen, die an schwachen Wind erinnern konnte oder an die beinahe lautlose Zugluft eines großen, weitverzweigten Ventilationssystems. Vielleicht waren es die vielen hundert arbeitenden Lungen. Als Christian den ersten Mittelgang hinunterging, entstand zu beiden Seiten eine leise Bewegung. Bei jedem seiner Schritte tauchten schwarze Köpfe auf. Die Nerze erhoben sich auf die Hinterbeine und stemmten die Zehen in die Gitter. In jedem Käfig waren zwei. Nach dem ersten erhob sich der zweite, der den nächsten mit sich zog und wiederum den nächsten und so fort. Die schwarzen Perlenaugen wandten sich ihm zu.

«Sie sehen ganz unschuldig aus», sagte Christian über die Schulter zu Pauli, der im auf den Fersen folgte.

«Ja, aber man sollte sich trotzdem nicht täuschen lassen. Wenn du einen Finger hineinsteckst, machen sie Hackfleisch daraus.»

«Ich habe gedacht, Nerze würden pfeifen und kreischen und in ihren Käfigen herumrennen.»

«Nicht, wenn es ihnen gutgeht.»

Stumm drehten sie um und gingen zurück. Pauli rollte die Tür zu und schloß hinter sich ab, ohne ein Wort gingen sie hinunter zum Hof. Als sie vor dem Wohnhaus standen, wiederholte Pauli seine Einladung, und Christian nahm dankend an.

Die alte Frau saß in der Küche an einem lang ausgezogenen Tisch, sie trug ein dunkelgrünes Kleid mit großen blauen Punkten, um den Hals hatte sie eine Serviette. Vom Arbeitsraum aus, wo Christian stand und darauf wartete, daß Pauli die Thermojacke abgelegt und die Gummistiefel ausgezogen hatte, hörte er sie knurren: «Ist es nicht schon nach acht? Wieviel Uhr ist es?» Und als sie keine Antwort bekam, fuhr sie fort: «Als ich hier auf dem Hof die Hausfrau war, stand das Essen um fünf Uhr auf dem Tisch. An jedem einzelnen Tag, ob die Erde bebte oder ob es brannte.»

«Ja, du hast geduldig gewartet, du altes Miststück.»

«Junge Frau, du brauchst hier gar nicht die Wohltätige zu

spielen, ich weiß genau, was du denkst.» In dem Moment sah sie Christian.

«Und was ist das für ein Kerl, der sich da verkriecht?» Christian trat ein, gab ihr die Hand und stellte sich vor. Er sagte nicht, daß er schon früher einmal hier oben gewesen war, um nach ihr zu sehen; er dachte, sie würde sicher nicht so gern daran erinnert werden. Sie kratzte ihn ein bißchen innen in der Hand; als sie hörte, er sei Arzt, schlug sie eine völlig andere Tonart an und teilte ihm mit, sie sei Ehrenmitglied im Militärischen Frauenverein und habe während des Krieges zur Bereitschaft Dänischer Frauen gehört. Schmeichelnd und gurrend und immer noch seine Hand haltend erzählte sie Christian von ihrer grauen Uniform und wie gut die gesessen hätte. «Während des Krieges habe ich für dreihundertfünfzig Mann Suppe gekocht, und die standen in langen Schlangen an, wenn wir auffüllten. Damals wußte man Essen zu schätzen.» Christian versuchte sich behutsam aus ihrem Griff zu winden, aber sie hielt nur noch fester und rief dann nach Ragna, die an der Spüle stand und Kartoffeln pellte. «Kind, willst du dem Doktor nicht guten Tag sagen? Dreh uns nicht den Rücken zu.»

«Zu warten, bis ich fertig bin, wird ihm nicht schaden», knurrte Ragna, trotzdem spülte sie sich die Hände ab, kam herüber und gab Christian die Hand.

«Ihr Mann hat mich eingeladen hereinzukommen», sagte Christian und schaute sie prüfend an, um zu sehen, ob sie mit seinem Erscheinen zurechtkam. Aber sie blinzelte nicht einmal. «Ich wußte nicht, daß Sie noch nicht gegessen haben.»

«Es ist auch reichlich spät», mischte sich die Alte ein. «Das Essen muß um fünf Uhr auf dem Tisch stehen. So ist es auf dem Land immer gewesen.»

«Ich habe gehört, Sie haben Geburtstag.»

Ragna lächelte beherrscht, obwohl sie vor Wut einen roten Kopf hatte. «Bleib zum Essen», zischte sie.

Die Tür zum Wohnzimmer war geschlossen, man hörte Stimmen und Fernsehen, und ein hohes, schrilles Mädchenlachen drang zu ihnen heraus.

«Gibt es etwas für mich zu tun?» fragte Christian.

«Ja, Sie können sich selbst einen Teller hinstellen.»

«Ich kann auch bei den Kartoffeln mithelfen.»

Sie rückte ein Stück, so daß er Platz hatte, zog die oberste Schublade auf und gab ihm ein Messer.

«Das ist keine Männerarbeit, Ragna», sagte die Alte laut. Sie trommelte mit den Fingern aufs Tischtuch. «Laß mich das mal lieber machen.»

«Ich finde vielmehr, du solltest in dein Zimmer gehen, bis wir essen.»

«Gut, aber dann mußt du mir helfen.»

Ragna antwortete nicht. Sie stand ganz dicht bei Christian, achtete jedoch sorgfältig darauf, ihn nicht zu berühren. Wenn er zu nahe kam, rückte sie ein bißchen. Sie pellte die Kartoffeln fast so, als ob sie Mandeln aus der Schale schlüpfen ließe. Glatt, weiß und rund sprangen sie aus ihrer Hand in die Schüssel.

«Haben Sie einen schönen Geburtstag verbracht?» fragte er.

«Ja», antwortete sie.

Pauli kam in die Küche und verdrückte sich ins Wohnzimmer. Er ließ die Tür hinter sich offen, und Christian warf einen Blick hinein. Die beiden kleinen Jungen lagen vor dem Fernseher auf dem Fußboden, in einem Sessel saß ein magerer blonder Junge von siebzehn, achtzehn Jahren, und auf der Armlehne hing ein Mädchen und fegte mit ihren langen blonden Haaren über sein Gesicht. Der Junge, der mit gespreizten Beinen und geschlossenen Augen dasaß, genoß es. Die Hände hatte er auf dem Schoß gefaltet. Das Mädchen lachte, richtete sich auf und warf die Haare zurück, und da wußte Christian, wer sie war. Sie war das Mädchen, das er im Wald aufgelesen hatte. Er erkannte sie an ihrem schönen breiten Mund. Er konnte nicht aufhören zu starren, und als sie ihn im selben Moment entdeckte, wandte er ihr den Rücken zu, statt zu grüßen. Und dann konnte er sich nicht dazu aufraffen, sich wieder umzudrehen. Er schlug Ragna eine Kartoffel aus der Hand, darauf hoffend, daß sie reagieren würde, damit er sie aufziehen könnte, aber sie beachtete ihn kaum.

Kurz darauf herrschte Aufbruch im Wohnzimmer, und der große Junge stand in der Tür. «Ich fahre Manne nach Hause», teilte er mit.

«Wir essen jetzt.»

«Ja, aber sie kann doch nicht bleiben.»

«Aber du doch wohl?»

«Nein, ich fahre mit.»

«Es ist der Geburtstag deiner Mutter. Hast du denn gar keine Lebensart», schimpfte die alte Frau.

Ragna stellte die Kartoffeln auf den Tisch. «Fahr du nur, Martin», sagte sie ruhig, und Christian lehnte sich gegen den Küchentisch. Er konnte die Augen nicht von ihr abwenden, und während sie das Essen anrichtete, wurde ihm immer deutlicher, daß eine ganze Welt ihrer beider Erfahrungshorizonte trennte, obwohl sie gleichaltrig waren. Er hatte ein totgeborenes Baby. Sie hatte einen erwachsenen Sohn.

Warum hatte sie ihm das nicht erzählt?

* * *

Bei Tisch saß er neben der alten Frau, die ziemlich viel aß und das Gespräch dominierte, wobei sie immer mehr in den Dialekt Südjütlands fiel.

«Ich bin in meiner Jugend eine große Schönheit gewesen», erzählte sie Christian. «Deshalb konnte ich auf Brogård einheiraten, den besten Hof der Gegend. Es ist eine Schande, ich habe nicht ein Bild aus meiner Jugend, es hat nicht sollen sein. Jemand hat sie weggeräumt.» Im Schutz des Tellers, den sie ein wenig anhob, zeigte sie auf Ragna, die ihnen gegenüber am Tisch saß und für den kleineren der

Jungen Fleisch kleinschnitt. «Ich bin in meiner Jugend eine große Schönheit gewesen. Jetzt macht es nicht mehr viel Spaß, am Leben zu sein. Nur noch das Essen, das ist das einzige.» Sie führte ein Stück Kartoffel zum Mund, und die feisten Wangen zitterten. «Sie sind ja Doktor, für die habe ich nicht viel übrig.»

«Warum nicht?»

«Weil die so selbstgefällig sind. Warum ist es nicht gut, alte Menschen zu behandeln? Können Sie mir das sagen?»

«Wir behandeln jeden, der es braucht.»

«Ja, wißt ihr denn auch, was ihr tut?» Sie blaffte ihn nahezu an. «Wenn ich Ihnen jetzt sagen würde, ich habe Angst, senil zu werden, weil ich immer vergeßlicher werde, was würden Sie dann zu mir sagen?»

«Daß nichts darauf hindeutet, daß Sie senil werden. Und daß es natürlich ist, im Alter ein bißchen vergesslich zu werden.»

«Ja, das habe ich mir schon gedacht.»

«Und was hätte ich Ihrer Meinung sagen sollen?»

Das konnte sie nicht erklären. «Wir sind alle nur Menschen, aber alte Menschen, die Angst vorm Sterben haben, sind noch mehr Menschen als andere Menschen», fauchte sie ihn an. «So wird man aber nicht behandelt. Ist Ihnen aufgefallen, wie Ragna schreit, wenn sie mit mir spricht? Ich kann das nicht ausstehen. Außerdem habe ich alles gehört, worüber ihr an dem Abend geredet habt, als ich krank geworden war. Es stimmt nicht, daß ich immer in dem Stuhl sitze. Und Sie hätten meine Hand nicht so nehmen dürfen, als ob Sie...» Hier unterbrach sie sich und verschlang ein Stück Kalbsbraten.

«Oje», lächelte Christian.

«Ja, oje oje, das läßt sich schrecklich leicht sagen.» Sie schwieg beleidigt und antwortete von nun an nur noch einsilbig, wenn sich Christian an sie wandte.

Erst gegen halb zehn waren sie mit dem Essen fertig, und

die alte Frau verlangte, in ihr Zimmer begleitet zu werden. Sich schwer auf Paulis Arm stützend, verschwand sie im Arbeitsraum, und sobald sich die Tür hinter den beiden geschlossen hatte, hörte Christian, wie sie loslegte mit Jammern und Weinen: «Oh, ich bin so müde, oh, ich bin so müde. Warum müssen wir so spät essen? O meine Beine, ich bin so müde, ich kann nicht mehr gehen. Du mußt mich tragen, Pauli. Hol den Stuhl, ich kann nicht gehen.»

«Schafft er das?» fragte Christian, und Ragna nickte, eine sonderbare Heiterkeit in den Augen, als ob sie ihn zum gemeinsamen Gelächter über ihr stumpfes Dasein einlud. Sie saßen als einzige noch am Tisch. Die Kinder spielten in dem großen Zimmer nebenan.

«Skål», sagte er und hob sein Glas. «Welches Geschenk, das du heute bekommen hast, hat dir am besten gefallen?»

«Das steht noch aus.» Sie beugte sich über den Tisch und stieß mit einer so heftigen Bewegung mit ihm an, daß ihr Stuhl nach vorn kippte und dann wieder zurück fiel.

«Was hast du gedacht, als ich plötzlich hier auftauchte?»

«Keine Ahnung.» Sie lächelte ihn frech an, und er packte ihr Handgelenk, aber sie machte sich frei und stand auf.

«Ich werde die Kinder ins Bett bringen», sagte sie auf dem Weg ins Wohnzimmer. «Setzt du Kaffeewasser auf?»

«Ich kann nicht einfach stundenlang hierbleiben.»

«Doch», sagte sie entschieden.

* * *

Vierzig Minuten später war Pauli in der Sofaecke mit dem Kopf im Nacken eingeschlafen, der spitze Kehlkopf war gerötet, weil er unzählige Male im Laufe des Abends daran gekratzt hatte, und zeigte zur Decke. Kaffee hatten sie in dem großen Wohnraum ohne Vorhänge getrunken, wo der Fußboden von Kinderspielzeug übersät war und das Licht der Lampen in den Fenstern zum Hof blendete, und hatten über dieses und jenes geredet, während sich Pauli bemühte, seine Müdigkeit zu verbergen, indem er mit geschlossenem Mund gähnte, und die Augen unter Kontrolle zu halten, wenn die Iris drohte, nach hinten wegzukippen. Aber schließlich hatte er den Kampf aufgegeben. Ragna stopfte ihm ein Kissen in den Nacken.

«Wollen wir nicht ein bißchen nach draußen gehen?» fragte sie. «Er kann einem beinahe leid tun, wenn man ihn so hilflos sieht.»

«Ich muß nach Hause», sagte Christian.

«Und ich begleite dich nach draußen.»

Sie zogen auf dem Flur die Mäntel an und traten auf den Hof. Es waren mindestens zehn Grad Frost, und der Himmel funkelte. Das hohe Scheunendach, das im Tageslicht schwarz war, schimmerte vom Metall weißlich, es legte die Hälfte des Hofes in Schatten. Langsam gingen sie hinüber zu Christians Auto.

«Was wirst du jetzt machen?» fragte er, wohl wissend, daß sie beide noch nicht miteinander fertig waren und daß auf dem kurzen Weg zum Auto noch etwas passieren würde.

Sie lachte. «Ich werde dich noch aufhalten.» Wenig später fügte sie hinzu: «Und ich weiß nicht recht, ob das schwer wird.»

«Warum?»

«An so einem Abend wie heute sollte man sich nicht trennen.»

«Ich hatte erwartet, du würdest sagen, du mußt rein und aufräumen.»

«Und ein bißchen lesen, wie, und ein bißchen Musik hören?»

«Mmm.»

«Nein, dazu habe ich keine Lust.» Sie blieb unvermittelt stehen, hatte eine Idee. «Komm mit, dann zeige ich dir etwas.» Sie zog ihn in den rechteckigen Schatten zu einer grüngestrichenen Stalltür, die sie aufstieß, sie machte Licht und führte ihn in einen leeren Kuhstall, sehr sauber, mit frisch gekalkten Wänden und Decken und neuem Betonfußboden. Sie gingen zwischen den Boxen hindurch, an denen oben noch schwarze Tafeln die Namen der letzten Kühe anzeigten: Fjong, Kogl, Kogls Freundin, Die Tapfere, Lolita, Maxi, Sortstøj und so weiter. Am Ende machte sie vor einer Tür halt und schloß auf. Dahinter verbarg sich ein kleiner Raum, an dessen gesamter Längswand ein breiter Arbeitstisch stand. Unter der Decke liefen einige Rohre entlang, mit schweren Haken versehen, und auf dem gelbgestrichenen Betonboden standen hohe Metallgestelle, ebenfalls voller Haken. «Jetzt werde ich dir etwas Phantastisches zeigen», sagte sie freudestrahlend, schloß einen Schrank auf, faßte hinein und machte einige ruckartige Bewegungen. «Schau!» Zwei knisternde schwarze Pelze wurden ihm entgegengehalten, die jeweils über einem Zeigefinger an den Zehen baumelten. Gehorsam ließ er die Hand darüber gleiten.

«Die sehen ja so aus, als ob sie lebten», sagte er überrascht.

«Ja, das finde ich auch.» Mit einer raschen Bewegung steckte sie einen Arm in jeden Pelz, als ob es Handschuhe wären, und fing an, die Arme schlangenartig zu bewegen. Fasziniert betrachtete er, wie ihre Ellbogen auf- und abwippten. «Innen sind sie noch weicher», erklärte sie, «wie eine Gebärmutterhöhle.» Sie steckte einen Zeigefinger heraus und krümmte und streckte ihn abwechselnd, als ob er nach etwas suchte. Christian lachte sie aus, lehnte sich gegen das Fenster und schaute auf den vom Mond beschienenen Hof. Die Lampe über der Treppe war ausgeschaltet worden, seit sie in den Stall gegangen waren. Er überlegte, es Ragna zu sagen, ließ es dann aber. Es hätte zu besorgt geklungen, zumal sie nichts Besonderes taten, außerdem würde er jetzt unter allen Umständen nach Hause fahren. Dann war sie plötzlich direkt hinter ihm, und als er sich umdrehte, legte sie ihm die pelzbekleideten Arme um den Hals.

«Danke für alles, was du heute für mich getan hast», flüsterte sie.

«Danke gleichfalls.» Er griff nach den Pelzen, um Ragna wegzuschieben, aber daraus wurde nichts, denn statt dessen fingen sie an, sich zu küssen. Ihr voller Mund war herrlich und wich nicht vor seinem zurück, sondern begegnete ihm so wunderbar. Es war lange her, daß er innerhalb eines Augenblicks eine vollkommen neue Welt betreten hatte – diese melancholische, etwas paranoide Sekunde und dieser Kuß, der sich um ihn legte, ihn verschlang, gesättigt und schwer. Dieser Mund tat so gut. Sie drückte die Arme an seinen Hals, streichelte mit dem Pelz seine Wangen und befühlte mit den Fingern die Knochen in seinem Nacken. Er legte die Arme um ihre Taille, die trotz der Geburten, trotz der vielen Arbeit und Frustration schlank war, ließ seine Hände am Rücken und den Seiten auf und ab gleiten, und als sie gerade ihre Brüste erahnten, konnte er nicht anders, als zu seufzen.

«Schließ die Tür ab», sagte er leise.

«Ach, da kommt keiner», antworte Ragna gleichgültig, ließ ihn aber trotzdem los, ging hinüber und schloß ab. Er konnte sehen, wie sie zögerte, anschließend stellte sie sich vor ihn, die Arme immer noch mit Nerz bekleidet, stützte die Hände in die Seiten und schaute ihn an.

«Was ist?»

«Ich muß dich ein bißchen anschauen.»

«Tu das ruhig.»

«Wenn du mein Liebhaber wirst, bist du der vierte innerhalb von zwei Jahren. Schreckt dich das ab?»

«Nein.»

«Ha», sagte sie und wirbelte ausgelassen herum, die Nerze um Hals und Arme drapiert.

Dann blieb sie plötzlich stehen: «Ich mache das nur mit jemandem, in den ich wirklich verliebt bin, und wenn ich sicher bin, daß er mich auch liebt. Klar, am besten ist es, wenn er mich für die Liebe seines Lebens hält. Schreckt es dich ab, wenn ich das sage?»

«Nein», wiederholte er, packte sie und zog sie an sich.

«Wir haben das Licht nicht ausgemacht», murmelte er. «Man kann es von außen sehen.»

«Völlig egal.»

Aber er lotste sie bis zum Schalter und wieder zurück, während er anfing, ihr Hemd aufzuknöpfen. Sie selbst schälte sich aus den Nerzen und ließ sie auf die Erde fallen. Vor lauter Wollust, die ihn durchrieselte, biß er die Zähne zusammen und hob sie auf den Tisch. «Sitz ganz still», flüsterte er, nahm ihre Brüste und küßte sie, erst die eine, dann die andere. Sie hielt den Kopf hoch und betrachtete ihn: «Jetzt gerade könnte ich irgend jemand sein, und du würdest trotzdem tun, was du tust, oder nicht?» sagte sie sanft. Sie hatte beinahe recht, aber nur beinahe, und er protestierte, soweit es ihm möglich war, ohne zuviel zu versprechen: «Ich finde dich einfach wunderbar!»

Sie lachte, schaukelte mit den Beinen, so daß sie sich spreizten, und begrub ihre Hände in seinen Haaren.

«Weißt du, was mir gerade einfällt?» fragte sie.

Nein, das konnte er ja nicht wissen. Er küßte die Haut ihres Bauchs und leckte ihren Nabel, während sie ihm den schärfsten Tagtraum ihrer Kindheit erzählte, der darin bestand, auf dem Heimweg nach der Schule von einem hellblauen amerikanischen Schlitten mit ZZ Top angehalten zu werden. Sie wollten von ihr wissen, wie man nach Hamburg kommt, und in ihrem schönsten Englisch – denn sie hatte sich gut auf eine eventuelle Begegnung vorbereitet, nicht unbedingt mit ZZ Top, sondern mit irgend jemandem aus der großen Welt, und verbrachte deshalb Stunden vor dem Spiegel und übte Sätze wie «Thank you very much indeed. No trouble at all», wobei sie den Klang genoß und das Wissen, die einzige in der Klasse zu sein, die wußte, daß «at all» wie «a tall» ausgesprochen wurde – in ihrem schönsten Englisch erklärte sie also, der Weg sei ziemlich kompliziert, daraufhin schlugen sie ihr vor mitzukommen, weil es so ja viel einfacher wäre. Dann öffnete sich die riesige längliche hellblaue Tür. Der mit dem längsten Bart stieg für einen Moment aus, damit sie sich in die Mitte setzen konnte. Und dann brausten sie in dem großen blauen Plattfisch davon. Genau wie sie sprachen sie das schönste Englisch. «What a beautiful creature you are», sagten sie und «Would you like an icecream?» Die Sonne schien, sie glitten unter dem blauen Himmel in dem aufgeschnittenen Bauch der Flunder dahin, und am Steuer saß ein glatzköpfiger Chauffeur mit einem Bischofshut, der vor lauter Gold auf Blau blitzte und blinkte. Sie aßen Eis, und sie flocht leuchtendblaue Seidenschleifen in ihre langen Bärte. Ragna lachte und trat ihn. «Du hörst nicht zu», sagte sie.

«Doch», sagte er, «Bischofshut und leuchtendblauer Himmel.»

«Und Seidenschleifen.» Sie zauste ihm die Haare. «Küß mich noch einmal.»

Er öffnete ihren Gürtel, der aus festem Leder war und eine massive Schnalle hatte, und knöpfte ihre Hose auf, und sie machte sich kurz leicht, so daß er ihr die Hose und die Unterhose ausziehen konnte. Der Mondschein ließ die dichten goldenen Haare zwischen ihren Beinen aufleuchten. Er mußte sie anschauen. Wie Gold, dieser phantastische, unzerstörte Körper. Alle diese zarten Daunen. Er begrub den Kopf in ihrem Schoß, bis sie seine Hüften mit den Füßen einfing, ihn an sich zog und seine Hosen hinunterschob. Er fühlte sich in Jackett und Socken idiotisch, aber sie war schon längst bei praktischen Überlegungen – ihr Goldkörper lief durch den Raum und arrangierte.

«Ich will es nicht auf dem Tisch tun», sagte sie. «Ich will weich liegen.» Sie war dabei, ein Bett aus den Nerzpelzen zu machen, die sie aus dem Schrank geholt hatte. Natürlich war das süß und rührend, doch wenn sie gewußt hätte, wie schlecht er es aushalten konnte zu warten, wenn ihn nicht Zweifel überkommen sollten, hätte sie vielleicht nicht so geschäftig organisiert. Aber jetzt war sie schon fertig, sie streckte ihm die Hand entgegen, und er fühlte sich wie ein Affe, der Kunststücke machen sollte, als er sich neben sie legte und sie an seinem Brusthaar zupfte. Er zog sie an sich, um ihr so nahe zu sein, daß er alles andere vergessen und nur ihren Körper spüren könnte, da stieß sie ihn von sich.

«Psst», sagte sie.

Ein Auto bog auf den Hof ein. Seine Scheinwerfer fegten über die Rückwand, leise fuhr es über den Platz, dann wurde der Motor abgestellt.

«Das ist Martin, der nach Hause kommt», murmelte Ragna. Sie warteten darauf, die Autotür zufallen zu hören, und auf Schritte im Kies, aber nichts passierte. Auf dem Hof draußen war es ganz, ganz still. Ihre Hand lag unbeweglich auf seiner Hüfte, dieses Recht hatte sie bereits. Dann wurde die Stille durch ein verzweifeltes Brüllen aus dem Autoradio zerrissen, ein Affengebrüll von Liebe, das die Mauern des Gehöfts wackeln und die Scheiben klirren ließ. Es dauerte nur Sekunden, dann wurde es wieder still. Aber Martin stieg nicht aus.

«Dieser Idiot», murmelte Ragna, «jetzt hat er alle geweckt. Gleich kommt Pauli raus.»

Christian wollte aufstehen, doch Ragna hielt ihn zurück.

«Was willst du?»

«Mich anziehen.»

«Warum denn?»

«Ich finde, die Situation ist etwas kompromittierend, wenn wir so gefunden werden.»

«Was willst du tun? Solange Martin draußen im Auto sitzt, können wir nicht gehen. Wir sind gezwungen hierzubleiben.»

«Wir können uns immerhin anziehen.»

«Wenn wir hier überrascht werden, macht es keinen

Unterschied, ob wir angezogen sind oder nicht. Sie wissen sowieso, was wir getan haben.»

Ihm war klar, daß sie um ihre Würde kämpfte, aber in dieser Situation war Kämpfen an sich unwürdig. Er angelte nach seiner Unterhose und zog sie an.

«Mache ich dir angst?» fragte sie.

«Ja», antwortete er.

Sie lachte unbewußt auf und blieb liegen, splitternackt, ihr ganzer Körper angespannt. Er zog sein Jackett über, ging zum Stallfenster und schaute hinaus, sah auf dem Hof in dem roten Fiat die unbewegte Gestalt hinter dem Steuer, sah, wie das Licht über der Küchentreppe anging und Pauli herauskam, in Schlafanzug und Gummistiefeln und einem langen Damenmantel. Die Hände hatte er vor der Brust gefaltet, um die Kälte draußen und den Schlaf drinnen zu halten. Er rannte hinüber zum Auto und klopfte gegen die Scheibe.

«Komm mit rein. Es ist zu kalt, um bei dem Frost stillzusitzen. Du wirst sonst krank, Junge.» Weißer Atem pumpte aus seinem Mund, als er sich zum Dach des Autos beugte und gegen die Scheibe rief. Er zog an der Tür. «Nun schließ doch auf, Junge. Hast du getrunken oder etwas geraucht? Ja, ich schlage so lange weiter Krach, bis du mit reinkommst.» Der große magere Mann wirkte wie in der Mitte abgeknickt, der Damenmantel war dadurch hinten kürzer und zeigte die dünnen Beine in gestreiften Schlafanzughosen. Christian tat das traurige Gespenst beinahe leid. Hinter ihm zog Ragna ein paar Pelze über sich und gähnte.

«Du bist ein komischer Liebhaber», sagte sie.

«Ich bin kein Liebhaber», murmelte er geistesabwesend.

«Was bist du dann?»

Aber er hörte sie kaum. Er konnte die Augen nicht abwenden von dem, was da auf dem Hof vor sich ging. Lange herrschte Stillstand, Pauli argumentierte und machte die unbeholfensten Überredungsversuche, anschließend war es still im Auto, bis endlich die Tür entriegelt wurde und Martin heraustaumelte.

«Ich glaube, jetzt brauche ich was Warmes zu trinken.»

«Ich muß nur noch ins Bett.»

«Ja, ja.»

Fast stolpernd gingen sie durch den Kies zum Haus, vorbei an Christians Auto, das er so wenig vorausschauend auf dem Hof geparkt hatte, und ihm wurde schlagartig klar, daß er gezwungen war, noch einige Zeit zu bleiben. Solange Pauli und Martin wach waren, konnte er nicht den Wagen starten und losfahren.

«Wer ist Martins Vater?» fragte er, als sich die Tür oben im Wohnhaus geschlossen hatte.

«Das ist Pauli.»

«Dann kennt ihr euch also schon viele Jahre.»

«Seit ich sechzehn war und er achtundzwanzig. Wir haben uns auf einem Tanzfest kennengelernt und haben nach einer Stunde miteinander geschlafen. Und seitdem sind wir zusammen.»

«Alle Achtung.»

«Ja, das ist beachtlich, was?»

Er drehte sich um und schaute sie an. Sie hatte um ihren Körper Pelze drapiert. Ein Satz Zehen lag elegant auf einem nackten Hüftknochen.

«Warum hast du mir nichts von Martin erzählt?»

«Bisher hatten wir noch keine Gelegenheit, viel miteinander zu reden.»

«War er ein Unfall?»

«Nein, verdammt, er war ein Wunschkind. Keines meiner Kinder habe ich mir so sehr gewünscht wie ihn.»

«Du kannst noch nicht sehr alt gewesen sein, als du ihn bekommen hast.»

«Ich war siebzehneinhalb.» Sie drehte sich, und ein paar von den Pelzen rutschten herunter, so daß ihre Brüste entblößt wurden.

«Was haben deine Eltern dazu gesagt?»

«Die waren erleichtert.»

«Da mußt du aber ungewöhnliche Eltern haben.»

«Gehabt haben. Mein Vater ist vor zwei Jahren gestorben, und er war der letzte von beiden.»

«Das tut mir leid.» Christian schwieg einen Moment. «Aber es ist schon sonderbar, erleichtert zu sein, wenn einem die siebzehnjährige Tochter erzählt, sie sei schwanger.»

«Sie waren vollkommen erleichtert. So erleichtert, das ahnst du gar nicht.» Ragna setzte sich auf, als ob sie gestochen worden wäre, und sah an sich herab. «Ich war als Teenager nicht auszuhalten», verkündete sie. «Du hättest mich sehen sollen, ich lief mit den hinterletzten Typen des Ortes rum. Großer Gott, was für eine Bande von versoffenen Kerlen, die sonst keiner haben wollte. Aber sie trugen mich auf Händen. Ich brauchte nie ein Bier zu bezahlen. Weißt du, wie sie hießen? Der Schöne, der Boss und die Bürste – er hieß so, weil er so ein steifes Oberlippenbärtchen hatte. Ich ging in die Oberstufe, aber ich war immer voll oder angeturnt, und nach einem halben Jahr bin ich ausgestiegen und fing an, in einer Kuchenfabrik zu arbeiten, wo die Idioten die ganze Zeit hinkamen und mich störten und dann rausgeschmissen wurden. Ich konnte mich sowieso nicht auf die Arbeit konzentrieren. Ich war die letzte und sollte die Kuchen in die Packmaschine legen, aber ich war nicht schnell genug. Die fielen vor mir vom Band, fünf Kuchen auf einmal, fünf und fünf und fünf. Dann hörte ich dort ebenfalls auf und wurde in den Haushalt gesteckt, wo ich der ganzen Familie auf die Nerven ging. Ich war wahnsinnig unzuverlässig. Wenn ich für die Kinder Frühstücksbrote schmieren sollte, aß ich den ganzen Belag vorher selbst auf und gab ihnen trockenes Brot mit Butter mit.»

«Das war doch nicht so schlimm», sagte Christian.

«Wenn die Familie nicht zu Hause war», fuhr sie fort, unbarmherzig gegen sich selbst und ohne zu hören, was er sagte, «kamen all die Idioten, die ich kannte, tranken den Schnaps, der in den Schränken stand, und füllten mit Wasser auf, und ich trieb es im Doppelbett der Eltern mit dem schlimmsten von ihnen, den wir den Boss nannten, einem fetten, ekligen Typ, der viel älter war als ich. Einmal war ich so voll, daß ich mich beim Küssen in seinen Hals erbrochen habe.» Sie hatte die Arme um die Knie geschlungen und verhöhnte sich haßerfüllt.

«Alle schlagen mal über die Stränge», sagte Christian in dem Versuch, sie zu beruhigen, aber sie wollte nicht auf ihn hören.

«Du scheinst Spezialist für persönliche Unpersönlichkeiten zu sein», lachte sie kühl, «oder war es umgekehrt?»

«Das weiß ich nicht.»

Schweigend begann sie, sich anzuziehen; sie hatte die Lust verloren, ihm mehr zu erzählen, doch als sie fertig war, gelang es ihm, sie wieder zum Hinsetzen zu bewegen. «Komm ein bißchen hierher», sagte er und klopfte neben sich auf den Tisch. Und da kam sie.

«Jetzt müßte man eine Zigarette haben», sagte sie.

«Rauchst du?»

«Nein.»

Behutsam strich er ihr mit dem Mittelfinger über die Wange. «Du warst dabei, mir etwas zu erzählen.»

«Ich war wohl so gut wie fertig.» Sie legte den Kopf an seine Schulter. «Ich habe keine große oder interessante Lebensgeschichte.»

«Aber deshalb kannst du trotzdem ein interessanter Mensch sein.»

«Das hast du lieb gesagt.» Sie steckte eine Hand in seinen Halsausschnitt und kuschelte sich noch ein wenig dichter an ihn. Jetzt war sie still, weich und zärtlich. Trotzdem löst sich alles auf, dachte Christian, und plötzlich kam ihm die Idee, das Auto stehenzulassen und nach Hause zu laufen. Ragna würde Pauli sagen können, er hätte zuviel getrunken und wäre kurz nach zehn gegangen. Dann müßte er keine Angst haben, die Schlafenden mit dem Motorenlärm zu wecken. Außerdem könnte das erklären, warum sein Auto noch auf dem Hof gestanden hatte, als Pauli draußen gewesen war, um Martin zu holen. Und wenn er morgen sehr früh aufwachen, sofort hochgehen und das Auto holen würde, könnte es auch niemand unnatürlich finden, daß er nicht hereinkam, um guten Tag zu sagen. Mit diesem Gedanken kehrte die Energie zurück und die Lust, mit Ragna ins Bett zu gehen.

18

Mehrmals im Laufe der Nacht hörte er im Garten und oben auf der anderen Seite des Hauses Füchse bellen, und verwirrt und im Halbschlaf glaubte er, der Frühling sei gekommen. Er träumte von Brüsten und Schenkeln, Hintern und Schößen, eiapopeia, summte ihm eine Stimme ein Wiegenlied vor, während er auf den Körper mit den goldenen Haaren hinaufgeschwemmt und wieder heruntergespült wurde, die Stimme klang wie eine Säge, die Körper schwankten, und sogar im Traum wußte er von einer Zärtlichkeit und Leidenschaft, weitaus größer als dieser Akt in den Algenwäldern. Dann wachte er durch einen Schrei auf, von dem ihm die Haare zu Berge standen, er richtete sich im Bett auf und lauschte nach dem Fuchs, der unmittelbar vor seinem Fenster sein mußte. Es ist Winter, dachte er, nicht Frühling. Um diese Jahreszeit sollte ein Fuchs nicht bellen. Dann legte er sich wieder hin, zog den freigebigen Traum von den Körpern wie ein Rollo über sich, und schon war er wieder eingeschlafen, das Gesicht zwischen Frauenbrüsten vergraben, o, Meerwasserbrustwarzen, sie waren so hart, und immerzu kreischte die Sägeblattstimme ihr Wiegenlied. Während der restlichen Nacht schwappte er zwischen weißen Kieselsteinen vor und zurück, und er wachte später auf als geplant, gerade als die Sonne rot und glühend über dem schwarzen Geäst des Waldrandes erschien. Er wachte auf, weil das Telefon auf seinem Nachttisch klingelte. Es war Viertel vor acht. Er räusperte sich und streckte einen Arm nach dem Hörer aus.

«Hallo», sagte er, und vom anderen Ende schlug ihm absolute Stille entgegen. Verärgert knallte er den Hörer auf, doch zehn Sekunden später klingelte das Telefon erneut.

«Wer ist da?» fragte er in die Sprechmuschel. Er war jetzt hellwach und setzte sich im Bett auf. «Nina, bist du das?» Das hatte er schon einmal gefragt, und da war die Verbindung unterbrochen worden, das passierte dieses Mal allerdings nicht. Er überlegte, ob mit dem Telefon etwas nicht stimmte und ob am anderen Ende ein Mensch verzweifelt rief. Aber diese Stille war anders, sie hatte Löcher.

«Was willst du?»

Kein Ton. Er legte auf, stieg aus dem Bett und ging ins Badezimmer, wo er, während er unter der Dusche stand und sich einseifte, ein weiteres Mal in einem Traum von Körpern verschwand. Er zog sich an und aß im Stehen beim Küchenfenster eine Scheibe Graubrot, dabei betrachtete er die Maulwurfshügel und die mit Rauhreif überzogene Erde. Die Sonne bewegte sich mühsam über den Himmel. Zu Fuß bis Brogård dauerte es mindestens eine dreiviertel Stunde. Er stellte seine Tasse in die Spüle, zog einen Mantel über und wollte gerade das Haus verlassen, als er, einer Eingebung folgend, ins Wohnzimmer ging und den Hörer abnahm. Noch ehe er ihn am Ohr hatte, hörte er die Stille. Kein Freizeichen. Jemand stand am anderen Ende und lauschte. Seit er die Verbindung unterbrochen hatte, waren mehr als zwanzig Minuten vergangen, und die ganze Zeit über hatte jemand gewartet.

Jemand.

***

Es war nach neun, als er in Brogård ankam, der Hof lag still und starr unter der harten Glasur des Frostes. Beinahe durchsichtig stieg aus dem mittleren Schornstein des Wohnhauses Rauch auf und mischte sich unter den bleichen Morgen. Christian folgte der steinernen Einfassung des Gartens. Eine Schwarm von Dohlen hatte sich in den sieben großen Kastanienbäumen am Wall versammelt, stieg krächzend auf und ließ sich auf einem Baum weiter unten nieder. Im Garten stand mitten auf der Wiese eine riesengroße Blutbuche, an einem Ast hing an einem ausgefransten Seil eine Schaukel. Auf der dem Weg abgewandten Seite lagen hinter dem alten Hühnerhaus ein Obstgarten mit alten Bäumen, die seit Jahren nicht mehr ausgeschnitten worden waren, und ein Gewächshaus mit geweißten Scheiben, davor ein Haufen Reifen. Im Sommer konnte der Garten nicht viel Licht bekommen. Es gab so viele Bäume. Sie säumten die gesamte Walleinfassung, und im Rasen gab es Stellen mit nackter Erde, weil das Gras dort nicht wachsen konnte. Jetzt wurde die Tür des Sommerhauses aufgestoßen, Ragna trat auf die Treppe und streckte ihm in einer stummen Geste für einen Moment die Arme entgegen. Er ging an dem Dreirad, über das er ein paar Nächte zuvor gefallen war, an Spielzeugbaggern und beschädigten Plastikautos vorbei und trat zu ihr.

«Du bist es», sagte sie glücklich. «Ich bin heute morgen schon ganz früh aufgestanden, ich konnte überhaupt nicht schlafen. Ich habe einen Brief an dich angefangen, aber der ist nicht gut geworden, deshalb bekommst du ihn nicht. Ist das nicht ein schöner Morgen?»

«Doch», sagte er. Sie zog ihn nach drinnen und schloß die Tür.

«Die anderen sind im Wald, um einen Weihnachtsbaum zu holen, und das kann lange dauern, denn er soll ganz genau so sein wie in all den anderen Jahren und bis an die Decke reichen, sagen die Kinder. Setz dich, ich bringe dir eine Tasse Tee. Dafür hast du doch Zeit, oder?»

«Schon, aber eigentlich bin ich nur wegen des Autos gekommen.»

«Nein, nun mußt du ein bißchen bleiben. Das da ist der beste Sessel. Setz dich doch. Es dauert nur zwei Sekunden, dann bin ich wieder da.»

Er setzte sich in den alten Rohrsessel, den sie ihm angeboten hatte, und wartete. Kurz darauf erschien sie mit einem Tablett, darauf zwei Tassen und eine Kanne Tee unter einer Haube. «Ich hatte gehofft, daß du kommen und heute morgen hier mit mir Tee trinken würdest», sagte sie strahlend und stellte das Tablett auf einen kleinen Blumentisch mit Glasplatte und abblätterndem Eisengestell. «Und ich hatte mir vorgestellt, daß wir hier sitzen würden. Das ist mein Lieblingsplatz. Nur ich benutze ihn. Im Sommer ist hier alles voller Blumen. Jetzt ist es ein bißchen kahl. Gefällt es dir trotzdem?» Sie schenkte Tee ein und zog ihren Stuhl neben Christians. «Ich glaube, das ist der beste Aussichtspunkt hier in der Gegend. Kein anderer Hof liegt so hoch wie unserer.»

«Hast du mich heute morgen angerufen?» fragte Christian.

«Nein», sagte sie, «allerdings muß ich zugeben, daß ich Lust dazu hatte. Hast du nicht rechtzeitig abgenommen?»

Er schüttelte den Kopf und führte die Tasse zum Mund. Früchtetee, etwas, das er nicht ausstehen konnte.

«Ist außer dir keiner zu Hause?»

«Doch, die Alte. Die schläft, und um aufzustehen, braucht sie Hilfe, sie muß ja nicht wissen, daß wir hier sitzen. Dann noch Polle Tomlinson – er füttert für uns und mistet aus. Aber vorläufig ist er noch nicht fertig. Hast du heute nacht gut geschlafen?» Sie hörte kaum seine Antwort; sie hatte so viel auf dem Herzen. «Ich fühlte mich die ganze Nacht so leicht. Irgendwann wachte ich auf und merkte, daß ich vor lauter Glück Pauli umarmte. Ich hatte gedacht, du wärst das. Und weißt du was, meine Lippen brannten, und in meinen Brüsten piekte es, genau so wie wenn man schwanger ist. Das tut es übrigens immer noch. Ach, Christian, ich weiß ja, daß ich ein bißchen viel rede, aber ich könnte immerzu reden und dich mit tausend Zärtlichkeiten überschütten, und du darfst nicht nein sagen, weil es mir nur so selten so geht.» Sie streichelte seinen Nacken, legte eine Hand auf seine Brust und seufzte vor Behagen.

«Du bist schön heute», sagte Christian. «Du siehst sehr sehr gut aus.»

«Du übrigens auch.» Sie lachte froh. «Und weißt du was, als ich dich zum ersten Mal sah, hielt ich dich für so einen smarten Typen. Du hast es geschafft, daß ich mich richtig unwohl gefühlt habe.»

«Und das tue ich jetzt nicht?» lächelte er.

«Nein, weil ich das wegreden will und weil ich ganz ehrlich sein will. Das ist zwar auch nicht sehr angenehm, aber immer noch besser, als verlegen zu sein. Man fühlt sich so oder so ein bißchen linkisch. Und wenn du weiterhin so stumm bist, werde ich noch denken, es liegt vielleicht daran, daß du nicht weißt, was du sagen sollst.»

«Da hast du recht. Ich weiß nicht, was ich sagen soll.»

Sie warf ihm einen Blick zu, plötzlich ernst.

«Woran denkst du?»

«Daß es sonderbar ist, hier mit dir zu sitzen. Du hast eine Familie, einen Hof. Du hast hier ein ganzes Leben.»

«Mm.» Ragna zog ihre Hände zurück und betrachtete sie. An mehreren Fingern waren die Nagelwurzeln blutig. «Und dann denkst du vielleicht noch, daß du Angst hast, ich würde mich samt meinen drei Kindern unglücklich in deine Arme werfen und rufen, du mögest uns vor dem bösen Wolf beschützen?»

«Nein.» Er überlegte, denn er wollte seine Worte mit Bedacht wählen. «Nein», sagte er langsam, «das denke ich nicht. Dabei muß es hier wirklich viel geben, wofür du zuständig bist.»

«Ja, natürlich», sagte Ragna leichthin, und anschließend

tröpfelten die Worte zwischen ihnen beiden eine Weile dahin. Erst als Christian auf die Idee kam, sie zu fragen, was sie an Weihnachten machen würde, kam das Gespräch wieder in Gang. Nach zehn Minuten war es ihm gelungen, das bittere parfümierte Zeug zu schlucken, er stellte seine Tasse auf das Tablett und stand auf.

«Mußt du jetzt gehen?»

«Ich will noch ein bißchen an meinem Schiff arbeiten. Ich bin dabei, es instand zu setzen, beim Innenausbau der Kajüte fehlt mir aber noch alles.» Er erzählte ihr von seinem Schiff, und sie hörte überhaupt nicht zu. Christian konnte sehen, wie es in ihr kochte, trotzdem versuchte er weiter, sie einzulullen, indem er über Holzverkleidung in Klinkerbauweise und über das Sägewerk bei Hvium redete, das einem alten Mann gehörte, der über dreißig Katzen hatte.

«Willst du mich nicht zum Abschied küssen?» unterbrach sie ihn mitten im Satz und legte die Arme um ihn. Ihr Mund kam seinem entgegen, warm und voll, und er hielt sie an ihren Oberarmen ein Stück von sich weg. Auf einmal fing sie am ganzen Körper an zu zittern. «Ich muß es dir sagen», flüsterte sie kaum hörbar, «ich glaube, ich habe mich in dich verliebt.»

«Deshalb brauchst du nicht so unglücklich auszusehen», lachte er, und sie bohrte ihren Kopf an seinen Hals, wie um sich zu verstecken. «Aber jetzt muß ich gehen», sagte er. «Die anderen kommen vermutlich auch bald nach Hause.» Behutsam machte er sich frei.

«Kannst du nicht den anderen Weg gehen und das Tablett mitnehmen?» Sie hatte die Arme schlaff herunterfallen lassen. «Ich begleite dich nicht hinaus.»

«Nein, das ist auch nicht nötig. Bleib du nur hier sitzen und genieß die Aussicht.»

«Ha!» sagte sie matt, was er lieber überhörte.

In der Küche stellte er das Tablett auf den Tisch und ging

weiter in den Arbeitsraum, wo er stehenblieb. Die Tür zum Zimmer der Alten war angelehnt: Ein leises Schnarchen drang heraus, und er konnte sich nicht verkneifen hineinzuschauen. Sie lag in ihrem Mahagonibett mit dem hohen Kopfteil und füllte der Länge nach jeden Zentimeter aus, sie schlief mit offenem Mund, ein Hut aus Zeitungspapier saß schief auf ihrem Kopf. Seine Spitze zeigte keß an ihrer Nase vorbei, und sie war so mit Schlafen beschäftigt, daß ihre fettig glänzende Haut bebte. Auf einmal waren Ragnas Schritte in der Küche zu hören, und Christian ging hinaus in den Arbeitsraum.

«Ich wollte dir doch richtig auf Wiedersehen sagen», meinte sie sanft, «wenn es nun zum letzten Mal ist.»

Christian wußte nicht, was er antworten sollte. Seinem Gefühl nach war es nicht das letzte Mal, aber wenn er das sagte, würden ihm die Dinge womöglich entgleiten. Deshalb begnügte er sich damit, langsam den Kopf zu schütteln.

«Ich glaube, die Kinder waren bei deiner Schwiegermutter drinnen», sagte er. Sie schaute ihn an, als ob er eine fremde Sprache sprechen würde, die sie gar nicht verstand, und er zog sie zur Türöffnung und zeigte: «Schau, dort.» Aber der Anblick überraschte sie nicht.

«Das waren nicht die Kinder», sagte sie nur mürrisch.

«Warst du das?»

Sie nickte und ging rückwärts, bis sie an den langen Tisch stieß. Sie lehnte sich dagegen und verschränkte die Arme vor der Brust. «Auf einmal geht es mir so schlecht», sagte sie. «Ich verschrecke dich, ist es nicht so? Ich mache immer das Falsche. Mir fehlt jede Selbstbeherrschung. Pauli ist der einzige, der mich je hat aushalten können. In Wirklichkeit müßte ich diesen Mann anbeten...» Sie schwieg einen Moment und sah grübelnd vor sich. «Ja, ich müßte ihn vergöttern. Überlegen, was ihn froh machen könnte. Daran erinnere ich mich nicht. Vielleicht sollte ich noch ein Kind bekommen, ein niedliches kleines Mädchen, das hinter seinem

Vater über die Felder laufen und ihm beim Wiegen der Nerze helfen könnte. Nein, er wird bald fünfzig, er ist zu alt.»

«Kannst du nicht einfach aufhören, so viel zu reden?» sagte Christian. «Das macht es für dich selbst nur schlimmer.»

«Das kann gut sein. Aber ich rede doch nur, um in der Zwischenzeit deine Miene zu deuten. Ich will wissen, woran ich mit dir bin.»

«Das weiß ich nicht mal selbst, Ragna.»

«Wie sollte ich dich in Ruhe lassen können», klagte sie. «Das ist es doch, was du willst, oder?»

«Vielleicht.»

«Vielleicht, vielleicht», wiederholte sie und sog heftig die Luft zwischen den Zähnen ein. «Ach, ich kann mich nicht ertragen, du ahnst ja nicht, wie leid ich mir bin. Jeden Morgen stehe ich auf und sehe mich im Spiegel. Fuck you, begrüße ich mich, würdest du doch einfach verrotten.»

«Psst...», sagte Christian und ging zu ihr und nahm sie in den Arm. «Psst...»

Eine Weile stand sie ganz steif, dann ließ sie locker.

«Entschuldigung», sagte sie mit einer wunderbar tiefen Stimme.

«Da gibt es nichts zu entschuldigen.»

«Ich weiß manchmal nicht, was mit mir los ist.»

«Dir wächst wohl alles ein bißchen über den Kopf. Dazu gibt es nichts zu sagen.»

«Nein?»

Hinter ihnen sprang mit einem rostigen Brummen der Heizungskessel an, und Ragna legte ihm eine Hand auf die Brust, wie sie es im Wintergarten getan hatte. «Kann ich nicht einfach das Ganze wieder zurücknehmen?» fragte sie. «Das wollte ich dir alles gar nicht sagen, als ich dir nach hier draußen folgte.»

«Doch.» Er küßte sie auf die klare Stirn, einmal, zweimal. «Natürlich kannst du das. Aber was hattest du denn sagen wollen?»

«Ich wollte mich nur unbefangen und tapfer von dir verabschieden.»
«Dann laß uns das tun.»
Sie kratzte ihn mit einem Nagel leicht an der Wange.
«Frohe Weihnachten, Christian», sagte sie liebevoll.

19

Wir hatten vereinbart, daß Christian Heiligabend und den ersten Weihnachtstag bei uns verbringen sollte, und da wir Weihnachten nie mehr zusammen gefeiert hatten, seit wir erwachsen waren, hatten wir oft davon gesprochen, wie schön das werden würde. Trotzdem sah ich seinem Besuch mit gemischten Gefühlen entgegen. Denn wenn ich einerseits auch froh darüber war, daß er meine Einladung angenommen hatte, so war ich andererseits doch weder blind noch taub gegenüber der Unruhe und den kleinen Reibereien, die sein Besuch schon Tage vorher auslöste. Nicht, daß es mich wunderte. Ich hatte oft genug mitangehört, was meine Familie von Christian hielt. Die Mädchen fanden ihn dominierend, und Erik meinte bloß, er sei ein komischer Kauz. In Wirklichkeit war er keins von beiden, aber ich hatte längst aufgegeben, ihnen zu widersprechen. An dieser Art des Bedauerns ist etwas, das im Lauf der Jahre Widerstand kraftlos wirken läßt.

Meine Sorgen hätte ich mir sparen können. Als die Mädchen und ich am Tag vor Heiligabend den Weihnachtsbaum schmückten, klingelte das Telefon, es war Christian. Er konnte doch nicht kommen. Im letzten Augenblick hatte er einspringen und einen Bereitschaftsdienst übernehmen müssen. Ich war gleichzeitig enttäuscht und erleichtert. Am Vierundzwanzigsten rief ich tagsüber und abends verschiedentlich bei ihm an, ebenso am ersten Feiertag, doch niemand nahm ab.

Am dritten Feiertag war er bei Hege und Køpp zum Essen, sie hatten eine große Gesellschaft eingeladen. Nachmittags hatte sich Christian noch miserabel gefühlt: schwerer Kopf, der Körper schmerzte, aber er hatte es gelassen hingenommen, denn er glaubte, Sander würde ebenfalls kommen, und ihn wollte er kennenlernen. Während er badete und sich umzog, geschah das, womit er gerechnet hatte: Er legte den müden, abgespannten Christian ab, und hervor trat der strahlende Mann, der die Aufmerksamkeit aller erregte. Er stand vor dem Spiegel und sah, wie er gleichsam glühte. Das hatte mit der Garderobe nichts zu tun. Selbst in Lumpen hätte er so ausgesehen. Er fühlte sich bereit, Sander zu treffen, und er empfand sein Strahlen selbst so intensiv, daß es anhielt, auch nachdem ihm eingefallen war, daß Sander ja überhaupt keine Einladung erhalten hatte. Er hatte keine Ahnung, wie er auf die Idee gekommen war, und schlug sich die Enttäuschung aus dem Kopf, noch ehe sie richtig hochgekommen war. Gegen Mitternacht machte er sich auf den Heimweg, stellte das Auto in die Garage und überquerte den Hof, wo er einen Augenblick stehenblieb und in den Wald rings um sein Haus lauschte. Dann betrat er die Diele, und im selben Moment, in dem er die Tür hinter sich zuwarf, setzte das Telefonklingeln ein. In aller Ruhe zog er den Mantel aus und hängte ihn auf einen Bügel. Beim achten Klingeln öffnete er die Tür zum Wohnzimmer und ging durch den dunklen Raum zu dem Tisch, auf dem das Telefon stand. Erfüllt von angenehmem Prickeln, hob er den Hörer ab und hielt ihn, ohne seinen Namen zu nennen oder hallo zu sagen, ans Ohr. Auf der anderen Seite war es ebenfalls still. Das heißt, fast still. Jemand atmete. Christian legte den Hörer auf, zog sich aus und ging nackt die Treppe hinauf ins Badezimmer. Die Tür ließ er offen, damit er das Telefon hören würde. Es klingelte nicht. Immer noch ohne Licht anzuschalten, ging er ins Bett und deckte sich zu. Es war eine sternenklare Nacht. Der Mond war am Abnehmen und das

Schlafzimmer voller rechteckiger Schatten. Er lag flach auf dem Rücken, die eine Hand hatte er unter dem Kopf, die andere auf der Brust, und er fühlte keinerlei Bedürfnis, an irgend etwas zu denken. Das Telefon stand neben ihm auf dem Nachttisch. Er war satt, aber nicht übersättigt; gedämpft summten die Stimmen des Abends in seinen Ohren wie in einem dieser Halbträume, in denen man noch selbst dirigiert, bis sie dann in andere Bahnen gleiten; es ging ihm gut. Er hob den Hörer ab und hielt ihn ans Ohr. Seit der Unbekannte angerufen hatte, war eine Viertelstunde vergangen, und der Betreffende war immer noch da. Am Vormittag war er am Kai gewesen und hatte nach seinem Schiff gesehen. Mit der manischen Akkuratesse von Landratten hatte er alle Vertäuungen überprüft, war in die Kajüte hinuntergestiegen, hatte die Luke über sich geschlossen und sich auf einen leeren Bierkasten gesetzt. Es roch nach frischem trokkenem Holz, und das Licht draußen vom Wasser fiel durch die schmutzigen Bullaugen auf die Verkleidungen, die er aus beinahe astfreiem Kiefernholz eigenhändig angebracht hatte. Als er so saß, kam jemand langsam über die Brücke, und dort draußen bei ihm hielten die Schritte an. Einen Moment später neigte sich das Schiff leicht; der Betreffende war an Bord gekommen. Durch das Bullauge sah er Frauenbeine in Jeans und den Zipfel eines roten Mantels. Die Beine verschwanden in Richtung Achtersteven, dort setzte sie sich hin. Eine Weile war es still. Dann begann sie vor sich hin zu murmeln, so leise, daß er nicht hören konnte, was sie sagte. Jetzt lag er mit dem Hörer am Ohr da und dachte daran; er dachte an das, was Menschen zueinander führt und was sie wieder trennt. Beides erfordert, nüchtern betrachtet, eine Art Wahnsinn, dachte er, die Hand auf der Brust, und dieser Wahnsinn ist eine Art von Beweis, ob man erfahren genug ist. Hinreichend verliebt in das Dasein. Er konnte den anderen atmen hören. Die Atemzüge waren leicht. Er war sicher, daß es eine Frau war. Es vergingen fünf Minuten, zehn

Minuten. Dann legte er auf und glitt immer weiter aus der Bahn, bis er entdeckte, daß er auf dem Rücken in einem Ruderboot lag, das an einem Badesteg vertäut war. Der Himmel war leuchtend blau. Rings um das Boot und den Steg wuchs hohes Schilf mit geschwungenen Seepferdchenköpfen, und auf dem Steg lag ein rothaariger Junge in der Sonne und strahlte. Ein Fischadler stieg in den Himmel, ein kleines pelziges Tier lief auf die Brücke, und der Junge setzte sich auf. Wie schlank er war. Eine Tür ging kaum hörbar auf und zu, etwas Lebendiges stieg die Treppe herauf. Ein Mensch. Christian war jetzt wach, und er öffnete die Augen in seinem Schlafzimmer, das vom unterwasserlampenartigen Mondlicht erhellt war. Jemand kam die Treppe hoch. Leise, leise. Die Tür wurde lautlos aufgeschoben, und Ragna stand auf der Schwelle. Christian setzte sich auf, und die Decke rutschte weg. Sie lehnte sich gegen den Türrahmen. Er konnte ihre Augen nicht sehen, wußte aber, daß sie ihn anschaute. Er streckte die Hand nach ihr aus, und sie kam, setzte sich auf die Bettkante und fing voller Begierde und mit schwellenden Lippen an, sich auszuziehen. Dann lag sie unter ihm, und er stützte sich auf seine Arme. «Wie schön du bist.» Sie hatte das gesagt. «An etwas anderes habe ich den ganzen Tag nicht denken können. Ich habe für nichts sonst Energie, als mit dir zu schlafen.» Ihr Flüstern und der vollkommene Körper lullten ihn ein. Stimme und Körper strahlten vor Liebe zu ihm.

«Wie bist du hereingekommen?» fragte er später.

«Die Tür war offen.»

«Nein, ich habe abgeschlossen, als ich heute abend nach Hause gekommen bin.»

«Nein, sie war offen. Dreh dich um; ich will dich überall kosten.»

Er drehte sich um. Gleichmäßig verteilt zwischen die Lebenden und die Toten. Irgendwann nahm er den Telefonhörer ab und hörte, wie erwartet, deutlich das Freizeichen.

* * *

Am nächsten Tag rief sie an und fragte, ob er Lust hätte, mitzukommen an die frische Luft. Ja, gern. Es war ein schöner Tag. Nebelschwaden hingen über den nackten Feldern, als sie sich unten am Fluß trafen. Rasch gingen sie in den Wald. Keiner sagte etwas, sie waren beide verlegen. Ragna blickte starr vor sich hin, als ob sie verzweifelt überlegte, was sie sagen könnte. Er fragte, was sie tagsüber gemacht hätte; sie antwortete desinteressiert, sie könne sich nicht erinnern. Sie folgten dem Flußlauf am Fuß einer Schlucht. Der Fluß war nicht besonders breit, und Ragna sprang darüber, hin und her.

«Wo willst du hin?» fragte er.

«Ich kenne eine Stelle», antwortete sie ausweichend. Die Stelle erwies sich als eine Bank oben auf dem Hang. Sie ließ ihn sich hinsetzen und küßte ihn, wobei sie ihn die ganze Zeit so forschend betrachtete, daß er lächeln mußte.

«Hast du eine heimliche Mission?» fragte er.

«Warum fragst du das?»

«Weil du erst so stumm und verbissen losläufst und mich dann beinahe schubst, damit ich mich hier hinsetze.»

«Das kommt, weil ich mir bei dir nicht sicher bin», sagte sie heftig. «Ich fühle mich nicht sicher genug, um das zu tun, was ich am liebsten tun will.»

Christian strich ihr eine Haarsträhne hinters Ohr und küßte sie. Sie schlang die Arme um seinen Hals und setzte sich, ohne loszulassen, rittlings auf seinen Schoß. «Ich bin den ganzen Tag so unruhig gewesen», stöhnte sie und schwankte vor und zurück, «mir ist, als wenn die Energie leise aus mir herausläuft. Das einzige, was ich schaffe, ist, dich zu lecken.»

Er sagte nichts, was sie als Einverständnis deutete. Sie löste die Arme von seinem Hals, stand auf und hockte sich vor ihn. Sie trug ihren roten Mantel und ein paar dünne schwarze Wollhandschuhe, die sie auszog und auf die Bank legte. Ihre Wangen glühten vor Kälte, und es kam ihm vor, als wären ihre Augen nie blauer gewesen. Sie legte seine Arme auf die Rückenlehne der Bank, knöpfte seinen Mantel auf und schob ihn zur Seite. Dann kam der Gürtel an die Reihe. Sie versuchte ihn zu öffnen, aber er bot ihr keine Hilfe an. Endlich bekam sie ihn auf und steckte eine Hand in seine Hose. Ihre Finger waren fest und warm. Vorsichtig lotste sie den Schwanz heraus, beugte sich vor und leckte ihn eilig mit ihrer warmen Zunge.

«Ich will dich ansehen», murmelte sie. «Du bist sehr schön. Weißt du das? Weißt du, wie schön du bist?» Sie schaukelte beim Sprechen vor und zurück. «Ich bin den ganzen Tag völlig verrückt gewesen. Ich hatte mir zwar vorgenommen, nichts zu sagen, aber ich kann es nicht für mich behalten.»

«Mußt du das?» fragte er und legte ihr eine Hand auf den Kopf. Sie hörte ihn nicht.

«Was möchtest du, daß ich tun soll?» fragte sie.

«Ich möchte, daß du das tust, was du gerade getan hast.»

«So?»

«Mm.»

Es durchzuckte ihn wie ein Blitz, denn was er erlebte, war eine Begegnung von warm und kalt. Der kalte nasse Wald, der warme Mund – er selbst mit seiner eigenen Mitte befand sich genau dazwischen. Er wurde sanft und weich, und voller Dankbarkeit legte er den Kopf in den Nacken und schloß die Augen. Manchmal war er ganz nahe, und sofort stoben Myriaden von kleinen blinkenden Jungen und Männern in silberfarbenen Rüstungen heran, mit Pickelhauben, gesenkten Lanzen, in blauen Jacken, strahlende rothaarige Jungen vor einer niedrig stehenden Sonne, schwarze Pferde mit schweißnasser Brust, auf der sich das komplizierte Muskelspiel abzeichnete, Menschen und Tiere, Tiere, Cockerspaniel mit langen gepflegten Ohren, die auf den Hinterbeinen liefen und vor der Brust Trommeln im Geschirr trugen. Aber jedesmal zog Ragna sich zurück, und die Scharen verschwanden – weg, weg, weg –, ehe sie ihn eingeholt und im Gewimmel mit fortgeschwemmt hatten.

«Warum machst du das?» murmelte er.

«Ich will nicht, daß du kommst.»

Da war nichts zu machen, er konnte nicht diskutieren. Er ordnete sich ihrem Gutdünken unter. Die Jungen und Männer wurden weniger. Er fühlte sich wohlig schlaff und etwas schläfrig. Er schaute in die nackten Baumkronen und den grauen Himmel.

«Du sollst in meinem Mund kommen.»

Da stürmten sie voran und schwemmten ihn durch das Loch in der Erde und die lange Röhre, und anschließend öffnete er fast gequält die Augen und schaute auf Ragna herunter, die ihre Arme um ihn geschlungen und den Kopf in seinen Schoß gebohrt hatte, als ob auch sie durch den Tunnel gekommen wäre, und sie hob den Kopf und lächelte ihn an.

* * *

Als sie aus dem Wald traten, scheuchten sie eine Schar Rebhühner aus den Ackerfurchen auf, es toste geradezu in der Luft über ihnen. Eine niedrig hängende, diesige Sonne hatte sich durch die Wolkendecke gekämpft, und die Wintermücken schwärmten. Ragna blieb stehen, sie schloß die Augen und hob das Kinn. Sie sah so glücklich aus, daß er sie küssen mußte. Vielleicht könnte es so gehen, dachte er. Wenn sie damit zurechtkommt, daß ich ihr nichts verspreche, daß wir nie Absprachen treffen und daß viel Zeit zwischen unseren Treffen vergeht. Das laut zu sagen wagte er aber nicht. Ihre Beziehung war zu zerbrechlich, als daß sich so etwas absprechen ließe, denn es war keine Beziehung, sondern eine Art Bekanntschaft, die Widerstand und Unsicherheit verlangte. Schon bei der geringsten Absprache würde er auf der Stelle das Interesse an ihr verlieren, und das Mitleid, das die ganze Zeit auf der Lauer lag, würde die Führung übernehmen. Ich sollte mich zurückziehen, dachte er, solange wir noch unsere Würde haben. Ein netter Fick, an den beide gern zurückdenken können ... Ich bin nicht bereit, dachte er verwirrt. Ich bin frisch geschieden, ich bin nach Jahren gerade dem Mitleid und der Verstellung entkommen; diese Nummer kann ich nicht wiederholen. Niemals. Das kann ich einfach nicht. Weg mit der Übelkeit. Raus aus mir. Nie wieder Verstellung und Mitleid.

«Warum verziehst du das Gesicht und siehst so gequält aus?» Ragna unterbrach seine Gedanken. Zu allem Überfluß schnipste sie ihm noch an die Nase. Er öffnete die Augen.

«Ich habe mir etwas gewünscht», sagte er ernst.

«Was?» lächelte sie und schmiegte sich an ihn und legte die Arme um seinen Hals. Sie duftete intensiv nach klarer frischer Luft. «Was hast du dir gewünscht?»

«Das kann ich dir ein andermal erzählen.» Er schnupperte an ihrem Hals. «Mußt du jetzt nach Hause?»

«Nicht unbedingt. Alle anderen sind zum Weihnachtsessen bei Paulis Tante in Skive, sogar die Alte.»

«Und wieso bist du nicht dabei?»

«Ich habe gesagt, ich hätte Kopfweh. Warum fragst du?»

«Ich habe überlegt, ob du Lust hättest, mit mir nach Hause zu kommen?»

Sie hatte.

* * *

Sie verbrachten den ganzen Nachmittag zusammen, insgesamt fünf Stunden.

«Hast du Hunger?» fragte Christian, sobald sie in die Küche gekommen waren, und Ragna erklärte, sie sei hungrig wie ein Wolf. Sie suchten in allen Schränken nach etwas Eßbarem, fanden jedoch nur Zwiebeln, Käse und Kapern. Brot hatte er keines, aber dann fiel ihm die unterste Schublade ein, in der Nina für gewöhnlich Knäckebrot hatte, und er zog sie heraus und entdeckte eine kleine Plastikfigur, die zwischen den übrigen Sachen steckte. Er nahm sie in die Hand. Es war ein Glückskobold mit knallrotem Haar, das vom Waschen in zu warmem Wasser fest und verfilzt war. Er konnte sich nicht erklären, wo der herkommen sollte, und öffnete den Mülleimer, um ihn wegzuwerfen, entschied sich dann aber im letzten Moment anders und stellte ihn auf das Regal über dem Herd. Die Furche für den Mund war aufgeschnitten, und ein Auge war eingeritzt, so daß es weiß war. «Du siehst aus, als solltest du dringend pensioniert werden», sagte er stumm zu ihm.

Als sie gegessen hatten, legte Ragna eine seiner alten Platten von War auf. Die hatte er fünfzehn Jahre lang nicht mehr gehört. Sun oh Son. Sie tanzte auf ihn zu. Sie wollte Lärm, und sie wollte lieben, um Stille und Zweifel zwischen ihnen zu übertönen. Völlig egal, dachte er, sie sah blendend aus, und er öffnete ihren Gürtel und zog sie und sich aus. Sie sank vor ihm auf die Knie, biß ihn in die Schenkel, küßte seine Leiste und verlangte dann, seinen Mund in ihrem Schoß zu spüren. Sie liebten sich unendlich lange auf dem Sofa, und zwischendurch stieß sie gellende Schreie aus, die ihn kurz aus der Welt rissen, in die er unterwegs war, und ihn dazu brachten, sie völlig nüchtern zu sehen: Stirn und Haar feucht und fettig von seinen tausendfachen Zärtlichkeiten und von ihrem eigenen Schweiß.

«Macht es dir Spaß, mit mir zusammenzusein?» fragte sie mit glänzendem Gesicht. Sie lagen auf der Seite, die Oberkörper weit voneinander entfernt, obwohl er in ihr war. Sie bewegten sich langsam, beinahe müde, drauf und dran abzubrechen.

«Ja», antwortete er.

«Warum?» fragte sie und sah ihm forschend in die Augen.

«Weil du so direkt bist.»

«Das ist nur eine Masche.» Sanft preßte sie ihre Hüfte gegen seine und zog sich dann zurück, so daß nur noch die Spitze von ihm innen war. «Jedenfalls war es das bis jetzt.»

«Wie meinst du das?»

«Ich begreife bald gar nichts mehr», sagte sie träumerisch, als ob sie sich tatsächlich wunderte. «Es ist so merkwürdig, es ist, als steckte ich inmitten von etwas, das alle meine Erfahrungen und alles, was man mir früher gesagt hat, außer Kraft setzt. Meine eigene Ehrlichkeit ist auch außer Kraft gesetzt. Ich habe früher so viel gesagt, das ehrlich sein und reif klingen sollte. Aber letztendlich konnte ich das ja nur tun, weil mir egal war, was die Leute von mir dachten. Ist es reif, hochmütig zu sein? Kannst du mir das beantworten?»

«Warum lächelst du jedesmal, wenn du grausam zu dir selbst bist?» fragte er.

«Tue ich das?»

«Ja.»

Sie umfaßte seine Hüfte, und sie drehten sich um, so daß er oben lag.

«Das ist gut, das ist wunderbar», sagte sie. «Denk nie voraus», keuchte sie kurz darauf und klammerte sich an seinen Rücken. «Wie sollte man das ertragen können?»

Ein Auto fuhr auf den Hof, der Kies knirschte unter den Reifen.

Wer ist denn das? dachte Christian. Eine Tür fiel zu, dann waren eilige Schritte auf der Treppe zu hören. Die Türklingel. Und kurz darauf auch der Türklopfer. Anhaltendes Klopfen und Klingeln. «Christian!» rief eine wohlbekannte Frauenstimme durch den Briefschlitz. «Ist jemand da?» Es war Hege.

«Wir könnten sie dazubitten», lächelte Ragna, aber Christian fand das nicht komisch und entspannte sich erst, als er hörte, wie der Motor ansprang und das Auto die Einfahrt hinunterfuhr. Dann stand er auf, zog sich an und setzte Kaffeewasser auf. Während er darauf wartete, daß es kochte, nahm er den Kobold mit dem weißen Auge vom Regal und drückte die Pausbacken zusammen, so daß die Mundöffnung klaffte. Ein zusammengefaltetes Stückchen Papier kam zum Vorschein. Er zupfte es heraus und glättete es. ‹If I could speak words of water / you would drown when I say / I love you›, stand da. Die Handschrift kannte er nicht. Die Blockbuchstaben waren so neutral, die konnte jeder geschrieben haben. Aber Nina hatte Nippes und Puppen gehaßt. Und warum hätte sie im übrigen auch diese Mitteilung schreiben und in einen schmutzigen Glückskobold stopfen sollen, um ihn in einer Küchenschublade aufzuheben? Womöglich gab es jemand anders, der die Verse für sie aufgeschrieben hatte? Er zerriß den Zettel, warf den Kobold in den Mülleimer und trank Kaffee mit Ragna, die in Hose und BH und mit feuerroten Flecken auf Brüsten und Hals am Küchentisch saß.

«Morgen werde ich voller blauer Flecken sein», sagte sie und reckte sich wohlig, so daß es in ihrem schönen Körper knackte.

«Was sagt Pauli dazu?» fragte er.

«Ach, das merkt er nicht.»

Er lachte. «Du bist immer so nonchalant. Hast du überhaupt kein schlechtes Gewissen?»

«Findest du, ich müßte eins haben?»

«Nein, ich bin nur neugierig.»

«Ich glaube, ich hätte eher ein schlechtes Gewissen, wenn ich Pauli und die Kinder verlassen würde. Oder wenn ich die Kinder mitnehmen und ihnen ihr Zuhause zerstören würde.»

«Man könnte sich ja vielleicht vorstellen, daß du keinen Geliebten hättest und daß du gar nicht daran dächtest zu gehen?»

«Nein, das könnte man nicht.»

«Du klingst so sicher.»

Sie schnitt eine Grimasse und führte den Becher zum Mund. «Dahinter steckt jahrelanges Überlegen.» Sie sprach in die Tasse. Er nahm ihre Hand, legte sie auf den Tisch, drehte sie um und streichelte sie bis zum Unterarm hinauf so zart, daß sie Gänsehaut bekam. Im Moment könnte er ihr alles sagen. Sie war so entspannt, daß sie das meiste würde verstehen können.

«Was, wenn ich ...», fing er an, wurde aber vom Telefon unterbrochen. Er konnte nie ein Telefon klingeln lassen. Er erhob sich, ging ins Wohnzimmer und nahm den Hörer ab.

«Hallo.»

Keine Antwort. Zum ersten Mal, seit diese Anrufe kamen, wurde ihm unbehaglich, und er musste sich wieder ins Gedächtnis rufen, wie er reagieren sollte. Schimpf los, dachte er.

Also schimpfte er. Was zum Teufel sich dieser Unbekannte einbildete. Daß das strafbar wäre. Daß er zur Polizei gehen würde, wenn er auch nur noch einen einzigen solchen Anruf bekäme. Dann war ein leises Klicken zu hören. Die Verbindung war unterbrochen. Christian unterbrach sich mitten in einem Satz und drehte sich zu Ragna um, die aus der Küche herübergekommen war, Ragna, die gerade Gevögelte, die sich in sein Haus einschlich und ihre Langeweile zu Lebensdramen hochspielte. Existenz, ach du liebe Güte, dachte er, sie redet von Existenz, aber ihre Gedanken kreisen um Samenzellen. Meine oder die anderer. Ach du liebe Güte, fünfhundert Millionen Samenzellen im Gleitflug auf den Schenkeln, für sie süße Erinnerungen an das miefige Kammerspiel ihres Lebens. Es können meine sein oder die von anderen. Spiel ruhig deine Existenz hoch, Ragna, heb sie in deinem Schritt auf, dann weißt du wenigstens, wo du sie hast. Du redest von Existenz und Liebe, aber warum nicht sagen, wie es ist: Wir langweilen uns über unsere eigene Phantasielosigkeit, du genau wie ich, aber von dir werde ich mich trotzdem nicht hochspielen lassen.

Er starrte sie wütend an, und sie starrte, ohne mit der Wimper zu zucken, zurück.

«Schikaniert dich jemand?» fragte sie freundlich. Er atmete ein paarmal tief durch.

«Ja», sagte er. «Immer wieder klingelt das Telefon. Und keiner sagt etwas. Bis eben habe ich übrigens geglaubt, das wärst du.»

Darauf reagierte sie nicht. «Wie lange geht das schon so?»

«Weiß ich nicht. Vielleicht einen Monat. Vielleicht etwas länger.»

«Warum holst du dir keine Rufnummernanzeige?»

«Das werde ich jetzt tun.»

20

Es war der erste normale Arbeitstag nach Neujahr. Als Christian zur Rezeption kam, saß Carmen dort mit geschwollenen Lidern und wedelte träge mit einem großen braunen Umschlag. Sie sah gar nicht gut aus. Neben ihr im Aschenbecher qualmte eine Zigarette.

«Das war heute für dich in der Post», verkündete sie mit ausdruckslosem Gesicht und reichte ihm den Briefumschlag, den sie ebenso aufgeschnitten hatte wie alle anderen Kuverts, die in der Praxis abgegeben worden waren.

«Was ist das?»

«Dazu werde ich mich nicht äußern.»

Er schnappte ihr den Brief aus der Hand und lehnte sich über die Theke.

«Carmen», sagte er, «warum hast du so ein Pokerface aufgesetzt?»

«Ach, das würde ich so nicht sagen.» Sie sah ihn nicht an. «Willst du nicht reingehen, dich um deine Arbeit kümmern und deine Post lesen? Doktor Blubb ist schon längst dabei. Und ich habe Kopfschmerzen. Laß mich in Ruhe.»

«Hast du einen Kater?»

«Zieh Leine.»

Er ging in sein Zimmer, stellte den Computer an und öffnete die Jalousien zur dunklen Straße hin. Der nasse Asphalt glänzte im Licht der Straßenlaternen. Es hatte tagelang nicht geregnet, trotzdem hing Feuchtigkeit über der Stadt. Im Osten begann sich ein heller Streifen über die Dächer zu schieben. Januar, dachte er und hielt nach der alten Frau gegenüber in der Wäscherei Ausschau. Dort brannte Licht, und wie üblich stieg Rauch aus dem Schornstein, aber er konnte sie nicht entdecken. Es war kurz vor acht. An sich war um diese Zeit eine Menge los, heute fuhren die Autos in großen Abständen vorbei. Ein paar Schulkinder gingen vorüber, und ihre Stimmen wurden zwischen die Häuser gesogen. Gerollt. Wie er sich langweilte! Wie grau war doch die Welt! In Gedanken ging er schnell durch, was ihn in Versuchung bringen könnte. Zu Geld kommen? In die weite Welt reisen? Mit vier schönen Frauen auf einmal Liebe machen? Nein, nicht einmal zum Träumen hatte er Lust. Er ließ sich auf seinen Stuhl fallen und griff nach dem braunen Umschlag. Er enthielt sieben, acht handbeschriebene Blätter, und er mußte gar nicht mehr als hier und dort ein paar Zeilen lesen, schon verstand er Carmens beredte Miene, denn man hatte ihm eine erotische Geschichte geschickt, und Carmen hatte ohne Zweifel alles gelesen. Es ging dabei um einen Mann und eine Frau, Agnar und Christiane, die eine Zusammenkunft im Jachthafen verabredet hatten. Die Geschichte spielte im Sommer. Christianes Kleid und ihre nackte Möse darunter wurden ausführlich beschrieben. «Auf dem Weg durch die Stadt hatte sie im Taxi ihren Slip ausgezogen und in ihre Tasche gelegt, und jetzt, als sie aus dem Auto stieg, spürte sie ihren geschmeidigen Körper, die Brustwarzen, die ganz leicht den Stoff berührten, die Freiheit und die Wärme im Schoß, die Glut, die von den Füßen bis zu den Haarwurzeln hinaufzog. Sie war nicht mehr ganz jung, aber erst in den letzten Jahren hatte sie angefangen,

Sex als etwas Schönes zu erleben, und jetzt war es so, daß sie es im ganzen Körper spürte, wenn Agnar den Arm um sie legte, sogar schon, wenn sie an ihn dachte, bei einem Treffen oder bei der Arbeit – wie einen Luftzug, durch den innen eine Tür aufflog.» Ja ja, sehr hübsch. Christian blätterte und las von Christiane und Agnar, die am Kai entlangwanderten, nach einer Jacht Ausschau haltend, in deren Kajüte sie einbrechen konnten. «Im Gehen unterhielten sie sich über ihre Arbeit, über die Kinder und über das Kanu, das Agnar baute, und weil sie wußten, daß sie all diese Sachen niemals gemeinsam haben könnten, entfachte das ihr Begehren nur immer mehr.» Nach etlichen Komplikationen fanden Agnar und Christiane eine Kajüte. «Sie mußte sich auf eine Pritsche setzen. Er küßte sie auf den Mund, öffnete den obersten Knopf des Kleides und küßte ihre Brüste. Dann kniete er sich vor sie und schob ihre Beine ein wenig auseinander. Ihr Schoß war irgendwo oben im Dunkeln unter dem Kleid, und er ließ eine Hand den Schenkel hinaufgleiten. Sie war sehr feucht und strahlte ihn an. Sie spreizte die Beine ein bißchen weiter, lehnte sich zurück und stützte sich auf die Arme. Ihre Brüste wölbten sich ihm weiß entgegen. Er knöpfte die untersten Knöpfe des Kleides auf und schlug dann den Stoff über ihren Hüften zurück, so daß er ihre Möse sehen konnte. Mit zwei Fingern spürte er, wie feucht sie war. Dann begann er sie zu lecken. Er kannte sie so gut. Er wußte, wie sehr sie es mochte, wenn er seine Lippen benutzte und nicht nur die Zunge, wie sehr sie es liebte, seine Lippen an ihrer Haut zu spüren. Aber er blieb nicht lange dabei – denn auf diese Weise würde sie zu schnell kommen, und dann würde sie nicht mehr können. ‹Komm zu mir›, sagte Christiane, und er drang in sie ein. Immer noch auf der Pritsche sitzend, schlang sie ihre Beine um seinen Rücken, und er hob sie hoch...»

Jetzt ging es richtig los. Arsch, Schwanz, Möse. Sperma, das getrunken wurde. Der Schwanz wurde studiert und beschrieben. Wieder und wieder, Körper, die sich drehten und wendeten, und Stoß und Stoß und Stoß. Drehen, Stoßen, Gleiten. Die Geschichte endete, als sie bereit waren, von vorn anzufangen. Unterschreiben war das Ganze mit «R».

Christian zerriß alles in winzige Stücke, die er in den Umschlag füllte, und gleichzeitig begann das Telefon auf seinem Schreibtisch zu klingeln. Genau acht Uhr. Es war die erste Patientin dieses Tages, die geduldige Ilsebill. Nach der Telefonsprechzeit strömten die Leute in die Sprechstunde, er bekam zu spüren, daß Feiertage gewesen waren und sie Zeit zum Grübeln gehabt hatten. Sie erschienen mit den rätselhaftesten Symptomen. Ein junger Mann klagte über Schmerzen in der Seite und erzählte, er habe an Weihnachten nichts als Wasser getrunken, und entfaltete schließlich eine Theorie, er könne Diabetes haben. Christian nahm ihm Blut ab und versuchte den Mann zu beruhigen. Es sei bestimmt Verstopfung und der Durst vermutlich auf das salzige Essen zurückzuführen, aber das kam nicht gut an. Der Patient warf Christian vor, er mache sich über ihn lustig, und verlangte eine Röntgenuntersuchung. «Ich hatte gehört, Sie seien umgänglicher als Doktor Blubb», sagte er. Peinlich berührt erhob sich Christian und öffnete ihm die Tür. «Rufen Sie in ein paar Tagen an», sagte er neutral, «dann habe ich die Laborergebnisse.»

Eine Frau dachte, sie hätte Hautkrebs, und entblößte eine Pobacke, wo sich tatsächlich ein stark geschwollenes, abgegrenztes Muttermal befand, das sich bei genauerer Untersuchung als Warze erwies. Eine andere Patientin meinte, sie habe Angina pectoris, und eine weitere, sie zeige Symptome von Sklerose. Ihre Gelenke seien so schwach. Wieder einmal spürte Christian deutlich den Abstand zwischen den Patienten und sich. Auf der einen Seite des Tisches saßen ängstliche Menschen, die glaubten, sie sähen ihrem Ende ins Auge, auf der anderen Seite saß er mit seinen umfangreichen Vergleichsmöglichkeiten und wußte es besser. Aber seine Diagnose beruhigte sie nicht, und sie verließen die Sprechstunde mindestens so besorgt, wie sie gekommen waren. Christian bemerkte, daß es ihm letztendlich egal war und daß er sie nicht respektieren konnte, weil sie weinerlich und selbstbezogen waren. Nimm dich zusammen, ermahnte er sich. Wenn du nach Hause kommst, kannst du denken, was du willst. Aber hier nicht, das geht sonst daneben.

Indessen konnte er sich nicht von dem Gefühl befreien, daß in Wahrheit er nicht respektiert wurde. Es war nicht seine Aufgabe, der Seelenarzt zu sein und die Leute von ihrer weihnachtlichen Langeweile und Familienverstopfung zu kurieren. Was glaubten sie denn, wie es ihm in der vergangenen Woche ergangen war. Auf ihre eingebildeten Krankheiten gab er keinen roten Heller. Am schlimmsten aber war die unerträgliche Geschichte, die Ragna ihm geschickt hatte. Als ob sie damit sagen wollte: ‹Ich weiß etwas von dir›, als ob sie nicht nur ihr eigenes Begehren, sondern auch seines andeuten wollte. Als ob sie ihn in ein Netz von Geschlechtsverwirrung hinabzog, sexuelle Gewohnheiten und allgemeine Verwirrtheit. Agnar und Christiane! Allein die Namen! Sie wollte ihn gleichzeitig küssen und belehren, sie, die überhaupt kein Recht dazu hatte. Wie konnte ihr ein solcher Ausrutscher passieren? Sie kannten sich erst so kurze Zeit, und trotzdem zögerte sie nicht, ihm ihre privatesten Tagträume zu schicken. Er dachte an die Beschreibung von Brüsten, die sich weiß wölbten. Sah sie sich so? Oder glaubte sie, er sähe sie so? Oder sah sie ihn so? Er stieß einen Grunzlaut aus, worauf ihn ein Patient verwundert anschaute. Sie hatte ihm eine Geschichte von Liebe und Begehren geschickt. Ja, er hätte lachen wollen, statt dessen hatte er Lust, sich zu übergeben.

Zwischen den einzelnen Patienten kam er bei Carmen an der Rezeption vorbei. Sie reichte ihm die Krankenblätter mit verschlossener Miene, und er rechnete damit, daß sie sich unter ihrer steifen Maske amüsierte und ihn insgeheim mit ‹Mein Katerchen› und ähnlichem aus dieser Schublade betitelte. Das war ihm egal. In der Pause würde er mit ihr in der Küche sitzen und ihr Feuer geben.

Aber er hatte sich geirrt. Als er um zwölf Uhr hinausging und sie in der Küche vermutete, war sie nicht dort. Sie saß statt dessen am Empfang und hatte ein nicht ausgewickeltes Butterbrotpäckchen vor sich liegen.

«Was hast du?» fragte Christian

«Nichts», antwortete sie, ohne ihn anzuschauen.

«Hör auf mit dem Quatsch. Hast du ein schlechtes Gewissen, weil du den Brief an mich gelesen hast?»

«Nein, ich habe andere Sorgen.»

«Was ist?» Er hob mit einem Zeigefinger ihr Kinn. «Sag es mir, Carmen. Was hat dir den Tag vermasselt?»

«Laß mich in Ruhe. Ich habe Kopfschmerzen.»

«Soll ich dir eine Tablette holen?»

«Ich ersticke bald in Pillen.»

Sie sah schlecht aus. Schlaff und grau hinter der Schminke, die fast wie eine Kruste wirkte.

«Geh nach Hause ins Bett, Carmen», sagte er mitfühlend. «Das brauchst du jetzt.»

«Und was ist mit all dem hier?» Sie machte eine steife, anklagende Bewegung mit der Hand zu den Telefonen und dem Wartezimmer.

«Das bekommen wir schon hin. Soll ich dich nach Hause bringen?»

Sie schüttelte den Kopf und fing an, ihre Sachen zusammenzupacken.

«Ich bringe dich nach Hause», entschied Christian. Im Auto lehnte sie den Kopf gegen die Scheibe. Er legte ihr den Sicherheitsgurt an und fuhr vorsichtig über die unnötigen Bodenerhebungen für die Geschwindigkeitsbegrenzung zu den Reihenhäusern am Stadtrand. Unterwegs wechselten sie kein Wort. Als er geparkt hatte, ging er mit ihr den Gartenweg hinunter, schloß für sie auf und folgte ihr in die Diele, wo er ihren Mantel aufhängte.

«Kann ich noch etwas tun?»

«Nein.»

Die Tür zum Wohnzimmer stand offen. Er warf einen Blick hinein und sah die Unordnung. Auf dem Couchtisch stand schmutziges Geschirr, die Gardinen waren nicht ganz aufgezogen.

«Geh nur», sagte sie eher unfreundlich.

«Wenn du versprichst, ins Bett zu gehen und zu schlafen.»

«Misch dich da nicht ein.»

«Okay.»

Als er die Tür hinter sich zumachte, war er in besserer Laune als den gesamten Vormittag. Vor eins würden keine Patienten kommen, und noch war es erst Viertel nach zwölf. Einer Eingebung folgend, fuhr er quer durch die Stadt und auf den kleinen Feldwegen zum Fjord hinunter. Einer von ihnen führte zu Hege und Køpp, den vermied er sorgsam. Er stellte den Wagen am Feldrand ab und ging zu Fuß weiter. Die Wintersaat war aufgegangen – grüne Felder wechselten mit den schweren Schollen gepflügter Äcker, und ein paar Rehe ästen friedlich und ohne ihn zu beachten. Er zwängte sich durch Birkengestrüpp und gelangte zu den breiten Tangstreifen am Strand. Das Wasser war ebenso grau wie der Himmel. Eine Landschaft ohne Horizont. Er balancierte auf einem der Wellenbrecher, aus willkürlich hinausgewälzten Felsen und Betonbrocken bestehend, und setzte sich auf den äußersten Fels. Es herrschte auflandiger Wind, und das Wasser schlug gegen das Hindernis. Licht brach an zwei Stellen durch die Wolkendecke, und da der Fjord hier so breit war, wirkten diese hellen Flecken klein. Wenn ich wirklich etwas für mein Schiff übrig hätte, dachte er, dann wäre ich zum Hafen gefahren, um nachzusehen, ob es ordentlich vertäut ist. Er konnte an einer Hand abzählen, wie oft er damit hinausgefahren war. Wenn man von den kleinen Touren absah, die dazu dienten, den Motor zu checken, waren es nur wenige Male gewesen. Genauer gesagt, einmal, spät im Herbst, da war er der Küste ein Stück südwärts gefolgt. Er hatte sich übergeben vor Schreck über die langen Dünungen, die von der Seite heranrollten, der Horizont war von Wasser eingegrenzt, das sich hoch emporschob und jedesmal, ehe es sich auf sein Schiff wälzte, umstürzte. Als er den Hafen erreichte, fühlte er sich, als hätte er nur mit Müh und Not sein Leben gerettet, und seither hatte er, um der Wahrheit die Ehre zu geben, sein Schiff nicht mehr leiden können. Wenn er dann und wann hinfuhr, dann lediglich, um sich selbst zu überwinden und um sich zu beweisen, daß er es fertigbrachte. Wenn er es verkaufte, würden ihn die Leute auslachen, genauso wie sie vermutlich auch lachten, weil er es nie benutzte.

Er nahm das Handy aus der Jackentasche, rief die Auskunft an und fragte nach Ragnas Nummer. Als er darauf wartete, daß auf Brogård jemand abnahm, war die innere Anspannung so groß, daß er zitterte. Er ließ es so lange klingeln, bis die Verbindung zusammenbrach, versuchte es gleich noch ein zweites Mal, und diesmal nahm Ragna ab.

«Ach du bist es, Christian», sagte sie mit heller, atemloser Stimme. «Spinnst du? Was, wenn Pauli abgenommen hätte?»

«Ich will mit dir über diese Geschichte reden, die du mir geschickt hast.»

«Oha, du klingst nicht froh. Findest du, ich bin zu weit gegangen?»

«Du sagst es.»

«Das tut mir leid.»

«Wie, zum Teufel, bist du auf die Wahnsinnsidee gekommen, das in die Praxis zu schicken?»

«Ich wollte dich bei der Arbeit ein bißchen aufmuntern.»

«Die Sprechstundenhilfe öffnet die gesamte Post. Morgen weiß es garantiert der ganze Ort.»

«Ich habe nicht unterschrieben.»

Eine kleine Pause entstand.

«Du bist echt sauer, wie?»

«Ich verstehe einfach nicht, wie du das tun konntest.»

«Was meinst du?» Sie war außer Atem, ihre Stimme zitterte ein bißchen.

«Ich würde so etwas niemals an jemand schreiben, den ich kaum kenne.»

«Nein.»

«Du kennst mich nicht, Ragna. Du hast kein Recht, so zu schreiben. Das macht mich nicht an, überhaupt nicht. Ich finde es unappetitlich. Ich bekomme fast Angst vor dir.»

«Du hast keinen Grund, Angst vor mir zu haben.»

«Dann Angst um deinetwillen. Offenbar weißt du nicht, was du dir erlauben kannst.»

«Ich kenne niemanden, der so einengt wie du.» Sie wurde schrill.

«Nun hör aber auf», sagte er schroff. Das Jackett hatte sich am Rücken hochgeschoben, und kleine Wellen schwappten gegen den Wellenbrecher, so daß sich die Kieselsteine bewegten. Das ist wohl das älteste Geräusch auf der Welt, dachte er, Wellen, die Kieselsteine ins Kullern bringen.

«Ich begreife es nicht», lamentierte ihre Stimme in sein Ohr, «ich begreife nicht, wie ich mich in einen Mann verlieben konnte, der so wenig von sich selbst zeigt wie du.»

«Hättest du mal versucht, nicht immer so viel zu reden und statt dessen zuzuhören. Es ist schwierig, etwas zu hören, wenn man nie zuhört.»

«Hm», sagte sie mit einer so kleinen Stimme, daß es ihm schon beinahe weh tat.

«Sollen wir hier aufhören?» schlug er vor.

«Nein, finde ich nicht. Das war doch nur ein Scherz.»

«Der nicht witzig war.»

«Entschuldigung.»

Eine Pause entstand. Weiter hinten galoppierten die Pferde von Hege und Køpp über die Koppel. Hege war heruntergekommen. Christian sah ihre große schlanke Gestalt im braunen Reitdreß, sie hob den Sattel an seinen Platz und bückte sich dann unter den Bauch des Pferdes.

«Wir sollten uns jetzt verabschieden», sagte er, urplötzlich ungeduldig.

«Nein, warte. Es tut mir so leid, Christian. Kann ich mich nicht entschuldigen?»

«Das hast du schon getan. Mach's gut, Ragna.»

Er steckte das Handy in die Tasche und ging eilig am Strand entlang und durch das Birkengestrüpp, unbefriedigt, denn er hatte ihr nur einen Bruchteil seiner Wut gezeigt.

21

Am Abend lag er auf dem Fußboden und träumte, er wäre in einer Winternacht mit seinem Sohn an der Hand unterwegs durch einen Tannenwald. Tiefer drinnen hielt zwischen den Stämmen der Zug mit seinen erleuchteten Abteilfenstern. In dem eisernen Körper pulsierte und stöhnte es. Er zog den Jungen hinter sich her, der so schnell lief, wie er konnte. Sie mußten den Zug erreichen. Christian war die ganze Zeit zwei Schritte voraus und hielt das Kind so fest an der Hand, daß es manchmal abhob. Eine dreijährige, verschwitzte kleine Hand. Nun erreichten sie das Trittbrett. Hinter ihm stolperte der Junge, und Christian zog ihn mit zu der offenen Zugtür von der Größe eines Portals, aus der Licht strömte. Nacht. Nun stieß der eiserne Körper ein langgezogenes Stöhnen aus, und Christian wußte, daß dies das Abfahrtsignal war. Er taumelte auf die erste Stufe, und sah in der Eile nicht, daß ein russisch-orthodoxer Priester ebenfalls einsteigen wollte. Sie prallten aufeinander, Christian fiel vornüber und landete mit dem Kopf in einem Pelz, den der Priester über dem Arm trug. Im selben Moment vergaß er seinen Sohn, den er noch nicht hatte sehen können, und bohrte den Kopf in das weiche Fell. Es war ein Katzenfell. Die Hand des Jungen entglitt ihm. Die feinen Haare streichelten seine Wange, und er bohrte sein Gesicht hinein und spürte nichts weiter als ihre Zartheit. Wie weich sie waren! Wie müde er war! Er dachte nicht an seinen Sohn, der allein in der Dunkelheit verschwand, während der Zug langsam anfuhr, auch nicht daran, daß er auf einer Stufe stand, nur in dem Augenblick gefangen, denn er glaubte, daß er sich von nun an einer wartenden Ewigkeit und Müdigkeit überlassen konnte.

Da klingelte das Telefon. Christian wachte auf und erhob sich wackelig.

«Hallo?»

Ihm schlug die Stille entgegen, die er inzwischen so gut kannte. Das kaum merkliche Sausen, die etwas hastigen Atemzüge. Auf der Stelle war er hellwach. Gut, dachte er. Am Nachmittag war er, als die Sprechstunde zu Ende gewesen war, nach Viborg gefahren und hatte sich einen Rufnummernanzeiger besorgt. Und er funktionierte! Acht Ziffern waren auf dem Display zu erkennen. Er erkannte die ersten drei. Es war ein Ortskennzeichen.

«Bist du das wieder», sagte er leise. Der Unbekannte am anderen Ende atmete in den Hörer. Dann war es lange still. Zeitweise war die Atmung völlig lautlos, dann wieder klang sie wie gehetzt und arhythmisch. Die acht Ziffern auf dem Display leuchteten.

«Ich weiß genau, wo du bist», sagte Christian schließlich, und der Hörer wurde aufgelegt. Er rief die Nummer an. Keine Antwort. Dann rief er die Auskunft an und erfuhr, daß es die Nummer einer Telefonzelle in Hvium war. Geistesabwesend bedankte er sich, in Gedanken ging er längst die Hauptstraße in Hvium hinunter, am Schlachter und der Gaststätte vorbei, über die Bahngleise, vorbei an der Wäscherei, der Garagenanlage, der Shell-Tankstelle und dem Supermarkt. Soweit er sich erinnerte, gab es auf dieser Strecke keine Telefonzelle. Er zog den Mantel über und verließ das Haus. Im Auto unterwegs durch den Wald überfuhr er eine Maus nach der anderen. Sie flitzten vor die Scheinwerfer, und er konnte nicht rechtzeitig bremsen. Vier-, fünfmal passierte das, und jedesmal spürte man im Auto einen kleinen Ruck. Die steht am Hafen! dachte er. Er sah die rote Telefonzelle vor sich, am Ende des Kais, der Anstrich vom Salzwasser matt und wie abgescheuert, und beschleunigte. Bald hatte er den Wald hinter sich gelassen und fuhr zwischen dunklen Feldern entlang, vorbei an der Abzweigung nach Brogård, was ihm erst klar wurde, als er sie lange passiert hatte. Er kam über eine Anhöhe, von der aus man bei Tageslicht unendlich weit sehen konnte. Am Fuß des Hügels lag ein kleiner heller Fleck. Das war Hvium im Licht seiner Straßenbeleuchtung. Nicht ein Wagen kam ihm entgegen, und als er vor dem Hafenbüro parkte, war sein Auto das einzige auf dem Platz. Er stieg aus und ging zu der Brücke, an der die kleinen Kutter und Segeljachten vertäut lagen. Das Wasser im Hafenbecken wirkte wie tot. Das Licht der Straßenlaternen am Kai spiegelte sich träge in den Ölflecken und dem trüben Wasser. Wie lange war es her, seit er aufgelegt hatte? Sechs bis acht Minuten? Jedenfalls lange genug, damit der Hafen verödet war. Trotzdem achtete er darauf, keinen Lärm zu machen. Er öffnete die Tür zur Telefonzelle. Das Licht funktionierte nicht, aber in dem diffusen Schein von außen konnte er die Tasten erkennen. Vor ganz kurzer Zeit hatte jemand hier gestanden. Er nahm den Hörer ab und tippte zitternd seine eigene Nummer. Solange es klingelte, wußte er, was er zu tun hatte, allerdings kamen ihm Zweifel, sobald es nicht mehr tutete und er aufgelegt hatte. Er untersuchte den Fußboden der Zelle und die Ablage neben dem Telefon. Zigarettenkippen lagen da und leere Bonbontüten, er bekam auch ein frisches Apfelgehäuse in die Hand, von dem die Finger ganz klebrig wurden. Er wischte sie an einem Papiertaschentuch ab, das er in seinem Mantel fand, und verließ die Telefonzelle. Die Tür fiel langsam hinter ihm zu. Ziellos stand er da und überlegte angestrengt, was er unternehmen könnte. Er ging am Hafen auf und ab. In seinem Körper stach und prickelte es. Ich könnte die Polizei anrufen, dachte er. Draußen auf der Mole huschte ein Schatten vorbei, und für einen Moment war seine Aufmerksamkeit darauf gerichtet. Aber nur ein Tier würde sich so schnell bewegen; es mußte ein Ratte sein oder einer der Nerze, die vom Rattenmann ausgesetzt wurden, um den Bestand gering zu halten. Er fuhr langsam durch den Ort. Die Hauptstraße war wie ausgestorben, an der Gaststätte standen wie gewöhnlich nur wenige Autos auf dem Parkplatz, und auch die Garagenanlage war dunkel. Er stellte den Wagen beim Supermarkt ab, stieg aus und ging an der Praxis vorbei. Vor seinen eigenen Fenstern verlangsamte er seine Schritte. Wie ich wohl aussehe, wenn ich da drinnen sitze und arbeite? dachte er. Nur konnte man ihn kaum je sehen. Tagsüber war das Sprechzimmer durch weiße Gardinen geschützt, und wenn es dunkel wurde, ließ er die Jalousien herunter. Wenn man ihn sehen wollte, mußte man in seine Sprechstunde kommen. Derjenige, der anrief, mußte ihm dort drinnen gegenübergesessen, ihn beobachtet und sich eine Meinung gebildet haben, weshalb derjenige glaubte, er sei berechtigt, ihn zu schikanieren. So etwas zu tun war krank, aber das änderte nichts an der Tatsache, daß Christian nicht der einzige war, der beobachtete und seine Schlüsse zog. Er wurde ebenfalls beobachtet, und im Laufe einer fünfminütigen Konsultation konnten Sachen geschehen, von denen er selbst nicht das geringste ahnte. Es konnte gutgehen, und es konnte schiefgehen. Nur selten erfuhr er das so direkt wie neulich, als ein Patient gekränkt reagiert hatte, weil sich Christian nicht an seine Krankenakte erinnern konnte, und ihn ein Rindvieh genannt hatte. Es war so schwierig, alles im einzelnen zu betrachten und sich daran zu erinnern, daß nicht alles nur von ihm ausging. Für alles existierten stets mindestens zwei

Wege, abgesehen von den unzähligen unsichtbaren, die keiner beherrschte.

Obwohl es schon halb zehn war, brannte in der Wäscherei Licht. Die alte Frau arbeitete an der Mangel. Ihr rechter Fuß, der in einem Pantoffel steckte, bediente den Fußhebel, mit beiden Händen führte sie ein weißes Tischtuch ein und ließ es einen Moment los, ehe sie anfing, es auszurichten und zu glätten, mit den leichten routinierten Bewegungen eines alten Menschen, der imstande war, Dinge so zu bewegen, daß es aussah, als würden sie kaum berührt. Er hatte Lust, hinüberzugehen und mit ihr zu reden, denn er dachte, daß einem Menschen, der sich so harmonisch bewegen konnte, die großen Freuden und tiefen Sorgen eines langen Lebens zu seinem vollendeten Gleichgewicht verholfen haben mußten. Er stellte sich vor, daß sie viel erlebt hatte. Daß ihr Mann tot war. Vielleicht auch ein Kind. Ihre Eltern, natürlich, aber auch ihre Jugendfreundinnen. Der Mann, von dem sie heimlich geträumt hatte. Der Nachbar. Alle Grundpfeiler ihres Leben waren umgestürzt, sie hielt sich trotzdem aufrecht. Wie gern würde er mit ihr reden. Er rüttelte an den Gittern. Was geschieht, wenn man alt wird? rief er über die Straße. Erzähl mir von der Zeit vor dem ersten Hahnenschrei und den kräftigen Strahlen der Sonne am letzten Tag. Erzähl mir, wie es ist, alles fallenzulassen. Läßt du Zug um Zug vorbeirauschen, weißt du, daß einmal einer kommt, den du nehmen wirst? Liegst du nachts wach und glaubst, Schritte in deinem Haus zu hören? Warte einen Moment. Erzähl mir, wie es ist, wenn man trauert. Wie ist es, sich selbst loszulassen? Kannst du mich hören? Kannst du hören, wonach ich dich frage? Rütteln! Erinnerst du dich an deine toten Freundinnen? Reibst du im Sommer noch immer die Treppe mit Wegerichblättern ein, erinnerst du dich jedesmal, wenn du deinen Sonnenhut aufsetzt, daran, daß er 1964 in Flakkeberg gekauft wurde? Erinnerst du dich daran, wie treu dir dein Leben gefolgt ist und daß bald Schluß ist?

Spürst du eine Gänsehaut im Nacken? Laß mich ein Ja hören. Es ist doch genau um diese Zeit, daß der Luftzug durch die Scheibe nach drinnen kriecht. Laß mich rein, laß mich rein, ich habe Vertrauen zu dir, weise mich ruhig zurecht. Laßt uns alle ehrlich sein.

Er ging ein paarmal die Straße auf und ab und dachte immerzu daran, bei der alten Frau an die Scheibe zu klopfen, damit sie ihn hineinließe. Er blieb stehen und wollte es gerade tun, als sie sich umdrehte und ihn entdeckte. Vor Entsetzen weiteten sich ihre Augen. Dann wurden sie wieder schmal. Sie kam an die Tür.

«Hier ist geschlossen!» rief sie mit scharfer Stimme, als ob sie einen Hund abfertigte, der an ihr hochsprang.

«In Ordnung. Ich komme morgen mit meiner Wäsche», rief Christian zurück.

«Tun Sie das», antwortete sie, sanfter. Christian hob die Hand zu einem Gruß und ging zu seinem Auto. Es war zu früh, um nach Hause zu fahren. Erst zwanzig vor zehn, er würde noch stundenlang nicht schlafen können. Bis vor kurzem hatte er immer gewußt, was er tun sollte. Er hatte Pläne gemacht. Er hatte einen Plan A gehabt, und falls ihn etwas daran hinderte, ihn auszuführen, hatte er auch einen Plan B und einen Plan C. Das mußte gar nichts Besonderes sein. Ein Buch, das er lesen, ein Anruf, den er erledigen wollte. Seine Strategien hatten ihm Freude gemacht. In der letzten Zeit hatte er aber damit aufgehört und nichts vermißt. Wenn er jetzt nach Hause gefahren wäre zu Plan C, zum Beispiel Zeitung lesen, ein bißchen Musik hören, Kerzen anzünden, wäre das entweder qualvoll oder vollkommen uninteressant geworden. Es hätte ihn daran erinnert, daß Plan A oder B vollständig den Bach hinuntergegangen war. Friß Plan C. Nein, lieber wollte er sich ein bißchen treiben lassen.

Schließlich landete er draußen bei Carmen, wo der Parkplatz größtenteils immer noch aufgebuddelt war. Das Fenster zur Straße hin war dunkel, aber er folgte dem Weg ums

Haus und sah, daß im Wohnzimmer eine kleine Lampe brannte. Er ging zurück und klingelte. Es verging einige Zeit, ehe auf dem Flur Schritte zu hören waren. Die Tür wurde zögernd ein Stück geöffnet, allerdings nicht weit, weil sie an irgend etwas anstieß. Carmens Sohn steckte sein blasses Gesicht durch den Spalt.

«Tag, Christian», sagte Christian freundlich. «Wie geht es euch?» Der Junge verzog keine Miene. «Mutter schläft», erklärte er. Auf einem Nasenflügel wuchs ein roter Pickel.

«Und was macht du so?»

Der Junge zuckte die Achseln. Im Haus war es still. Kein Laut drang heraus, weder Fernsehen noch Musik.

«Geht es deiner Mutter besser?»

«Das weiß ich nicht.» Jetzt war er zur Hälfte hinter der Tür verschwunden. Er hatte einen schleichenden Rückzug angetreten. Christian wurde ärgerlich.

«Was soll das heißen?»

«Was?» piepste der Junge.

«Daß du nicht weißt, wie es deiner Mutter geht? Als ich sie heute nach Hause fuhr, hatte sie Kopfschmerzen. Haben die aufgehört?»

«Sie hat den ganzen Tag geschlafen.»

«Laß mich reinkommen, damit ich nach ihr sehen kann.»

Der Junge trat einen Schritt zurück, und Christian quetschte sich durch die Türöffnung, ohne daß der Junge Anstalten machte, seine Schultasche und den Turnbeutel wegzunehmen, die blockierten. Christian bückte sich, hob die Sachen auf und stellte sie an die Wand. «Wenn man durch eine Tür rein- und rauskommen kann, hat das was», sagte er bissig. Der Junge antwortete nicht. Er stand nur da und betrachtete seine Hand; auf die Handfläche und den Unterarm hatte er mit blauer Tinte Adern gemalt. Schwankende Wasserlilienstengel. Wie sehr der Junge mit seinem unfertigen blassen Gesicht und diesen flachen Zügen ihn doch an einen Embryo erinnerte.

«Ist deine Mutter oben?»

«Sie liegt drinnen auf dem Sofa.»

Nur Carmens schwarzer Haarschopf schaute unter der Wolldecke hervor. Sie lag mit dem Rücken zu ihm auf der Seite und wachte nicht auf, als er sich auf die Sofakante setzte. Das schmutzige Geschirr vom Morgen stand noch auf dem Couchtisch, und die Gardinen waren lediglich halb zurückgezogen. Offensichtlich hatte sich im Wohnzimmer nichts verändert. Und doch hatten sich zwei Menschen viele Stunden lang in ihm aufgehalten.

«Dich hat es wohl schlimmer erwischt, wie?» sagte Christian. Sie stöhnte, und ihm wurde klar, daß er zu laut gesprochen hatte. Sie schlief gar nicht. Er studierte das bißchen, das von ihr zu sehen war. Der schnurgerade Mittelscheitel war in Unordnung geraten, die Haare waren am Ansatz weißgrau. Ein altes Mädchen, das den Kopf ins Kissen bohrte.

«Ist es der Kopf?» fragte er und erhielt als Antwort ein Grunzen.

«Wie lange läufst du eigentlich schon mit Kopfschmerzen herum?»

Sie murmelte irgend etwas, aber er verstand sie nicht. Sie nuschelte unzusammenhängend und lange, wie ein Betrunkener, und das machte ihm angst. Was sagte sie? Er beugte sich über sie. Auch wenn man nicht zur Bourgeoisie gehöre, brauche man doch nicht herumzurennen und Fenster zu putzen. Konnte das stimmen? «Carmen?» sagte er leise, aber nun schwieg sie.

Bisher hatte Christian nur den unbeweglichen Schatten des Jungen an der Tür zum Flur wahrgenommen, doch jetzt schlich er ins Wohnzimmer, setzte sich an den Eßtisch und beugte sich über die Tischplatte.

«Hat deine Mutter schon seit mehreren Tagen Kopfschmerzen?» fragte Christian, und der Junge zog unbeholfen die Schultern hoch. Er haßt mich, dachte Christian und bekam mit einem Mal große Lust, zu ihm zu gehen und ihn unters Kinn zu schnipsen, dann würde er ihn noch mehr hassen und Christian verwirrt anschauen.

«Ist dir übel, hast du Sehstörungen?»

Sie antwortete nicht.

«Ist es Migräne, was meinst du?»

Er betrachtete sie eine Weile. Sie war krank, und er mußte sie zu weiteren Untersuchungen ins Krankenhaus einweisen. Was sollte dann aus Christian werden? Er zog einen Stuhl neben den Jungen, der den Rücken vorschob, um zu verbergen, was es auf dem Tisch zu sehen gab. Er hatte mit blauer Tinte einen Mann auf die Tischplatte gemalt und legte sich nun wie ein schützender Schild darüber. Gezwungen lächelte Christian ihn an.

«Gibt es jemanden hier in der Nähe, den du gern magst? Eine Großmutter oder Freunde oder so etwas?»

«Warum?» fragte der Junge feindselig.

«Weil deine Mutter ins Krankenhaus muß, damit wir herausfinden können, was ihr fehlt, und ihr helfen können.»

Er zuckte zusammen, aber über seine Lippen kam kein Ton. Christian sagte: «Davor braucht man keine Angst zu haben.»

«Ich habe keine Angst.»

Sie warteten schweigend. Dann wiederholte Christian seine Frage: «Gibt es jemanden, bei dem du heute übernachten kannst?»

«Ich kann ganz gut allein bleiben.»

«Nein, das kannst du nicht, finde ich. Hast du keine Freunde?»

«Nein.» Die Stimme des Jungen war abweisend, als ob er Christian davor warnen wollte, sich über ihn lustig zu machen oder ihn herablassend zu behandeln.

«Was ist mit deinem Vater?»

«Mutter will nicht, daß ich ihn besuche.»

«Warum nicht?»

«Das weiß ich nicht.»
«Wo wohnt er denn?»
«Außerhalb des Ortes.»
«Morgen fahren wir zu deinem Vater und reden mit ihm. Heute nacht kannst du mit zu mir kommen. Geh hoch und pack deine Zahnbürste und deinen Schlafanzug ein, während ich im Krankenhaus anrufe.» Er hatte noch gar nicht darüber nachgedacht, als er das sagte. Wenn Christian Arzt war, gab es die Privatperson Christian nicht mehr. Vermutlich ist es nur so möglich, sich über das ziellose Auf und Ab seiner Gefühle hinwegzusetzen und etwas zu erreichen, einem Jungen einen Platz zum Schlafen zu verschaffen und sich selbst einen Halt. Plötzlich bekomme ich Lust, das so auszudrücken. Ich kann nicht länger schweigen. Ich bin es müde, Christian zu spielen. Ich weiß nicht, was er dachte. Ich kann nur glauben. Ich glaube. Ich bin seine Schwester, das ist es, was zählt. Ich stehe auf und gehe vom Schreibtisch zum Fenster. Es ist Juni, früh am Morgen, gerade mal halb sechs. Heute nacht hat es heftig geregnet, und jetzt dampften die Erde und das Dach des Fahrradschuppens. Der Dunst hängt zwischen den Blättern der Linde und der Kastanie. Nicht eine Wolke ist am Himmel. Auf dem Gras weißlichgrauer Tau, der Tag heute wird warm. Vielleicht wunderbar. Und während Christian in einem Reihenhaus in Hvium auf den Krankenwagen wartet und später mit dem unwilligen Christian auf dem Rücksitz über winterliche Straßen fährt, steht Ragna in ihrer hellen Küche oben auf dem Brogårdshügel und legt mit raschen Bewegungen die Wäsche zusammen. Ihre beiden kleinen Jungen hat sie zu Bett gebracht. Pauli schläft auf dem Sofa, den Hals nach hinten abgeknickt, den spitzen Adamsapfel der Decke zugewandt. Die alte Frau sieht fern, brummelt und stichelt, während sie die Kette eines Waschbeckens um ihre fette Hand herum- und wieder abwickelt, so schnell, als würde sie Garn aufrollen. Jeden Moment kann Martin in der Tür des Arbeitsraums

stehen. Er ist jetzt erwachsen, man braucht keine Absprachen mehr zu treffen. Er wollte in einer halben Stunde zurück sein, als er vor vier Stunden losfuhr. Ragna lauscht mit halbem Ohr zum Hof hin auf sein Auto, aber sie ist froh um jede Minute, die sie für sich hat. Ihre Mundwinkel sind herabgezogen, sie schlägt Bettbezüge und steife Jeans gegen ihre Schenkel. Ist ein Stapel hoch genug, legt sie ihn in einen großen rechteckigen Bambuskorb, der auf dem Boden steht, und nimmt ein neues Teil vom Wäschestoß. Bleib ruhig weg, Martin, deine Mutter muß nachdenken und eine Niederlage verdauen; sie muß einen Geliebten verwinden. Ich kenne ihn kaum, denkt sie. Wie oft sind wir überhaupt zusammengewesen? Drei-, viermal. Lieber Gott, nicht öfter? «Man soll sich nie über andere Leute den Kopf zerbrechen», sagt sie laut und kneift sich in die schöne Wange. Da hast du's. Sie kneift fester. Und noch einmal, haha. Blöde Ragna, du bekommst, was du verdienst. Im Zimmer der Schwiegermutter wird der Fernseher ausgeschaltet, das monotone Gedudel im Hintergrund verstummt. Eine Sekunde lang ist es auf Brogård ganz still.

«Mit wem redest du?» ruft die Alte mißtrauisch.

«Mit meinem Liebhaber», antwortet Ragna und geht hinüber, gibt der Tür einen Schubs und versucht die Proteste und das Jammern aus dem anderen Zimmer zu überhören. Sie hätte gern ein Glas Wasser. Sie sei bald verdurstet, ruft sie. «Du sollst mich hören können», ruft sie. «Warum hast du die Tür zugemacht? Was, wenn ich sterbe, während du dort drüben bist? Ich will nicht allein sterben.» Der Lärm ist wieder da. Mit einem Glas Wasser in der Hand öffnet Ragna die Tür, geht hinein und stellt es auf die Armlehne des dreibeinigen Stuhls.

«Du stirbst nicht allein», sagt sie. «Ich hole Pauli, wenn es soweit ist. Trink dein Wasser und sieh fern.»

«Du bist herzlos», jammert die Alte. «Wer weiß, ob ich am Morgen aufwache?»

«Nein, oder ob ich das tue.» Ragna ist todmüde. Sie hebt

die Kette auf, die auf der Erde liegt, und legt sie der Alten auf den Schoß, schaltet die hübsche kleine Lampe auf der Fensterbank an und nimmt den Bettüberwurf ab. Ein weiter Weg steht bevor, bis ihre Schwiegermutter im Bett liegt. Die Runde führt zuerst ins Badezimmer, zum Waschen und zu einem unendlich langen Toilettenbesuch, und immer muß die Tür offenbleiben. Nichts fürchtet ihre Schwiegermutter so sehr wie eine geschlossene Tür. Wenn sie auf der Toilette sitzt, ruft sie in regelmäßigen Abständen: «Ragna, wo bist du? Ragna, kannst du mich hören?» Ja, sie kann. Gut.

Während sie im Arbeitsraum wartet, lehnt sie den Kopf gegen die rauhe Isolierung des Heizungskessels. Es gibt Sachen, an die sie nicht denken möchte. Sie kann ihr flatterhaftes Herz genau spüren. Ich kann mir einen Neuen suchen, denkt sie. Das wird nicht schwierig sein. Sie hat überall Bewunderer in unterschiedlichen Stadien der Verehrung, und wenn sie Lust hat, kann sie einen von denen bekommen. Wenn sie Lust verspürt, den Rücken gerade zu halten, kann sie noch immer gefährlich bezaubern. Um den Mund hat sie tiefe Falten bekommen, aber noch kann sie das eine oder andere Herz brechen, wenn sie will. Sie will. Von jetzt an wird es schnell gehen, sagt sie zu sich. Ob die Männer ihr noch in fünf Jahren auf diese Weise nachschauen, die sie elektrisiert und deretwegen sie morgens aufsteht und sich anzieht, ist zweifelhaft. Sie, die immer jung war, ist es bald nicht mehr. Sie faßt nach ihrem Arm, der fühlt sich nicht mehr an wie früher. Wenn sie daran zupft, sieht ihre Haut nicht mehr aus wie früher. «Sehr, sehr bald», flüstert sie. Und es gibt Sachen, an die kann sie gar nicht denken, das hält sie nicht aus. Nimm mich bitte in den Arm, denkt sie voll Angst, denn so denken Frauen. Was ist mit ihr passiert? Welche unsichtbare Hand hat sie auf die Erde hinuntergezogen? Alberne Frage. Sie hat kein Recht, so zu fragen. Niemand hat sie gezogen. Als Vierzehnjährige hat sie an ihrer ersten Tanzveranstaltung teilgenommen und den häßlichsten Typen des ganzen Saals aufgefordert, teils weil sie meinte, damit hätte sie die Chance, daß er nicht nein sagen würde, teils weil sie glaubte, Einsamkeit und Unglück seien eine Begabung. Lange beobachtete sie von ihrem Platz bei den Freundinnen aus den Jungen, der allein an einem Tisch saß, den Kopf halb abgewandt, um zu verbergen, daß eine Seite seines Gesicht durch eine graue Geschwulst deformiert und die linke Augenhöhle leer war. Er wurde Nashorn genannt. Sie forderte ihn auf, und während sie unbeholfen tanzten, betrachtete sie seinen Mund, und plötzlich sehnte sie sich danach, ihn zu küssen, ja sie mußte sich beeilen, dieses mißgebildete Gesicht zu berühren und Farbe und Glut in die grauen Wangen und das schlaffe Augenlid zu küssen; es konnte gar nicht schnell genug gehen.

«Warum stehst du da draußen? Was machst du?»

«Auf dich warten, mein liebes, geliebtes Mistweib.»

«Ja, dann komm doch. Ich bin schon lange fertig.»

Eine halbe Stunde später sitzt die fette alte Frau endlich in ihrem Bett, fertig gepupst und im sauberen Nachthemd, vorn zum Binden. Der Fernseher läuft wieder. Mit der einen Hand zieht sie behutsam die Nachttischschublade auf und nimmt ein Gefäß mit dunklem Heidehonig und einen Kinderlöffel heraus, der ihr seit ihrer Taufe gehört. O, dieses klebrige Einbalsamieren der zahnlosen Kiefer, wenn die Prothesen herausgenommen und für die Nacht schamvoll in einem Wasserglas untergebracht sind. Sie steckt den Honiglöffel in den Mund und gleitet mit der Zunge an der Vorder- und Rückseite ihrer Kiefer entlang. Ein Schelm, diese Zunge, die gelangt hierhin und dorthin, eine Wegschnecke zwischen den Ampferpflanzen in dem großen Garten, der einmal ihr gehört hat. Auf ihrem Gesicht wechselt der Widerschein des Fernsehers. Sie beugt sich über das in der Sonne glitzernde Wasser des Teichs und antwortet freundlich einer rufenden Unke. Vollkommen glücklich ist sie, weil sie weiß, daß sie das zauberhafte Innere des Verdecks ihres

Kinderwagens sehen wird, wenn sie den Kopf dreht. Weiße Blüten auf blauem Grund. Mit dem Honiglöffel im Mund schläft sie mit offenen Augen, die fette Alte, und morgen wird sie verbittert aufwachen, sich mühselig zwischen den Kissen aufrichten, zeternd nach Ragna rufen, von Sodbrennen heimgesucht, und fluchen, weil der Tod sie nicht einfach an jenem gesegneten Abend mitgenommen hat, als sie vergaß, daß sie sterben muß.

Inzwischen ist Ragna am Küchentisch stehengeblieben und hat das Küchenfenster aufgestoßen, um die Erinnerung an das Rumoren im Bauch der Alten loszuwerden. Die hohen Bäume im Garten rauschen. Das Licht der Fenster reicht nicht weit auf den Rasen, aber um diese Jahreszeit, solange die Bäume kahl sind, kann man sehen, wenn Autoscheinwerfer unten auf der Landstraße von oder nach Hvium vorbeikommen, und wenn sie abbiegen, kann man sie auf dem Schotterweg bis nach Brogård hinauf verfolgen. Wie oft ist Pauli, nachdem Martin den Führerschein bekommen hatte, nicht an diesem Fenster vorbeigetigert, von vorn besorgt, von hinten wütend. «Das ist so, wenn man seine Kinder liebt», teilt sein vorwurfsvoller Rücken Ragna mit, die ihrerseits lautlos lacht.

Ragna wendet sich wieder der Wäsche zu. Da gibt es noch genug zu tun. Jeden Tag werden auf Brogård zwei bis drei Maschinenfüllungen gewaschen, und das, obwohl die Kleider der Alten zum Lüften einfach hinausgehängt werden. Aber jetzt arbeitet sie langsamer, und die Jeans knallen beim Ausschlagen nicht mehr. «Ich bin krank vor Liebe», flüstert sie. Sie ist geschlagen. Sie will keine anderen Männer. Sie sieht Christian vor sich, wie er in der Fußgängerzone von Viborg steht und auf sie wartet, ein bißchen lächelnd, strahlend. Sie ist dabei, zu prüfen und sich zu verlieben, erfüllt, reich und glücklich. Laß uns diese zwei Minuten wieder und wieder und wieder erleben, denn solange sie sie durchlebte, wußte sie nicht, wie vollkommen sie waren, wie unberührt von Menschenhand. Ich bin krank, denkt sie und legt den Kopf auf die Stapel. Träge Flundern mit silbergrauen Schuppen gleiten suchend durch den Unterwasserwald. Nicht Christian, nicht Pauli, weder die Schwiegermutter noch Martin oder ihre kleinen Jungen will sie loswerden, sondern sich, dieses falsche Pubertätsmädchen. Nimm mich in den Arm, denkt sie mit geschlossenen Augen, reich mir das Küchenmesser oder einen Vertrag für ein glückliches Leben, dessen einzige Klausel besagt, daß ich mich für jedes einzelne Jahr, das vergangen ist, bedanken kann.

Ein Auto fährt auf den Hof, der Motor wird ausgeschaltet, erst viel später kommt Martin herein und lehnt sich schweigend an den Türrahmen. Sie hebt ein Lid und schließt es schleunigst wieder. Genauso, wie wenn einer von den Kleinen losbrüllt und sie nicht gleich reagiert, weil sie hören will, ob sich das Unglück von allein wieder gibt, so wartet sie jetzt, daß dieser Mensch von allein wieder verschwindet.

«Wach auf, Ragna», nuschelt Martin, die Nase voll von getrocknetem Blut.

«Was ist passiert?» Sie ist mit einem solchen Ruck wach, daß alle Fische in den Ritzen zwischen den Steinen verschwinden. Unter Wasser ist immer Leben. «Mit wem hast du dich geprügelt?»

«Mit Søren.» Willig läßt er sich zu einem Stuhl führen, und Ragna greift nach der Deckenlampe und hält sie so, daß ihr Licht auf sein Gesicht fällt, das blutverschmiert und geschwollen ist. Er schließt die Augen, weil es so weh tut.

«Wer ist Søren?»

Aber sie weiß es genau. Mannes Typ.

«Wir müssen zur Notfallambulanz.» Sie steht auf. «Komm», sagt sie eindringlich. «Beeil dich!» und weiß kaum, ob sie das zu sich sagt oder zu Martin.

Dritter Teil

22

Am nächsten Tag fuhr Christian nach der Sprechstunde zu den Reihenhäusern hinaus, wo der Junge seit Schulschluß auf ihn wartete. Er hatte seine Sachen in zwei Plastiktüten gepackt und stand unbeweglich auf dem Flur, die Schultasche auf dem Rücken, die Hand am Treppengeländer. Nach allem, was Christian von ihm wußte, konnte er seit Stunden so dastehen.

«Jetzt mußt du mir den Weg zu deinem Vater zeigen», sagte er, hob die beiden zum Platzen vollen Tüten auf, ging vor ihm zum Auto und legte sie in den Kofferraum. Um seinem ausdruckslosen Gesicht zu entgehen, würde er, immer wenn er mit dem Jungen zusammen war, einen Schritt vor ihm sein. Es war ein schöner Tag im Januar, der Himmel grau verschleiert und die Äcker, deren schwarzer Lehmboden sich nach dem Pflügen scharf abzeichnete, schwer von Nässe. Die Stille im Auto war drückend, sie sprachen so gut wie gar nicht miteinander, nur wenn sie abbiegen mußten. Am Vormittag hatte Christian versucht, sich zum Vater durchzufragen, aber er stand weder im Telefonbuch, noch war er über die Auskunft herauszufinden. Er wußte nichts als seinen Namen, Lynge Boisen, und daß er im Wald arbeitete und daß es unerläßlich war, ihn zu finden. Unerläßlich, ja: absolut unerläßlich.

Sie fuhren nach Osten, ins Landesinnere, wo die Straßen schmaler wurden und die Distanz zwischen den Häusern größer. Wälder und Felder wechselten sich ab. Dann bog die Straße scharf nach links, und sie fuhren kilometerlang parallel zu einer Weißdornhecke. Schließlich endete die Straße nach einer Kurve auf einem matschigen, ausgefahrenen Platz vor einem roten reetgedeckten Haus am Rand eines weiteren Waldes.

«Wohnt dein Vater hier?» fragte Christian.

«Nein, ich glaube, wir müssen noch weiter...»

Der Junge klang verwirrt, Christian hatte zwischen den Stämmen auf der anderen Seite des Hauses aber einen schmalen Feldweg entdeckt. «Einfahrt verboten», hieß es auf einem Schild. Es war erst halb vier, er hatte die Patienten so gelegt gehabt, daß er ausnahmsweise anderthalb Stunden früher gehen konnte; noch eine Stunde würde es hell sein. Der Weg führte durch kahlen Laubwald aus niedrigem Eichenbestand und an steilen, von Heide und Spinnweben bedeckten Hängen entlang. Unter dem Wagenboden rumpelte das Mittelstück des Wegs. Hin und wieder gerieten sie in so große Pfützen, daß es unter den Kotflügeln aufspritzte.

«Bist du sicher, daß wir hier richtig sind?»

«Mm», antwortete der Junge so zögernd, daß man es gleichermaßen als ja oder nein deuten konnte, Christian ging der Sache nicht weiter nach. Auf keinen Fall waren sie bisher irgendwo vorbeigekommen, wo sie hätten wenden können. Nach etlichen Kilometern im Schneckentempo öffnete sich die Landschaft wieder, und jetzt befanden sie sich hoch oben. Unter ihnen erstreckte sich ein weites Tal, und ein großer grauer See blinkte weithin. Der Weg teilte sich.

«Müssen wir hier hinunter?» Christian schaute fragend in den Rückspiegel und sah, wie der Junge langsam nickte. Er fuhr bergab, und nach wenigen Minuten hielten sie vor einem kleinen gelbgekalkten reetgedeckten Haus mit zwei Wirtschaftsgebäuden. Hier war der Weg zu Ende. Christian stieg aus und sog die klare kalte Luft ein. Auf den ersten Blick wirkte es idyllisch. Dem Haus gegenüber in Richtung einer großen Wiese lagen ein paar zugewachsene Fischteiche, deren Wasser völlig unbewegt war. Auf dem Hof stand ein Traktor mit schrägem Dach. Er öffnete die Tür zum Rücksitz: «Kommst du?»

Aber es war ganz bestimmt niemand zu Hause. Christian klopfte an der Haustür, ohne daß jemand aufmachte, und anschließend versuchte er es bei den Wirtschaftsgebäuden. In einem war der Boden als Auslauf für die Goldfasane aufgerissen. Das zweite war vollgestopft mit Möbeln. Tische, Kommoden, Stühle und eine hellbraune Ledergarnitur waren übereinandergetürmt. Christian stand in der Tür und schnupperte. Alles stank nach Urin. Er schloß die Tür und wäre beinahe über einen Arbeitsstiefel auf dem Pflaster gefallen. Er hob ihn auf, um ihn zu dem Gegenstück zu stellen, fand freilich keins. Ein verblüffend kleiner Stiefel für einen Mann. Er sah sich die Sohle genau an: Größe vierzig. Auf dem Hof war es vollkommen still. Der Junge stand wie eine Salzsäule neben der geöffneten Autotür. Irgend etwas stimmte nicht. Christian überlegte einen Augenblick, dann kam er zum Auto zurück.

«Ich glaube nicht, daß du hierbleiben kannst», sagte er leichthin. «Dein Vater ist nicht zu Hause, und außerdem bist du näher bei der Schule, wenn du wieder mit zu mir kommst.»

Der Junge nickte bloß. Woran dachte er? Christian konnte sich nicht überwinden, ihn zu fragen. Er stieg ein und startete den Motor.

Bevor sie nach Hvium kamen, hielten sie an einer Haltebucht oberhalb des Fjords. Christian öffnete das Handschuhfach und holte ein Stück Schokolade heraus. «Laß uns ein bißchen aussteigen», sagte er.

«Warum denn?»

«Laß uns ein bißchen reden und die Aussicht genießen.»

Der Sicherheitsgurt schnappte auf, und widerwillig wurde die Tür geöffnet. Vor dem Auto trafen sie sich. Christian reichte ihm die Schokolade.

«Nimm dir, soviel du willst», sagte er. Kurz darauf fragte er: «Hast du je überlegt, wie schön es hier ist?» Er zeigte hinüber auf die andere Seite des Fjords, zu den schlanken Türmen der Windkraftanlage. Blendend, wie ein geputzter Giebel unter Gewitterwolken.

«Es gibt da etwas, worüber wir reden müssen...», fing er an. Ja, so war es. Deine Mutter ist krank... Aber er brachte es kaum über sich.

* * *

Am Abend, als Christian erschöpft oben in einem der Gästezimmer schlief und er selbst gedankenleer in seiner dunklen Küche stand und die Stirn an die Fensterscheibe lehnte, hörte er ein schwaches Klicken auf der Treppe vor der Haustür, wie von einem Schlüssel, der in einem Schloß umgedreht wurde. Mit einem Ruck richtete Christian sich auf. Als erstes fiel ihm Nina ein. Daß sie nach einer Nacht in der Stadt zurückgekommen war. Als ob sie wüßte, daß er sie jetzt brauchte. Die Gedanken schossen ihm durch den Kopf. Lauf die Treppe hinauf, hier ist unser Zuhause, hier ist ein Junge, der schläft, Nina, hier bin ich. Gleichzeitig wurde ihm schlagartig bewußt, daß Nina ihre Schlüssel an dem Tag, an dem sie ausgezogen war, abgegeben hatte. Zwei Stück, sie hatten in der Schale auf der Fensterbank gelegen, so neu und glänzend, daß sie die Sonne am nächsten Tag eingefangen hatten und auch die am Tag darauf. Es war wohl einfach eines dieser Geräusche des Hauses, das ihm einen Streich spielte. Für einen Augenblick war er tief enttäuscht, nicht weil Nina nicht kam, sondern weil er sich langweilte und geglaubt hatte, jetzt würde endlich etwas passieren. Aber im nächsten Moment öffnete sich die Tür lautlos. Er spürte es wie einen Sog vom Flur her, als einen kalten Luftzug um die Füße. Jemand schlich sich herein, und die Tür schloß sich geräuschlos. Das alles geschah so leise, wenn er sich im Wohnzimmer aufgehalten hätte oder nur weniger aufmerksam gewesen wäre, würde er es nicht bemerkt haben. Er hörte Geräusche vom Flur und Schritte, nicht die Ninas. Sie ging anders. Nina tappte nicht so unsicher, sie kannte ja das Haus. Der Betreffende ging zwei Schritte, zögerte und machte einen weiteren Schritt. Dann streifte etwas den Flurschrank, hastiges Atmen, das verstummte. Eine lange Pause entstand. Dann setzten die Atemzüge wieder ein.

Christian reckte sich, und seine Hand fand im Dunkeln den Sicherungskasten an der Wand. Das war ein loser Metallkasten mit scharfen Kanten, der sich ohne weiteres abhängen ließ. Ohne ein Geräusch zu machen, nahm er ihn ab. Er war schwerer, als er vermutet hatte.

«Wer ist da?» fragte er eisig. Ein Keuchen war zu hören, und die Schritte in der Diele hielten inne. Es wurde still. Christian wartete einen Moment. Dann schaltete er die Küchenlampe an, und in der Fortsetzung der Bewegung stieß er die Tür zum Flur weit auf. Das Licht ergoß sich keilförmig auf den Fußboden des Flurs und zeigte die Kommode, den Spiegel, die Reihe der Garderobenhaken und im Schatten bei der Treppe die Silhouette einer großen Gestalt mit einem länglichen, schmalen, fast kahlen Kopf.

* * *

«Was willst du?»
Zwei weiße Augen schauten ihn an. Christian dachte nicht. Mit seinem Körper maß er den Abstand durch den Raum bis zur Eingangstür, wo sich der Lichtschalter befand. Die spitze Ecke des Sicherungskastens bohrte sich in seine Handfläche. Plötzlich nahm er Anlauf und spurtete auf den Fremden zu, der einen gellenden verstörten Schrei ausstieß. Sie stießen zusammen, und er ließ den Kasten fallen und stürzte und zog im Fallen den anderen mit sich. Er spürte einen zarten Körper gegen seinen. Der andere kämpfte, um nicht auch zu fallen. Er spürte kleine Brüste an seiner Wange. «Laß mich, laß mich», rief eine dünne, verzweifelte Mädchenstimme, und ihm war

augenblicklich klar, daß er die schon gehört hatte. Er ließ los und fiel auf die Knie, aber sofort war er wieder auf den Beinen und am Schalter. Er drückte darauf. Vor ihm stand das Mädchen, das er im Wald aufgelesen hatte, blaß und mit einem einen Tag alten blauen Auge, das Haar hatte sie straff zu einem Pferdeschwanz zurückgebunden. Beide schnappten sie nach Luft. Aus einem erschrockenen Auge in einem dunkelblauen Viertel ihres Gesichts starrte sie ihn an. Er starrte zurück. Es fiel ihm schwer zu begreifen, was passiert war. Und da wurde auch schon die Tür zu Christians Zimmer geöffnet. Das Licht auf dem Flur oben ging an.

«Was war das für ein Geräusch?» fragte eine ängstliche Stimme.

«Das war nichts», antwortete Christian, ohne einen Blick von dem Mädchen zu wenden. «Ich bin im Dunkeln gestolpert. Geh nur wieder ins Bett.»

«Ja aber was war das?»

«Nichts», wiederholte Christian. «Soll ich kommen und dich zudecken?»

«Nein danke.»

«Dann geh nur wieder zu Bett. Ich komme auch bald hoch.»

Der Junge antwortete nicht, und gleich darauf wurde die Tür dort oben geschlossen. Christian konnte die Schritte über den Fußboden des Zimmers hören und bald hinterher das Knarren des Betts.

«Du heißt Manne oder so ähnlich?»

Sie nickte und krümmte sich unter seinem Blick.

«Woher hast du die Schlüssel?» fragte er leise.

«Ich mache bei Ihnen sauber», schluchzte sie. Sie war kurz vorm Zusammenbrechen. Er zog sie in die Küche und ließ sie sich auf einen Stuhl setzen.

«Warum kommst du auf diese Weise herein?» fragte er und schloß die Tür zum Flur, damit Christian ihre Stimmen nicht hören konnte.

«Ich dachte nicht, daß jemand zu Hause ist.»
«So aufzukreuzen ist nicht sonderlich clever.»
«Entschuldigung.»
Christian starrte sie an, aber sie wollte ihn nicht anschauen. Wut und Erleichterung durchzuckten ihn.

«Du hast mich erschreckt. Warum hast du nicht einfach gesagt, wer du bist? Das hätte sehr viel übler ausgehen können.»

«Ich wußte nicht, daß jemand zu Hause ist», wiederholte sie und fuhr sich mit der Zunge über die Lippen, sie hatte eine blauschwarze Wunde am Mund. Schon blutete sie wieder.

«Du mußt schon entschuldigen», sagte er, «nur muß ich erst wieder zu mir kommen.»

Sie nickte, was er lachhaft fand. Nicht sie sollte ihm die Erlaubnis zu irgend etwas geben, sollte keine Entschuldigungen austeilen, ehe er nicht wußte, worauf sie aus war. Er holte sich ein Glas Wasser und trank in großen Schlucken.

«Willst du auch etwas haben?»

«Danke, gern.»

Er drehte sich um und entdeckte, daß sie ihn anschaute, als würde sie ihm vertrauen. Vielleicht hatte sie keine anderen Möglichkeiten. Oder was war mit ihr los? Er reichte ihr ein Glas Wasser, und sie nippte daran. Mit einem Mal begann sie heftig zu frieren. Das Wasser schwappte über, und sie stellte das Glas zähneklappernd auf den Tisch. Er holte ihr eine Decke, und sie wickelte sich darin ein und zitterte am ganzen Körper.

«Der Abend war schlimm, wie?» sagte er. Er war jetzt ruhig. Wie ein Arzt auf dem Land eben, dachte er, man muß von allem ein bißchen verstehen. Auf der Fensterbank stand eine dicke Kerze, umgeben von ausgelaufenem Stearin. Er holte Streichhölzer vom Regal bei der Dunstabzugshaube und zündete sie an.

«Wer hat dich geschlagen?» fragte er und wedelte die Flamme aus. In der schwarzen Scheibe spiegelten sich ihre

Gesichter messerscharf, und dahinter wälzte sich das Spiegelbild des Raums auf sie zu. Manne hob eine Hand, und ohne sich besonders weit umzudrehen, machte sie die Deckenlampe aus. Es wunderte ihn, daß sie das tat, ohne ihn vorher zu fragen. Sie wirkte so schüchtern. Aber vielleicht war sie das nicht, wenn es darauf ankam? Irgendwo in ihr gab es vielleicht eine Sicherheit, die im Halbdunkel der Diskotheken zum Vorschein trat, wenn sie sich mit verschwitztem Gesicht einen Weg zur Bar bahnte. Vergiß nicht, daß du nicht weißt, wer sie ist, erinnerte er sich selbst. Er sah sie vor sich bei einer Rave Party, mit verklärtem Blick und verschwitztem Rücken in einem engsitzenden ausgeschnittenen Top, er sah, wie sie sich einen Weg durchs Gedränge zur Bar bahnte, um noch etwas zu trinken zu holen. Mehr Cola für diesen unbestreitbar begehrlichen Körper. Plötzlich erinnerte er sich an den kurzen Moment, als er sie auf Brogård gesehen hatte, wo sie halbwegs auf Martins Schoß gesessen und ihr langes Haar über sein Gesicht hatte fegen lassen.

Die Flamme flackerte unruhig, und Manne lehnte sich mit dem Kopf gegen die Wand.

«Du bist bei Nacht und Nebel hier eingedrungen», sagte er. «Das mußt du mir schon erklären.»

Sie zögerte und schlug die Augen nieder.

«Warum bist du gekommen?»

«Ich weiß es nicht.»

«Dann werde ich es dir erzählen», sagte er. «Du bist gekommen, weil du um Hilfe bitten wolltest. Du wolltest mit jemandem reden. Mit mir. Stimmt das nicht?»

«Ich weiß nichts», flüsterte sie.

«Doch, das tust du wohl. Du weißt alles und ich auch. Ich will dir helfen. Du mußt mir nur zuerst ein paar Sachen erzählen. Sonst kann ich nicht.»

Es wurde eine lange Pause.

«Wer hat dich geschlagen?» wiederholte Christian.

«Mein Typ.» Sie schaute zur Decke, ihre Augen glänzten,

als ob sie unendlich müde wäre oder kurz davor, in Tränen auszubrechen. Du möchtest gern weinen, dachte Christian, und am liebsten bei mir. Er schaute sie unentwegt an. Plötzlich hatte er einen unerwarteten Einfall.

«Das ist nicht das erste Mal, oder?» fragte er, ohne eine Miene zu verziehen. «Er hat dich früher schon geschlagen, oder?»

«Woher wissen Sie das?» fragte sie dermaßen verwundert, daß er sich beinahe genauso fühlte wie früher einmal bei uns zu Hause, als die Mädchen klein waren, da sollte er den Weihnachtsmann spielen, und sie waren ihm entgegengelaufen, und wenige Meter vor ihm waren sie unversehens stehengeblieben, weil ihre Bewunderung zu groß war.

«In letzter Zeit», sagte er, «ist es öfter vorgekommen, daß das Telefon geklingelt hat, ohne das jemand etwas gesagt hat. Oft konnten zehn Minuten, ja eine Viertelstunde so vergehen. Ich glaube, daß jemand etwas von mir wollte, sich aus irgendeinem Grund jedoch nicht durchringen konnte.»

«Warum sagen Sie das?» flüsterte sie mit steifen Lippen.

«Weil ich glaube, daß du es warst.»

* * *

Er ging auf und ab und faßte Besonderheiten und Geschehnisse zusammen, die er nicht hatte einordnen können. Türen, die offen waren, die an sich hätten abgeschlossen sein müssen, Anrufe, ja sogar der Glücksstroll mit dem Gedicht. Sie hatte freien Zugang zu seinem Haus gehabt. Grübelnd warf er ihr einen Blick zu und sah sie vor sich, an Tagen, an denen sie die Schule schwänzte, mit seinen Kopfhörern auf dem Fußboden im Wohnzimmer liegend, bekleidet mit seinen alten Pullovern, sah sie den Arm heben und an der Achselhöhle schnuppern, sah sie die Arme um sich schlingen und über den Fußboden rollen, ehe sie in sein Arbeitszimmer huschte und Schubladen öffnete und seinen nicht abgeschickten Haß und sein Selbstmitleid hervorzog oder oben in seinem Badezimmer, wo sie den Schrank öffnete und an seinem Aftershave schnupperte und nach Kondomen suchte, die sie nicht finden konnte. Er warf ihr einen Blick zu. Sie hatte keine Ahnung, was in ihm vorging. Hingegen war er sich darüber im klaren, daß er dabei war abzuschweifen; wenn er da weitermachen würde, könnte das nur schiefgehen. Er ging zur Toilette unten auf dem Flur. Der Wind rumorte im Luftabzugsschacht; er war plötzlich aufgefrischt. Sie braucht Hilfe, schärfte er sich ein. Er betrachtete sich in dem etwas zu hoch hängenden Spiegel. Die Augen strahlten, jede Pupille war durch die Wandleuchte über dem Waschbecken ersetzt.

Als er in die Küche zurückkam, kochte er Kaffee und schmierte für sie beide Brote. Sie biß einmal ab und verzog ihren langen Mund, so daß die Lippe wieder zu bluten anfing.

«Magst du keinen Käse?» fragte Christian.

«Ich kann nichts essen.»

Etwas später sagte sie: «Sind Sie sauer auf mich?»

«Nein, im Grunde bin ich nur erleichtert, endlich zu wissen, wer es war», sagte er. Er aß sein Brot, und sie saß ihm unterdessen sehr still gegenüber und zupfte an ihrem Pferdeschwanz und schielte vorsichtig zu ihm hinüber.

«Aber jetzt kannst du ja etwas dagegen unternehmen», sagte er schließlich, als die Stille eine Weile angedauert hatte. Sie schaute ihn verblüfft an und fing einen Bluttropfen auf, der zum Kinn hinunterlief.

«Was meinen Sie damit?»

«Ich meine natürlich, daß du ihn anzeigen sollst.»

In ihrem Gesicht zuckte es. «Nein», sagte sie dann.

«Warum nicht?»

«Weil ich selbst dran schuld bin.»

«Was soll das heißen?» fragte Christian streng.

«Manches Mal bin ich so, wie ich nicht sein soll.»

«Das geht allen Menschen so.»

«Ja, aber nicht so wie ich.»

«Bist du dann so wie niemand sonst?»

«Ja.»

«Übst du schwarze Magie aus?»

«Natürlich nicht», antwortete sie unwirsch.

«Nein, natürlich nicht. Du bist ein Mensch, mehr hatte ich damit nicht sagen wollen.»

Sie schwieg.

«Warum glaubst du, du hättest es verdient, so behandelt zu werden?»

«Weil.»

«Warum?»

«Weil ich flirte», kam es lahm.

«Das tun die meisten.»

Jetzt konnte sie nicht anders, sondern mußte lächeln, und er lächelte aufmunternd zurück.

«Du darfst flirten», sagte er. «Aber niemand darf dich verhauen. Jetzt hast du deine Chance, ihn anzuzeigen. Bring das hinter dich. Du hast den ersten Schritt getan. Du bist hierhergekommen. Jetzt ist der nächste leicht.»

«Ich will darüber nachdenken.»

«Das ist keine gute Idee.»

«Wie meinen Sie das?»

«Wenn du jetzt zurückziehst, schaffst du es nicht. Bestimmt ist er total zerknirscht. Da nimmst du ihn in Gnaden wieder auf. Und bald geht das Ganze von vorn los.»

«Woher wissen Sie das?»

«Weil ich ein alter Knacker bin.»

Sie schwieg. Sie glaubte ihm nicht, wollte ihm freilich nicht widersprechen, er kannte sie in- und auswendig, diesen heimatlosen Typ, diese Mädchen, die es zum Licht zieht, zum Licht im Haus eines Mannes, in einer Telefonzelle, zum hellen Ton einer warmen oder zerknirschten Stimme. Er stand auf und sah aus dem Fenster auf den gefliesten Hof, auf dem der stürmische Wind leere Blumentöpfe herumrollte. Wie ist es, auf der Straße unterwegs zu sein, wenn das Wetter gegen die Menschen ist?

«Du mußt weiter», sagte er. «Sonst wirst du zu einer dieser tragischen Gestalten, die ihr Leben an so einen Penner verschwenden. So eine von denen, die mit fünfundvierzig in der Ambulanz auftauchen, die Zähne in einer Tasse Wasser und mit blutigen Fetzen im Mund.» Er schnitt eine Grimasse. «Und jammern: Ja, aber ich liebe ihn doch! Willst du so eine werden? Willst du, daß dir aller Wille und alle Selbstachtung aus dem Leib gerupft werden? Denn das geht ganz leicht, das kannst du mir glauben.»

Es schüttelte sie unter der Decke vor Widerwillen.

«Glaubst du mir nicht?» fuhr er mit schneidender Stimme fort. «Glaubst du, dir wird das nicht passieren? Genau so wird es kommen, wenn du bei ihm bleibst. Und die Jahre vergehen so rasch.» Er schnipste mit den Fingern. «Du hast nur ein Leben.»

«Kann Ihnen das nicht egal sein?»

«Doch, wenn du es mir sagst. Nur kommt es mir vor, als würdest du mich um das Gegenteil bitten.»

Sie sah ihn verständnislos an, aber er hatte keine Lust, das zu vertiefen. «Du sollst deine Augen aufmachen», sagte er nur.

Eine kleine Pause entstand. Plötzlich stöhnte sie und riß mit einer heftigen Bewegung ein Kissen vor ihr Gesicht.

«Was ist?»

«Sie sind der einzige Mensch hier auf Erden, der mir helfen kann», klagte sie hinter dem Kissen.

«Du bist diejenige, die sich selbst helfen kann», korrigierte er. «Und das verlangt harte Arbeit. Ich will dich gern darin unterstützen.»

Sie ließ das Kissen sinken. Unter der Decke konnte er ihre schmächtigen Knie ahnen, die sie hochgezogen hatte. Er schaute auf seine Uhr; es war fünf Minuten nach zwölf, er war hellwach.

«Du kannst heute nacht hier schlafen», sagte er, «drinnen auf dem Sofa. Ich hole dir eine Decke und ein Kopfkissen.»

«Ich kann einfach unter der Decke hier schlafen.»

Als er aufstand und umherging, folgte ihm ihr Blick. Er stellte Tassen und Teller ins Spülbecken und spülte sie ab, stellte die Milch in den Kühlschrank und wischte den Tisch ab. Er verschwand im Wohnzimmer und richtete die Couch für sie her und glaubte, sie würde in der Küche sitzenbleiben und warten, aber als er fertig war und sich aufrichtete, stand sie direkt hinter ihm, sie hatte etwas Unbekanntes an sich. Da war das gefährliche, begehrliche Mädchen, nach dem er Ausschau gehalten hatte. Er trat einen Schritt zurück und stieß mit den Kniekehlen gegen die Kante des Sofas.

«Deshalb bin ich gar nicht gekommen», sagte sie.

Etwas flog durch ihn. «Warum dann?»

«Ich will gern etwas sagen.»

* * *

«Vor Ihnen war hier ein Arzt, Sander ...», begann sie. Sie hatten sich hingesetzt, sie aufs Sofa, er auf einen Stuhl am anderen Ende des Tischs. Den Wind hörten sie jetzt, wo sie sich im Wohnzimmer aufhielten, nicht mehr, denn das war nach Süden ausgerichtet und lag im Windschatten des Waldes.

«Das weiß ich.»

Sie warf ihm einen Blick zu.

«Er war ein Schwein!»

Er sagte nichts. Eine kleine Pause entstand, als ob sie auf die Aufforderung wartete fortzufahren, als jedoch nichts kam, zwang sie sich weiterzusprechen.

«Hier hatten alle Angst vor ihm. Er hatte keine Lust, Krankenbesuche zu machen, aber wenn Katzen erschossen werden sollten, kam er immer sofort. Sein Revolver lag stets im Handschuhfach.» Sie redete so hektisch, daß die Worte nahezu übereinanderstolperten. «Und außerdem schimpfte er die Patienten aus. ‹Geh heim und sitz hier nicht rum und jammer›», äffte sie ihn mit tiefer Stimme nach. «‹Dir fehlt nichts.› Er haßte Leute mit schlechten Nerven. Ich mußte meine Großmutter immer begleiten, weil er sie sonst zum Heulen brachte.»

«Warum ging sie denn nicht zu Køpp?»

Manne zog ein Gesicht, als ob Christian etwas hoffnungslos Dummes gesagt hätte.

«Wir sind hier auf dem Land», sagte sie belehrend.

«Und was heißt das?»

«Daß der Doktor so ist, wie der Doktor ist.»

«Warum bist du bei ihm gewesen?»

«Woher wissen Sie, daß ich bei ihm war?»

«Damit rechne ich.»

Sie warf ihm einen raschen Blick zu, er konnte nicht ausmachen, ob ihre Augen wütend blickten oder schlau. «Das haben wir in meiner Klasse alle gemacht, also alle Mädchen.»

«Nanu?»

«Bei Prävention war er klasse», sagte sie schrill. «Seit ich fünfzehn war, hat er mir die Pille verschrieben, und dann hat er sich an mir vergriffen.»

Wo hast du dieses Wort gelernt? wollte Christian sie gerade fragen. Ein mächtiger Widerwille schoß in ihm hoch. Zeigt euch, ihr Katzentöter, und bildet einen Ring um alle, die nach Mitleid rufen. Schau mich an, rufen die aus langen, wilden Reihen, in denen sie sich angestellt haben, daß der Staub einen Meter hoch über der Erde steht, dann werden wir dich bewundern und dir Vertrauen schenken. Genau, dachte Christian, und inmitten der Staubwolke spielen wir ein höfliches Spiel von Mitmenschlichkeit, und wir husten erstickt und halten manierlich die Hand vor den Mund. In Wirklichkeit, dachte er, werde ich vorgeführt und manipuliert, ich bin ihnen gleichgültig, Hauptsache, ich gebe ihnen, worauf sie aus sind. Und was soll ich jetzt geben? Leer starrte er Manne an. Sie blinzelte.

«Glauben Sie mir nicht?»

«Doch.» Er stand auf und ging zum Fenster. Die Vorhänge waren nicht zugezogen. Er schaute hinaus in den vom Wind gebeutelten Garten. Wie dunkel es auch war, am Himmel war es immer etwas heller, bewegten sich Wolken. Was auch immer, eine Frage von glauben war es nicht. Ich bin kein Seelendoktor, dachte er. Ich kann die Wirklichkeit nicht interpretieren und beugen. Er lehnte den Kopf gegen die Scheibe. Die war so kalt, daß es seine Stirn wie ein Blitz durchzuckte.

«Du hast zwei Möglichkeiten», sagte er und richtete sich auf. «Du kannst ihn bei der Polizei anzeigen. Oder du kannst es sein lassen.»

«Ich?» Er sah, wie alle Erwartung aus ihr wich. Sie sank einfach auf dem Sofa zusammen. Nur war da nichts zu machen.

«Ich bin Arzt», fuhr er mit seiner Erklärung fort. «Kein Ermittler. Gleichgültig, wie gern ich es tun würde, bist du doch die einzige, die damit fortfahren kann.» Sie zog die Mundwinkel nach unten und zupfte einen Fussel von der Decke, in die sie noch immer gehüllt war. «Und wenn du es tust», fuhr er nach kurzem Bedenken fort, «mußt du vorbereitet sein auf das, was dich erwartet. Vielleicht mußt du dich untersuchen lassen – du mußt vor Gericht erscheinen und eine detaillierte Erklärung abgeben. Vielleicht wird man dir nicht glauben, so wie ich dir geglaubt habe.»

Sie schloß die Augen und zog sich von ihm zurück.

«Ich sage das alles nicht, um dich zu erschrecken», sagte er eindringlich. «Aber du mußt dir das gut überlegen, denn das ist etwas, das viel Kraft kosten wird, und ich weiß nicht, ob du die hast.»

Christian redete noch eine Weile mit ihr. Er stellte in Frage, ob man etwas reparieren konnte, indem man alte

Wunden in so unsanfter Weise erneut aufriß, und bot an, ihr psychologische Unterstützung zu besorgen, so schnell wie irgend möglich. Aber was er auch sagte, sie machte die Augen nicht auf. Am Ende gab er auf. «Du mußt müde sein», sagte er. «Schlaf nun darüber. Bis morgen.» Er stand auf und öffnete ein Fenster einen Spaltbreit, und inzwischen legte sie sich hin und zog die Decke bis zur Nasenspitze.

«Gute Nacht», sagte er.

«Gute Nacht», antwortete sie leise. «Und danke.»

23

Gegen Morgen flaute der Wind ab. Christian wachte um halb sieben auf und ging ins Badezimmer. Auf dem Weg zurück sah er, daß die Tür zu Christians Zimmer angelehnt war. Er stieß sie auf. Das Zimmer war leer. Das Fenster war geschlossen, die Scheibe beschlagen, und die Bettdecke lag zusammengeknüllt am Fußende. Der Junge hatte die Heizung hochgedreht, und die Luft war heiß und stickig. Christian stellte den Radiator ab, stieß das Fenster auf und ging nach unten. Dort fand er Christian in Unterwäsche im Sessel sitzend. Er betrachtete Manne, die auf der Seite lag und schlief, die Lippen zusammengepreßt, ein Arm hing über die Sofakante, so daß der Handrücken auf dem Fußboden ruhte. Im Laufe der Nacht hatten sich die Blutergüsse in ihrem Gesicht bräunlich verfärbt.

«Ihr geht es nicht besonders gut», sagte Christian. «Sie darf einfach schlafen. Komm, wir gehen rüber und frühstücken.»

Als sie kurz nach halb acht gingen, schlief sie immer noch. Christian legte einen Zettel auf den Küchentisch, sie sollte zum Frühstück nehmen, was sie haben wollte, und wenn sie ginge, möchte sie die Tür hinter sich abschließen.

Er schlug ihr vor, zu ihm in die freie Sprechstunde zu kommen oder ihn anzurufen. Er würde bis vier Uhr in der Praxis sein, schrieb er. Darauf nahm er seine Tasche und die beiden Tüten mit der Wäsche, hielt Christian die Tür auf, ging hinaus und startete den Wagen. Auf der Fahrt in die Stadt saß der Junge auf dem Rücksitz und schlief. Ab und zu schaute er nach ihm, wenn er in den Rückspiegel sah – die glatten zarten Augenlider und die Wimpern in dem flachen Gesicht. Er setzte ihn bei der Schule ab und sah ihn zögernd auf die Treppe zugehen, wo ihn ein paar Jungen umkreisten. Er fuhr weiter zum Parkplatz des Supermarktes, Køpps Auto stand bereits dort, und nahm die Wäsche aus dem Kofferraum. Aber in der Wäscherei war es dunkel, kein Rauch kam aus dem Schornstein, und als er an der Tür zog, war sie abgeschlossen. Er schaute auf die Uhr. Das hatte er noch nie erlebt, daß die alte Frau um diese Zeit nicht bei der Arbeit war. Er schrieb seinen Namen auf einen Zettel und steckte ihn in eine der Tüten und ließ sie bei der Treppe stehen.

Es war viel zu tun an diesem Tag. Carmens Vertretung meinte es gut, vermochte freilich nicht einzuschätzen, welche Sachen sie selbst übernehmen konnte, und deshalb landete einfach alles bei Christian und Køpp. Im Laufe des Nachmittags wurde Christian unruhig. Er hatte ein Gefühl, daß irgend etwas nicht stimmte, aber da war dieser nicht abreißende Strom von Patienten und Problemen, zu denen er Stellung nehmen mußte, und er schob die Unruhe beiseite. Das Thermometer draußen fiel, und ganz im Norden zeigte sich am Horizont ein heller Schimmer. Um vier Uhr ging die Straßenbeleuchtung an, der Himmelsrand war bald dunkel. Christian stand am Fenster und aß ein Käsebrot, als ihm mit einem Mal auffiel, daß Manne nicht in der öffentlichen Sprechstunde erschienen war. Er kaute fertig und ging hinüber und rief seine eigene Nummer an. Dort wurde nicht abgenommen.

Wenige Minuten später saß er im Auto und war unterwegs in Richtung Viborg. Unruhig trat er das Gaspedal durch, das Fenster hatte er heruntergekurbelt, so daß kalte Luft vom Fjord ins Wageninnere strömte. Die Dämmerung war blaurot und voller Vögel, die schreiend landeinwärts zogen. Er warf die Handschuhe auf den Beifahrersitz und trommelte gegen das Lenkrad. Carmen, dachte er, du triffst eine Entscheidung. Entscheide dich, Carmen. Du Freundin meines Lebens, die sich aus dem Staub macht. Ehe er losfuhr, hatte er versucht, Christian zu Hause im Reihenhaus zu erreichen, um zu hören, ob er mit ins Krankenhaus wollte, aber auch dort hatte niemand abgenommen, und da er nichts weiter vorhatte, war ihm die Idee gekommen, Nina aufzusuchen. Ich liebe sie nicht, dachte er, und wußte aus tiefstem Herzen, daß das stimmte. Trotzdem bohrte der Gedanke, daß sie immer noch da war, in ihm. Auch als er schon durch Viborgs Vororte fuhr, zweifelte er noch, dann bog er auf den Parkplatz vor dem Krankenhaus ein und blieb einen Moment im Auto sitzen, ehe er den Sicherheitsgurt löste, und als er schließlich ausstieg, hatte er immer noch keinen Entschluß gefaßt. Es war nun dunkel, und das erleuchtete Gebäude sah aus, als hebe es etwas von der Erde ab. Beim Abschließen hörte er Schritte hinter sich und drehte sich um. Ein großer Mann im langen Mantel mit kurzgeschnittenem Haar ging dicht an Christian vorbei. «Guten Abend», grüßte er und führte die Hand zur Schläfe. Christian starrte hinter ihm her, denn der Mann kam ihm irgendwie bekannt vor. Er sah, wie er sich in einen alten blauen Polo setzte und losfuhr. Feuchtigkeit stand vor den Scheinwerfern. Dann fuhr er an Christian vorbei und hob noch einmal die Hand. Ein majestätischer Gruß.

Carmen schlief, als er ins Zimmer trat. Die breite Tür glitt schützend hinter ihm zu. Er hielt eine Vase mit einem Strauß hellroter steifer Rosen in der Hand, die er in der Eingangshalle erstanden hatte. Auf ihrem Nachttisch stand bereits eine Vase, eine mit weißen Lilien, schön und stinkend, daneben ein Kästchen aus mattem dunklen Holz. Der Kopf und ein Gestell mit dem Tropf waren das einzige, das über die Decke ragte. Beim Bett brannte eine Lampe. Es war still im Zimmer, aber Carmen atmete gleichmäßig.

Er stellte die Vase auf den Tisch, legte den Mantel über einen Stuhl und setzte sich auf die Bettkante und beugte sich über sie, und sofort schlug sie die Augen auf.

«Hallo», sagte sie gar nicht verblüfft, obwohl sein Gesicht direkt über ihrem schwebte – als ob er nur für einen Moment das Zimmer verlassen hätte, um etwas zu holen. «Du darfst dir gern einen Stuhl nehmen.»

Er küßte sie auf die ungepuderte Wange voller Unebenheiten und überhörte ihre Bemerkung, denn er wollte sich nicht wegsetzen.

«Wie geht es dir denn so?» fragte er.

«Frag nicht danach», sagte Carmen. «Du hast wohl von der bevorstehenden Verladung gehört?»

Er nickte.

«Ich habe eine Walnuß im Gehirn, gerade eben kann ich sie freilich nicht spüren.»

«Das ist gut so.»

«Ja, nicht wahr? Ich werde mit Nebennierenrindenhormon vollgepumpt.»

«Du bist so stachelig, Carmen.» Er nahm ihre Hand und rückte etwas näher, so daß er sie durch die dünne Decke spüren konnte.

«Nichts macht mir mehr Spaß», antwortete sie und schloß einen Moment lang die Augen, und es bestürzte ihn, wie verändert sie war, jetzt, wo die Blauvögel nicht länger flatterten und wo sich neben den ausgezupften die Augenbrauen wieder ihren Weg bahnten. Die matten Augen, als ob eine Auswanderung der Iris eingesetzt hätte. Ohne ihre Hand loszulassen, beugte Christian sich vor und drehte die Lampe gegen die Wand, damit das Licht nicht so hell war.

«Wie geht es mit der Arbeit?» fragte sie kurz darauf.

«Das ist alles nichts, wenn du nicht da bist.»

«Na na, mein kleiner Schatz.» Sie zog ihre Hand aus seiner, und einen Moment lang glaubte er, sie wäre unzufrieden mit ihm. Aber dann spürte er ihre Hand auf seinem Hinterkopf und legte sich halb über sie, den Kopf auf ihrer Brust.

«Zerquetsche ich dich?» fragte er.

«Du bist federleicht.»

Behutsam drückte er sie, was ihn aber Überwindung kostete, denn das fühlte sich nicht an wie ein Mensch, dazu war sie zu krank und zu leicht, und er war froh, daß er sie nie begehrt hatte. Das würde alles grausam erschweren. Du bist unterwegs, ich bleibe, so wie ich stets bleiben werde. Auf dem Gang öffneten und schlossen sich saugend die Türen, Stimmen verklangen, und neue kamen, dort draußen herrschte gedämpfte Aktivität – Essenswagen wurden vorgefahren, und Besteck klapperte. Carmen, du Freundin meines Lebens! Plötzlich wurde er traurig. Er verlor eine Frau nach der anderen; was war sein Glaube an sich wert ohne sie? Wer würde ihn weiter tragen? Ich will Mensch sein, dachte er aufbäumend, ich will eine, die sterben wird, berühren. Aber nur eine. Dann erzähl mir von der Zeit vor dem letzten Hahnenschrei. Oh, dachte er überwältigt, wo soll ich mit all meiner Liebe hin, mit all meinem Haß? Er hob den Kopf und schaute sie aufmerksam an, und ohne zu blinzeln, starrte sie zurück, als ob sie die Würde selbst sei, und nichts war wert, gesagt zu werden. Es irritierte ihn, daß sie etwas spielte, was sie nicht war. Er wollte sie nicht mehr anschauen und begrub den Kopf wieder in den gleichzeitig weichen und harten Kuhlen der Decke.

«Was ist?» fragte sie nach einiger Zeit, weit weg.

«Ich habe gefragt, wer dir Blumen gebracht hat.»

«Hege», antwortete sie desinteressiert.

«Und das Kästchen? Was ist das?»

«Mach es auf.»

Widerstrebend setzte er sich auf und nahm es vom Nachttisch. Es war ein Kästchen für Zigaretten, hatte einen schmalen hellen Rand am Deckel und war gefüllt mit Prince 100, die Carmen immer rauchte.

«Das hat Sander mitgebracht», erzählte sie. «Ich hatte mir an sich eine kleine weiße Pistole gewünscht. Die hätte er mir ruhig geben können. Ich habe gesehen, daß er eine hat... Ich habe noch drei Wochen», sagte sie. «Die muß ich nutzen, um mein Leben abzuwickeln. Man muß sich damit trösten, daß man im ständigen Wachsen begriffen ist, oder? Aber das vergesse ich vielleicht bis dahin. Wie steht es mit dir, Christian? Welche Pläne hast du für die nächsten Wochen?»

Christian schloß den Deckel des Kästchens mit einem sanften Klicken und stellte es zurück auf den Nachttisch.

«Ich werde arbeiten», sagte er.

«Zünd mir eine Zigarette an», bat sie.

«Kannst du im Liegen rauchen?»

Sie nickte. Er gab ihr eine brennende Zigarette in die Hand und öffnete das Fenster ein Stück. Durch den Nebel drang das Licht der Stadt zu ihm, er befand sich im neunten Stockwerk. Unter ihm lagen das Landeskrankenhaus und der Schornstein des Fernwärmewerks. Wenn er sich ein bißchen reckte, konnte er den angestrahlten Dom sehen. Die Seen waren voll von schwarzem Wasser. In seinem Kopf wurde es leer. Hinter ihm blies Carmen, ohne zu inhalieren, Rauchwolken in die Luft und ließ lange Stücke Asche auf die Decke fallen. Christian kam und drückte die Zigarette für sie aus und pustete die Asche auf den Fußboden.

«Weißt du irgendwelchen Klatsch?» Sie versuchte, gut gelaunt zu sein.

Christian schüttelte den Kopf.

«Ich könnte mir allerdings gut vorstellen, Sander zu begrüßen», sagte er. «War er gerade gegangen, damals, als ich gekommen bin?»

«Mehr Glück beim nächsten Mal», murmelte Carmen und schloß die Augen. «Es kann sein, daß ihr euch bei der Beerdigung seht.» Jetzt wirkte sie ungeheuer müde. Flüssigkeit lief durch die Schlangen des Tropfs, und bei jedem Atemzug fiel ihr Gesicht weiter ein.

«Soll ich gehen?»

«Ja.»

Das war das letzte, das er sie sagen hörte, und als er auf den Gang trat, kehrte die Unruhe zurück.

* * *

Er fuhr zu Ninas Adresse und saß im Wagen und blickte auf das Haus, in dem alle Fenster dunkel waren. Es war kein Reihenhaus, wie sie es ihm erzählt hatte, sondern ein kleines zweigeschossiges Haus aus gelben Klinkern, mit einem runden Fenster vorn in der Mitte, mit einer Weißdornhecke und einer roten Pforte. Er schaltete die Scheinwerfer nicht aus, und er stieg auch nicht aus, er merkte sich nur, was er sah: Unter dem Küchenfenster standen vier Fahrräder, zwei Kinderräder und zwei Erwachsenenräder. Das eine Kinderrad hatte Stützräder und einen blumengeschmückten Fahrradkorb, das andere war für ein größeres Kind. Dann stand da ein schwarzes Herrenfahrrad und Ninas weißes mit dem niedrigen blauen Lenker. Hier also wohnte sie. Das war schlimm für ihn. Nicht eigentlich, daß sie einen Freund und Familie hatte, sondern daß sie nicht zu Hause war. Gemeinsam mit ihm war sie immer zu Hause gewesen, als ob ihr Zusammenleben sie in einem Maße der Kräfte beraubte, daß sie die Lust verlor auszugehen. Er machte sich selbst darauf aufmerksam, daß es nicht leicht ist, in eine neue Familie hineinzukommen, und daß sie sich wohl ihrer Sache angenommen habe. Hier würde sie keine Zeit haben, im Halbdunkel am Klavier zu sitzen und in sich selbst zu versinken. Warum hatte sie das dann getan? Die pochende Unruhe verlangte, daß er ausstieg und eine Scheibe einschlug, aber er weigerte sich, dem nachzugeben. Rückwärts fahrend ließ er langsam die rote Gartenpforte zurück, ganz und gar nicht von dem Gedanken getröstet, daß auch auf ihn jemand wartete, Christian, der in seinem Zimmer saß, neben sich einen Teller mit eingetrockneten Haferflocken und eine Colaflasche, die er insgeheim benutzte, um hineinzupinkeln, weil er dann nicht zur Toilette zu gehen brauchte, dieser merkwürdige Junge.

* * *

Auf dem Tisch lag ein Brief für Christian, und zwar so, daß er ihn als erstes sehen würde, wenn er ins Wohnzimmer käme. «Danke für die Hilfe heute nacht», stand dort. Auf dem Blatt Papier lag ihr Schlüssel. Offenbar wollte sie für ihn nicht mehr saubermachen. Er nahm ihn und zog das rote Band, an dem er hing, zwischen seinen Fingern hin und her. Von draußen aus dem Garten drang das ferne Kollern eines Fasans herein. Er warf den Schlüssel auf die Fensterbank und ging in die Küche und holte Töpfe und begann Zwiebeln für eine Hackfleischsoße zu schneiden. Das Radio lief, Christian hatte sich irgendwo im Haus verkrochen, und allmählich wurde ihm klar, daß etwas nicht stimmte. Die Tür war abgeschlossen gewesen, als sie nach Hause kamen. Er erinnerte sich, wie er die Klinke angefaßt und danach erst in den Hosentaschen, dann im Mantel und schließlich in der Aktentasche nach dem Schlüssel gewühlt hatte. Wie sie hineingegangen waren und Licht angemacht hatten. Freilich konnte man die Tür nicht einfach von außen zuschlagen. Wenn man das Haus verließ, mußte man einen Schlüssel benutzen, damit die Tür verschlossen war, und Mannes hatte auf dem Tisch gelegen. Mit dem Kochlöffel in der Hand stand er in der Küche und überlegte. Die Tür war abgeschlossen gewesen, und der Schlüssel hatte auf dem Tisch gelegen. Wie hatte sie dann abgeschlossen? Es gab nur eine Antwort: von innen. Aber das hieß doch, daß sie sich immer noch im Haus aufhielt. Und warum hatte sie sich in dem Fall nicht gemeldet, als sie heimgekommen waren? Was hatte sie sich jetzt wieder ausgedacht? Oh, dachte er müde, laß mich in Ruhe. In dem Moment rief Christian vom Flur: «Was für Stiefel stehen denn hier?»

«Einen Augenblick», sagte Christian. Er ließ den Löffel in den Topf fallen und ging in sein Arbeitszimmer. Das war leer. In Ninas altem Zimmer war sie ebenfalls nicht. Mit Christian auf den Fersen stieg er die Treppe hinauf und entdeckte, daß die Schlafzimmertür angelehnt war. Er rechnete nicht damit, daß sie dort war, stieß sie trotzdem im Vorbeigehen auf und schaute hinein. Es wunderte ihn, daß das Bett gemacht war, denn das hatte er am Morgen nicht mehr geschafft. Und unter der Bettdecke war eine Erhöhung. Er ging hinüber und zog die Decke weg. Und dort lag sie, mit blauen Lippen und wachsbleichem Gesicht.

«Geh nach unten», sagte er zu Christian, der ihm gefolgt war und hinter ihm stand und den Hals reckte.

«Ist sie tot?»

«Geh nach unten.»

Auf dem Nachttisch stand ein leeres Glas, und daneben lag eine Packung Morphintabletten, die sie in dem abgeschlossenen Schrank im Arbeitszimmer gefunden haben mußte. Der ließ sich nicht aufbrechen, sondern sie hatte bestimmt den Schlüssel vom Nagel am Bücherregal genommen. Das bewies, wie gut sie sein Haus kannte. Mit zwei Fingern suchte er nach dem Puls an ihrem Hals. Der lag bei vierzig. Er hob ihr Augenlid an. Dann stopfte er die Decke um sie fest und lief ins Badezimmer nach dem Fieberthermometer, das er um ihr Handgelenk befestigte. Er arbeitete blitzschnell, die Unruhe des Tages war wie weggeblasen. Mit klarem Kopf rechnete er die Stunden nach. Sie hatte ihn gegen halb fünf zu Hause erwartet, und jetzt war es sieben Uhr. Selbstmord gelang oftmals aus reinem Pech. Aber Manne lebte noch. Er nahm den Telefonhörer und wählte die 112, und während er auf den Krankenwagen wartete, wickelte er sie in mehrere Decken und nahm sich Christian vor, dem er notdürftig die Situation erklärte.

Auf dem Weg zum Krankenhaus saß er neben ihr. Die Decken, in die er sie gewickelt hatte, waren gegen neue, angewärmte ausgetauscht worden. Hin und wieder wechselte er ein paar Worte mit den Sanitätern; dann beugte er sich vor und sah zwischen ihnen durch auf die Straße. Die Scheibenwischer gingen, es schneite. Nicht sehr. Die Scheinwerfer beleuchteten den nassen rechten Straßenrand und einige Male auch ein Auto, das an die Seite gefahren war, um den Krankenwagen vorbeizulassen. Die Sirenen wanden sich die Hügel hinauf und hinunter, und die Menschen in Hvium kamen an die Fenster oder stellten sich vors Haus auf die Treppe. Sie hatten das Heulen durch die Stadt und weiter hinaus aufs Land noch an Brogård vorbei gehört. Jetzt kam es zurück. Erstaunlich, wie weit man den Sirenen folgen konnte.

24

Auf dem Weg hinunter zum Hafen, dort, wo Hvium nur widerstrebend aufhörte und wo vereinzelt noch windzerzauste Häuser standen, deren Zustand niemals richtig gut sein würde, egal, an welchem Ende die Besitzer zuerst anpackten, dort gab es auch ein kleines Geschäft, in dem mit Tauwerk gehandelt wurde, mit Schläuchen, Fittings, Benzinkanistern, Stevenrohrfett und unzähligen anderen Sachen. Das Geschäft lag auf einem großen Grundstück, denn eine kleine Holzhandlung, wo man Kiefern- und Fichtenbohlen in den meisten üblichen Maßen kaufen konnte, gehörte auch dazu. Außerdem gab es eine Zapfsäule für Diesel und eine für Normalbenzin. Die Einfahrt war sehr abschüssig, und am Samstagvormittag, als Christian dort hinfuhr, war der Schnee noch nicht weggeräumt worden. Vor dem Geschäft parkten mehrere Autos. Christian stieg aus und warf die Tür zu. In der Stille klang das unangemessen laut. Oben bei einem der Schuppen ging ein Mann entlang. Bei dem Geräusch drehte er sich um und verschwand dann gemächlich um die Ecke. Christian richtete den Hosenbund, stieg die Treppe hinauf und betrat den Laden, wo vier bis fünf Männer in Arbeitszeug um die Ladentheke standen. Das Gespräch verstummte abrupt.

«Guten Morgen», sagte Christian. Wo er aufkreuzte, verhielten die Leute sich anders und überließen ihm den ersten Zug, das war er gewohnt. «Na, hier ist ja was los.»

Er kannte sie alle. Da war der träge Rothaarige, dessen Herz zu groß war. Er war mit dem Inhaber verwandt und wußte nie genau, auf welche Seite der Theke er gehörte. Dann der kleine Karsten Egge, dessen Frau hypochondrisch war und der hatte lernen müssen, daß das für sich genommen bereits eine Krankheit ist. Der Elektriker des Ortes, Didrik, der ein hartes, verschlossenes Gesicht hatte. Torben L. ein großer und schwerer Mann, der im letzten Frühjahr Christian den Holzstoß aufgebaut hatte. Und der Besitzer, der nie ein Wort sagte. Christian wollte eine Schachtel Messingschrauben haben. Nach einigem Suchen mußte der Inhaber nach hinten, und Christian begann, eine Pumpe zu untersuchen, die auf der Theke lag. Das Gespräch war immer noch nicht wieder in Gang gekommen. Die Schrauben wurden vor ihn hingelegt, und Christian bat um eine Rolle Nylontau, 22 mm.

«Sie wollen wohl zum Schiff?» fragte einer von ihnen.

Ja, das wollte er.

«Wir hatten schon geglaubt, Sie hätten es verkauft», sagte Torben L. Ein kleines Lächeln huschte über das schwabbelige Gesicht des jungen Typen.

«Nein, das verkaufe ich nicht.»

«Vielleicht wollen Sie ja selbst wieder etwas öfter danach schauen.»

«Ja, jetzt wird es doch bald Frühling...»

Das Tauwerk kam, und Christian fragte, ob er statt der ganzen Rolle zehn Meter bekommen könnte.

«Dann könnten Sie ja unter Umständen anfangen, selbst auf Ihre Vertäuungen zu achten.»

«Haben Sie vielen Dank, wenn Sie mein Schiff im Auge behalten», sagte Christian friedfertig. «Es war so viel.»

«Ja, Sie haben ja ziemlich viel um die Ohren.» Christian drehte sich um und schaute die Männer an, die in einem Halbkreis hinter ihm standen. In ihren Augen funkelte es; die Aufstellung war nicht ganz leicht zu durchschauen. Diese Mistkerle, dachte er. Laut sagte er:

«Wir teilen uns das auf, Køpp und ich, so sollte es wohl sein.»

«Ja, das ist wohl so.» Bisher war es nur Torben L., der den Mund aufmachte. Die anderen rührten sich nicht. «Køpp kümmert sich um die Alten, und Sie übernehmen die Jungen.»

«Wie meinen Sie das?» fragte Christian und kniff die Augen zusammen. «Wollten Sie gerne etwas dazu sagen?»

Der andere zog sich zurück. Nichts, um sich aufzuregen, sagte er. Der Dicke war der einzige, der grinste.

«Wenn Sie sich um Ihre Arbeit kümmern, ich kümmere mich schon um meine», sagte Christian. Er bezahlte, nahm Tau und Schrauben, und ohne sich zu verabschieden, ging er hinaus zum Auto. In der Einfahrt gab er zuviel Gas, und die Räder drehten durch. Didrik und der Besitzer kamen heraus und stellten sich auf die Treppe, von wo aus sie sein Manöver verfolgten. Er war gezwungen, das Auto im Leerlauf zurückrollen zu lassen und es noch einmal zu versuchen, und er versprach sich selbst, nicht die Beherrschung zu verlieren, denn er wußte, das war nicht das letzte Mal. Alles kommt wieder. Das sage ich: Früher oder später kommt alles wieder.

25

Wir wohnten damals in einem großen weißen Haus unten am Fluß, dem Odense Å. Es war ein ruhiges Viertel. Die einstöckigen Einfamilienhäuser lagen Schulter an Schulter auf die Bürgersteige hin ausgerichtet nebeneinander, und wenn ich zurückdenke, erinnere ich mich, daß tagsüber ständig die Sonne schien und blendend weiß von den Fassaden der Häuser reflektiert wurde, wogegen die Kastanienbäume an der Straße keinen Schutz boten. Nur selten entdeckte man eine Villa, die zugewuchert war, und daran ließ sich erkennen, daß sich niemand um das Haus oder den Garten kümmerte. Große alte Thujabäume, wuchernder Rhododendron und wildwachsende Hecken von Kornelkirschen – das alles bezeugte: Hier war der letzte Vers angestimmt. Bald würde eine neue Familie einrücken, die mit frischen Kräften die Arbeit aufnehmen würde, um das Dornröschenschloß sichtbar zu machen, das sie gekauft hatte, denn keiner sollte bezweifeln können, daß der Schatz sowohl gefunden als auch erworben worden war. Genau wie bei den Calvinisten durfte in unserem Viertel nichts im verborgenen vor sich gehen. Kein Wohlstand durfte vertuscht werden. Alles ließ sich an den nackten, flachen Gesichtern der Häuser ablesen. Wenn ich abends in unserer Küche stand und gedankenverloren den Küchentisch noch ein weiteres Mal abwischte, konnte ich direkt ins Wohnzimmer der Nachbarn schauen, aber es kam niemals vor, daß ich dort drüben einem Blick begegnete. Nur selten sah man Kinder auf der Straße spielen. In einem grünen Haus mit roten Fensterläden uns gegenüber wohnte einer, der Drama unterrichtete. Er hatte seinen gesamten großen Garten hinter dem Haus mit Schranken, Wippen, Autoreifen, Hürden, Röhren und Trichtern als Agilityparcour für seinen Hund eingerichtet, wo er täglich trainiert wurde. Hin und wieder begegnete ich den beiden auf dem Trottoir, und wenn ich ihn grüßte, drehte mir der Mann den Rücken zu. Aus irgendeinem Grund amüsierte mich das, und ich machte mir einen Sport daraus, vor ihm aufzukreuzen. Ging er auf dem gegenüberliegenden Bürgersteig, überquerte ich die Straße, um ihn zu grüßen, kam ich aus meiner Haustür und sah ihn weiter unten auf der Straße mit dem Hund an der Leine in eine Nebenstraße abbiegen, beschleunigte ich meine Schritte, bis ich ihn eingeholt hatte. Je hartnäckiger er mich abwies, desto mehr wuchs meine Lust, den Mann zu reizen und zu provozieren. Wenn sich unsere Hunde nicht dermaßen heftig angeknurrt und gebissen hätten, hätte ich mich ihm eines schönen Tages bestimmt an den Hals geworfen, einzig und allein um den Anblick seiner Verlegenheit genießen zu können.

Unsere Freunde fanden wir also nicht unter unseren Nachbarn. Wenn wir Feste feierten, kamen die Leute von weither und parkten am Randstein der Straße. Das Haus summte von Stimmen und Musik, und bei solchen Gelegenheiten konnte ich an einem Winterabend auf die Idee kommen, mit dem Hund rauszugehen, nur um den Anblick unseres Hauses zu genießen, das als einziges in dieser Straße von lebenden Wesen bewohnt zu sein schien: Schatten und Licht wechselten dort drinnen, Stimmen, manchmal freundlich, manchmal unfreundlich, drangen heraus, Atemluft und Rauch wälzten sich aus den geöffneten Fenstern, und dann wurde auch noch die Tür laut aufgestoßen, und unsere Töchter und ihre Freunde stürzten aus dem Haus.

Jeden Tag lief ich an den Straßen entlang. Ich mochte das Winterhalbjahr am liebsten. Wenn es dämmerte, schob ich das Essen in den Ofen, pfiff nach Vimmer und verließ das Haus mit der Kreditkarte in der Tasche, für den Fall, daß ich nicht zurückkehren sollte, und einem Rezept, daß ich einmal in Christians Praxis geschrieben hatte. Das Datum war nicht eingetragen, aber das Papier sah nicht mehr neu aus. Manchmal stellte ich mir vor, was wohl passieren würde, wenn ich es einreichte. Ob ich abgewiesen würde. Ich glaubte es nicht. Das trockene Laub fegte über den Bürgersteig und wirbelte von Zeit zu Zeit auf, so daß Vimmer laut knurrte. Der Wind biß in die Wangen, und ich dachte an den Wald auf der einen Seite und die Stadt auf der anderen und an die Straßenlaternen, die sich im ruhigen bleiernen Wasser des Flusses spiegelten. Wer ist draußen auf den Straßen unterwegs? überlegte ich. Die Wankelmütigen, die sich nicht zwischen den einfachsten Sachen entscheiden können, Luft und Wasser, Erde und Feuer, Licht und Dunkelheit. Die Wütenden, die sich und andere besudeln wegen einer Wahl, die faktisch getroffen ist. Die Selbstmitleidigen, die Schafottgefährdeten, die Heimatlosen. Irgendwann stand ich dann wieder in unserer Einfahrt und zögerte nur selten, einzutreten in die Räume, in das fremde, warme Leben, das so jäh beginnt und endet. Aber eines Abends im Januar, als ich gerade hereingekommen war und noch auf dem Flur stand und die Jacke aufhängte, klingelte das Telefon, es war Christian. Er stand unten am Bahnhof, und er bat mich, sofort zu kommen. Er hätte nur eine dreiviertel Stunde Zeit, dann müßte er weiter. Würde ich kommen?

«Ja, selbstverständlich», sagte ich und ging zu Erik in sein Arbeitszimmer und sagte, ich wäre noch mal weg. Christian stand vor dem Fahrkartenschalter, wie wir verabredet hatten. In der Hand hielt er eine kleine Reisetasche, er wirkte gestreßt und aufgeregt. Während ich auf ihn zuging, drehte und wendete er sich unablässig, sein Gesicht war gerötet, der Gürtel saß schief.

«Gut, daß du kommst», sagte er hektisch, als ich zu ihm trat. «Ich habe gesehen, ganz hier in der Nähe ist eine Gaststätte. Können wir uns dort hinsetzen?»

«Hast du in den letzten Tagen vergessen, deinen Bart zu stutzen?» fragte ich und hob die Hand und berührte seinen

Bart, der mindestens drei, vier Tage zu lang war, um korrekt auszusehen. Er antwortete nicht. Er hatte nicht gehört, daß ich ihn etwas gefragt hatte.

Wir gingen in die Gaststätte und fanden einen Platz, Christian rief nach dem Kellner, drehte sich um, um seinen Mantel an der Garderobe aufzuhängen und wischte dabei ein Tablett mit schmutzigen Gläsern, das am Rand gestanden hatte, vom Nachbartisch. Das dünne Glas brach, die Splitter flogen weit in den Raum, und Christian rief lauter nach dem Kellner und fing an, auf den Scherben herumzutrampeln. Zwischendurch hielt er inne, um sich nach einer einzelnen zu bücken, und dann richtete er sich mit feuerrotem Kopf auf und warf sie aufs Tablett. Urplötzlich sank er auf eine lange Lederbank. Ich setzte mich neben ihn, aber er beachtete mich nicht. Mit seinen blauen Augen starrte er vor sich hin.

«Ich finde, du solltest mit zu mir nach Hause fahren», sagte ich und nahm ihn am Arm und brachte ihn dazu aufzustehen. Im Auto lehnte er mit der Schulter an der Scheibe und sprach kein einziges Wort. Einmal streckte ich die Hand aus und berührte seine Wange. Die war brennend heiß. Ich fuhr in die Garage, stieg aus und ging hinauf und schloß die Haustür auf. Dann mußte ich zurück zum Wagen, um Christian zu holen. Auf dem Weg durch den Vorgarten war er mehrfach so tief in Gedanken, daß ich ihn laut ansprechen mußte. Ich redete mit ihm wie mit einem Kind, das nach einem langen Tag draußen im Schnee hereinkommt und das jetzt so durchgefroren ist, daß ihm die Finger nicht gehorchen wollen, wenn es die Schnürsenkel aufbekommen möchte. O diese Füße, die auf den Fliesen treten und schrammen, um die Stiefel abzuschütteln!

«Im Wohnzimmer ist es schön warm», schwatzte ich, «und dann schmiere ich uns Brote und koche eine Kanne Tee.»

«Ich habe keinen Hunger», sagte er halb betäubt und zog langsam seinen Mantel aus.

***

Meine Familie begriff, daß an dem Abend etwas Besonderes los war. Erik schaute natürlich herein, um hallo zu sagen, aber als er Christian im Sessel sitzen sah, das Kinn in beide Hände gestützt und mit ergebenem Blick, zog er sich schleunigst zurück. Von den Mädchen war nichts zu sehen. Ein Haus hat seine unsichtbaren Nachrichtenkanäle. Wir hörten von den anderen nicht einen Ton. Um das Wohnzimmer war ein Zauberkreis geschlagen. Erst gegen zwei Uhr in der Nacht ging die Tür auf, und Lise, die älteste, stand in T-Shirt und Unterhose auf der Schwelle. Es war nicht zu übersehen, sie fing an, Formen zu entwickeln. Sie warf Christian einen verachtungsvollen Blick zu, was er kaum wahrnahm, und sagte dann:

«Mutter, kannst du mal kurz kommen? Ich möchte dir gern etwas sagen.»

Sie zog mich auf den Flur und drückte die Tür zu.

«Was hältst du da in der Hand?» Sie war wütend und beunruhigt. «Was ist das für ein Zettel? Was steht da?»

«Das ist ein Brief an Christian», antwortete ich.

«Den du geschrieben hast?»

«Nein.»

«Was steht da?»

«Nichts, worüber du dir Sorgen machen müßtest.» Ich steckte das Blatt in die Tasche und verschränkte die Arme. Sie kniff die Augen zusammen, als sie mich anschaute.

«Warum bleibt er so komisch sitzen? Mußt du nicht bald ins Bett?»

«Noch nicht», antwortete ich.

«Mußt du denn morgen nicht arbeiten?»

«Nein, ich nehme mir ein paar Tage frei.»

«Was soll das heißen?» fragte sie mißtrauisch.

«Christian braucht mich eine Weile. Ich fahre morgen mit ihm nach Hause.»

«Wir brauchen dich hier auch.» Ihre Stimme wurde schrill, sie stampfte fast mit dem Fuß auf.

«Ich komme doch zurück», sagte ich beruhigend, aber das prallte ab.

«Du hast ihn immer lieber gemocht als uns.»

«Was für ein Unsinn. Niemanden habe ich lieber als euch.» Ich versuchte, sie in den Arm zu nehmen, sie jedoch, plötzlich ganz ruhig, fertigte mich unbarmherzig ab:

«Er hat dich doch noch nie gemocht. Jetzt paßt es ihm in den Kram, in unserem Wohnzimmer zu sitzen und unseren Cognac zu trinken und sich selbst zu bemitleiden. Und wenn du dann schließlich von den therapeutischen Gesprächen mit ihm völlig erledigt bist, genau dann steht er auf und geht. Für ihn bist du nichts als die kleine Schwester, die er ausnutzen kann.» Sagte sie, die selbst die große Schwester war und wohl wußte, wovon sie redete.

«Du mußt schleunigst ins Bett, Lise», sagte ich.

«Ja aber, was soll das denn?» Jetzt hatte sie Tränen in den Augen, und ich mußte an die Situation denken, wo sie als kleines Mädchen nachts auf einmal verdutzt mitten im Zimmer stand, als Christian und ich zusammensaßen und uns über irgend etwas Verrücktes vor Lachen ausschütten wollten. Wie schlimm doch diese plötzlichen Veränderungen von Erwachsenen für Kinder sind.

«Und Vater ist auch nicht ins Bett gegangen», fuhr sie fort. «Er sitzt immer noch vor dem idiotischen Computer, und dort drinnen brennt nicht mal Licht.»

«Ich gehe jetzt mit dir nach oben», sagte ich, «und bringe dich ins Bett.»

«Nein, das wirst du nicht.»

* * *

Als ich am nächsten Morgen nach unten kam, war Christian schon wieder weg, ein Teller im Spülbecken war das einzige Zeichen dafür, daß er dagewesen war. Mir fiel ein, daß ich gegen sechs Uhr vom Geräusch eines Dieselmotors im Leerlauf vor unserem Haus und einer Autotür, die klappte, aufgewacht war, allerdings war ich so müde gewesen, daß ich sofort wieder eingeschlafen war, ohne zwei und zwei zusammenzuzählen. «Er hätte ja ruhig einen Zettel mit Dank fürs Beherbergen hinterlassen können», sagte Erik, der alles immer so genau nimmt, aber ich meinte, Christian würde schon noch anrufen, und fuhr zur Arbeit.

Im Lauf des Vormittags wurde mir immer klarer, daß ich gestern nacht gepatzt hatte. Ich hatte das Reden besorgt, und während ich ihn mit meinen Meinungen und unsinnigen Interpretationen überschüttete, hatte er stumm danebengesessen. Ein winziges Stichwort hatte mir gereicht, um stundenlang draufloszuschwatzen, und jetzt wurde mir nach und nach bewußt, daß ich überhaupt nicht ahnte, was er gewollt hatte, oder warum er so stumm gewesen war. Das war nicht ungewöhnlich. In der Regel tauchte immer, wenn ich mich mal wieder als die Güte in Person aufgeführt hatte, im Spiegel ein anderes Gesicht auf, impulsiv, dickfellig und selbstzufrieden. Dieses Mal war es mir so peinlich, weil es mir mit Sicherheit noch nie bei Christian passiert war, von Kindesbeinen an war ich bestrebt gewesen, mich an ihm zu messen. Deshalb beschloß ich, sowenig wie möglich zu sagen, wenn er anrufen sollte, und ihn nicht selbst anzurufen, aber mich in der Nähe des Telefons aufzuhalten, was mit sich brachte, daß die Mädchen zum Einkaufen geschickt wurden und daß ich die Terrassentür offenstehen ließ, als ich in den Garten hinuntermußte zu den nassen Laken, die im Januar nie trocknen wollen. Er rief erst spätabends an, und jetzt klang er völlig anders als am Tag zuvor. Nun strömte diese warme Stimme wieder. Ich saß im Sessel, hatte die Beine hochgezogen, hielt den Hörer dicht ans Ohr und sagte so gut wie nichts.

«Das Problem ist gelöst», sagte er. «Ich bin drüben bei der Großmutter des Jungen gewesen, und sie wird zusammen mit ihm in dem Reihenhaus untergebracht.»

«Gut.»

«Die Grippe ist auch überstanden. Das ging zum Glück schnell.» Das war der einzige Hinweis auf sein Benehmen an dem Abend bei uns, und ich sagte, gut. Wir beendeten das Gespräch, ich pfiff nach Vimmer und ging hinaus. Wir folgten den Hecken und blieben andauernd stehen, damit Vimmer das Bein heben oder im Laub dem Rascheln von Vögeln und Würmern hinterherschnüffeln konnte, und die ganze Zeit begleitete mich Christians Stimme, und sie flüsterte so dicht an meinem Ohr, daß es mir vorkam, als spürte ich seine Lippen, seinen Atem.

* * *

Ich bin seine Schwester. Ich weiß, daß er Briefe bekam. Daß er mehrere bekam. Der erste fiel am Samstagabend durch den Briefschlitz, als er vom Schiff zurückgekommen war. Er hörte die Klappe des Briefschlitzes und ein Auto, das vom Hof fuhr, daß der Kies spritzte, und ging hinaus und hob ein weißes Blatt Papier auf, das dreimal quer gefaltet war. Es war eine Mitteilung, in Blockschrift mit dünner blauer Tinte geschrieben. «Wie viele Selbstmorde kann dein Gewissen aushalten?» stand da. Er starrte darauf. Das war der reine Blödsinn. Er begriff es nicht. Ihm war wohl klar, daß der Brief in irgendeiner Form auf Manne hinweisen mußte, aber was hatte sie mit seinem Gewissen zu tun, und er begriff nicht, wie jemand da eine Verbindung herstellen konnte. Außerdem konnte von Selbstmord keine Rede sein. Manne war gesund und munter und würde innerhalb der nächsten vierundzwanzig Stunden aus der Psychiatrie entlassen werden. Er hatte wegen der kurzen Behandlungsdauer seine Bedenken, er dachte an sie. An der Tatsache, daß alles, was geschehen war, letztendlich außerhalb seines Einflusses lag, gab es nichts zu rütteln. Ihm war bewußt, daß in jeder Gemeinschaft tickende Zeitbomben verborgen waren, verdeckt Geisteskranke, die auf einen Anlaß lauern, sich zu zeigen. Er knüllte den Brief zusammen und ging ins Wohnzimmer und warf ihn in den Ofen. Die Flammen hatten das Papier innerhalb von Sekunden verzehrt, und er drehte sich zu Christian um, der damals noch bei ihm wohnte. Er hatte sich einen Stuhl vor den Fernseher gezogen und zappte, und die wechselnden Kanäle spuckten ihre eingeweideschimmernden Farben genauso schnell in seine kleinen blassen Augen, wie man ein- und ausatmet, wenn man die Hände in irgend etwas vergraben hat und nach Luft schnappt.

* * *

Es kamen mehr Briefe, und die verbrannte er nicht. Einen davon zeigte er mir an dem Abend. «Laß die Finger weg von den jungen Mädchen, so einen Arzt wie dich brauchen wir hier nicht.» Christian brachte ihn, er hatte ihn unter der Fußmatte vor der Haustür aufgelesen, wo ein Schnipsel vorschaute, und er überreichte ihn mit dieser ausdruckslosen Miene, die er von seiner Mutter gelernt haben mußte.

«Hast du das gelesen?» fragte Christian, der die Art wiedererkannte, in der das Papier gefaltet war.

«Nein», antwortete der Junge. Er log, natürlich hatte er ihn gelesen und sorgfältig wieder zusammengefaltet.

«Hast du andere Briefe gesehen? Sind noch andere Briefe gekommen, die du mir nicht gezeigt hast?»

«Nein.»

Er glaubte ihm nicht. Freilich war er nur ein Kind; Kinder logen immerzu, das hatte nichts zu sagen, es ging nie um wichtige Dinge. Er selbst hatte sich oft den Mund mit Mandeln und getrockneten Pflaumen aus dem Schrank vollgestopft. Anschließend wurde er vor eine Art Schulgericht zitiert, bei dem unsere Mutter ihn mit der fast leeren Tüte in der Hand anschaute, so streng sie konnte. Er sagte nein, das war ich nicht, bis ihr Zweifel kamen und sie folgerte, daß es dann ein anderer im Haus gewesen sein müßte, die Mandeln jedenfalls waren weg, und sie selbst hatte sie nicht gegessen, soviel wußte sie. Aber das war Verzerren der Verhältnisse. Mandeln waren nicht wichtig, auch wenn sie es in gewisser Weise wurden, denn wegen solcher an sich bedeutungsloser Kleinigkeiten fühlte er sich nach und nach als Dieb und Lügner, und er war schon erwachsen, ehe er begriff, wie das tatsächlich zusammenhing.

«Hast du Aufgaben auf?»

«Nein.»

«Bist du sicher?»

«Ja.»

Christian ließ es sein, es gab Wichtigeres. Der Junge wohnte nun seit vier Tagen bei ihm, und er fuhr ihn jeden Abend zum Krankenhaus, damit er seine Mutter besuchen konnte, die stets nur einen zur Zeit empfangen konnte. Deshalb blieb Christian unten im Auto. Er fuhr nicht zu der Adresse draußen in der Danmarksgade, das würde er im übrigen auch nicht geschafft haben. Christian war in der Regel nur zehn Minuten weg, und wenn er zurückkam, öffnete Christian ihm die Tür und sagte: «Wie geht es deiner Mutter?»

«Gut», heulte der Junge.

«Hat sie etwas gesagt?»

«Nee.»

So waren ihre Gespräche, inhaltslos, leidlich versteckt feindselig. Christian gelang es nicht herauszufinden, wen er da ins Haus bekommen hatte, aber er hatte an anderes zu denken. Sachen, die ihn anfochten und ihn gegen seinen Willen streßten. Er kämpfte um seine Ruhe, seine Immunität.

***

Christian war ein Morgenmensch. Er schwang die Beine aus dem Bett und ging nackt über den Flur, wobei er mit dem Handtuch in die Luft schlug. Er seifte sich ein und sang, nach und nach drehte er das heiße Wasser zurück. Rot glühend stand er am Schluß eine Minute lang unter einem eiskalten Wasserfall. Das war, als wenn man in Schmelzwasser badet, das lähmte die Außenseite des Körpers und ließ das Innere in einem Gefühl von Unrast und Siegesrausch aufbrausen, weil man sich aus der winterlichen Trägheit herausgewunden hat. Immer gab es Gegner zu überwinden, das war das, worauf das Leben hinauslief. Manche waren sichtbar, andere unsichtbar. Christian hielt ein Auge darauf, aber nicht zu genau. Er kannte die persönlichen Fallgruben: Paranoia, Nachlässigkeit, dieses Sich-zu-Katastrophen-hingezogen-Fühlen, als ob es sich um ein Abenteuer handelte, das einen befreien konnte. Er studierte sich im Spiegel, wenn er seinen Bart stutzte, und zwinkerte und lächelte sich zu.

Trotzdem fühlte er sich inzwischen eingesperrt; er war er selbst und war es doch nicht, ihm war, als hätte sein Beurteilungsvermögen nachgelassen. Eines Nachmittags entdeckte er einen langen Kratzer im Lack seines Autos – allerdings konnte der von einem Ast herrühren, den er am Abend vorher in der Einfahrt auf dem letzten Stück vorm Haus gestreift hatte. Und an einem klaren roten Morgen ging er vor acht Uhr die Straße entlang. Menschen waren auf den Bürgersteigen zugange, denn es hatte in der Nacht geschneit. Schneeschieber kratzten, die Leute riefen sich zu, und dünner Rauch stieg aus den schlecht instandgehaltenen Schornsteinen der Stadt. Der Schnee war so trocken, daß er unter den Füßen knirschte. Die Schneedecke war nur dünn, und bis zehn würde alles wieder verschwunden sein; es war das Schneeräumspiel, das hier gespielt wurde. Der erste, dem Christian begegnete, war ein kleiner Mann in dunkelbraunen verfilzten Hosen mit ausgebeultem Hintern und einer selbstgestrickten Andenmütze mit langen Bändern. Er trug einen Zinkeimer mit Asche, die er geschäftig verteilte. Christian grüßte, aber der Mann wandte ihm den Rücken zu, als ob er nichts gehört hätte, leerte den Rest aus und ging durch den Vorgarten zu seinem Haus hinauf. Die Episode wiederholte sich weiter unten auf der Straße. Die Leute wandten ihm den Rücken zu, machten sich unsichtbar, und Christian richtete sich kerzengerade auf und rief weiterhin sein «Guten Morgen» und machte kleine Bemerkungen, auf die mit schleppenden Antworten und ausweichenden Blicken reagiert wurde. Er zwang die Leute zum Reden. «Gibt es was?» fragte er und erfuhr, daß es natürlich nichts gab. Aber es gab doch etwas.

Im Laufe der Woche fiel ihm auf, daß sich bei seiner Arbeit Veränderungen ergaben. Während der Telefonsprechstunde klingelte das Telefon nicht so ununterbrochen. Normalerweise konnte er kaum auf die Gabel drücken, da war schon ein neuer Anrufer am Apparat. Jetzt gab es mit einem Mal lange Pausen, und er stellte fest, daß diejenigen, die anriefen, die waren, die Untersuchungsergebnisse erfahren oder einfach nur ein Rezept erneuern lassen wollten. Niemand rief mehr an, um über seine Gesundheit zu sprechen. Im Buch waren auch längst nicht mehr so viele Termine eingetragen. Anfangs glaubte er, die Nachfolgerin sei schuld und daß sie irgendwie Murks machte. Nur wie? Einen Termin festlegen und eintragen konnte jeder Idiot. Nein, das war etwas anderes. Bei Køpp drüben liefen die Dinge wie gehabt weiter. Køpp, die Unschuld in Person. War das vorgetäuscht, eine Haltung, um sich die Sache leicht zu machen? Anscheinend ging alles über seinen großen grauen Kopf hinweg, in dem die Augen einen leeren Ausdruck annahmen, wenn er zu etwas Stellung beziehen sollte. Was für Erfahrungen hatte ein Mann wie er gemacht? Was ging hinter seiner Stirn vor? Garantiert nichts, dachte Christian. Es widerstrebte ihm, mit Køpp zu erörtern, wie sich die Dinge entwickelten, Mitte der Woche konnte er es dann doch nicht lassen. Der Tag war ungewöhnlich ruhig gewesen, und am Abend, als im Fernsehen schon eine Weile die üblichen Streitereien liefen, stand er vom Küchentisch auf, ging zu Christian hinüber und sagte, er würde noch mal losfahren und ein paar Stunden weg sein.

Er fuhr auf den runden Hof und glaubte zunächst, niemand sei zu Hause, weil lediglich in der Küche ein kleines Licht brannte. Das Haus war in Tannen und dünnen verharschten Schnee eingepackt. Aber dann roch er Holzfeuer. Er stieg die breite Treppe hinauf, die von eingemauerten Blumenkästen voller Stechpalmen flankiert war, und klopfte. Es verging einige Zeit, ehe in der Diele Schritte zu hören waren. Sicherheitsketten wurden abgenommen, und Køpp steckte den Kopf heraus. Er wirkte verschlossener als sonst, und Christian entschuldigte sich für die Störung.

«Nein, nein, keine Ursache.» Køpp ließ ihn ein und schloß hinter ihm wieder ab.

«Ist Hege nicht zu Hause?» fragte Christian.

«Nein, sie hat wohl ein Treffen mit dem Handarbeitsclub», sagte Køpp vage und ging voraus ins Wohnzimmer, wo er ungeschickt nach dem Lichtschalter tastete. «Setz dich. Darf ich dir einen Schluck anbieten?»

«Ja, was soll's.» Christian nahm Platz, und Køpp kniete sich vor den Schrank und suchte und kam schließlich mit einer Flasche Calvados wieder hoch, die er wie eine Balancierstange hielt. Wie stets brannte im Kamin ein gutes Feuer. Christian entschied sich, sofort zur Sache zu kommen.

«Bleiben deine Patienten auch nach und nach weg?» fragte er, als er sein Glas in der Hand hielt und Køpp sich vorgebeugt und im Sessel bequem zurechtgerückt hatte. Køpp lächelte leer in die Flammen.

«Nein, nein, ich glaube nicht, daß man das sagen kann. Es ist so wie immer.»

«Na, mich haben sie auf dem Kieker.» Christian nippte an seinem Calvados. «Heute hatte ich sieben Patienten.»

«Das sind wahrhaftig nicht viele.»

Christian warf Køpp einen Blick zu, das klang so verdächtig wenig erstaunt, fand er. Das eine oder andere hatte er wohl doch bemerkt, wenn er es auch nicht wahrhaben wollte.

«Daß sich Krankheit offenbar dirigieren läßt, das ist schon erstaunlich», fuhr er fort.

«Ja, da kannst du recht haben.»

«Man sollte meinen, wir wären ein Vergnügungsetablissement, in das man gehen kann, wenn man sich langweilt.»

«Ja, wahrhaftig, haha.» Køpp lachte dumpf und leerte sein Glas in einem Zug, und danach wurde es still. Die Stille war unbehaglich. Wieder schaute Christian kurz zu Køpp hinüber, der nachlässig gekleidet war: grauer Pullover mit unregelmäßigem Zopfmuster vorn und einem Lederflicken auf einem Ellbogen, dazu Hosen, die zu kurz waren, so daß die weißen Knöchel mit den schwarzen Haaren hervorschauten. Der schlaffe Körper saß sicher gern im Dunkeln und ließ Luft ab, denn so hatte es gerochen, als Christian hereinkam. Vielleicht war es nur das gewesen, wobei er ihn gestört hatte.

«Hast du schon einmal Entsprechendes erlebt?» fragte Christian nach einer Weile. Er wollte nicht nachgeben. «Du bist seit vielen Jahren hier und mußt die Bewohner von Hvium und ihre Besonderheiten ziemlich gut kennen.»

«Ja.» Køpp nickte gedankenverloren. «Man hört mit den Jahren wahrhaftig das eine oder andere.»

«Wie meinst du das?» Unruhe schlängelte sich kurz an Christians Wirbelsäule hoch, aber er verscheuchte sie. «Hast du etwas über mich gehört?»

«Ach, als Arzt muß man einige Situationen meistern.» Køpp schlug ein Bein über das andere, entschloß sich jedoch im selben Moment, aufzustehen und das Feuer zu schüren und neues Holz aufzulegen. «Verdammte Patienten, was? Von denen leben wir nun mal. Verdammter Lebensunterhalt, den wir uns da ausgesucht haben, haha.»

Køpp begriff gar nichts. Oder tat er es vielleicht in Wirklichkeit doch? Christian hatte keine Ruhe, um herumzusitzen und Belanglosigkeiten auszutauschen, und wollte gehen, aber in dem Moment klingelte im Eßzimmer das Telefon. Mit einer Handbewegung bedeutete Køpp ihm sitzenzubleiben, das dauere nicht lange. Obwohl er die Tür schloß, konnte Christian dem Gespräch, das aus halben Sätzen bestand, einigermaßen folgen. Er hörte auch seinen eigenen Namen. Kurze Zeit später wurde aufgelegt, und Køpp kam zurück.

«Ich soll von meiner Frau grüßen», sagte er und richtete seine Hose. «Sie ist in einer Viertelstunde hier. Bleib noch ein bißchen.»

«Ich sollte lieber zusehen, nach Hause zu kommen», antwortete Christian, der keine Lust hatte, Hege zu begegnen. «Carmens Sohn wartet zu Hause auf mich. Ich kann ihn nicht zu lange allein sitzenlassen.»

«Der kleine Christian. Du kümmerst dich bestimmt gut um ihn, Carmen ist darüber froh.»

«Ja, aber ich muß irgend etwas Dauerhaftes finden», sagte Christian leicht unangenehm berührt. «Er kann nicht dort wohnen bleiben. Nur kommt es mir unbarmherzig vor, die Behörden einzuschalten, nachdem Carmen so krank ist.»

«Ja, das ist vielleicht ein Mist.» Christian war aufgestanden, Køpp ebenfalls. Er neigte sich dem Türgriff zu, als ob sein Spitzbauch ein Stein war, der ihn nach unten zog.

«Hast du versucht, Carmens Mutter zu erreichen?» fragte er plötzlich, und Christian starrte ihn verblüfft an.

«Ich wußte gar nicht, daß sie eine hat», sagte er.

«Doch, in Fåborg. Oder in Svendborg. Auf jeden Fall auf Fünen. Sie ist bestimmt rüstig. Carmen ist doch nicht so alt.»

«Das ist ja komisch. Warum habe ich bisher nichts davon gehört?»

«Ja, das ist eine eigene Geschichte. Aber jetzt erfährst du es immerhin.»

Køpp ließ ihn hinaus, und Christian hörte, wie abgeschlossen wurde. Er blieb kurz auf der Treppe stehen. Das

Licht in den Fenstern hinter ihm verschwand. Als er zum Auto hinuntergehen wollte, glitt ein Schatten über den Hof, und Heges Stimme sagte: «Guten Abend, Christian.»

In der Hand trug sie eine lange flache schwarze Tasche mit einer goldenen Schnalle, die im Schein der Außenleuchte und des Schnees aufblitzte. «Bist du auf dem Weg nach Hause? Komm noch mit hinein. Steh nicht so unschlüssig da.» Sie griff nach seinem Arm und wollte ihn mit sich ziehen, aber er machte sich frei.

«Hege», sagte er, «ich muß nach Hause fahren.» Sie warf ihm einen verwunderten und besitzergreifenden Blick zu.

«Gibt es was?» fragte sie.

«Nein.»

Er setzte sich ins Auto, um loszufahren, da klopfte sie auf der Beifahrerseite an die Scheibe und machte Zeichen, daß sie eingelassen werden wollte. Widerstrebend öffnete er ihr und schaltete die Innenbeleuchtung an, und sie schwang ein Paar elegante Stiefel ins Wageninnere.

«Es ist so lange her, daß wir ein bißchen miteinander geredet haben. Ich kann dich nicht einfach so ziehen lassen, nachdem du endlich gekommen bist.» Sie seufzte und fing an, ihre Handschuhe auszuziehen. Die waren sehr dünn und saßen so eng, daß sie einen Finger nach dem anderen loszupfen mußte.

«Was für ein Mistwetter. Immerhin ist es wenigstens etwas kälter geworden. Dieser Winter war nicht schön. Ich habe nicht einmal Lust zum Reiten.» Beim Sprechen blickte sie verstohlen und untersuchend zu ihm hinüber, dabei glättete sie die Handschuhe auf dem Schoß.

«Und du hast einen Ausflug in die Stadt unternommen?» Er war an dem Abend nicht sonderlich interessiert an ihr, und bei der Aussicht, mit ihr zusammenzusitzen und ihrem Geplauder zuhören zu müssen, wurde er noch unruhiger.

«Ich habe einen Besuch gemacht.»

«Ah ja.» Er fragte nicht, bei wem. Die Scheiben beschlugen schon. Mit einer jähen Bewegung drehte er den Zündschlüssel um, und das Radio brüllte los, bevor er es hatte leiser drehen können.

«Gibt es was?» wiederholte Hege. «Störe ich dich?»

«Nein, nein.» Christian drehte wieder eine Idee lauter. «Ich hätte es nur gern etwas wärmer.»

«Und dazu vielleicht ein Tänzchen mit einer alten Tante? Es ist wohl ein bißchen zu eng.»

Er lächelte angestrengt, sagte aber nichts.

«Christian, ich darf wohl sagen, was ich auf dem Herzen habe.» Sie blickte wiederum verstohlen zu ihm hinüber. «Es ist nur so, verstehst du, daß ich mich frage, ob es dir wirklich gutgeht. Für dich waren die Zeiten ja recht tough.»

«Wie meinst du das?»

«Na ja, nachdem Nina gegangen ist.»

«Ach so, das. Das geht ausgezeichnet. Ich bin zwar öfter allein, dagegen habe ich aber noch nie etwas gehabt.»

«Was quält dich dann? Ja, du mußt entschuldigen, daß ich dich so direkt frage, doch Linus und ich sind uns einig, daß du in der letzten Zeit etwas wunderlich gewirkt hast.»

Das war unglaublich taktlos. Christian starrte sie an, aber sie erwiderte seinen Blick.

«Ich werde nicht aufhören zu fragen», sagte sie, «jetzt, wo ich angefangen habe. Ich mache mir Sorgen um dich. Warum hast du mir nicht aufgemacht, als ich zwischen den Jahren bei dir vor der Tür stand?»

«Ich bin wohl nicht zu Hause gewesen.»

«Doch.» Sie lehnte sich halb zu ihm hinüber. «Du warst da. Dein Auto stand da, und du warst da. Ich sah dich im Wohnzimmer. Du hast dich vor mir versteckt, Christian, als ich bei dir angeklopft habe.» Sie machte eine kleine Pause. «Ja, ich muß es dir einfach sagen», fügte sie hinzu. Sie war aufgebracht und hatte rote Wangen, und sie nahm die Handschuhe noch einmal auf.

«Ich glaube, wir sollten doch ein Tänzchen auf dem

Hof wagen», lächelte Christian. «Denn das hier, das geht nicht.»

«Nein, danke.» Sie hob abwehrend die Hand, als ob sie nicht begriff, daß er scherzte. «Ich war ein bißchen wütend. Das ist wohl nichts als Eitelkeit. Ist er nicht mein Freund? dachte ich. O doch, Christian, das bist du, mein Freund, vielleicht der einzige, den ich habe, seit Sander gegangen ist.» Sie starrte ihn so ernst an, daß er am liebsten geschmunzelt hätte. In der Brusttasche fand er zwei Kugelschreiber und steckte sie sich in die Nasenlöcher, aber das fand Hege nicht gut.

«Nun sollst du dir anhören, was ich zu sagen habe.»

«Ich höre.»

«Nimm diese Dinger weg. Christian, du brauchst dich nicht zu schämen. Ich weiß, wie das ist. Ich habe mich selbst versteckt, wenn Leute bei mir vor der Tür standen. Mäuschenstill habe ich dagesessen und kaum zu atmen gewagt. Ich weiß außerdem, wie es ist, Angst zu haben.»

Christian zog die Kugelschreiber heraus und starrte sie an. Es war ihr bitter ernst. «Ich habe mich gezwungen, Auto zu fahren. Diese Fichtenpflanzungen und diese langen geraden Straßen ...» Es schauderte sie. «Eines Abends, als ich aus Viborg kam, bekam ich so einen Anfall, daß ich mich beim Fahren in den Hals kneifen mußte, nur um an etwas anderes zu denken. Nur um Atem holen zu können. Ich kniff mich, bis ich blaue Flecken hatte, Christian.»

«Du Ärmste.»

«Du brauchst mich nicht zu bemitleiden. Ich habe gelernt, damit zu leben. Es hat gedauert, und bis heute ist es hin und wieder schwierig. Aber das einzusehen ist der erste Schritt. Versteck dich nicht, Christian ...»

Sie blieb lange sitzen.

26

Es war windig. Wie Puder stob der Schnee von den Dächern und um die Hausecken und wirbelte durch die zugigen Ecken der Stadt. Bestimmt waren die Häuser in Hvium so gebaut, daß sie dem Wind widerstehen konnten. Es gab keine unnötigen Details, keine vorragenden Dächer, Simse oder Wandpfeiler, an denen Sturm oder Regengüsse zerren konnten, aber der Schnee verklebte Fensterrahmen, Türfüllungen, Garagentore, Regenrinnen. Die alte Frau trat auf die Treppe vor der Wäscherei, hielt eine schwarze Tasche vor die Brust und wurde jäh von einer Böe getroffen, so daß sie verblüfft den Mund aufsperrte. Sie schloß die Tür ab, nahm Wind und Schneewehen an der Treppe in Augenschein und ging weg. Christian saß an seinem Schreibtisch und beobachtete die kompakte Gestalt, wie sie sich die Straße hinaufbewegte. Sie ging überraschend schnell. Wo wollte sie hin? Er ließ die Jalousie los, so daß die geräuschvoll zurückfiel, schob den Stuhl zurück und machte die Schreibtischlampe aus.

Solange er in seinem Sprechzimmer gesessen hatte, war es ihm vorgekommen, als wäre es draußen dunkel, aber als er auf den Bürgersteig kam, betrat er eine glitzernde Phantasiewelt. Funkelnde Schneeflocken fegten unter den Straßenlaternen dahin und ihm ins Gesicht. Taumelnde Lichtpunkte. Der Wind hatte Feuer. Gesund oder krank, er wirbelte alles mit sich. Die alte Frau war weit hinten auf der Straße, der Wind riß an ihrem dicken dunkelblauen Mantel und zog sie mit sich, so daß ihre Beine kaum folgen konnten, und Christian ging ihr nach. Sie bewegte sich immer noch recht schnell, und obwohl Christian sich anstrengte, wurde der Abstand zwischen ihnen nicht geringer. Vereinzelt fuhren Autos langsam vorbei, und auf dem gegenüberliegenden Bürgersteig kämpften sich ein paar Fußgänger vorwärts. Es war fünf Uhr. Die Menschen kamen nach Hause, es war die Zeit zum Einkaufen, sie steuerten den Supermarkt an. Wenn sie Christian wiedererkannten, zeigten sie es nicht. Bald waren Schultern, Rücken und Hinterkopf von Schnee bedeckt, manchmal, wenn er den Durchgang zwischen zwei Häusern passierte, hatte sich eine weiße Zunge vor ihm auf den Bürgersteig geschoben.

Mehrfach verlor er die alte Frau aus den Augen, und jedesmal steigerte er sein Tempo, bis er die dunkle rechteckige Gestalt in dem Schneegestöber wieder ausmachen konnte. Jetzt rannte er schon fast und holte sie trotzdem nicht ein. Sie war unterwegs zum Stadtrand von Hvium, vorbei am Bistro, durch dessen niedrige gewölbte Bauernhausscheiben grünlichblaues Licht strömte, vorbei an großen Lagerhäusern und der neu erbauten Fensterfabrik, einem flachen quadratischen Klotz, die für über dreißig Menschen einen Arbeitsplatz geschaffen hatte. Die Straße führte abwärts, die alte Frau war wieder verschwunden, und zwar schon seit ein paar Minuten. Christian ging unter dem Viadukt hindurch. Schneewehen bedeckten die Fahrbahn. Hinter dem Viadukt gab es keine Straßenlaternen mehr. Hier hörte Hvium auf, und das Land begann mit flachen Feldern und Salzwiesen, wo der Wind gegen alles, was die Erde überragte, anstürmte. Er blieb stehen und versuchte etwas zu erkennen, aber Dunkelheit und Schneegestöber umschlossen ihn. Es war nichts zu sehen. Schließlich gab er auf und kehrte um. Auf dem Rückweg fand er sie wieder, auf dem gegenüberliegenden Bürgersteig, gegenüber von der Tankstelle. Sie war gar nicht weit von ihm entfernt. Er rief, aber sie hörte nichts; sie kämpfte sich gegen den Wind vorwärts, an der Wäscherei vorbei und um die Ecke über den Parkplatz bis hin zum Supermarkt, dessen Türen sich für sie aufschoben und hinter ihr schlossen. Christian folgte ihr. Eine Zeitlang suchte er die Reihen der Regale ab, wieder war sie für ihn verschwunden. Er ging zurück und nahm sich am Eingang einen Korb. Es waren etliche Kunden im Geschäft, und alle schienen es eilig zu haben. Und doch herrschte eine irgendwie unklare Atmosphäre, ein Zögern, etwas, das darauf wartete, sich zu entladen. Noch war er es nicht leid, offensiv zu sein. Er grüßte Patienten und die Leute, die er vom Sehen kannte, und er kümmerte sich nicht darum, wenn sie nicht zurückgrüßten, als ob er ein Mensch wäre, der etwas Entsetzliches getan hatte, weshalb sie ihn obendrein, in ihrem eigenen, sie lähmenden Gleichmaß befangen, kaum ansehen konnten. Lieber einen Bogen um ihn machten. Zwei Mädchen, Teenager, standen beim Weinregal und blickten verstohlen zu ihm hin und steckten die Köpfe zusammen.

«Karl Smart höchstpersönlich», flüsterten sie. Sie hatten blonde Pferdeschwänze und gezupfte Augenbrauen. Sie trugen ihre Schals so, daß sie aussahen, als hätten sie einen dicken Hals und litten an Atemnot. Perfekte, etwas glänzende Gesichter mit einer vereinzelten Narbe von Pickeln auf Stirn oder Wange. Dieser Typ Mensch, der unmöglich wiederzuerkennen war. Urplötzlich sehnte er sich nach der Zerbrechlichkeit seiner Oberstufenfreundin Henny, nach damals, als er noch nicht die Last dieser Allgemeinplätze des Daseins begriffen hatte.

Und dann entdeckte er Christian, der bei den Regalen mit den Süßigkeiten stand, die Hände hatte er in die Achselhöhlen gesteckt, als ob er sie wärmen oder daran hindern wollte, einem Verlangen nachzugeben. Seine Schultasche stand zwischen seinen Beinen. Der Blick wanderte über die Tüten mit den Schokoladenpastillen und denen mit rotem, braunem und schwarzem Lakritz. Mehrmals warf er Blicke in alle Richtungen, dann beugte er sich schnell vor und ergriff ein paar Tüten und ließ sie in seine offene Tasche gleiten. Wieder steckte er die Hände in die Achselhöhlen und tat so, als wäre nichts. Kurz darauf passierte das Ganze ein zweites Mal. Doch, das war Gier. Insgesamt vollzog er das Manöver viermal, ehe Inger an der Kasse es merkte. Genau wie alle anderen im Ort wußte sie um die Lage des Jungen. Sie unterbrach ihre Arbeit, stand auf und ging zu ihm.

«Komm damit an die Kasse», sagte sie freundlich. «Dann schreibe ich es für dich auf.» Sie sprach nicht laut, Christian hörte sie trotzdem klar und deutlich, denn mit einem Schlag war es in dem Teil des Geschäftes still. Alle waren sie auf Christian aufmerksam geworden, der mit glühenden Wangen zu Boden blickte. Christian glaubte zu verstehen, was in ihm vorging: Keine Freundlichkeit würde seine Wut über das Entdeckt-worden-Sein beheben können. Und trotzdem mischte er sich ein. Er zog sein Portemonnaie hervor, suchte einen Fünfziger heraus und ging hin und steckte ihm den in die Hand, aber Christian nahm ihn nicht, und der Schein segelte auf den schmutzigen Fußboden. Leicht verwirrt hob Christian ihn auf und reichte ihn dem Jungen.

«Du hast ihn fallengelassen.» Vom Schein tropfte es in den Raum zwischen ihnen. Mittlerweile waren einige Neugierige zusammengeströmt, um den Auftritt mitzuerleben.

«Nein», kam es schrill von Christian.

«Warum denn nicht?»

«Ich kenne Sie nicht.»

«Das tust du ...», fing Christian an, aber Inger ging dazwischen.

«Wir wollen es jetzt nicht peinlich werden lassen», sagte sie und begleitete Christian zu der halb aufgelösten Schlange und klappte den Bügel bei der Kasse hinter sich zu.

* * *

Umgeben von verstecktem Lächeln und sprechenden Blicken, mußte er anschließend warten, bis er an der Reihe war. Er befand sich wieder auf dem Schulhof, freilich war er kein Schuljunge. Er war der Arzt. Sein Mantel stand offen, er war gut angezogen. In der einen Hand hielt er den

Korb mit seinen wenigen Einkäufen, die nichts über ihn verrieten, die andere spielte in der Hosentasche mit den Autoschlüsseln. Er war einen Kopf größer als die anderen. Keiner sprach mit ihm, aber als er zur Kasse kam und die Sachen aufs Band legte, ergriff er selbst das Wort.

«Wie geht es Marianne?» fragte er.

«Sie ist nach Hause gekommen», antwortete Inger kurz und tippte die Waren ein.

«Wie geht es ihr?»

«Wie wollen Sie es haben?» Sie vermied seinen Blick. Sie stand auf, dieser kleine Mensch, denn der Stuhl war nicht ihrer Größe angepaßt. «87,95 Kronen bitte.»

Er legte das Geld in die Schale vor ihr, und sie nahm es und gab ihm heraus.

«Inger, sind Sie böse auf mich?»

Sie schaute zu ihm hoch.

«Nein», sagte sie.

Er beugte sich zu ihr, als er nach dem Geld griff.

«Was ist dann los?» fragte er leise.

«Was meinen Sie?»

«Was ich meine?» Er richtete sich auf. «Alle behandeln mich wie Abschaum. Auf der Straße. Hier. Ich habe fast keine Patienten mehr. Ha. Krankheit läßt sich offenbar je nach Belieben der Leute dirigieren.»

«Psst», sie warf einen Blick auf diejenigen, die hinter ihm in der Schlange standen. Laut sagte sie: «Ich werde sie Ihnen zeigen. Gleich dort drüben.» Der Bügel klappte auf und zu, und sie zog ihn mit sich zum Postkartengestell und drehte es langsam. «Sie dürfen nicht so laut reden», sagte sie behutsam. «Schauen Sie, hier ist eine neue von der Hauptstraße.» Sie hielt sie ihm vor die Nase.

«Hören Sie auf.»

«Die Leute reden über Sie», flüsterte sie.

«Ja, das merke ich.»

Sie drehte am Gestell.

«Sie sagen, Sie glaubten, Sie seien wer.»

«Ja, das tue ich auch.»

«Das ist kein Scherz», warnte sie.

«Dann raus damit.»

Sie zögerte.

«Ich habe doch gehört, wie alles zusammenhängt», sagte sie schließlich. «Aber das wirkt nicht gut, ein junges Mädchen, das bei Ihnen übernachtet und Tabletten nimmt, während Sie in der Praxis sind ... und dann das blaue Auge ... Es heißt, man könne sich nicht auf Sie verlassen, und Sie seien schlimmer als Sander.» Das letzte kam mit Nachdruck. Sie warf einen Blick auf die Schlange, die in der Zwischenzeit gewachsen war.

«Ich komme gleich», rief sie hinüber.

«Einen Moment noch.» Christian hielt sie am Arm, und sie machte sich frei. «Und was sagen Sie dazu?»

«Haben Sie das nicht gehört?»

Er mußte sie gehen lassen. Doch kurz bevor geschlossen wurde, als sie im Schnee stand und die Schilder zusammenklappte und hineintragen wollte, paßte er sie ab.

«Sie kommen ja wie aus dem Nichts», prustete sie. «Sie haben mich erschreckt.»

«Lassen Sie mich beim Hineintragen helfen.»

Sie bedankte sich nicht, aber überließ ihm das Schild und sammelte statt dessen die Lotto- und Totofähnchen ein. Im Geschäft war es halbdunkel. Das Licht an der Kasse und bei der Kühltheke war abgeschaltet; die Klimaanlage lief, in den dicken Zinkrohren unter der Decke summte es.

«Kommen Sie», sagte sie und zog ihn mit in ein kleines stickiges Hinterzimmer. Der Schreitisch dort war bedeckt von Mappen und losen Blättern für Sonderangebote. Es gab ein paar Regale und zwei Stühle, der eine vor, der andere hinter dem Tisch.

«Setzen Sie sich», sagte sie. «Ich gebe einen aus.»

Christian klemmte sich auf den Stuhl, und sie brachte ihm einen Schnaps.

«Für gewöhnlich trinke ich nicht», entschuldigte sie sich und kippte ihren. «Aber was wollen Sie?»

«Was Sie erzählt haben, hat mich schockiert.»

«Wir leben in einem kleinen Ort.» Sie starrte ihn über das staubig-gelbliche Licht der Schreibtischlampe hinweg an. Völlig egal, dachte er.

«Glauben Sie das, was so geredet wird?»

«Ich?» Ihre Stimme war tonlos. «Nein. Ich habe mit Marianne geredet. Ich weiß genau, daß nicht Sie Marianne geschlagen haben. Ich weiß auch, daß Sie nichts miteinander hatten.»

«Können Sie das den Leuten, die reden, nicht sagen?»

«Doch, wenn sie es mir direkt ins Gesicht sagen würden. Aber geklatscht wird heimlich, Christian. Ich weiß, was geredet wird, und weiß es doch nicht.»

«Das müssen Sie mir eigentlich nicht erzählen.»

Er starrte in sein blindes Glas und vergaß, es zu leeren.

«Trinken Sie aus», nickte Inger, und er dachte: Ach, leck mich doch am Arsch.

* * *

Freitag. Er fuhr im schwindenden Licht des Nachmittags nach Hause. Die Tage waren schon deutlich länger geworden. Laut Kalender täglich drei bis vier Minuten, nicht viel, aber an klaren Tagen wie diesem ging die Sonne langsam unter. Der ganze hohe Himmelsbogen war voll von zerfetztem Licht, ein orangefarbenes und violettes Flammen draußen über dem Fjord und den Hügeln. Weit entfernt, am jenseitigen Ufer, fiel Licht auf die acht Türme der Windkraftanlage, so daß sie glühten. Christian raste über den Schotterweg. Das Auto knallte in den Schlaglöchern auf und ab, dennoch verringerte er sein Tempo nicht. «Leck mich am Arsch», sang er, «ach, leck mich ... leck mich.» Er ließ das Auto mitten auf dem Hof stehen, stieg aus und knallte die Tür zu. Eine Schar Krähen, die in der Krone der Birke gesessen hatte, erhob sich krächzend und flog zum Knick hinter dem Wirtschaftsgebäude. Dann fiel sein Blick auf etwas. An der Mauer war ein Schriftzug angebracht worden, rechts von der Haustür, gleich über dem Sockel. PASS AUF stand da in großen ungleichmäßigen Buchstaben. Die Schrift war verlaufen. Sie hatten seinen eigenen Holzlack benutzt. Der Eimer stand auf der Treppe, und daneben lag ein steifer Pinsel, der auf der Hobelbank oben in der abgeschlossenen Werkstatt zu liegen pflegte. Und im selben Moment packte ihn eine unmenschliche Müdigkeit. Ich muß reingehen, dachte er. Beweg den Fuß. Aber er blieb stehen. Seine Energie war verbraucht. Er war gelähmt. In der Krähenkolonie drüben auf den hohen Bäumen herrschte Unruhe. Die Vögel stiegen auf, kreisten und ließen sich an einem neuen Platz nieder, aber Christian hörte ihr Spektakel kaum. Er war still geworden und überwältigt von etwas, das zur selben Zeit menschlich war und unmenschlich, und er hatte nur einen einzigen Gedanken: Beweg den Fuß. Irgendwie gelangte er über den zerfahrenen tauenden Schnee des Hofs und die Treppe hinauf, wo er gegen den Eimer stieß, so daß er umfiel. In der Diele lag auf dem Fußboden unter dem Briefschlitz Post. Ein paar Briefe von der Bank und ein zusammengefaltetes Stück Papier. Er hob nichts auf, sondern ging direkt die Treppe hinauf und ins Bett, wo er einschlief, angezogen, wie er war.

Er wachte viele Stunden später mit wahnsinnig heftigen Kopfschmerzen auf, die auf seinen gesamten Körper übergegriffen hatten. Er war in Schmerz eingekapselt. Es war, als ob er nicht auf der Haut lag oder darin, sondern direkt darüber, als ob die Grenzen seines Körpers nicht definitiv waren. Seine Sachen, die Bettdecke, die Matratze unter ihm quälten ihn, und immer, wenn er sich rührte, wurde es schlimmer, mehr rot. Feuer war in der Luft und in den Bewegungen. Stunde um Stunde lag er so, unbeweglich. Ohne die Augen zu öffnen, kam es ihm so vor, als ob die Sonne am Aufgehen war und der Tag bleich und weiß wurde. Er wußte nicht, ob die Schmerzen nachließen oder ob er sich nur allmählich an sie gewöhnte, aber jetzt war alles verändert. Nichts war mehr gültig. Er wußte nicht mehr den Tag. Das Telefon auf dem Nachttisch klingelte, und vier Männer nahmen an seinem Bett Aufstellung und beugten sich über ihn und begannen jeder an seinem Ende. Zwei an den Schultern und zwei bei den Füßen. Er sah in der Luft ein Messer und glaubte zunächst, sie wären Aderlasser, sie wären gekommen, um das Rote hinauszulassen, sie hatten aber anderes vor. Sie rollten die Haut von ihm ab, und zwischendurch schielten sie aus geröteten trüben Augen zu ihm, wobei sie ein Geräusch zwischen den Zähnen produzierten, als ob sie Krümel aufsaugten. Als wenn sie sich auf die Mitte zuarbeiteten, näherten sich ihre Köpfe immer mehr. Oder was taten sie tatsächlich? Wer waren die Männer? Christian preßte den Hinterkopf ins Kopfkissen, daß der Kehlkopf aufragte. Die Haut an seinem Hals flammte. Dann hörte das Telefonklingeln auf, und erst jetzt begriff er, daß der Schmerz von daher kam. Er taumelte aus dem Bett und schluckte Tabletten. Dann fiel er wieder um, und dieses Mal befand er sich auf einer riesengroßen Grünfläche, die Augen preßte er gegen einen Drahtzaun, oder war das ein Himmel, in dem sich Bäume und ein fernes kaltes Klingeln drehten? Die kurzen Grashalme kratzten, er lag auf dem Rücken und drehte sich. Er und eine Möwe, die mit blutgefülltem Schnabel aufstieg. Weit entfernt winkte jemand, aber er gab sich nicht zu erkennen, denn er meinte nicht, daß ihm das gälte. Das war eine Frau in einem roten Mantel, und wenn sie auch ein gutes Stück entfernt war, konnte er doch hören, wie sie zärtlich sagte: «Du kannst dort nicht liegen.» Sprach sie mit ihm? Er wurde unruhig, er erinnerte sich, er hatte Schmerzen gehabt, die waren jetzt überstanden. Er konnte nicht länger warten, wenn er nicht wirklich verrückt werden wollte, und er mußte Ruhe haben. «Danke fürs Kommen.» Er sprach abgehackt. «Ich muß jetzt auch nach Hause.»

Dann verschwand alles, und dieses Mal schlief er, bis er vom Türklopfer geweckt wurde und von einer Faust, die gegen das Holz schlug.

27

Ich war das gewesen, ich war zu Besuch gekommen. Daß ich trotzdem hingefahren bin, habe ich abwechselnd bereut und nicht bereut. Ich meine, warum habe ich mich eingemischt? Ist das eine typisch weibliche Eigenschaft, das man seine Fürsorge anbietet? Unabhängig davon, ob sie angenommen oder abgelehnt wird, liegt darin auch eine gewisse Schwäche. Ich glaube, das weiß ich durchaus. In den wenigen Tagen, seit Christian bei mir in Odense gewesen war, hatte mich seine Stimme begleitet. Die erzählte mir Geschichten, von denen ich wissen wollte: Stimmten sie oder nicht? Am Samstagmorgen teilte ich meiner Familie mit, ich würde übers Wochenende zu Christian fahren. Ich sagte nicht, daß ich darüber mit ihm nicht gesprochen hatte. Erik brachte mich kurz vor acht zum Zug, und ein paar Stunden später war ich in Viborg, wo ich in den Regionalzug umstieg. In Odense hatten sich Autos, Fahrräder und Fußgänger durch den Schneematsch gewälzt, aber hier oben dominierte der Winter. Der Zug glitt durch eine weiße Landschaft. Es war diesig, eine blasse Sonne drang langsam durch den Dunst, und über den Feldern hing der Frost wie Rauch. Aus Wasserlöchern und kleinen Seen und aus den sumpfigen Flächen stieg Wasserdampf auf, steife rotbraune Sauerampferstengel und spinnwebzarte Skelette von Weidenröschen unterbrachen die Schneefläche. Um diese Zeit fuhren nicht viele Fahrgäste mit, und in Hvium, was nicht mehr war als ein Schuppen, stand ich als einzige an der Haltestelle und sah den Zug verschwinden. Ich hatte gedacht, es würde dort ein Telefon geben, statt dessen mußte ich in die Stadt. Beim Bäcker wurde ich zur Tankstelle geschickt, und ich ging dorthin und rief bei Christian an, der allerdings nicht abnahm, und als ich nach einem Taxi gefragt und erfahren hatte, das wäre mit Dialysepatienten in Viborg und erst um die Mittagszeit zurück, entschloß ich mich, zu Fuß zu gehen. Auf dem Weg aus der Stadt konnte ich nicht umhin zu bemerken, daß ich beobachtet wurde. Die Leute starrten nicht direkt, aber sie nahmen mich wahr, denn ich bin ein Mischtyp aus Land und Stadt. Ich strahle irgendwie etwas Praktisches aus; solange ich nur solide Schuhe an den Füßen habe, kann ich meine Tasche lange tragen, mein Körper berichtet, daß er beim Ausmisten und beim Spielen in Feldscheunen und in Flüssen mit lebhaftem Wasser seine Sicherheit gefunden hat; dort fing ich einmal mit meinen bloßen Händen eine fette Forelle in dem Moment, als sie vorbeischwimmen wollte. Mein Mantel, mein Halstuch und mein Gesicht mit der Kurzhaarfrisur und dem roten Mund und den schmalen Wangenknochen, das ist alles städtisch. Meine Augen sind Stadtaugen. Ich bin zu gleichen Teilen schwer und leicht, und weil ich so oft umgezogen bin, kann ich die Mundart der verschiedenen Landesteile nicht mehr voneinander unterscheiden. Einmal saß ich bei einem Begräbniskaffee auf Bornholm einem älteren Mann gegenüber, der mich aus irgendeinem Grund ansprach, und im Laufe des Gesprächs fragte ich, woher er käme. «Ja, aber Mädchen, kannst du das nicht hören?» sagte er mit diesem humorvollen übermütigen Lächeln, das mir diskret und eindeutig berichtete, daß er mich reingelegt hatte.

Ich ging die Straße entlang. Scharen von Wacholderdrosseln hatten sich auf den Feldern versammelt, wo sie sich in dem Versuch, die Wärme zu halten, zusammendrängten, ich kam an einer Hecke von gekappten Pappeln vorüber, deren Reihe mit ihren dichten dürren Zweigen wie lauter davonsausende Eichhörnchenschwänze aussah. Der Atem stand wie eine weiße Fahne vor meinem Mund, im Fjord glitzerte es, ich schritt ordentlich aus, und nach etwas mehr als einer Stunde stand ich auf Christians Treppe und klopfte ihn heraus. Ich war überrascht, ihn übernächtigt und in zerknitterten Sachen vor mir zu sehen, und er war kaum weniger verblüfft, mich zu sehen.

«Ja, aber komm doch rein», sagte er. «Du mußt entschuldigen – ich habe heute nacht miserabel geschlafen.»

Er sagte nicht, was ich entschuldigen sollte. «Ich glaube, das ist die Grippe. Die kommt und geht.»

«Geht es dir denn jetzt gut?» fragte ich. «Oder solltest du wieder ins Bett?»

«Nein, jetzt kann ich ohne weiteres aufstehen.»

Er machte im Ofen Feuer an, und ich briet Spiegeleier, dazu gab es Roggenbrot und Kaffee. Wir aßen am Tisch in der Küche, und er fragte, wie lange ich bleiben würde.

«Das kommt auf dich an», sagte ich. «Ich habe alles mit, so daß ich bis morgen bleiben kann.»

Das war nicht zu lange. Er entspannte sich. Die Sonne brach durch den blendenden Dunstschleier und erfüllte den Raum. Er sah nicht besser aus als beim letzten Mal, und er hatte einen häßlichen Ausschlag an Kinn und Wangen bekommen.

«Das wird Bartflechte», sagte er auf meine Frage, «ich werde ihn abrasieren müssen.»

«Unten an der Treppe liegt ein umgekippter Farbeimer, und an der Wand steht PASS AUF. Christian, was hat das zu bedeuten?»

«Das ist sicher nur die Fortführung zu dem Brief, den ich dir neulich abend gezeigt habe.» Er lächelte unsicher.

«Was hast du dir überlegt, was willst du unternehmen?»

«Ich habe mir nichts weiter überlegt, als daß ich in aller Ruhe abwarten will, bis der Sturm abflaut. Früher oder später werden sie die korrekten Zusammenhänge dieser Geschichte herausfinden.»

«Paß auf, nicht der Tropfen höhlt den Stein», sagte ich warnend, und er bekam eine ärgerliche Falte zwischen den Augenbrauen. Ich dachte: Ich weiß, so ist er nun mal. In seine Pläne weiht er niemals andere ein. Er geht hierhin und dorthin, und urplötzlich springt er auf und ist anderswo.

In den staubigen Strahlen des Lichts glühte mein Ehering. Ich trank den letzten Schluck Kaffee und fragte, ob er Zeit für einen Ausflug habe. «Ich bin nie mit deinem Schiff draußen gewesen», sagte ich.

Wir fuhren zum Hafen, aber im letzten Augenblick, als wir schon an der Slipanlage vorbei waren, wo die Schiffe überholt werden, änderte er seine Meinung. «Ich bin nicht in der richtigen Verfassung, um rauszufahren», sagte er. Unten an den Brücken herrschte Betrieb. «Zeig mir zum mindesten, welches deines ist», bat ich. Er zeigte aus dem Fenster. «Das da», sagte er und wendete das Auto.

* * *

Er hielt auf dem Feldweg direkt vorm Fjord, und wir gingen durch einen Streifen von grauem Beifuß und dünnem verharschtem Schnee bis zum Wasser. Ein Kahn, den man auf den Strand gezogen hatte, war von Tang bedeckt. Christian fror, denn er hatte weder Mütze noch Handschuhe dabei, und den Kragen hatte er hochgeschlagen und die Hände in den Manteltaschen vergraben.

«Kannst du dich an unsere Hühner erinnern?» fragte ich, «die großen Wyandotten? Sie hatten alle einen Namen. Wie hießen sie noch mal?»

Ich blieb stehen, mit einem Mal eifrig, denn neben Christian zu gehen hatte mich an die Sommermorgen erinnert, wenn ich auf der Treppe stand und, die Hände voller Haferflocken, die Hühner rief. In unserem Garten herrschte ein merkwürdiges, graublaues Licht, auch wenn die Sonne richtig hoch stand. Dann kamen die Hühner auf ihren schiefen Stöckchenbeinen angeflitzt, und das machte mich glücklich, denn sie erweckten in mir eine Zärtlichkeit, die ich für Menschen nie hatte empfinden können.

«Die waren so dumm und so lustig», sagte ich. «Wie hießen sie doch noch mal?»

«Daran kann ich mich, ehrlich gesagt, nicht erinnern», sagte er, höflich desinteressiert.

«Doch», sagte ich. «Warte einen Moment, dann kommen sie.»

Wir gingen weiter. Kurz darauf sagte er: «Sie hießen An, Auf, Hinter, In, Neben, Über, Unter, Vor, Zwischen.»

«Das glaube ich dir einfach nicht.»

«Na gut», sagte er, «dann eben nicht.»

Wir ließen die Hühner sein und gingen schweigend weiter. Ich steckte meinen Arm unter Christians, und er ließ mich, richtig zufriedenstellend war das allerdings nicht.

«Christian, bist du gestreßt, oder brütest du über etwas? Du scheinst so weit weg zu sein.»

«Gestreßt», sagte er leichthin und bückte sich, so daß mein Arm unter seinem herausrutschte, und hob einen Stein auf, den er übers Wasser springen ließ.

«Soll ich nach Hause fahren, wenn wir zurück sind?»

«Nein, bleib nur, dann können wir uns einen schönen Abend machen.»

Was für eine große Belastung es doch ist, wenn man nicht liebt, dachte ich und blieb einen Moment stehen, während Christian weiter am Strand entlangging. Seine Schultern unter dem Mantel waren breit und rund. Wenn einem das bewußt wird, dann wird man empfindlich, sagte ich stumm. Das eigene Leben nimmt sich aus wie eine Reihe von Bocksprüngen, und man ist erschöpft, wenn man an all das Gute denkt, das man erfunden hat, um die Tatsache zu überdecken, daß man letztendlich völlig gleichgültig ist. Vielleicht, dachte ich und starrte über das Wasser, wo eine Gruppe Schwäne landete, was sich anhörte, als würde eine Ladung Brennholz von einem Lastwagen gekippt, vielleicht erfordert all dies Herumgezappel die Energie, die man sonst zum Gernhaben verwendet haben würde? Ich hatte so etwas noch nie gedacht, das Ganze wirkte plötzlich so leicht, und ich wurde wieder glücklich und weich und lief Christian hinterher. Ich konnte meine Freude nicht für mich behalten: «Egal, was sonst alles war, ich brauchte einfach einen kleinen Ausflug aufs Land», sagte ich atemlos, als ich ihn eingeholt hatte, und er drehte den Kopf und sah zu mir herunter und lächelte sein angenehmes Bocklächeln, Christian, ich bin deine Schwester, mich kannst du nicht hinters Licht führen.

* * *

Als wir nach Hause kamen, war im Kachelofen immer noch Glut. Christian holte Holz. «Ich wußte doch nicht, daß du kommen würdest», sagte er auf dem Weg nach draußen, «sicher ist nicht sonderlich viel im Kühlschrank.»

«Ißt du nie etwas?» fragte ich. «Paß auf, daß du nicht dünn wirst.»

«Die Tankstelle hat geöffnet», sagte er. «Ich fahre rein und hole etwas.»

«Nein, laß mich. Gib mir nur die Autoschlüssel.»

Ich fuhr in den Ort und kaufte Schollen, tiefgefrorenen Spinat, Eier, Nudeln und Bier, und wir halfen uns gegenseitig beim Zubereiten. Die Luft um ihn war sonderbar. Er wirkte undurchdringlich, und ich fing an, das Demütigende zu empfinden, ihm so nahe zu sein.

«Ich bin von lauter Idioten umgeben», sagte er, während wir beim Essen saßen. Der Fisch dampfte, und als ich ein

Stück abschnitt, quoll Rotes und Grünes heraus. Das waren die Tomaten und der Spinat, ich schnupperte daran und nahm einen Bissen. Es schmeckte herrlich. «Das ist das schlimmste an solchen kleinen Gemeinschaften», sagte ich. «Wenn es an irgendeinem Punkt danebengeht, gibt es nichts sonst, wo man hingehen könnte. Man kann nirgends Entlastung finden.»

«Fängst du jetzt auch an?» Mit einer entschiedenen Geste legte er die Gabel beiseite. «Für mich ist nichts schiefgegangen. Ich habe nichts Verkehrtes getan, das ist die Ironie an der Sache. Ruf die Polizei an oder den Amtsarzt, sie werden dir schon berichten, welche Möglichkeiten ich hatte: keine. Es war nicht meine Schuld, daß sie versuchte, sich das Leben zu nehmen, und außerdem wollte sie das doch auch gar nicht.»

«Lag sie tatsächlich in deinem Bett?»

«Ja. Woher soll ich wissen, was in ihrem Kopf vor sich gegangen ist.»

«Hm», sagte ich.

Später am Abend wurde es im Wohnzimmer sehr warm, und ich schloß die Klappe. Die Flammen ließen vom Holz ab und fraßen die Luft hinter den Glasscheiben, sie wandelten sich von gelb zu lila zu grün.

«Das hier erinnert mich an die Samstagnachmittage zu Hause», sagte ich, obwohl mir aufgefallen war, daß er mich sentimental fand, wenn ich auf die Abteilung Erinnerungen zurückgriff. Worüber zum Teufel sollte ich denn sonst mit ihm reden? «Weißt du nicht mehr, wie warm es wurde und daß wir eine Schicht nach der anderen ablegten, so daß Mutter am Schluß fast den Tränen nahe war, wenn sie daran dachte, was passieren würde, wenn Vater uns so sähe?»

«Sie hatte wohl ziemlich nahe am Wasser gebaut, oder?» fragte Christian mit dem Rücken zu mir am Fenster, das er aufgestoßen hatte. Es war nach elf Uhr, und am Himmel standen Sterne. Sie ließen ihn sehr hoch erscheinen.

«Nein, das finde ich nicht.» Ich runzelte die Stirn und

konnte mich an nichts erinnern, das darauf gedeutet hätte. «Du hast ja so viel gearbeitet», sagt ich etwas später. «Aber zwischendurch bist du auf seltsame Ideen gekommen. Weißt du noch damals, als wegen einer Krankheit alle Puten geschlachtet werden mußten, und wir die Köpfe sammelten und auf lange Stöcke spießten und sie entlang der Zufahrt aufstellten und daß wir dem am weitesten unten zur Straße hin Mutters falsche Zähne in den Schnabel steckten, so daß es alle von den Autos aus sehen konnten? Gott, was gab das für ein Theater.»

Er machte eine Bewegung, nein, daran erinnerte er sich nicht.

«Was war eigentlich mit diesen Zähnen?» fragte ich. «Die saßen doch immer noch fest am Gaumen, jedenfalls die meisten. Hattest du die nicht im Arbeitsraum gefunden?»

Er schloß das Fenster mit Nachdruck. «Ehrlich gesagt, habe ich keine Lust, jetzt darüber zu sprechen», sagte er.

«Doch, du hast sie im Arbeitsraum gefunden.» Ich ließ nicht locker. «Sie lagen hinten bei der Gefriertruhe auf der Erde. Hattest du darauf herumgetrampelt?» Ich war kurz vorm Abdrehen. Blöder Christian, dachte ich. Mit einem tiefen Seufzer lehnte ich mich im Sessel zurück. «Ich habe Lust, mich zu betrinken», sagte ich. «Her mit dem Cognac.»

«Kannst du dich nicht mit etwas anderem betrinken?» fragte er.

«Doch», sagte ich, «bring einfach was her.»

«Ich finde, du wirst so anspruchsvoll», lächelte er, aber ich erwiderte sein Lächeln nicht. Du Trottel, du Blödmann, dachte ich. «Ich will richtige Liebe finden», plapperte ich, nachdem ich sechs Gläser Portwein geleert hatte. «Das habe ich heute herausgefunden, und ich finde, das solltest du auch tun.»

«Ja, schon möglich», antwortete er, «jetzt will ich zuallererst zusehen, etwas Schlaf zu bekommen. Das brauche ich nämlich. Und morgen bringe ich dich nach Viborg. Ich muß sowieso dorthin fahren und nach Carmen schauen.»

* * *

Nachts wachte ich von Lärm unten im Hof auf und griff nach meiner Uhr, die auf dem Nachttisch lag. Es war Viertel vor vier. Ich hatte nicht sehr tief geschlafen, nachdem ich mir eine halbe Flasche Portwein einverleibt hatte, und weil ich noch nicht richtig wach war, dauerte es, bis ich begriff, daß das Motorenlärm war. Ich blieb einen Moment im Bett liegen. Ich stellte mir vor, jemand war einfach hereingefahren und wendete, und das Geräusch würde schnell wieder verschwinden. Mein Fenster lag zum Garten hinaus, und das Haus schluckte den Schall vom Hof. Aber der Lärm blieb, und endlich wurde mir klar, daß dort unten nicht nur ein Auto war und daß ein einfaches Wendemanöver längst beendet gewesen wäre. Ich zog mir etwas über und ging hinunter. Auf der Schwelle zum Wohnzimmer kam mir Christians Stimme entgegen. «Mach bloß kein Licht an!» Er stand im Dunkeln am Fenster. Ich ging zu ihm.

«Wer ist das?»

Er machte eine Bewegung.

«Leute.»

Es waren nur zwei Autos, es klang freilich wie viel mehr. Die Motoren heulten auf, und das Scheinwerferlicht schlug gegen die Fenster des Hauses, während sie immerzu im Kreis um die Birke fuhren. Christian zog sich ein Stück zurück. Der Lärm war ohrenbetäubend.

«Was wollen sie?» fragte ich.

«Hast du oben Licht angemacht, als du heruntergekommen bist?»

«Ja», sagte ich verwirrt. «Das brennt noch.»

«Dann bin ich gezwungen rauszugehen.»

«Nein, laß das sein.» Ich packte seinen Arm, aber er machte sich frei.

«Warum solltest du? Bleib hier. Du mußt nicht hinausgehen. Die fahren bald wieder. Mit denen läßt sich nicht reden.»

«Das tut nichts zur Sache.»

Er verließ das Zimmer, und ich sah ihm nach. Ich verstand nicht, was er meinte. Draußen von der Diele kam ein dumpfes Geräusch, als er einen Schuh von sich schleuderte. Kurz darauf öffnete er die Haustür und stand auf der Treppe. Er ging ein paar Stufen hinunter. Das Licht fegte über den Hof, dann wurde aufgeblendet. Die Motoren heulten. Ich konnte ihn sehen, er stand sehr aufrecht und hatte die Hände in den Taschen. Licht und Lärm drehten sich immer im Kreis. Wie ein Karussell, das durchgegangen ist. Die Autoradios waren voll aufgedreht, Stimmen und Musik und Rufe brandeten heraus. Ich sah nicht viel, das blinkte. Dies war ein einziges zweigliedriges Maschinentier, böse, aber willenlos, dachte ich. Das brüllte und im Kreis fuhr. Der Schnee spritzte von den durchdrehenden Hinterrädern auf, und die ganze Zeit schleuderten die Autos. Christian blieb ganz ruhig auf demselben Fleck stehen. Er rührte sich nicht. Ich beobachtete ihn. Wie lange, weiß ich nicht. Plötzlich drehte er sich um und ging zurück. Die Tür knallte ins Schloß. Ich hörte nicht, ob er den Mantel auszog und auf einen Bügel hängte, denn alle schwächeren Geräusche ertranken. Ich glaubte, er würde zu mir ins Wohnzimmer kommen, aber er ging die Treppe hinauf. Ich blieb stehen, von dem grellen Licht geblendet. Vom Lärm und der fehlenden Augenlidabdeckung. Das hier muß ein Ende haben, dachte ich. Dann blinkte eines der Autos ein paarmal und verschwand daraufhin die Einfahrt hinunter. Das andere raste hinterher. Es wurde still.

* * *

Als ich gegen neun Uhr nach unten kam, war der Tisch für mich gedeckt. In der Thermoskanne stand Kaffee bereit, daneben ein Korb mit ein paar Scheiben Brot, die schon trocken wurden. Auf dem Tisch lagen Krümel. Christian hatte schon gegessen. Ich setzte mich und schmierte mir ein Marmeladenbrot. Eine bleiche Sonne kroch durchs Fenster ins Zimmer, und nebenan im Arbeitsraum setzte der Kühlschrank ein und ging wieder aus. Mir war, als ob die Stille in den Ohren rauschte. Mitten im Zimmer standen seine schwarzen Schuhe. Sie waren alt und nach seinen Füßen geformt, aber sie glänzten, als ob er sie gerade geputzt hätte. Es war, als ob seine Füße dort wären. Aber die liefen ja anderswo herum. Ich dachte an ihn, wie er da inmitten des Automeeres ausgesehen hatte, so ruhig. Was es ihn gekostet hatte, konnte ich nur raten. Christian, die wollen dich hier nicht haben. Ich trank Kaffee und blätterte in der Zeitung und dachte an das schale Gefühl von Unverletzlichkeit, das so plötzlich verschwinden kann, wenn man endlich aus einem konsequenzlosen Traum aufwacht, in dem man jahrelang apathisch geboxt hat. Ach, Christian. Was kann ich für dich tun?

Einmal habe ich mich gefragt, was wohl geschehen würde, wenn man etwas Großes einschlösse, einen anderen, zum Beispiel, und seiner gut einstudierten Leidenschaft freien Lauf ließe. Ja, dachte ich jetzt, dann wird man wohl ein anderer. Ich legte die Zeitung beiseite. Im Knick war Bewegung. Die Krähen waren unruhig und nervös und flogen von einem Baum auf, um sich sofort auf einem anderen niederzulassen. Etwas störte sie. Ich stand auf, um besser sehen zu können, und entdeckte Christian bei einer unansehnlichen schlecht gewachsenen Kiefer, deretwegen im Sommer ein großer Teil der Wiese im Schatten lag. Er trug einen blauen Schlosseranzug und stellte eine Leiter gegen den Stamm. Dann verschwand er für einen Moment und kam kurz darauf mit einer Motorsäge und einem Ölkanister zurück. Er ging in die Hocke und füllte Öl nach. Ich sah, wie er zu den lärmenden Vögeln hinaufschaute. Dann drehte er die Verschlußkappe zu und erhob sich. Ich stellte das Essen weg und wusch ab und wischte die Krümel vom Tisch. Anschließend ging ich nach oben und packte meine Sachen. Es war beinahe viel zu schnell erledigt. Ich stellte die Tasche in den Flur und ging in den Arbeitsraum, wo ich einen Schlosseranzug fand, passend zu dem, den Christian trug. Ich wollte ihm helfen, die Äste wegzuschleppen, bis wir losfahren mußten. Er hatte schon angefangen. Die Motorsäge lärmte und wurde nur von dem Krachen übertönt, wenn die Zweige herunterstürzten. Etwas Dunkles war überall vorn an dem Schlosseranzug, das ihn steif machte, und er war zu groß, weshalb ich Ärmel und Beine hochkrempelte. Als ich hinausgehen wollte, klingelte das Telefon, und ich ging ins Wohnzimmer und nahm ab. Eine Frau sagte: «Hier ist Ragna.» Dann zögerte sie. Ich weiß, wer du bist, dachte ich. Ich kenne dich gut.

«Ja?» sagte ich.

«Ich würde gern mit Christian sprechen.» Wieder schwieg sie eine Sekunde. «Ich habe etwas, das ich ihm sagen muß», fügte sie überflüssigerweise hinzu.

«Ich gehe in den Garten und hole ihn», sagte ich, legte den Hörer auf den Tisch und versuchte die Terrassentür zu öffnen. Der Schlüssel war abgezogen, ich mußte deshalb bei der Eingangstreppe hinausgehen. Der Hof war ein einziger Matsch von Reifenspuren und Auspuffsud, der in den Schneematsch getropft war. Sekundenschnell waren meine Schuhe durchgeweicht. Ich beeilte mich, auf die andere Seite des Hauses zu gelangen. Christian war jetzt hoch oben im Baum, und er hatte sich ein Tau um den Leib und das andere Ende an den Stamm unter ihm gebunden; der war weißfleckig und nackt wegen der abgesägten Äste, die in einem großen Haufen um die Leiter herumlagen. Um ihn nicht abzulenken, ging ich über die Wiese, hörte aber in dem Moment, daß jemand an der Pforte war. Ich drehte mich um und entdeckte eine kräftige alte Frau in einem langen dunklen Mantel mit Kapuze, die sie unter dem Kinn gebunden hatte. Sie kämpfte mit dem Riegel, denn sie hatte noch einige Tüten in der Hand, die sie offenbar nicht abstellen wollte. Ich ging zurück und öffnete.

«Ich komme mit etwas Wäsche, die der Doktor nicht abgeholt hat», sagte sie.

«Jetzt nehme ich sie.» Ich streckte die Hände vor. Aber sie wollte in den Garten kommen. Ich verstand, daß sie natürlich Geld haben wollte, erst später wurde mir klar, daß ich ihr das doch hätte geben können. Wir gingen hintereinander über das schneebedeckte Gras. Sie trug Stiefeletten, mit denen sie tief einsank. Sie war sehr schwer. Die Motorsäge fräste und kreischte, und dann verkeilte sie sich in einer Astgabel und blieb stecken. Die Krähen schrien und flogen ein weiteres Mal auf in den niedrigen Himmel. Christian löste seinen Schal und ließ die Arbeitshandschuhe zur Erde fallen und packte den Ast und beugte ihn nach unten. Sein Gesicht war grau vor Müdigkeit.

«Christian...» Die Säge übertönte mich. Er hatte sie wieder frei bekommen. Die Luft schwirrte von Vögeln. Vielleicht hob er ihretwegen den Kopf. Jedenfalls entdeckte er uns, als wir dort gingen, und er zuckte zusammen. Nicht vor Schreck, glaube ich, eher vor Freude. Seine Arme sanken, er verzog das Gesicht und ließ die Motorsäge los, ja sein ganzes Gesicht veränderte sich, und während die Krähen zu einem anderen Platz flogen und die alte Frau und ich wie versteinert waren, wechselte sein Ausdruck, einer nach dem anderen, als ob er verblüfft feststellte, daß er sich in einem Zustand mirakulöser Verwandlung befand, als ob er jetzt wüßte, daß er von blau zu rot ging und daß es so einfach war.

Literatur bei C.H. Beck

Paula Fox
In fremden Kleidern. Erinnerungen
Aus dem Englischen von Susanne Röckel
2003. Etwa 300 Seiten. Gebunden

Sabine Gruber
Die Zumutung
Roman
2003. Etwa 176 Seiten. Gebunden

Paweł Huelle
Mercedes-Benz. Aus den Briefen an Hrabal
Roman
Aus dem Polnischen von Renate Schmidgall
2003. Etwa 160 Seiten. Gebunden

Jörg Matheis
Mono
Erzählungen
2003. Etwa 246 Seiten. Gebunden

Eoin McNamee
Blue Tango
Roman
Aus dem Englischen von Hansjörg Schertenleib
2003. Etwa 320 Seiten. Gebunden

Fridolin Schley
Schwimmbadsommer
Erzählungen
2003. Etwa 246 Seiten. Gebunden

Literatur bei C.H. Beck

Dagmar Leupold
Eden Plaza
Roman
172 Seiten. Gebunden

Wie Scheherazade ihren König fesselt, so fesselt die Erzählerin ihren Geliebten – und die Leser! – mit einer reichen und dichten Geschichte über die Liebe und die Ehe, über Begehren und Lust, über den Alltag und die Ekstase. Aus Anspielungen, in Reflexionen und Episoden entwickelt sich in diesem Roman, intelligent und wahrhaftig, eine Poesie des Liebens und der Lebenskunst.

«Kein einziges in den letzten Jahren in Deutschland erschienenes Buch hat mich so gefangen genommen. Es liegt an der Sprache.»
Juli Zeh
«... schön dieser Balanceakt auf dem Hochseil zwischen Leben und Schreiben.» *Reinhard Baumgart,* DIE ZEIT

Nelly Arcan
Hure
Aus dem Französischen von Holger Fock und Sabine Müller
191 Seiten. Gebunden

Die Geschichte einer exzessiv gelebten Doppelexistenz: Eine junge Frau flieht vor der beklemmenden Enge ihres Elternhauses in der kanadischen Provinz in die Großstadt. Dort beginnt die Literaturstudentin, ihr Geld als Prostituierte zu verdienen und steigt zur begehrten Nobelhure auf. Das Leben wird zum Befreiungsschlag, der so lange über den eigenen Körper ausgefochten wird, bis «Cynthia» ein anderes Mittel findet: die Sprache.

«Nelly Arcan besticht durch ihre scharfsinnige Darstellung der Sexualität, die sie, ohne die prosaischen Details aus den Augen zu verlieren, in wunderschönen Metaphern zum Ausdruck bringt.»
Catherine Millet
«Ein Roman von wuchtiger Konsequenz, sprachlich unendlich differenzierter als vergleichbare Bekenntnisbücher.»
Marianne Wellershof, DER SPIEGEL